László Krasznahorkai

La mélancolie
de
la résistance

*Traduit du hongrois
par Joëlle Dufeuilly*

Gallimard

La traductrice tient à remercier le Centre national du livre pour son soutien, ainsi que Suzanne Boizard.

Ouvrage publié avec le concours de la Fondation pour la traduction de la littérature hongroise.

Titre original :

AZ ELLENÁLLÁS MELANKÓLIÁJA

Romancier et scénariste, László Krasznahorkai est né en 1954 à Gyula, en Hongrie, et vit dans un village proche de Budapest tout en séjournant régulièrement en Chine et au Japon. Il a reçu en 2004 la plus haute distinction littéraire hongroise, le prix Kossuth, ainsi que le Man Booker Prize en 2015. De lui, les Éditions Gallimard ont déjà publié *Tango de Satan* (Du monde entier, 2000), porté à l'écran par le réalisateur Béla Tarr.

Il s'écoule
Sans passer

ÉTAT D'URGENCE

Introduction

Le train de voyageurs desservant les communes verglacées du sud de la plaine, depuis les rives de la Tisza jusqu'au pied des Carpates, malgré les explications gênées du cheminot qui errait impuissant le long des rails et les promesses assurées du chef de gare qui arpentait nerveusement le quai, n'étant pas arrivé (« Ma parole, ça y est, il s'est encore volatilisé... », et le cheminot de hausser les épaules d'un air narquois), le convoi, formé de deux simples wagons équipés de banquettes en bois vétustes, remis en service uniquement en cas de « circonstances exceptionnelles », et d'une vieille 424 délabrée, partit avec plus d'une heure et demie de retard sur l'horaire de départ, horaire qui ne le concernait pas et n'était par ailleurs qu'approximatif, afin de permettre aux habitants de la région, lesquels acceptèrent avec une relative indifférence et une passive résignation la suppression du train de l'ouest, attendu en vain, d'atteindre malgré tout leur destination et de parcourir sur cette ligne secondaire les près de cinquante kilomètres restants. Cela, en réalité, ne surprenait plus personne car les conditions géné-

13

rales ambiantes avaient naturellement des réper-
cussions sur le trafic ferroviaire comme sur tout
le reste : le cours des habitudes était devenu aléa-
toire, un indomptable chaos avait bouleversé les
mécanismes quotidiens, l'avenir était insidieux, le
passé révolu, le fonctionnement de la vie courante
imprévisible, si bien que les gens s'étaient résignés
à ne plus, quand bien même le blé aurait poussé
à l'envers ou les portes auraient refusé de s'ouvrir,
s'étonner de rien, car seules les manifestations
de cette désintégration étaient perceptibles, les
causes, elles, demeuraient insaisissables et indéfi-
nissables, aussi ne restait-il qu'à s'agripper soli-
dement à tout ce qui offrait une prise, et c'est
précisément ce que firent les gens, dans la gare de
ce village, en se ruant sur les portes bloquées à
cause du gel, dans l'espoir, espoir légitime mais
relativement restreint, de trouver une place assise.
Mme Pflaum, qui après son rituel séjour hivernal
dans sa famille regagnait son domicile, avait pris
une part active dans cette cohue inutile (car personne, cela ne tarda pas à se révéler, ne resta
debout), et, après avoir bousculé les passagers qui
la précédaient et barré le passage, avec une force
étonnante pour sa petite taille, à ceux qui la suivaient, elle réussit finalement à trouver une place
assise près d'une fenêtre, dans le sens de la marche, où elle hésita un certain temps entre l'exaspération face à cette pagaille et un sentiment
oscillant entre indignation et angoisse, car avec
son billet de première classe, qui présentement
n'avait plus aucun cours, c'est dans une odeur âcre
de saucisson à l'ail, d'eaux-de-vie mélangées et de
tabac bon marché, cernée par de « grossiers pay-

sans », hurlant et rotant, qu'elle allait devoir affronter l'unique question, ô combien déchirante, qui accompagnait tout voyage en ces jours si risqués, à savoir : arriverait-elle chez elle ? Ses sœurs, qui vivaient totalement recluses et ne pouvaient, compte tenu de leur âge, se déplacer, ne lui auraient jamais pardonné d'avoir annulé cette visite que depuis des années elle effectuait au début de l'hiver, c'est pourquoi elle n'avait pu renoncer à cette dangereuse expédition bien qu'elle sût, comme tout le monde, que quelque chose avait radicalement changé et que dans ce genre de situation le plus sage était de ne prendre aucun risque. Mais faire preuve de sagesse et de prévoyance n'était guère facile, car une modification, aussi radicale qu'indécelable, semblait être soudain apparue dans la constitution, de tout temps immuable, de l'atmosphère, le principe indicible qui dans son immatérialité même avait toujours parfaitement fait, comme on dit, tourner le monde — dont la seule trace tangible était précisément le monde — semblait avoir perdu de sa force, et plus insupportable encore que la conscience du danger était le sentiment général qu'à tout moment il pouvait se passer n'importe quoi, car ce « n'importe quoi », signe symptomatique de cet affaiblissement, était plus alarmant qu'un malheur personnel et privait les gens de toute faculté d'appréciation. Il était impossible de s'orienter parmi les événements insolites, de plus en plus fréquents et inquiétants, survenus les mois précédents, car non seulement les nouvelles, rumeurs, discours et expériences vécues ne se recoupaient nullement (à titre d'exemple, comment établir un lien de corrélation entre les gelées précoces, installées depuis le début du mois de novembre, les mystérieux drames familiaux, les collisions ferroviaires, les rumeurs alarmantes venues de la lointaine capitale sur la prolifération de bandes d'enfants et les profanations de monuments), mais, par ailleurs, chaque nouvelle, prise isolément, ne signifiait rien sinon qu'elle semblait être un signe avant-coureur de ce qu'ils étaient de plus en plus nombreux à nommer une « catastrophe éminente ». Mme Pflaum avait entendu dire que des changements de comportement avaient été observés chez les animaux et même si, par anticipation d'un état futur, il ne s'agissait pour l'instant que de pur alarmisme, une chose était sûre : contrairement à ceux pour qui cette inextricable anarchie tombait — selon l'opinion de Mme Pflaum — à point nommé, les gens respectables, eux, n'osaient plus mettre un pied dehors, car « quand des trains peuvent disparaître comme ça ! plus rien ne compte ». Elle se prépara à vivre un retour nettement moins confortable que l'aller, placé sous l'égide de son billet de première classe, puisque avec ces « monstrueuses lignes secondaires », pensa-t-elle agacée, il fallait s'attendre au pire, aussi — comme pour se rendre invisible — s'installa-t-elle le dos bien droit, les jambes serrées comme une jeune fille, le regard hostile et quelque peu dédaigneux au milieu du vacarme décroissant des disputes pour les places assises et, tandis qu'elle observait avec méfiance l'ensemble des visages estompés qui se reflétaient, terrifiants, sur la vitre, partagée entre angoisse et nostalgie, elle songea tour à tour à la chaleur de son cher foyer et à la sinistre distance qui la séparait de lui ; elle repensa aux agréables après-midi chez Mme Mádai ou chez Mme Nuszbeck, aux promenades de jadis, le dimanche, sur les allées boisées du Papsor, puis à l'ordre radieusement tranquille de ses meubles, de ses tapis moelleux, de ses plantes amoureusement soignées, de ses chers petits bibelots, ce qui représentait — elle le savait bien — un îlot perdu au milieu d'un océan d'imprévisibilité et, maintenant que les après-midi et les dimanches n'étaient plus qu'un souvenir, la seule échappatoire, l'ultime refuge d'une femme seule ancrée dans une paisible quiétude. C'est avec une incrédulité teintée de jalousie méprisante qu'elle nota que ses bruyants compagnons de route, eux — de grossiers paysans qui végétaient dans les fermes et les villages alentour —, étaient capables de s'adapter très vite, même à de telles conditions : c'était comme si rien d'extraordinaire ne s'était passé, et, autour d'elle, les provisions de victuailles se libéraient du papier sulfurisé, les bouchons sautaient, les capsules de bière tombaient sur le sol graisseux, ici et là, certains se mettaient déjà à mastiquer d'une façon « contraire à la bienséance » mais, selon elle, très courante chez ce genre d'individus, plus encore, en face d'elle, quatre parmi les plus bruyants se lancèrent dans une partie de cartes, elle seule resta figée, immobile, dans le brouhaha croissant des conversations, muette, la tête posée sur un journal déployé sous sa pelisse, le visage inébranlablement tourné vers la fenêtre, serrant contre son ventre son sac à main avec un air si désespérément et si obstinément méfiant qu'elle ne remarqua pas que là-bas, devant, la locomotive projetait deux

lumières rouges dans la froide obscurité et s'élan-
çait indécise dans le crépuscule d'hiver. Les
bruyantes manifestations de joie et de satisfaction
— auxquelles, bien que soulagée, elle s'abstint de
prendre part — saluant le fait qu'après une si
longue attente dans le froid glacial il se passait
enfin quelque chose furent de courte durée, car le
train, comme si l'ordre de départ avait été soudain
révoqué, après quelques maladroits soubresauts,
à quelque dix mètres de la gare du village désormais déserte, s'arrêta de nouveau ; le grondement
de mécontentement qui s'ensuivit céda vite la
place à des ricanements moqueurs et incrédules,
puis, quand ils se rendirent compte que cela allait
durer et qu'il fallait se résoudre à ce que leur
voyage — en raison du chaos croissant dû à la
circulation du train hors du circuit habituel — soit
une sinistre succession d'élans et d'immobilisa-
tions, tous sombrèrent dans une béate léthargie,
dans la sourde torpeur de la résignation, quand
les hommes feignent, pour chasser la peur d'un
véritable cataclysme, de considérer l'anarchie des
événements comme de simples preuves de l'incompétence humaine, dont la répétition agaçante
ne peut être traitée que par la force cinglante de
l'ironie. Bien que la grossièreté des « boutades »
successives (« Eh ben, si je faisais pareil au plu-
mard avec la patronne… ! ») heurtât sa sensibilité,
l'averse de surenchères de mauvaises blagues finit
par se calmer, Mme Pflaum se décrispa légèrement, lui arrivant même, face à quelques remarques
plus réussies — n'ayant aucun moyen d'échapper
aux éclats de rire qui les saluaient —, d'esquisser
un faible sourire honteux. Prudemment, à la déro-

bée, elle risqua quelques regards furtifs, non vers ses voisins immédiats, pas encore, mais vers des passagers éloignés, et dans cette ridicule ambiance de niaise et joyeuse humeur — car si ces hommes se tapant sur les cuisses et ces femmes sans âge riant à gorge déployée demeuraient inquiétants, vue de loin la population du wagon semblait moins dangereuse qu'au début — elle s'efforça de tempérer son imagination, se persuada qu'il était préférable d'ignorer les menaces latentes représentées, selon elle, par cette sordide bande de grotesques canailles qui l'entouraient, et c'était peut-être uniquement à cause de sa trop grande sensibilité aux mauvais présages et à son sentiment exacerbé de solitude dans ce milieu hostile qu'elle regagnerait son domicile, indemne, certes, mais épuisée par son état de vigilance permanente. La foi en un dénouement heureux ne reposait sur aucune base solide mais Mme Pflaum était tout simplement incapable de résister aux charmes trompeurs de l'optimisme : bien que le train s'immobilisât à nouveau en rase campagne et attendît de longues minutes un signal de départ, elle fit ce constat rassurant : « on avance quand même », quant aux marques d'impatience provoquées par les successions — hélas — très rapprochées de crissements de freins et d'attentes impuissantes, elle les refoula en observant que le chauffage mis en route au moment du départ diffusait désormais une agréable chaleur et qu'elle pouvait, elle aussi, se débarrasser de son manteau, sans craindre de prendre froid quand, une fois arrivée, elle affronterait le vent glacial. Elle ajusta les plis du dos de son manteau, étala sur ses genoux son col en fourrure synthétique, croisa les mains sur son sac à main boursouflé par le châle qu'elle y avait enfoui et, le dos invariablement droit, se tourna à nouveau vers la fenêtre, quand, brusquement, elle découvrit sur le reflet de la vitre crasseuse que face à elle un homme au visage mal rasé, « étrangement taciturne », qui sirotait de la palinka fétide — maintenant qu'elle n'était plus couverte que de son chemisier et de sa veste de tailleur — fixait (d'un œil lubrique !) sa forte, voire peut-être trop proéminente, poitrine. « Je le savais ! » Elle détourna la tête à toute vitesse et malgré la violente bouffée de chaleur qui l'envahit fit celle qui n'avait rien remarqué. Elle resta plusieurs minutes immobile, les yeux aveuglément rivés à la nuit, cherchant en vain à se remémorer l'aspect extérieur de l'homme aperçu au gré de ce regard hasardeux (elle ne se souvenait que d'un visage mal rasé, d'un manteau en drap « effroyablement sale » et du regard obscène, sournois, insolent, qui l'avait tant troublée et…) et, très lentement — persuadée qu'elle ne courait plus de risque —, elle fit glisser son regard le long de la vitre, pour aussitôt le ramener en arrière, car non seulement l'« autre en face » persistait dans son insolence mais leurs regards s'étaient même croisés. Conséquence de la rigidité de son maintien, elle commençait à ressentir des douleurs aux épaules et à la nuque mais désormais, quand bien même l'aurait-elle voulu, elle était incapable de regarder ailleurs : hormis sur l'étroit point sombre de la fenêtre, ce regard effroyablement fixe, en dominant tous les angles du wagon, « la capturerait ». « Depuis combien de temps me regarde-t-il ? », la question glaça le sang de Mme Pflaum ; l'éventualité selon laquelle ces yeux abjects « étaient posés sur elle » depuis le départ rendait ce regard encore plus terrifiant, ce regard dont, en l'espace d'une seconde, le temps de leur rencontre, elle comprit la nature. Ces yeux suintaient de « répugnant désir charnel » avec, « en plus ! », une forme de mépris glacial. Sans se considérer « encore vraiment » comme une vieille femme, elle savait bien qu'elle avait dépassé l'âge où ce genre d'attention — pour le moins vulgaire — était naturel, c'est pourquoi, au-delà du dégoût que cet homme lui inspirait (car quel genre d'individu peut éprouver du désir pour des femmes âgées ?), elle songea avec effroi que cette canaille imbibée d'alcool n'avait peut-être d'autre dessein que de se moquer d'elle, la ridiculiser, l'humilier, avant de la jeter en ricanant « comme une serpillière ». Le train, après quelques laborieux soubresauts, prit de la vitesse, les roues se mirent à cliqueter sauvagement sur les rails, elle fut envahie par la honte, une honte depuis longtemps oubliée, gênante, âpre, tandis que sous le feu du regard obscène et violent qui la fixait toujours, ses seins lourds et pleins se mirent... à brûler... douloureusement. Ses deux bras, qui auraient pu au moins les couvrir, refusaient tout simplement d'obéir à sa volonté : comme une personne ligotée, qui ne peut rien contre son humiliante nudité, elle se sentait de plus en plus vulnérable, de plus en plus nue, et c'est avec impuissance qu'elle dut constater que plus elle souhaitait masquer... ses rondeurs féminines, plus elles étaient exhibées. Les joueurs de cartes venaient, en se chamaillant grossièrement, de terminer une nouvelle partie, elle aurait pu profiter de ce bruit, de cette rupture dans la continuité du bourdonnement hostile — comme une brèche ouverte dans sa volonté bâillonnée vers la libération — pour maîtriser sa malencontreuse léthargie s'il n'était survenu un incident encore plus fâcheux, à seule fin, se dit-elle amèrement, de porter sa souffrance au paroxysme. Lorsque, guidée par un sentiment de honte instinctif, elle tenta, d'un geste défensif machinal, de dissimuler discrètement ses seins, et, en voûtant le dos et en avançant les épaules, pencha la tête en avant, elle s'aperçut avec horreur que, sans doute en raison de sa posture inhabituelle, son soutien-gorge s'était dégrafé. Épouvantée, elle releva la tête, sans s'étonner cette fois que soient rivés sur elle les yeux de l'homme qui, comme ayant deviné sa ridicule mésaventure, lui décocha une œillade complice. Mme Pflaum savait parfaitement ce qui allait se passer mais cet incident tragique la troubla tant qu'elle resta sans bouger, tétanisée, et dans le fracas des secousses chaotiques du train qui prenait maintenant de plus en plus de vitesse, elle dut à nouveau, impuissante, le visage cramoisi de honte, supporter ce regard à la fois sournois et effrontément assuré, posé sur ses seins qui, libérés de l'emprise du soutien-gorge et sous l'effet des secousses du wagon, sautillaient allègrement. Elle n'osa pas relever les yeux pour le vérifier mais elle en était persuadée : maintenant, non seulement cet homme mais l'ensemble de ces « répugnants paysans » contemplaient son calvaire, elle voyait déjà leurs faces difformes, gloutonnes, l'encercler en ricanant... et cette horrible torture aurait pu durer sans fin si le contrôleur — un jeune boutonneux au visage d'adolescent — n'avait fait son entrée dans le wagon ; la voix criarde (« Contrôle des billets ! ») la délivra enfin de ce piège humiliant, elle sortit précipitamment le billet de son sac à main, et croisa les bras sous sa poitrine. Le train s'arrêta, cette fois, là où il était censé le faire, et quand — pour éviter les visages désormais véritablement terrifiants — elle lut machinalement le nom du village inscrit sur le toit de la station faiblement éclairée, elle faillit hurler de soulagement car, selon l'itinéraire qu'elle — bien qu'il lui fût familier — ne cessait de compulser avant tout voyage, quelques minutes seulement les séparaient du chef-lieu où (« Il va descendre, il doit descendre ! ») elle serait certainement délivrée de son agresseur. Déterminée à lui demander de l'aide dès qu'il arriverait à sa hauteur, elle guetta, dans un état de crispation extrême, le contrôleur qui, en raison des questions narquoises concernant le retard, avançait très lentement, mais le visage d'enfant apeuré par les piaillements qui fusaient autour de lui était si éloigné du regard protecteur d'un agent officiel, que, lorsqu'il s'arrêta près d'elle, elle se contenta de lui demander, gênée, où se trouvaient les toilettes. « Où voulez-vous qu'elles soient ? répondit d'un ton agacé le garçon en poinçonnant son billet. À l'endroit habituel. Un à l'avant et un à l'arrière. — Ah oui, bien sûr ! » bredouilla-t-elle en s'accompagnant d'un geste d'excuse, puis elle bondit de son siège, serra contre elle son sac à main, se précipita en zigzaguant vers l'arrière du wagon, et alors qu'elle se trouvait déjà dans l'espace souillé d'urine des W.-C., haletante, le dos collé à la porte verrouillée, elle s'aperçut qu'elle avait oublié son manteau sur le crochet près de la fenêtre. Elle savait qu'elle devait agir au plus vite mais il lui fallut une bonne minute, le temps de renoncer à courir chercher son précieux manteau, pour reprendre ses esprits : tout en titubant à cause des continuelles secousses, elle ôta sa veste de tailleur, d'un tour de main, elle se débarrassa de son chemisier puis, en coinçant sous son aisselle la veste, le chemisier, et son sac à main, elle remonta jusqu'aux épaules sa combinaison rose. D'une main tremblante, elle fit virevolter son soutien-gorge puis, ayant constaté que l'agrafe (« Dieu merci ! ») n'était pas endommagée, elle poussa un soupir de soulagement ; à toute vitesse elle le rajusta sur elle, commença à se rhabiller maladroitement quand dans son dos, à l'extérieur, quelqu'un, discrètement mais de façon tout à fait audible, frappa à la porte. Il y avait dans cette façon de frapper une ombre évidente de familiarité qui, après ce qu'elle venait de traverser, l'effraya à juste titre, mais très vite, persuadée que son imagination perturbée lui jouait des tours, elle n'éprouva plus que de la colère de se voir ainsi bousculée ; elle poursuivit donc le geste interrompu, jeta un bref regard vers le miroir crasseux, et à l'instant même où elle s'apprêtait à tourner le verrou pour sortir, les coups se répétèrent, et une voix d'homme se fit entendre : « C'est moi. » Figée d'épouvante, elle retira sa main, et quand elle comprit de qui il pouvait s'agir, plus forte encore que le sentiment d'être prise au piège, une incrédulité désespérée s'empara d'elle, car dans la voix rauque et étouffée de l'homme elle ne décelait aucune trace de violence ou d'agressivité, mais plutôt le désir impatient de la voir, elle, Mme Pflaum, ouvrir enfin la porte. Ils restèrent un instant sans bouger, comme si chacun attendait de l'autre l'explication, et Mme Pflaum ne comprit l'affreux malentendu dont elle était la victime que lorsque son agresseur, perdant patience, frappa sur le verrou en hurlant : « Bon alors, c'est quoi cette histoire ? ! On allume et puis après, basta ? ! » Les yeux révulsés de terreur, elle contemplait la porte. Elle refusait d'y croire, secouait la tête, la gorge nouée par la stupeur, la stupeur qu'éprouvent ceux qui, « abusés par des pratiques sataniques », se voient attaqués là où ils s'y attendaient le moins. Écœurée par l'injuste accusation et la vulgarité non dissimulée de l'homme, progressivement, elle réalisa que, si incroyable que ce fût… puisque… en réalité… elle avait tout fait pour le repousser, l'homme mal rasé, depuis le début, croyait que c'était elle qui lui faisait des avances, et peu à peu lui apparut clairement comment cette « ignoble pourriture » avait interprété le manteau retiré…, sa mésaventure… et la question sur les toilettes : une proposition, la preuve explicite de sa complaisance, bref, la suite honteuse des basses manœuvres du péché de chair, si bien que désormais elle devait non seulement faire face à une perfide atteinte aux mœurs et à la pudeur mais se voir également traitée comme la « dernière des catins » par un vil individu crasseux, répugnant, qui empestait l'alcool. L'indignation qui la saisit alors se révéla plus douloureuse encore que son désarroi, ne supportant plus davantage le piège qui l'acculait elle eut un sursaut d'énergie et, d'une voix étranglée par l'angoisse, lui hurla : « Partez

25

d'ici ! Sinon j'appelle au secours ! » Après un bref silence, l'homme tambourina sur la porte puis, d'un ton si froidement méprisant que Mme Pflaum en eut des frissons dans le dos, lui susurra : « Va te faire voir, espèce de vieille peau ! Tu mérites même pas que je sorte ma queue pour t'enfiler. » Les lumières de la ville frappèrent en faisceaux discontinus la fenêtre de la cabine, le train se mit à cahoter, elle dut, pour éviter de tomber, se cramponner à la poignée. Elle entendit le bruit des pas qui s'éloignaient, le claquement des portières ouvertes de l'extérieur, comprenant alors que l'homme venait par cette glaciale suffisance — la même que lorsqu'il l'avait accostée — de la libérer, elle se mit à trembler de tout son corps et à sangloter. Elle resta quelques minutes à peine, minutes qui lui semblèrent une éternité, dans le simple abandon des sanglots convulsifs, jusqu'à ce que, à la faveur d'un éclair aveuglant, elle aperçût sur la vitre éclairée du minuscule train immobilisé dans l'immense et intense obscurité du soir un tout petit visage tourné vers l'extérieur : le sien, brisé de chagrin, désemparé. Car si les paroles infâmes, étranges et amères lui laissaient supposer qu'elle n'avait plus à redouter de nouvel outrage, sa délivrance l'angoissait plus profondément encore que l'agression elle-même puisque aucune explication — et jusqu'ici, toutes ses initiatives avaient obtenu l'effet inverse de celui escompté — ne lui permettait de comprendre ce à quoi elle devait cette soudaine délivrance. Elle ne pouvait pas croire que sa voix étouffée d'angoisse avait fait fuir son agresseur, elle sentait bien qu'elle n'était que le jouet misérable de la volonté impitoyable de cet homme, le jouet innocent, candide, d'un monde hostile contre la froideur duquel, pensat-elle soudain, il n'existait peut-être aucun véritable rempart. C'était comme si l'homme au visage mal rasé l'avait déshonorée pour de bon, et, meurtrie, elle vacillait dans l'atmosphère suffocante de la cabine empestant l'urine, torturée par une intuition oppressant sa conscience, en proie à une vertigineuse et irrationnelle peur de ne trouver aucun refuge en cas de menace générale, peur d'où émergea un vague et douloureux sentiment d'amertume : car tout en se sentant injustement bafouée puisque, au lieu de simple survivante, elle devenait une victime innocente, elle qui « tout au long de sa vie n'avait aspiré qu'à la tranquillité et n'avait jamais fait de mal à personne », elle dut s'avouer que cela ne comptait plus : aucun lieu où faire appel, personne auprès de qui protester, tout juste pouvait-elle espérer que les forces qui s'étaient échappées soient encore maîtrisables. Après les nombreux racontars et les horribles rumeurs, elle venait de constater par sa propre expérience que « tout concordait », et si l'incident dont elle avait été la victime était clos, elle comprit que « dans un monde où ce genre de chose peut arriver », la folle désintégration allait se poursuivre impitoyablement. Elle entendit le grondement impatient des voyageurs s'apprêtant à descendre, le train commençait perceptiblement à ralentir ; brusquement, elle tressaillit en songeant à son manteau, abandonné à son sort, tourna rapidement le verrou, se retrouva au beau milieu des voyageurs qui se bousculaient (lesquels, indifférents au fait que dans ce sens cela n'avait aucun intérêt, se ruaient vers les portes avec la même détermination qu'à la montée), puis, en enjambant des montagnes de sacs et de valises, elle batailla jusqu'à sa place. Le manteau était toujours là mais elle ne trouva pas immédiatement son col en fourrure synthétique et, tandis qu'elle se mettait fébrilement à sa recherche (en se demandant si elle ne l'avait pas emporté avec elle aux toilettes), elle réalisa que dans la confusion générale son agresseur avait disparu : il devait être parmi les premiers prêts à descendre du train, se dit-elle, rassurée. À cet instant, le train s'arrêta mais le wagon, un instant plus aéré, fut envahi par une horde de voyageurs encore plus nombreuse, d'autant plus inquiétante que silencieuse, et alors qu'elle n'avait aucune peine à imaginer que cette foule obscure allait lui fournir mille bonnes raisons de s'angoisser pendant les vingt kilomètres restants, ses espoirs concernant l'homme au visage mal rasé s'effondrèrent. Quand, enfilant son manteau et ajustant sur ses épaules le col finalement déniché sous le siège en bois lustré d'usure, elle sortit afin, pour plus de sûreté, de poursuivre son voyage dans l'autre compartiment, elle faillit ne pas en croire ses yeux en apercevant le manteau en drap si familier (« Comme s'il l'avait laissé là à mon intention... »), un siège plus loin, négligemment jeté sur le dossier. Elle s'immobilisa puis repartit précipitamment, sortit par la portière du fond puis, arrivée dans le wagon de queue — après s'être faufilée en tête de la cohue elle aussi silencieuse —, prit place au milieu d'un banc dans le sens de la marche. Elle demeura un instant les yeux fixés sur la porte, prête à bondir, sans vraiment savoir de

28

qui elle avait peur ni d'où venait la menace, puis, voyant qu'il ne se passait rien (le train stationnait toujours dans la gare), elle tenta de rassembler ses forces restantes pour ne pas être prise au dépourvu au cas où son horrible aventure se poursuivrait. Une infinie lassitude s'empara d'elle, ses pieds meurtris brûlaient à l'intérieur de ses bottes fourrées, elle avait l'impression que ses épaules endolories « allaient s'effondrer », mais elle était encore incapable de se laisser aller, de se décrisper légèrement, ne fût-ce que pour masser sa nuque par de lents mouvements circulaires de la tête ou se pencher au-dessus de son poudrier pour remettre un peu d'ordre sur son visage maculé de larmes. Tout en se répétant : « C'est fini, c'est fini, tu n'as plus rien à craindre », elle était persuadée que faire preuve de confiance, ou même s'installer plus confortablement sur le siège, risquait d'entamer sa vigilance. Car, dans ce wagon, hormis quelques passagers poursuivant leur voyage, c'est une nouvelle bande de « louches individus » qui prit place, non moins effrayants que les précédents, si bien qu'il ne lui resta qu'un ultime espoir, pour garantir sa sécurité : que les trois places autour d'elle, les trois dernières places libres, restent inoccupées. Cela sembla possible un instant puisque pendant une bonne minute (la locomotive avait déjà sifflé deux fois) aucun nouveau voyageur n'entra, mais, subitement, en tête d'une nouvelle et dernière vague, une énorme paysanne, coiffée d'un fichu et lestée d'un gigantesque baluchon, d'un panier et d'un grand nombre de sacs à provisions remplis à craquer, fit, en soufflant bruyamment, son apparition dans l'embrasure de la porte, tourna la tête de tout côté (« on dirait une poule… », se dit Mme Pflaum) et s'avança résolument dans sa direction en graillonnant et gémissant pour, avec une violence imparable, s'emparer des trois places et, grâce à ses innombrables bagages, construire une barricade autour d'elle mais également autour de Mme Pflaum, contre la foule dédaignée alignée derrière elle. Mme Pflaum, qui n'avait pas eu le temps de dire ouf, pensa, une fois son indignation ravalée, qu'il s'agissait peut-être d'une chance, puisque sans avoir pu préserver son aire de protection, au moins celle-ci n'avait pas été conquise par cette horde silencieuse, cela dit, sa consolation fut de courte durée car son indésirable compagne de route (alors que Mme Pflaum ne nourrissait qu'un seul désir : qu'on la laisse tranquille), tout en desserrant le nœud de son fichu, l'aborda sans préambule : « Au moins y a du chauffage. Pas vrai ? » En entendant cette voix de crécelle et en apercevant les yeux perçants et malveillants de la femme émerger du triangle dessiné par le fichu, elle décida, faute de pouvoir la chasser ou de lui fausser compagnie, que le mieux était de l'ignorer, aussi détourna-t-elle ostensiblement la tête vers la fenêtre. Mais ceci ne perturba nullement la paysanne qui, après avoir plusieurs fois balayé le wagon de son regard méprisant, poursuivit : « Ça vous embête pas, dites, que je cause avec vous ? Ça passe plus vite quand on bavarde à deux, pas vrai ? Vous allez loin ? Moi je vais jusqu'au terminus, chez mon garçon. » Mme Pflaum lui lança un regard hostile puis, consciente que continuer de l'ignorer risquait d'aggraver sa situation, elle acquiesça de la tête.

« Oui, parce que — elle s'enhardit — c'est l'anniversaire de mon petit-fils, c'est pour ça. Il m'a dit à Pâques, quand j'étais chez eux, il m'a dit comme ça, le petit trésor : Tu viendras, hein, marné ? Oui, c'est comme ça qu'il m'appelle mon petit-fils, marné. Alors, me voilà. » Mme Pflaum émit un sourire forcé, qu'elle regretta immédiatement, car à partir de là le débit de la femme ne s'arrêta plus. « S'il savait, le petit trésor, comment c'est dur pour sa vieille grand-mère, à mon âge… ! Rester debout toute la sainte journée, sur le marché, avec mes vieilles jambes pleines de varices, je vous dis pas la fatigue quand arrive le soir. C'est que, voyez-vous, je vends mes produits, j'ai un petit potager, parce que la retraite, ça nourrit pas son homme. Je sais pas comment ils font les autres pour avoir toutes ces Mercedes flambantes, et pour amasser toutes ces richesses ! Enfin, vous voulez que je vous dise : en volant et en escroquant, voilà comment. Plus personne craint le bon Dieu dans ce monde pourri ! Et puis ce temps de chien ! Qu'est-ce que ça va donner, vous pouvez me le dire ? Vous vous rendez compte ? À la radio ils ont annoncé qu'il allait faire quelque chose comme moins dix-sept ! Et on est qu'à la fin du mois de novembre. Vous savez quoi ? D'ici le printemps on sera tous morts de froid. Voilà ! Parce qu'il y a pas de charbon. On les paye à quoi faire tous ces fainéants de mineurs dans les montagnes ? Vous pouvez me le dire ? Vous voyez bien. » La tête de Mme Pflaum bourdonnait sous ce flot de paroles mais, si pénible que ce fût, elle n'avait aucun moyen de la faire taire, aussi, ayant remarqué que la femme ne se souciait guère de ses réactions, elle se contenta de quelques hochements de tête et plongea plus profondément son regard vers les lumières mourantes de la ville, pour remettre un peu d'ordre dans ses pensées embrouillées, car le train avait maintenant quitté le chef-lieu et, malgré ses efforts pour le chasser de son esprit, le manteau l'obsédait, plus encore que les regards sinistres et hagards de cette foule menaçante. « Il a été dérangé ? Il était complètement soûl ? Ou alors, il l'a fait exprès… ? » Elle décida de ne plus se torturer avec de vaines spéculations et, malgré les risques évidents, de vérifier si le manteau était encore là, aussi, sans faire aucun cas de la paysanne, elle rejoignit les passagers qui stationnaient sur la plate-forme avant du wagon, traversa la passerelle qui reliait les deux compartiments puis, en retenant son souffle, avec le maximum de discrétion, elle risqua un regard par l'entrebâillement de la porte laissée ouverte. Son instinct, qui lui avait dicté d'enquêter sur la soudaine disparition de l'homme au visage mal rasé, ne l'avait pas trompée, car à sa grande stupeur elle l'aperçut dans le wagon bondé, de dos, assis à l'endroit même où il avait laissé son manteau, la tête renversée en arrière, en train d'avaler d'un coup sec une gorgée de palinka. Mme Pflaum, afin d'éviter que l'homme ou quelque autre voyageur ne l'aperçût (car alors même le bon Dieu l'accuserait de courir elle-même au-devant des ennuis), repartit, respiration coupée, dans le wagon de queue où, interloquée, elle vit qu'un individu portant une toque de fourrure avait profité de sa courte absence pour prendre sa place sans le moindre scrupule, l'obligeant, elle, la seule « dame » du compartiment, à poursuivre le voyage debout, refoulée sur le côté ; elle dut également reconnaître sa stupide naïveté : à peine l'avait-elle perdu de vue quelques minutes qu'elle avait cru s'être débarrassée de l'homme au manteau en drap. S'était-il rendu aux toilettes ou bien était-il sorti (« sans son manteau ? ! ») s'acheter une nouvelle bouteille de palinka, peu lui importait, il semblait d'ailleurs peu probable que l'homme entreprît à nouveau quelque chose dans le train car la foule, à condition que celle-ci ne se retourne pas contre elle (« avec ces gens-là, le manteau, le col ou mon sac suffisent... »), l'impénétrabilité du wagon bondé, croyait-elle, représentaient en soi une protection ; en même temps, son erreur l'obligeait à envisager ce qu'elle redoutait le plus, à savoir l'éventualité d'une malédiction (« ... incompréhensible et mystérieuse loi du destin ? ») pesant sur elle, car, en ce cas, elle ne pourrait jamais plus s'en débarrasser. C'était, à côté de son impuissance, la chose la plus angoissante car, finalement, en évoquant le danger immédiat auquel elle venait d'échapper, elle ne trouvait pas si redoutable le fait qu'un homme eût tenté de la violer (« Quelle horreur de dire une chose pareille... ! »), mais cet homme était de toute évidence « sans foi ni loi », ne craignait rien, pas même les feux de l'enfer, aussi était-il capable de tout (« De tout ! »). À nouveau surgit devant elle le regard glacial et le grossier visage mal rasé, elle revit l'œillade complice, réentendit la voix fade et moqueuse qui lui disait « c'est moi », elle était persuadée qu'elle n'avait pas affaire à une simple crapule d'obsédé sexuel mais qu'elle venait d'échapper à une rage de folie meurtrière irrationnelle, prête à piétiner tout ce qui était sain, car, pour ce genre de canaille, ce qui incarnait ordre, paix ou avenir était insupportable. « Vous, par contre, elle fut tirée de sa méditation par la voix criarde de la paysanne dont l'intarissable verbiage ciblait désormais son nouveau compagnon de route, vous n'avez pas bonne mine, si je peux me permettre. Moi, comme vous pouvez le constater, j'ai pas à me plaindre. C'est juste l'âge et ce qui va avec. Et puis les dents. Regardez voir, elle ouvrit grand la bouche en s'avançant vers son voisin à toque de fourrure, et de son index retroussa ses lèvres gercées pour permettre à celui-ci de mieux voir à l'intérieur, le temps me les a toutes bouffées. Mais c'est pas pour autant que je vais les laisser me tripatouiller ! Il peut toujours causer, le docteur. Je peux bien faire avec, en mangeant tout doucement, jusqu'à la tombe, pas vrai ? C'est pas sur mon dos qu'ils vont s'enrichir, tous ces gredins, qu'ils aillent se faire voir ailleurs ! Regardez-moi ça !, elle sortit d'une poche publicitaire un petit soldat en plastique, Vous savez combien ça coûte une camelote pareille ? ! Croyez-moi si vous voulez, ils m'ont réclamé trente et un forints. Pour cette petite babiole de rien du tout. Et il a quoi pour ce prix-là ? Un fusil et puis l'étoile rouge. Faut pas manquer de toupet pour vendre ça trente et un forints. Mais bon, elle rangea le soldat dans le sac, qu'est-ce que vous voulez, c'est ça qu'ils veulent les gamins d'aujourd'hui. Et alors, qu'est-ce qu'on fait ? Eh ben, on achète. On grince des dents mais on achète. C'est-y pas vrai ? » Mme Pflaum détourna la tête avec une moue de dégoût, puis, en entendant le bruit sourd, elle jeta un œil dans leur direction, pour aussitôt ramener son regard vers la fenêtre où elle resta figée, incapable de bouger les yeux ni faire le moindre mouvement. Elle ignorait si la femme avait reçu un coup de poing, l'imperturbable silence permettant encore moins de comprendre pourquoi, la seule chose qu'elle avait entrevue au gré de ce furtif regard machinal était la paysanne qui se renversait en arrière... sa tête qui s'affaissait sur le côté... son corps agrippé à ses bagages, comme suspendu, et l'homme à la toque de fourrure (« l'usurpateur de place ») penché en avant qui, le visage impassible, se réinstallait lentement sur son siège. Si une agaçante mouche attrapée au vol produit quelque bruissement diffus, ici, en revanche, aucun son n'était perceptible, personne ne disait mot, chacun restait à sa place sans bouger, indifférent. « Ils approuvent en silence ? Ou bien je me fais encore des idées ? » Mme Pflaum resta pensive, puis rejeta cette éventualité puisque d'après ce qu'elle avait vu et entendu il ressortait que la paysanne avait bel et bien été frappée par cet homme. Lassé de ses jacasseries, sans dire un mot, il l'avait frappée au visage, non, son cœur battait à tout rompre, il ne pouvait en être autrement, et la scène était si horrible qu'elle resta tétanisée, pétrifiée de peur, le front inondé de sueur. Cette femme est étendue inerte, la sueur perlait sur le front de Mme Pflaum, l'homme à la toque de fourrure reste là sans rien faire, les autres ne bougent pas non plus, mais où suis-je tombée, doux Jésus ? Dans quel infâme repaire de barbares ? Paralysée d'impuissance, elle fixait la fenêtre, et son propre reflet sur la vitre sale puis, quand le train, après quelques minutes d'arrêt, redémarra, épuisée par les images gênantes qui se bousculaient en elle, elle fixa son attention sur les paysages sombres et déserts qui défilaient sous la lourde masse du ciel, à peine discernable malgré le clair de lune. Mais le paysage et le ciel ne lui furent d'aucun secours et ce n'est que lorsque le train traversa les passages à niveau — restés ouverts — de la route nationale qui menait à la ville qu'elle réalisa qu'elle était presque arrivée ; elle se rendit sur la plate-forme, s'arrêta devant la portière, se pencha en avant et, la main en visière au-dessus des yeux, aperçut les sombres étables de la ferme collective locale avec en surplomb l'énorme château d'eau. Depuis son enfance, ils — les passages à niveau de la nationale et ces longs bâtiments plats embués de chaude vapeur animale — étaient les premiers à lui indiquer qu'elle était bien arrivée, et si elle se sentit soulagée, puisqu'ils marquaient la fin d'une mésaventure particulièrement éprouvante, elle n'avait plus trace du violent battement de cœur qu'elle ressentait jadis, chaque fois qu'elle rentrait, après une visite chez des parents ou bien, deux fois par an, quand elle revenait du chef-lieu après avoir assisté avec des membres de sa famille (depuis lors dispersée) à un spectacle d'opérette — qu'elle affectionnait tant —, car à cette époque, la ville, avec sa chaleur conviviale, lui apparaissait comme une forteresse naturelle mais depuis trois mois, et surtout maintenant, maintenant qu'elle savait que le monde était rempli d'hommes portant des manteaux en drap, de cette ancienne familiarité chaleureuse il ne restait qu'un morne dédale de rues où les visages derrière les fenêtres et les fenêtres elles-mêmes regardaient aveuglément devant eux et où le silence n'était rompu que par les « aboiements hargneux des chiens bagarreurs ». Elle contempla les lumières approchantes de la ville et, quand le train dépassa le parc à machines de la ferme collective avant de longer, émergeant à peine de l'obscurité, la rangée de peupliers qui bordait la voie ferrée, le cœur serré, elle chercha des yeux, dans la faible lueur lointaine des maisons éclairées et des réverbères, l'immeuble à trois étages qui abritait son appartement, le cœur serré, car le vif soulagement d'être enfin arrivée céda vite la place à l'anxiété : en raison des presque deux heures de retard du train, elle ne pouvait guère compter sur le car, c'est donc à pied (« … et seule… ») qu'elle devrait faire le trajet depuis la gare jusqu'à chez elle — sans parler du fait qu'avant de s'interroger sur la suite, il fallait déjà sortir du train. Sous la fenêtre défilaient les minuscules potagers et les cabanons cadenassés, puis le pont du canal prisonnier des glaces surgit un instant avec le moulin ; mais loin d'évoquer la délivrance, ils incarnaient de nouveaux paliers de souffrances et d'épreuves puisque, et cette pensée la bouleversait, si la libération n'était plus qu'à deux pas, d'ici là, quelqu'un pouvait surgir dans son dos et l'attaquer par surprise. Son corps était inondé de sueur. Les yeux inquiets, elle observa la scierie avec sa longue enfilade de pyramides de pins, puis la maison en ruine du garde-barrière, la vieille locomotive à vapeur immobilisée sur la voie de garage, la faible lueur filtrant à travers les vitres grillagées des ateliers de mécanique. Derrière elle, aucun mouvement, elle était toujours

seule sur la plate-forme. Elle saisit à pleine main
la poignée glaciale de la portière, mais hésita : si
elle l'ouvrait trop tôt, quelqu'un pouvait la pousser, si elle l'ouvrait trop tard, cette « bande d'igno-
bles malfrats pouvait l'attraper ». Le train, arrivé
à hauteur d'un interminable convoi de marchandises à l'arrêt, commença à ralentir, puis les freins
crissèrent. La portière s'ouvrit, elle sauta d'un
bond, aperçut les arêtes saillantes des gravillons
au milieu des traverses, entendit des pas derrière
elle, et se retrouva brusquement sur la place de la
gare. Personne ne l'avait attaquée mais, tel un
mauvais présage pour saluer son arrivée, tous les
réverbères s'éteignirent d'un seul coup, dans le
quartier et, cela ne tarda pas à se révéler, dans
toute la ville. Elle se précipita, les yeux fixés sur
ses pieds, pour ne pas trébucher dans le noir, vers
l'arrêt du car, peut-être celui-ci avait-il attendu
l'arrivée du train ou bien existait-il un service de
nuit. Mais aucun véhicule ne stationnait et aucun
« service de nuit » ne pouvait être envisagé,
puisque, comme l'indiquait l'écriteau accroché à
côté de l'entrée principale de la gare, le dernier
car, dont l'horaire coïncidait avec l'heure officielle
d'arrivée du train, venait tout juste de partir — de
plus, le panneau était intégralement barré par
deux larges traits. Malgré ses efforts pour les distancer, le temps de déchiffrer l'indicateur des
horaires, une véritable marée de toques de fourrure, de bonnets graisseux et de casquettes à oreillettes avait envahi la place, et tandis qu'elle se
demandait ce que tous ces hommes venaient faire
ici et rassemblait tout son courage pour affronter
la route, soudain, elle crut reconnaître parmi eux,

là-bas vers la gauche, celui dont l'horrible souvenir avait été presque effacé par les incidents du wagon de queue : l'homme au manteau en drap ; il semblait regarder autour de lui, chercher quelque chose, avant de tourner au coin de la rue et de disparaître. La scène s'était déroulée si vite et si loin (sans parler du fait que dans cette obscurité crépusculaire, il était impossible de discerner une hallucination de la réalité) qu'elle n'était pas certaine de l'avoir identifié, mais la simple éventualité de sa présence l'effraya tant qu'elle traversa cette lugubre foule immobile pour gagner la large avenue qui menait au centre-ville, où elle se mit à courir. Naturellement, bien que cela semblât invraisemblable (mais tout le voyage n'avait-il pas été une suite d'invraisemblances ?), elle n'était guère surprise, déjà dans le train, quand, à sa plus grande stupeur, elle était tombée sur lui, son instinct lui avait dit que sa mésaventure — froide tentative de viol — avec l'homme mal rasé était loin d'être terminée, et puisque désormais elle pouvait être attaquée de dos, non seulement par des brigands mais également par lui (« S'il s'agissait bien de lui... et non de mon imagination... ») et qu'il pouvait surgir de n'importe où, de n'importe quelle porte cochère, elle se mit à trébucher, comme incapable de décider, dans sa position délicate, s'il valait mieux courir ou reculer. L'énigmatique carré de la place du marché était déjà loin, elle venait de dépasser le carrefour de la rue Zöldág qui menait à l'hôpital des enfants malades, mais sur l'avenue rectiligne bordée de marronniers dénudés — croiser une personne de sa connaissance eût pourtant signifié son salut — il n'y avait pas âme qui vive, et en dehors de sa propre respiration, du fin crissement de ses pas et du souffle du vent qui cinglait son visage, elle ne percevait aucun bruit, si ce n'est le vague écho lointain d'un vrombissement, sourd et continu, un bruit qui rappelait le son des vieilles scies à moteur d'autrefois. En l'absence totale d'éclairage et dans ce silence étouffé et glacial, bien qu'elle s'efforçât de résister au pouvoir déstabilisant de l'environnement, elle se sentait comme une proie abandonnée, car son regard avait beau se poser de tout côté, en quête de quelque lueur émergeant d'un appartement, tout faisait penser à une ville en état de siège, là où les hommes, jugeant vain et superflu de poursuivre le combat, renoncent jusqu'aux dernières traces de présence humaine et sont persuadés qu'en livrant les rues et les places et en se terrant derrière les murs épais des maisons, le danger sera écarté. Elle avançait sur la surface accidentée du trottoir jonché de détritus gelés, passa devant la minuscule devanture de la boutique ORTHOPÉDIE, magasin — autrefois renommé — appartenant à la coopérative régionale de cordonnerie, et avant de traverser, par pur réflexe (puisque, en raison de la pénurie d'essence, la circulation automobile était déjà très réduite avant son départ), elle jeta un coup d'œil dans l'obscure rue Sándor Erdélyi, que les gens d'ici — dans la mesure où elle bordait la longue muraille couronnée de fils barbelés du palais de justice (et prison) — appelaient tout simplement la « rue de la Justice ». Au milieu de la rue, tout près du puits artésien, elle aperçut la tache formée par les ombres d'un groupe silencieux et eut soudain l'impression que quelqu'un se faisait rouer de coups en silence. Effrayée, elle se mit à courir en se retournant plusieurs fois, et ne ralentit l'allure qu'une fois assurée que personne n'était sorti de la lourde bâtisse du palais de justice (et prison) pour s'élancer à sa poursuite. Personne ne l'avait suivie et le silence de mort de la ville déserte n'était perturbé que par le vrombissement, maintenant plus perceptible, et dans l'inquiétante plénitude de ce silence — c'est avec son propre mutisme (aucun cri de douleur, aucun bruit de coup) que le crime lui-même, car comment le nommer autrement, avait fait écho au silence presque absolu — il ne lui semblait plus si étrange de ne croiser personne alors que, même si la plupart des gens se barricadaient chez eux, elle aurait dû rencontrer une ou deux personnes, sinon ailleurs, au moins ici, sur cette portion de l'avenue Béla Wenckheim proche du centre-ville. Un mauvais pressentiment la poussa à accélérer le pas, elle avait l'impression de déambuler dans un cauchemar, puis, alors que le vrombissement devenait de plus en plus proche et tout à fait distinct, elle crut que son imagination — éprouvée par la peur et la fatigue — lui jouait des tours quand elle aperçut par hasard, émergeant entre les troncs des châtaigniers, le difforme engin, car ce qu'elle découvrit était non seulement époustouflant mais tout simplement incroyable. Non loin devant elle, au beau milieu de la large chaussée, un engin fantomatique avançait tout seul dans la nuit hivernale — à supposer que l'on puisse parler de mouvement pour décrire la gestuelle chaotique exécutée par cette machine infernale qui, avec la lenteur troublante d'un rouleau compresseur, progressait péniblement vers le centre-ville en luttant pour chaque centimètre parcouru et, confrontée au vent contraire, semblait, au lieu de rouler sur la surface, s'extirper d'une matière gluante et dense, âprement résistante. La remorque, recouverte de plaques en tôle ondulée bleue, une sorte de wagon géant barbouillé d'inscriptions jaunes (avec au centre une forme marron indistincte), était encore plus longue et plus haute — remarqua-t-elle, médusée — que les énormes camions turcs qui autrefois sillonnaient la ville, et ce monstre difforme, d'où s'échappait une vague odeur de poisson, était tiré par une espèce de tracteur fumant, tout graisseux, datant de Mathusalem, qui peinait atrocement. Arrivée à sa hauteur, la curiosité relégua sa peur à l'arrière-plan et lui fit ralentir le pas, mais elle eut beau examiner de plus près les lettres informes, étrangères, trahissant une main inexperte, leur sens demeura une énigme (« ... une langue slave... ou du turc ?... »), et elle ne put deviner la fonction de cet engin ni comprendre ce qu'il venait faire chez eux, dans cette ville désertique, fouettée par le vent et paralysée par la glace ; pas plus que la façon dont il avait échoué ici puisque avec sa lenteur d'escargot venir simplement du village voisin lui aurait pris des années, et le transport en train — il ne pouvait pourtant en être autrement — semblait impensable. Elle accéléra à nouveau le pas et après avoir dépassé l'inquiétant convoi, elle se retourna et aperçut à bord de la cabine du véhicule qui tractait la remorque un homme robuste et velu, vêtu d'un simple maillot de corps, qui, un mégot au coin des lèvres, en l'apercevant sur le trottoir, leva le bras droit de son volant pour la saluer, d'un air totalement détaché. Tout ceci était totalement irréel (pour couronner le tout, la cabine devait être surchauffée car cette armoire à glace semblait avoir très chaud) et Mme Pflaum s'éloigna à toute vitesse en se retournant plusieurs fois, et plus elle le regardait, plus le monstre lui semblait exotique, un monstre qui, engloutissant irrémédiablement tout sur son passage — et laissant entendre que ce qu'il laissait derrière lui ne serait plus jamais pareil —, rampait avec une irrésistible lenteur sous les fenêtres des citoyens qui ne se doutaient de rien. Elle se sentait prisonnière d'un horrible cauchemar, dont elle ne pouvait se réveiller : mais elle savait parfaitement que tout cela était réel, bien réel ; elle comprit également que les effroyables événements dont elle avait été le témoin ou l'acteur (ce convoi fantasmagorique, la bastonnade rue Sándor Erdélyi, l'extinction des lumières, quasiment synchronisée, la foule de grossiers malfrats devant la gare, et par-dessus tout, la face horrible de l'homme au manteau en drap avec son regard effronté et glacial) n'étaient le produit ni du hasard ni de son imagination mais qu'un lien de corrélation indéniable les unissait, aussi précis qu'évident. Dans un même temps, elle s'efforçait à tout prix de rejeter cette invraisemblance, espérait que, sait-on jamais, l'apparition de cette foule, ce convoi, ce déferlement de violence, ou, au moins, cette coupure de courant trouveraient une explication, désolante, peut-être, mais limpide, car se résoudre à cette situation insupportable, à savoir qu'avec l'ordre et la sécurité, toute forme de rationalité avait déserté la ville, elle s'y refusait tout simplement. À ce sujet, elle n'allait pas être déçue : si l'extinction des réverbères demeura inexpliquée, la fonction de l'étrange convoi cessa rapidement d'être un mystère. Elle avait dépassé la maison de György Eszter, personnalité éminente de la commune, venait de quitter le parc du vieux théâtre en bois, avec son bruissement inquiétant, quand, arrivée près du minuscule temple évangélique, son regard tomba par hasard sur une colonne d'affichage ; elle s'arrêta net, s'approcha, lut et relut, de peur de se tromper, le texte, pourtant très simple, qui semblait être l'œuvre de rôdeurs des faubourgs, car sur une affiche recouvrant toutes les autres, cornée sur le côté, et dont la fraîcheur de la colle trahissait qu'elle venait d'être récemment posée se trouvait l'explication rationnelle.

ATRACTION ! FANTASTIC ATRACTION !

LA PLUS GRANDE
BALLAINE JEANTE
DU MONDE

Et autres mistères de la nature
Plasse Kosuth (à droite de la place du marché)
Le 1, 2, 3 décembre
Après une tournée trionfale en Europe !!!
Prix des places : 50 f
(demi-tarif pour les enfants et les soldas)

ATRACTION ! FANTASTIC ATRACTION !

Elle avait cru qu'en élucidant ne fût-ce qu'un seul élément de cet imbroglio, il lui serait plus facile de s'orienter et donc (bien sûr : Dieu me préserve d'en arriver là... !) de se défendre « en cas de cataclysme », et pourtant, là devant l'affiche, cet infime éclaircissement ne fit qu'intensifier son angoisse, car si jusqu'ici le problème venait de l'absence totale de rationalité dans ce qu'elle avait vu et vécu, maintenant — comme si cet « infime » (« La plus grande baleine géante du monde et autres mystères de la nature ») était déjà trop — force lui fut de se demander s'il n'existait pas une logique aussi tangible qu'incompréhensible.

Car enfin : un cirque ? Ici ? ! Alors qu'on se demandait si la fin du monde n'était pas imminente ? Faire venir une ménagerie cauchemardesque avec une charogne putride ? Quand la ville n'était que menace ? Qui avait le cœur de se divertir actuellement, dans ce chaos ? Quelle stupide plaisanterie ! Quelle idée absurde, indécente !... Ou bien alors... cela signifierait-il... que désormais... plus rien n'a d'importance ? Et que quelqu'un... « se divertit dans ce chaos » ? ! Elle s'éloigna rapidement de la colonne d'affichage et traversa la chaussée. De l'autre côté du trottoir se trouvaient des immeubles à deux étages où certaines fenêtres laissaient filtrer un faible éclairage. Elle pressa contre elle son sac à main et, poussée par le vent, se courba légèrement en avant. Arrivée devant le dernier immeuble, elle jeta un regard circulaire puis ouvrit la porte qu'elle referma aussitôt derrière elle. La rampe d'escalier était glaciale. Le palmier, la touche de couleur chérie et jalousement protégée de l'immeuble — lequel semblait déjà condamné avant son départ —, avait irrémédiablement gelé dans la tourmente générale. Un silence feutré l'entourait. Elle était arrivée. Sur sa porte, glissé dans la fente au-dessus du verrou, un message l'attendait. Elle le parcourut rapidement, entra en faisant la moue, mit les deux verrous, et enclencha aussitôt la chaîne de sûreté. Le dos collé à la porte, elle ferma les yeux. « Dieu du ciel, je suis chez moi. » L'appartement était, comme on dit, le fruit de nombreuses années de méticuleux travail. Quand, cinq ans auparavant, elle avait dû, après une mort aussi soudaine que tragique (crise de goutte), enterrer son regretté second mari, et alors que la vie commune avec son fils, issu de son premier mariage — lequel avait malheureusement hérité selon elle des penchants de son père, tombé dans la dépravation —, était devenue, « à cause de ses perpétuelles errances, de son vagabondage incessant et en l'absence de perspectives d'améliorations », insupportable, elle avait finalement pris un appartement, où elle avait non seulement pu se résoudre à l'inéluctable, mais avait ressenti une forme de soulagement car, combien lourde était la perte (tout de même, se retrouver seule après avoir eu deux maris et — puisque pour elle il n'existait plus — un fils), elle s'était rendu compte que plus rien ne s'opposait à ce qu'elle, elle qui avait toujours été « au service des autres », puisse enfin, à l'âge de cinquante-huit ans, vivre pour elle-même. Elle avait donc échangé la maison familiale, trop vaste pour elle — moyennant un dédommagement non négligeable —, contre cet « adorable » petit appartement en centre-ville (« avec interphone ! »), et comme les gens de son entourage lui témoignaient tout le respect dû à son double veuvage et n'évoquaient qu'avec grand tact la vie dissolue de son fils unique, connue de toute la ville, pour la première fois de sa vie (puisque jusqu'ici, en dehors de ses vêtements, seul le linge de maison lui appartenait) elle avait pu s'adonner sans retenue aux intenses plaisirs de la propriété. Elle avait acheté des tapis persans en laine synthétique pour garnir les sols, orné les fenêtres avec de fins rideaux en tulle et des stores de couleur vive, pour donner « une touche de gaieté », ensuite elle avait remplacé l'ancien salon, trop lourd et inconfortable, par un nouveau, en s'inspirant des conseils ingénieux du magazine *Culture du logis,* très populaire en ville, elle s'était fait aménager une cuisine aux lignes modernes, avait fait repeindre l'appartement, changer les convecteurs à gaz et refaire toute la salle de bains. Elle ignorait la fatigue, débordait, comme Mme Virág, sa voisine, le remarquait avec admiration, d'énergie, mais elle ne réussit à se sentir réellement dans son élément que, une fois les gros travaux achevés, quand elle entreprit la décoration de son « petit nid ». Elle regorgeait d'idées, son imagination ne connaissait aucune limite, et elle rentrait de ses expéditions dans les magasins avec soit un miroir serti de fer forgé pour l'entrée, soit un hachoir à oignons très pratique, ou bien encore une jolie brosse à habit à suspendre, dont le manche offrait une magnifique vue panoramique de la ville. Oui, mais deux ans après le départ tristement mémorable de son fils — qui était parti en pleurant, il avait fallu le pousser hors de l'appartement, elle en avait gardé (pendant des jours !) un étrange sentiment de malaise —, deux ans plus tard, donc, et alors que, grâce à son activité débordante, il ne restait plus un seul centimètre inoccupé, elle avait toujours le sentiment troublant qu'il manquait quelque chose à sa vie. Elle avait bien complété sa chère collection de petites figurines en porcelaine qu'elle gardait sous vitrine, mais elle s'était vite rendu compte que celles-ci ne comblaient pas totalement le vide ; elle s'était creusé la tête, avait médité, était même allée jusqu'à demander conseil à sa voisine, mais un après-midi, alors que confortablement installée dans un fauteuil elle s'attelait à une nouvelle pièce de crochet, un modèle « Irma », et que, pour se reposer la vue un instant, ses yeux s'arrêtaient sur les cygnes, puis sur les bohémiennes, avant de glisser sur les garçonnets en larmes et le groupe de jeunes filles allongées — propices à la rêverie et dégageant un sentiment de bien-être —, elle comprit soudain ce qui lui manquait si « cruellement ». Les fleurs. Elle possédait bien deux ficus et un asparagus (qu'elle avait rapportés de son ancienne maison), mais ils ne pouvaient en aucun cas assouvir ce qu'elle appelait l'« instinct maternel », qui s'était soudainement réveillé en elle. Et puisque parmi ses connaissances elle n'eut aucun mal à trouver des gens qui, comme elle, « aimaient le beau », elle fit très rapidement l'acquisition d'un grand nombre de magnifiques plants, oignons et autres boutures, si bien qu'en l'espace de quelques années passées à fréquenter de grands amoureux des plantes, tels que le docteur Provaznyik, Mme Mádai, sans oublier, bien entendu,

Mme Mahó, non seulement les tablettes des fenêtres se garnirent de palmiers nains, philodendrons, sansevières, amoureusement dorlotés, mais elle dut faire fabriquer dans un atelier de menuiserie à Románváros un, deux, puis trois chevalets, seule solution pour caser les fuchsias, les piléas et les innombrables cactus dans son appartement, devenu, grâce à l'abondance des plantes, « si chaleureusement intime ». Et alors, se pouvait-il que tout cela — les tapis moelleux, les stores, les meubles, le miroir, le hachoir à oignons, la brosse à habit, ses précieuses plantes, toute cette tranquillité, cette sécurité, ce sentiment de bien-être — s'arrêtât d'un seul coup ? ! Elle se sentait exténuée. Le message glissa entre ses doigts et tomba par terre. Elle ouvrit les yeux, regarda la pendule murale au-dessus de la porte de la cuisine, suivit des yeux la trotteuse qui sautillait à toute vitesse d'un point à l'autre, et si de toute évidence plus aucun danger ne la menaçait, elle n'arrivait pas à retrouver le sentiment de sécurité dont elle avait tant besoin : ses pensées se bousculaient, se pourchassaient, si bien qu'elle commença — après s'être déshabillée, avoir retiré ses bottes, massé ses pieds enflés et passé de chauds et confortables chaussons — par scruter par la fenêtre du salon l'avenue désertique (mais : « Pas âme qui vive, pas l'ombre d'une silhouette…, seulement le tracteur des forains… ce vrombissement insupportable… »), ensuite, elle inspecta tous les placards pour s'assurer qu'il ne lui manquait rien, et enfin, alors qu'elle se lavait méticuleusement les mains, elle s'interrompit brusquement, craignant d'avoir oublié de fermer l'un des verrous de la porte d'entrée. Après cela, elle se calma légèrement, ramassa, relut et jeta rageusement dans la poubelle de la cuisine le message (quatre lignes, dont les trois premières étaient raturées : « Maman, j'ai essayé de te joindre »), puis elle retourna dans le salon, augmenta le chauffage, et pour se libérer définitivement de ses angoisses, elle examina ses plantes une à une, espérant ainsi, en retrouvant ses plantes en ordre, retrouver son calme. Sa gentille voisine, à qui elle avait demandé, durant son absence, d'aérer quotidiennement son appartement et surtout de prendre soin des précieuses plantes, n'avait pas démérité : la terre était restée bien humide à l'intérieur des pots, son amie, une femme « simple et peu loquace mais foncièrement bonne et sérieuse », avait même pris soin d'épousseter de temps en temps les feuilles des palmiers les plus fragiles. « Ma chère Rozsika, elle est irremplaçable ! » soupira-t-elle avec attendrissement en revoyant l'espace d'une seconde la silhouette toujours affairée de cette femme corpulente, après quoi elle s'affaissa dans un fauteuil vert pomme, inspecta encore une fois les objets indemnes de son appartement, et tout lui semblait si parfaitement « en ordre », le plancher, le plafond, le papier peint à fleurs sur les murs l'entouraient avec une telle évidence que son calvaire lui sembla n'avoir été qu'un mauvais rêve, le produit grotesque de son imagination maladive et de ses nerfs à vif. Oui, tout cela aurait pu être un mauvais rêve, puisqu'elle, elle dont la vie était depuis de nombreuses années rythmée par les conserves en automne, le grand nettoyage au printemps, les travaux d'aiguille l'après-midi, et les joies et petits soucis occasionnés par sa passion des plantes, avait pris l'habitude d'observer avec la distance respectable de ce refuge la folie tourbillonnante du monde extérieur, un monde si étranger à cet univers intime qu'il n'apparaissait que sous forme de brumeuse incertitude, buée informe, et maintenant — alors qu'elle pouvait à nouveau respirer tranquillement derrière l'irréprochable rempart d'une porte verrouillée, comme ayant tourné la clé sur le monde — les horribles péripéties de son voyage perdaient peu à peu de leur vraisemblance, comme si un voile opaque s'était abaissé devant elle, et elle ne distinguait plus que très vaguement les grossiers voyageurs, le regard glacial de l'homme au manteau en drap, la paysanne qui s'affaissait, les ombres penchées au-dessus du malheureux qui se faisait frapper sans bruit dans la nuit, l'étrange cirque était devenu flou, comme les deux larges traits barrant la feuille jaunie de l'indicateur des trains, et encore plus floue était sa propre silhouette éperdue, déambulant comme dans un labyrinthe, pour rentrer chez elle. Autour d'elle, tout devenait de plus en plus net, tandis que ses expériences des heures précédentes devenaient de moins en moins vraisemblables, en revanche, certaines images horribles, telles que la cabine des toilettes empestant l'urine, les graviers sales entre les rails, et le forain qui lui faisait signe, continuaient de tournoyer dans sa tête, rapides et insupportables. Ici, entourée de ses meubles et de ses fleurs, dans un sentiment croissant d'invulnérabilité, et n'ayant plus à redouter d'agression, elle parvint à se libérer de la tension provoquée par son état de vigilance permanente, mais contre l'anxiété générale qui pesait, comme la bouillie sur l'estomac, sur tout son être, elle ne trouva aucun remède. Elle n'avait jamais ressenti une telle fatigue, aussi décida-t-elle d'aller se coucher. En l'espace de quelques minutes elle prit sa douche, nettoya ses sous-vêtements, et tout en enfilant par-dessus son épaisse chemise de nuit une chaude robe de chambre, elle entra dans le cellier, pour, à défaut d'un « dîner sérieux », dont elle se sentait incapable, avaler quelques fruits au sirop avant de se coucher. Le cellier, situé en plein cœur de l'appartement, recelait, compte tenu de la conjoncture, une quantité incroyable de vic-tuailles : des jambons garnis de colliers de paprikas séchés, des saucisses et du lard fumé étaient sus-pendus en hauteur, juste au-dessous se trouvaient, en quantité suffisante pour tenir un siège, des sacs de sucre, de farine, de sel et de riz, soigneusement alignés ; de chaque côté du buffet reposaient les sacs de café, de pavot, d'aromates, de pommes de terre et d'oignons, et enfin, pour couronner cette forteresse de victuailles, cette abondance, preuve de la prévoyance de sa propriétaire — au même titre que la luxuriante forêt de fleurs et de plantes couronnait l'appartement —, une innombrable masse de bienveillants bocaux de conserves s'ali-gnaient en ordre militaire sur des étagères fixées sur le mur central. Tout ce qu'elle avait pu mettre en conserve depuis le début de l'été se trouvait ici, des fruits au sirop et cornichons jusqu'aux noix au miel en passant par les coulis de tomates, aussi, comme à son habitude, passa-t-elle en revue, un peu indécise, ce régiment de verreries, pour, fina-lement, regagner, un bocal de griottes au rhum à la main, le salon où, avant de se réinstaller dans son fauteuil vert printemps, elle alluma, plus par habitude que par envie, la télévision. Elle se cala confortablement, posa ses pieds meurtris sur un pouf et, dans cette agréable chaleur, sous l'effet rafraîchissant de la douche, tandis qu'elle constatait avec plaisir que l'on rediffusait une opérette, elle se dit qu'il restait peut-être encore un peu d'espoir de retrouver la paix et la tranquillité d'autrefois. Car elle savait pertinemment que le monde la dépassait totalement — tout comme, selon l'expression inlassablement ressassée par son fils, cet illuminé qui vivait dans les étoiles, la lumière dépassait la vision — et que tant que ceux qui comme elle, au creux de leur nid tranquille, dans leurs petites oasis d'honnêteté et de sagesse, ne pourraient songer au monde extérieur qu'en tremblant, les hordes furieuses de barbares aux visages mal rasés circuleraient avec une assurance instinctive : oui mais, elle, elle ne s'était jamais rebellée contre ce monde, elle avait toujours accepté ses incompréhensibles lois, elle lui était reconnaissante pour ses petites joies, aussi s'estimait-elle en droit d'espérer que le sort l'épargnerait. Épargnerait et protégerait ce petit îlot, et interdirait, Mme Pflaum cherchait ses mots, qu'elle, elle qui n'avait toujours aspiré qu'à la paix et la tranquillité, leur soit livrée en pâture. Les douces mélodies (« La comtesse Maritza… ! » reconnut-elle immédiatement avec un vif plaisir) emplirent l'espace de leur charme et de leur arôme délicat, comme une brise printanière et, lorsque, tout en se balançant au rythme des « douces mélodies », elle revit soudain l'image du train et de sa grossière cargaison, elle n'éprouva plus de crainte à leur égard mais du mépris — exactement comme au tout début du voyage, quand elle les avait aperçus pour la première fois dans le wagon crasseux. Les deux types de cargaison, à savoir les « ripailleurs débauchés » et les « malfrats silencieux », se confondaient déjà dans son esprit, elle pensait être enfin capable de les regarder de haut, afin d'oublier — comme la musique l'aidait à oublier toutes les horreurs du monde — la terrible mésaventure qu'elle avait vécue. Car si, se dit-elle avec assurance devant l'écran de télévision en engouffrant avec délectation une nouvelle griotte, la vermine pouvait régner en maître dans les ténèbres, dans la nuit, dans les abjects tréfonds des tavernes et des taudis, un certain temps, ce n'était que pour mieux retourner, quand leur sauvagerie deviendrait insupportable, de façon aussi logique que naturelle, là d'où ils étaient venus : car là est leur place, hors d'ici, pensa Mme Pflaum, hors de notre monde de justice et de paix, exclus à jamais, définitivement. En attendant, en attendant que s'abatte sur eux le châtiment qu'ils méritaient, sa décision était prise, l'enfer pouvait bien faire rage, elle devait l'ignorer, car *elle n'avait absolument rien à voir* avec cette décadence, avec la tyrannie barbare de ces hommes indignes voués à la prison, et puisqu'il en était ainsi, décida-t-elle, puisqu'ils avaient déjà pris possession des rues, eh bien, elle ne mettrait plus un pied dehors, elle s'effacerait de toute histoire, plus personne n'entendrait parler d'elle jusqu'au jour où cesserait cette infamie, où le ciel s'éclaircirait à nouveau et où sa vie quotidienne serait à nouveau régie par l'esprit de compréhension mutuelle et le bon sens. Réconfortée par cette résolution, elle regardait rêveusement la fin triomphale, quand le comte Taszilo et la comtesse Maritza, après de nombreux déboires, se retrouvaient enfin, et, les yeux humides, elle s'apprêtait à s'abandonner entièrement au bonheur éclatant du finale quand brusquement retentit la sonnette de l'interphone. Elle tressaillit, porta la main à son cœur (« Il m'a retrouvée ! Il m'a suivie !… »), puis, le visage offusqué (« Mais non ! C'est absurde ! »), elle leva les yeux vers la pendule et se précipita vers la porte d'entrée. Cela ne pouvait être ni une amie, ni une voisine, puisque, jadis par bienséance, aujourd'hui par manque de courage, les gens ne se rendaient plus visite après sept heures du soir, aussi, après avoir éliminé l'image cauchemardesque de l'homme au manteau en drap, il ne lui resta guère de doute sur l'identité du visiteur. Depuis qu'il occupait une chambre chez Harrer, il ne se passait, hélas, pas trois jours sans que son fils fît une incursion en pleine nuit, souvent en empestant le vin, soit pour la torturer pendant des heures avec ses lubies obsessionnelles sur le ciel et les étoiles, soit — surtout dernièrement — pour, les yeux larmoyants, lui offrir des fleurs — que sa mère désabusée pensait qu'il avait volées — et « honorer celle qu'il faisait involontairement tant souffrir ». Elle lui avait demandé, quand il avait définitivement quitté la maison, et lui avait répété depuis lors des milliers de fois, de ne pas venir la déranger, de la laisser tranquille, elle n'avait aucune envie de le voir, il ne devait pas mettre les pieds chez elle, car c'était la vérité, elle n'avait aucune envie de le voir, vingt-sept années d'amertume passées avec lui étaient largement suffisantes, vingt-sept années durant lesquelles jour après jour, minute après minute, elle avait dû supporter la honte d'avoir un tel fils. Comme elle le confiait à ses amis compatissants, elle avait tenté tout ce qui pouvait être tenté, et puis finalement, elle s'était dit que si son fils n'était pas capable de rentrer dans le rang, ce n'était tout de même pas à sa mère d'en payer les frais. Elle avait déjà payé avec Valuska père, son premier mari, que l'alcool avait totalement dépravé, quant à son fils, elle avait déjà suffisamment payé pour lui — répétait-elle à qui voulait bien l'entendre. On lui avait conseillé, conseil qu'elle avait parfois suivi, de « ne pas laisser entrer chez elle ce farfelu tant qu'il n'aurait pas abandonné ses mauvaises habitudes », mais en plus de la souffrance que son « cœur de mère devait endurer », cela, elle dut le reconnaître, ne servait à rien. Elle avait beau lui interdire de chercher à la joindre tant que, par manque de volonté, il n'aurait pas trouvé la force d'assumer une vie normale, Valuska — tout en poursuivant ses errances — trois jours plus tard se présentait pour exprimer, le visage radieux, sa « force de volonté ». Lassée de ce combat désespéré, lassée de voir qu'avec son incurable simplicité d'esprit il ne comprenait même pas ce que sa mère lui demandait, ces derniers temps, elle le chassait systématiquement, et telle était bien son intention, mais à la place des mots hésitants mille fois entendus (« C'est... seulement... moi... maman... »), c'est une voix féminine ronflante de familiarité qui répondit. « C'est qui ? répéta dans sa surprise Mme Pflaum tout en éloignant l'appareil de son oreille. — Ce n'est que moi, ma petite Piri ! Mme Eszter ! — Madame Eszter ? ! Ici ? ! À cette heure ? ! » s'exclama-t-elle en rajustant à contrecœur sa robe de chambre. Cette femme faisait partie des personnes que Mme Pflaum — comme, d'après ce qu'elle savait, tout le monde en ville — tenait à distance, elles n'entretenaient donc aucune relation, et en dehors des inévitables et froids « bonjour » quand elles se croisaient dans la rue, à peine échangeaient-elles deux phrases par an, et uniquement sur le temps, cette visite était donc pour le moins surprenante. Mme Eszter était l'un des principaux sujets de conversation de ses amies, en raison de « son passé scandaleux, de ses mœurs douteuses, et de sa situation familiale actuelle confuse » mais également parce que, avec son insolente arrogance, ses manières rustres, effrontées, brutales, sa façon de s'habiller sans goût, totalement ridicule par rapport à sa silhouette de « déménageur », elle scandalisait les familles respectables, et, d'autre part, ses minauderies impudentes, son « hypocrisie », à faire pâlir d'envie un caméléon, suscitaient l'indignation et la réprobation. Et pour combler le tout, quelques mois plus tôt, profitant du relâchement de vigilance consécutif au désordre et à l'inquiétude, elle s'était — avec le concours du capitaine de gendarmerie, son amant — autoproclamée présidente du Comité des Femmes et, depuis lors, pavoisait effrontément avec son double menton gonflé d'arrogance et de joie maligne, avec, pour reprendre l'expression pertinente de sa voisine, « ce sourire écœurant, aguicheur sur ce visage de débauchée », et avait réussi, sous prétexte de visites de courtoisie, à s'introduire dans des demeures où, auparavant, elle n'aurait jamais pu mettre le pied. Elle n'avait donc aucune peine à imaginer quel genre de mauvais coup pouvait mijoter Mme Eszter, c'est pourquoi elle descendit l'escalier avec la ferme intention, premièrement, de lui donner une bonne leçon de savoir-vivre (« Visiblement, cette bonne femme n'a aucune idée de l'heure à laquelle il convient de sonner chez les gens ! »), pour ensuite, comme première expression symbolique de son retrait du monde, la renvoyer dans ses pénates. Les choses se passèrent autrement.

Les choses se passèrent et ne pouvaient que se passer autrement, car Mme Eszter savait pertinemment à qui elle avait affaire, c'est pourquoi elle, elle qui — comme son ami, le capitaine de gendarmerie, le lui susurrait à l'oreille chaque soir —, « rien que par son poids et sa hauteur faisait figure de géante... sans parler du reste », avec sa supériorité naturelle et son inébranlable détermination, n'eut aucune peine à écraser cette obstinée de Mme Pflaum ; après lui avoir proclamé d'une voix tonitruante de virilité, épicée de quelques ronflants « ma chérie », que certes, elle était parfaitement au courant de l'heure tardive mais qu'elle devait impérativement et immédiatement l'entretenir d'une « affaire privée ne souffrant aucun délai », elle profita de la stupéfaction prévisible de Mme Pflaum pour pousser celle-ci en même temps que la porte d'entrée, escalader les marches d'escalier puis, en penchant comme à son habitude la tête sur le côté (« je n'ai pas envie de me cogner quelque part... »), entrer par la porte restée ouverte dans le salon où, afin d'éviter d'aborder d'emblée l'objet pressant de sa visite, elle fit, après avoir d'un coup d'œil rapide — le temps d'accrocher son manteau — jaugé l'ensemble de l'ameublement, de plates observations sur l'« exposition exceptionnelle » de l'appartement, sur l'« intéressant motif » du tapis du vestibule et sur son « goût exquis, digne d'envie », tout en se disant « quelle vulgarité ! ». Prétendre que « faire diversion » exprimât la véritable nature de ses intentions — à savoir : compte tenu de l'urgence de l'affaire, passer aujourd'hui un petit quart d'heure avec la mère de Valuska pour pouvoir le lendemain matin, si elle le rencontrait, mentionner cette visite — serait exagéré et, pour dire la vérité, n'importe quel sujet aurait fait l'affaire ; elle ne choisit pas pour autant la facilité (c'est-à-dire : s'installer immédiatement sur l'un des immondes fauteuils et orienter la conversation sur la soif de renouveau général, perceptible à travers tout le pays, et, s'inscrivant dans ce contexte, sur l'énergie à tout rompre du Comité des Femmes de la ville et son enthousiasme débordant…) car, bien qu'elle s'y fût préparée, ce « sale petit nid » de veule conformisme, d'oisiveté suffocante, de sirupeuse fadeur la prit si violemment à la gorge que, tout en dissimulant adroitement sa répulsion, c'est avec la plus grande prudence qu'elle dut contrôler tout l'arsenal de son hôte. Précédant Mme Pflaum, qui dans sa confusion mêlée de rage n'osait piper mot, elle fit le tour des pièces surchargées, et tandis que d'un vibrant contralto feignant l'admiration (puisque le temps « d'abattre ses cartes » n'était pas encore arrivé) elle déclarait à la ménagère rougissante qui la suivait à la trace en remettant à leur place les bibelots balayés sur son passage : « Oui, cela ne fait aucun doute : une femme sait donner un contenu aux objets inanimés, tout comme elle seule est capable de doter son foyer de ce charme si personnel », dans son for intérieur — très intérieur —, elle luttait pour ne pas saisir de son énorme poigne l'un de ces immondes bibelots et le broyer, comme le cou d'un poulet, car en effet, ce bric-à-brac suffocant, surchauffé, poisseux, avec ces porte-peignes, ces napperons en dentelle, ces cendriers en forme de cygne, ces tapis de velours synthétique, ces rideaux en tulle, et ces romans à l'eau de rose alignés derrière une vitrine ne faisaient qu'illustrer avec éloquence où « l'insolente démesure de l'oisiveté lubrique et de la veulerie » conduisait le monde. Elle observa tout, enregistra tous les détails, rien ne lui échappa et après cela, comme pour tester sa résistance, c'est avec un plaisir sadique et amer qu'elle inspira l'air vicié de l'appartement : cette « puanteur », l'odeur écœurante de ces « petites bonbonnières doucereuses », qui signalait de loin l'état pitoyable de ses occupants, lui donnait (« toujours ! »), dès qu'elle en franchissait le seuil (comme elle le répétait avec une ironie grinçante au capitaine de gendarmerie chaque fois qu'elle rentrait d'une des visites de courtoisie qu'elle effectuait depuis son élection), une « sérieuse envie de vomir ». S'agissait-il de pure ironie ou de véritable nausée, difficile à dire, en revanche, son ami savait avec certitude à quel genre d'épreuves peu ordinaires la force morale de Mme Eszter était soumise car depuis que, une fois « le consensus enfin trouvé », en reconnaissance de ses nombreuses années d'intense labeur, elle avait été relevée de son poste de direction de la chorale masculine de la commune (où seul le « répertoire restrictif » limité aux marches, chants de travailleurs et aux odes printanières adoucissait quelque peu les tracasseries indignes de sa personne dont elle faisait l'objet) pour être nommée présidente du Comité des Femmes de la ville, autrement dit, une personnalité incontournable, chaque jour (« et pendant des heures ! ») elle devait, comme pour mieux renforcer ses soupçons, se rendre dans de tels appartements. Car en effet elle voyait très bien qu'ici, précisément ici, dans cette atmosphère irrespirable de confitures sirupeuses, d'édredons étouffants, avec ces tapis aux franges méticuleusement peignées et ces fauteuils recouverts de housses protectrices, tout projet de grande envergure était voué à l'échec, toute volonté d'agir était condamnée à sombrer dans ce funeste cloaque de consommateurs d'opérette en pantoufles qui se prenaient pour l'élite de la société et traitaient avec une morgue insolente les gens simples et sains, et de la même façon pouvait-elle parfaitement expliquer, à titre d'exemple, pourquoi, malgré plusieurs mois de travail acharné, son projet de vaste campagne de nettoyage, lancé pour inaugurer son mandat de présidente, connaissait un regrettable échec dans son développement. Honnêtement, elle s'y attendait et n'avait pas été réellement surprise de voir cette clique pompeuse de parasites bouffis d'autosuffisance rejeter froidement ses arguments pourtant solides car, à travers leurs allégations chicanières (telles que : « Un concours de propreté en décembre ? Éventuellement plus tard, au moment du grand nettoyage de printemps... »), Mme Eszter percevait infailliblement la nature profonde de leurs réticences, à savoir, leur maladive incompétence et leur lâche passivité, reflétant une peur, infondée mais, les concernant, compréhensible, puisqu'ils voyaient dans le renouveau général et l'irréductible soif de changement les signes précurseurs d'un indomptable chaos et de forces qui — à juste titre — au lieu de le protéger détruiraient impitoyablement ce qui était définitivement mort et transformeraient le morne ennui de leur vie pétrie de jouissance égoïste en « noble passion pour le bien public ». À quoi bon le nier, dans son appréciation extraordinaire des récents événements, aussi insolites qu'anarchiques — en dehors de son confident, le capitaine de gendarmerie, et deux trois personnes de bon sens —, elle se trouvait plutôt isolée dans la ville, mais loin d'en être troublée ou de douter, quelque chose lui disait que « leur victoire, qui lui donnerait raison, était imminente ». À la question, quelle serait la nature de cette victoire ?, elle n'aurait su répondre en une (ou deux) phrase(s) concise(s), mais sa conviction était si ferme que cette « coterie de précieux pantouflards » avait beau être tenace et nombreuse, non seulement elle ne la craignait pas mais elle n'en avait que faire, car son véritable ennemi — c'est ainsi que le combat pour l'intérêt général se transforma en conflit personnel — était György Eszter lui-même, cet homme tenu pour un excentrique, vivant dans la plus totale réclusion, en réalité un simple paresseux maladif, Eszter, ce mari sur le papier, qui jouissait d'une considération générale mêlée de crainte même si, contrairement à elle, il ne pouvait se vanter « d'aucune action pour le bien de la communauté », cette légende vivante qui se prélassait au lit depuis des années et daignait (« disons ») une fois par semaine apparaître à la fenêtre... Un véritable ennemi ? Bien plus que cela ; selon Mme Eszter, il incarnait « l'enfer sans issue de l'infranchissable obstacle » et, dans un même temps, son unique atout si elle voulait conserver sa place honorable au sein des personnalités influentes de la ville, un piège, donc, un traquenard parfait fonctionnant sans l'ombre d'un espoir, duquel elle ne pouvait s'échapper, qu'elle ne pouvait déjouer. Car cette fois encore Eszter était la clé du problème, le maillon le plus décisif dans la réalisation de ses ambitieux projets, lui qui, plusieurs années plus tôt, avait en invoquant des douleurs lombaires quitté la direction du Conservatoire municipal de musique pour prendre sa retraite et lui avait tout simplement signifié, avec un cynisme effronté, que désormais « il ne souhaitait plus faire appel à ses services conjugaux » et qu'elle devait dès le lendemain, avec leurs économies, prendre un appartement près de la place du marché, ce même homme qui de surcroît — pour quel autre motif sinon la vengeance —, mettant ainsi un terme à leurs rares apparitions communes, avait également démissionné de la direction du grand orchestre de la ville, soit disant, comme elle l'apprit plus tard, parce qu'il ne s'intéressait qu'à la musique et souhaitait dans l'avenir s'y consacrer totalement, alors qu'au moins une personne, en l'occurrence elle, Mme Eszter, était bien placée pour savoir quel genre de fausses notes inaudibles il plaquait sur son piano volontairement désaccordé, à condition, bien entendu, que son corps alangui par l'éternelle station horizontale daignât s'extirper de sa monstrueuse montagne de coussins et de couvertures. En y réfléchissant et en songeant à la suite infinie d'humiliations vécues pendant toutes ces années, elle se serait fait une joie de dénoncer et de massacrer ce fainéant de mari à coups de hachette dans son lit, seulement voilà, c'était la seule chose qu'elle ne pouvait se permettre, car, elle devait s'y résigner, sans Eszter, la ville était imprenable, et quoi qu'elle entreprendrait, elle tomberait sur lui. La séparation, justifiée par le besoin de calme et de solitude de son mari pour travailler, l'obligeait à maintenir les apparences du mariage et à renoncer à toute idée de divorce, pourtant ardemment souhaité, elle dut même se résoudre, par l'entremise de Valuska, le disciple et petit protégé d'Eszter, cet incurable crétin, fils dégénéré de Mme Pflaum, issu de son premier mariage — à l'insu d'Eszter mais au vu et au su de toute la ville —, à laver, elle, le linge de son mari, jusqu'à ses « caleçons crasseux ». La situation semblait assurément grave mais Mme Eszter ne baissait pas les bras : sans savoir si sa haine personnelle importait plus que le « combat pour le bien public », autrement dit, s'il fallait faire payer Eszter (« pour tout ! ») ou bien consolider définitivement sa « position précaire », une chose était sûre : cette situation inconfortable ne durerait pas éternellement et un jour viendrait, peut-être très prochainement, où du haut de son pouvoir largement mérité, conquis au prix d'une lutte tenace, elle pourrait régler définitivement le compte de ce lamentable gredin qui, en la couvrant de ridicule, lui gâchait « délibérément » la vie. Et elle avait de bonnes raisons de croire qu'il en serait ainsi (et pas seulement parce qu'il fallait qu'il en soit ainsi) car si son poste de direction lui offrait une certaine « liberté de mouvement », il lui permettait également d'envisager une plus grande indépendance vis-à-vis de lui — sans parler du fait que depuis qu'elle avait compris comment gagner le soutien des citoyens les plus revêches pour les premières grandes actions du Comité et, dans un même temps, renouer ses liens avec Eszter, son assurance, déjà non négligeable, était devenue illimitée, et elle avait désormais une certitude : elle était sur la bonne voie, pouvait avancer tout droit vers son objectif, plus personne ne pourrait l'arrêter… Car son projet était irréprochable et, comme tout « projet génial », simple comme bonjour, seulement, comme c'est souvent le cas, elle avait mis un certain temps avant de trouver LA solution : au moment du lancement de la campagne, elle savait pertinemment que seule l'« intervention » d'Eszter pouvait briser la résistance et l'indifférence ; si on pouvait le contraindre à y prendre part, si on pouvait le convaincre de prendre la tête du mouvement, ce programme ridicule voué à l'échec avec son slogan totalement creux « COUR BALAYÉE, MAISON RANGÉE » pouvait être le vigoureux point de départ d'une véritable action de grande envergure. Oui mais comment ? Là était la question. Elle avait mis des semaines, voire, sans exagération, des mois entiers, ayant dû renoncer à une série d'idées, trop irréalistes, depuis la simple persuasion jusqu'à l'intervention des forces de l'ordre, avant de trouver enfin le meilleur moyen de le coincer, mais ensuite, dès lors qu'elle comprit que le succès de son plan dépendait de « l'adorable Valuska », et de sa mère, Mme Pflaum, que son fils aimait d'autant plus passionnément que celle-ci, tout le monde le savait, le repoussait, une tranquillité d'esprit s'était emparée d'elle, que plus rien ni personne ne pouvait ébranler, et maintenant qu'elle se trouvait, assise, une cigarette à la main, entre les tapis moelleux et les meubles archibriqués de cette petite ménagère (« mais encore bien roulée pour son âge ! ») elle éprouvait un plaisir certain à voir les joues de Mme Pflaum « s'embraser » littéralement à chaque nouvelle cendre qu'elle laissait tomber par terre — avant de goûter en s'extasiant aux cerises restées sur la table. Elle était ravie de constater que le désarroi mêlé de rage de la maîtresse de maison (« Elle a peur de moi ! ») estompait peu à peu sa propre colère et tout en balayant du regard le salon enseveli sous les plantes, qui lui donnait l'impression de se trouver sur une aire de battage envahie de mauvaises herbes, au beau milieu d'un champ, elle reprit à nouveau une voix mielleuse — désormais pour le simple plaisir, pour s'amuser — et remarqua d'un ton admiratif : « Eh oui. Transporter la nature dans son appartement, c'est bien là le rêve éternel des gens de la ville. Nous sommes tous pareils, ma petite Piri. » Mais Mme Pflaum ne répondit rien, eut un hochement de tête forcé, ce qui fit comprendre à Mme Eszter qu'elle ferait bien d'en venir enfin à l'objet de sa visite. Serait-elle d'accord pour intervenir — sans se douter qu'elle avait déjà dit « oui » en s'avérant incapable d'empêcher son intrusion dans l'appar-

tement, puisque sa simple présence ici constituait
« l'objet » lui-même —, de toute façon, son approbation ou sa réticence ne signifiaient rien, mais
enfin tout de même : après lui avoir longuement,
de la façon la plus amicale possible mais en la
regardant droit dans les yeux, dépeint la situation
(à savoir : « Crois-moi, ma chérie, ce n'est pas moi,
c'est la ville qui souhaite Eszter, mais le gagner à
la cause, lui, cet homme si notoirement occupé,
une seule personne en est capable, ton cher et si
adorable garçon... »), elle fut surprise et indubitablement contrariée par son refus immédiat qui,
elle le voyait bien, n'était pas motivé par le fait
que, Mme Pflaum ayant rompu ses liens depuis
des années avec Valuska, son « devoir de mère »
l'obligeait à prendre des distances vis-à-vis des
agissements de ce fils qui « loin d'être adorable
était un ingrat et un bon à rien », bien qu'on puisse
imaginer combien il était douloureux de devoir
dire une chose pareille, mais, en concentrant dans
ce « non » catégorique la colère rentrée de sa faiblesse impuissante, elle voulait tout simplement
faire payer Mme Eszter et se dédommager des
préjudices qu'elle venait de subir, à savoir : reconnaître devant une étrangère qu'elle et ses amies
désapprouvaient qu'elle était petite et faible alors
que Mme Eszter était grande et forte, et que son
fils, « pensionnaire chez Hagelmayer », était, elle
pouvait difficilement le nier, un idiot du village
tout juste capable de travailler comme livreur de
journaux à la Poste centrale. Mme Eszter aurait
pu prendre le refus de Mme Pflaum, de « cette
naine », comme un aveu d'impuissance face à elle,
une forme de vengeance pour avoir dû supporter

pendant près de vingt minutes son « exaspérant sourire » et ses regards de tartuffe, mais non, sans hésiter, elle se leva d'un geste brusque de son fauteuil crapaud vert printemps, lança du bout des lèvres qu'elle devait partir, traversa la dense végétation, et en déplaçant involontairement un minuscule canevas accroché sur le mur de l'entrée et en écrasant sa cigarette dans un cendrier en porcelaine encore jamais étrenné, elle prit sans desserrer les dents son gigantesque manteau en skaï noir. Bien que capable de sang-froid et se reconnaissant elle-même comme difficilement prise au dépourvu, quand quelqu'un lui disait non, comme venait d'oser le faire Mme Pflaum, le sang lui montait aussitôt à la tête, car elle n'avait aucune idée précise de l'attitude à adopter en cas de « refus ». Elle bouillonnait, écumait de rage et tandis que, les lèvres pincées et les yeux rivés au plafond, elle fermait le dernier bouton-pression de son manteau, en réponse à la question émise en se tordant nerveusement les mains par Mme Pflaum (« Je suis très inquiète… Ce soir… je revenais de chez mes sœurs… et j'ai eu bien du mal à reconnaître la ville… Est-ce que vous sauriez par hasard pourquoi les rues ne sont pas éclairées ?… Avant, ce genre de choses n'arrivait pas… »), elle fit tressaillir la maîtresse de maison en hurlant à tue-tête : « On a toutes les bonnes raisons de s'inquiéter. Les années qui sont devant nous seront plus brutales et plus directes. Une ère nouvelle commence, ma petite Piri. » Ces paroles, lourdes de sens, et le fait que Mme Eszter eût pointé un doigt menaçant en prononçant la dernière phrase, firent blêmir Mme Pflaum ; mais cela ne suffit pas, car si elle se réjouit de la voir blêmir et de savoir que tant qu'elles n'avaient pas regagné le rez-de-chaussée, tant qu'elle n'avait pas refermé la porte, cette « petite naine encore bien roulée pour son âge » continuerait d'espérer que sa visiteuse, malencontreusement vexée, finirait par lui dire quelque chose, une parole d'apaisement, cela ne suffit pas pour extraire la flèche empoisonnée que Mme Pflaum avait plantée dans son amour-propre avec ce « non ! », et qui continua de vaciller en elle un long moment, l'obligeant à admettre, à sa plus grande honte, qu'en fait de simple désagrément (pourtant elle avait résolument atteint son objectif, et, comparativement, ce minuscule revers ne pesait pas lourd dans la balance) elle ressentait une douleur de plus en plus vive. Si Mme Pflaum avait, comme on pouvait s'y attendre, acquiescé avec enthousiasme, elle serait restée la simple marionnette d'événements qui la dépassaient et, par ailleurs, ne la concernaient pas, et son rôle insignifiant dans l'affaire se serait tout naturellement arrêté là, mais non (« mais non ! »), avec son refus, elle avait hissé de façon insolente son insignifiante personne au rang de partenaire, autrement dit, cette petite naine de rien du tout, en prenant pour cible la supériorité manifeste de Mme Eszter, l'avait rabaissée, elle, à sa propre insignifiance, afin de se venger de la supériorité de sa visiteuse, supériorité qu'elle ne pouvait ni supporter ni contrer. Si son indignation ne dura pas une éternité, prétendre qu'elle surmonta facilement « la chose » eût été exagéré, d'ailleurs, elle se garda bien de le faire lorsque plus tard — chez elle — elle relata l'histoire à son confident, en passant sous silence certains détails et en se contentant d'évoquer « les merveilleux bienfaits de l'air frais » qui l'avait revigorée dès qu'elle avait quitté l'immeuble suffocant de Mme Pflaum et avait eu un « effet bénéfique » sur sa capacité de jugement, si bien qu'arrivée à hauteur de la boucherie de Nadabán elle était redevenue elle-même : résolue, invulnérable, équilibrée et pleine d'assurance. Et ceci — l'effet des moins seize degrés sur ses nerfs malmenés — n'avait rien d'une exagération, car Mme Eszter faisait partie de ceux que le printemps et surtout l'été rendaient malades, au sens strict du terme, de ceux pour qui la chaleur accablante, alanguissante, le soleil flamboyant dans le ciel représentaient une calamité qui les clouait au lit avec des migraines effroyables et de fortes hémorragies ; de ceux pour qui, en d'autres termes, le froid n'était pas un Mal insupportable observé sous le rempart des poêles incandescents mais un agent naturel de la vie, de ceux qui renaissaient lorsque le gel s'installait enfin, que le vent polaire arrivait, car l'hiver éclaircissait leurs horizons, tempérait leurs incontrôlables pulsions, remettait de l'ordre dans la masse confuse de leurs pensées dissoutes sous les chaleurs estivales, voilà pourquoi le gel précoce, si inquiétant pour la majorité des gens, permit à Mme Eszter, alors qu'elle avançait sur l'avenue Béla Wenckheim, courbée sous le vent glacial, de recouvrer ses esprits, de ressentir à nouveau son poids, et de surmonter enfin la réponse empoisonnée de Mme Pflaum. Car il y avait bien des choses à surmonter et à regarder : tandis que le froid transperçait avec bienfaisance tous les pores de sa peau et qu'elle projetait en avant, de plus en plus libérée, son imposante stature sur le trottoir rectiligne, aussi légère qu'un oiseau, elle notait avec satisfaction que le processus irréversible de destruction, de chaos et de désintégration se poursuivait normalement selon ses propres lois intangibles, et que jour après jour se resserrait le cercle à l'intérieur duquel « les choses » étaient encore viables et opérationnelles ; ainsi, même les maisons, livrées à elles-mêmes, attendaient l'accomplissement de leur destin, puisque immeubles et habitants avaient rompu leur lien : les plâtres s'effritaient et tombaient en morceaux, les chambranles des fenêtres, rongés par les vers, se détachaient des murs, de chaque côté de la rue, les faîtages des toits délabrés s'affaissaient, signalant que les poutres en bois — comme la pierre, l'os et la terre — perdaient progressivement leur cohésion interne ; les ordures jonchant les trottoirs et la chaussée, car on ne ressentait plus l'envie de les ramasser et aucune entreprise ne s'y employait, envahissaient peu à peu toute la ville, les chats, de plus en plus nombreux à errer autour de ces monticules en expansion permanente, et qui semblaient la nuit régner en maîtres dans les rues, avaient pris tant d'assurance qu'à son approche, à l'approche des pas lourds de Mme Eszter, ils attendirent le dernier moment pour s'écarter paresseusement et lui céder un passage dans la jungle de leurs grasses meutes. Elle voyait tout cela, elle voyait les rideaux de fer rouillés, baissés depuis des semaines sur les devantures des magasins, regardait les branches tombantes des réverbères aveugles, observait les voitures, les autobus abandonnés, par pénurie de carburants... et brusquement, une agréable sensation lui caressa l'échine, car cette lente décadence était loin de signifier à ses yeux, et ce, depuis longtemps déjà, une fin décevante, puisqu'elle imaginait déjà ce qui allait très vite succéder à ce monde tombé en faillite, non une fin donc, mais un départ, la matière brute d'un nouvel ordre « fondé sur l'impitoyable franchise et non sur le mensonge maladif » qui accorderait la plus haute importance à « l'entretien du corps, et à la force et à la beauté de la volonté d'agir ». Maîtresse du futur, c'est avec les yeux audacieux d'un héritier qu'elle considéra la ville, certaine de se trouver au seuil d'une « ère radicalement nouvelle chargée de mille promesses », certitude étayée par des signes quotidiens trahissant l'effondrement de l'ancien monde, mais également par certains événements inexplicables — perceptibles jour après jour —, solennels dans leur singularité, qui de façon univoque démontraient que l'inéluctable renouveau, quand bien même la volonté humaine n'y suffirait pas, serait imposé par la grandiose et mystérieuse volonté du ciel. Avant-hier, l'énorme château d'eau situé au fond du parc Göndöcs s'était mis dangereusement — et pendant plusieurs minutes — à vaciller au-dessus des petites maisons, phénomène qui — selon les dires d'un expert, le professeur de mathématiques et physique du lycée, responsable de l'observatoire d'astronomie installé au sommet de la tour, lequel, interrompant une longue partie d'échecs solitaire, avait dévalé l'escalier, respiration coupée, pour propager la nouvelle — était totalement « incompréhensible ». Hier, l'horloge du clocher de l'église de la grand-place du centre-

ville, muette depuis des décennies, avait fait tressaillir les gens (galvanisant Mme Eszter), car trois
des quatre mécanismes rouillés, alors qu'autrefois
les aiguilles avaient même été démontées, s'étaient
soudain remis en marche et signalaient, depuis,
l'écoulement du temps par de sourds battements,
de plus en plus rapprochés. Par conséquent,
quand, arrivée devant l'hôtel Komló au coin de la
place Hétvezér, elle aperçut le peuplier géant, elle
ne fut nullement surprise, car depuis la tombée
du soir elle s'attendait à ce genre de chose, savait
avec certitude qu'un nouveau « présage explicite »
interviendrait le jour même. Le colosse (merveilleux abri pour les moineaux et magnifique attraction de la ville pour des générations entières), haut
de près de vingt mètres, gardien de la mémoire
des grandes inondations du Körös, s'étalait inerte
contre la façade de l'hôtel donnant sur la place
Hétvezér, et s'il ne s'était pas totalement effondré
dans l'étroite ruelle, c'est uniquement parce que
ses épaisses branches dénudées, en restant accro-
chées à la gouttière à moitié défoncée, l'avaient
stoppé dans sa chute ; ce n'était pas le tronc qui
sous l'effet d'une forte rafale de vent s'était brisé
en deux, ni la souche qui avait cédé aux attaques
répétées depuis des décennies par les termites et
les pluies acides, mais les racines qui s'étaient sou-
levées et avaient éventré le béton du trottoir et de
la chaussée. On pouvait naturellement s'attendre
à ce que ce vieillard s'écroule — à un moment ou
à un autre — mais le fait que ce moment tombe
précisément *maintenant*, que les racines s'ar-
rachent *maintenant* du sol, revêtait aux yeux de
Mme Eszter une signification particulière. Elle

contempla le spectacle horrifiant du peuplier cou-
ché en travers dans l'espace obscur de la rue avant
de remarquer avec un sourire entendu : « C'est
évident. Comment pourrait-il en être autrement »,
et c'est avec ce sourire imprimé au coin des lèvres
qu'elle reprit son chemin, persuadée que la série
de miracles et autres signes prémonitoires était
loin d'être terminée. Et elle ne se trompait pas. À
peine fit-elle quelques pas que son regard assoiffé
de phénomènes surnaturels tomba sur un petit
groupe d'hommes silencieux à l'embouchure de la
rue du Quai, groupe dont la présence à cette heure
tardive — puisque s'aventurer hors des maisons la
nuit dans cette ville privée d'éclairage relevait de
l'héroïsme — était totalement inexplicable. Qui
étaient-ils, que faisaient-ils ici, elle était loin de
pouvoir l'imaginer, et pour dire la vérité elle ne
s'en soucia guère, car elle y vit immédiatement, là
encore, tout comme pour le château d'eau, l'horloge de l'église, et le peuplier, un présage annonçant la relève après la chute, la reconstruction
après la ruine ; mais lorsque, au bout de l'avenue,
elle se retrouva sous les acacias dénudés de la
place Kossuth et découvrit de nouveaux groupes
d'hommes attendant en silence, une bouffée de
chaleur l'envahit car une éventualité lui percuta
l'esprit : après de longs mois (« Des années ! des
années !... ») d'espoir tenace et confiant, l'instant
crucial était (« Peut-être !... ») arrivé où le passage
à l'acte allait succéder aux préparatifs et où « la
prophétie allait s'accomplir ». D'après ce qu'elle
pouvait voir depuis cet angle de la place, une cinquantaine d'hommes se tenaient par groupes de
trois ou quatre sur l'herbe verglacée du marché ;

ils portaient des bottes ou de grosses chaussures montantes, des casquettes à oreillettes ou des toques de paysans graisseuses, certains, ici et là, avaient une cigarette à la main. Même ainsi, malgré l'obscurité, il n'était guère difficile de deviner qu'il s'agissait d'étrangers, ce qui — une cinquantaine d'inconnus à cette heure et par ce froid intense — était en soi plus que surprenant. Leur immobilité et leur mutisme semblaient encore plus insolites et Mme Eszter les contempla, depuis l'embouchure de l'avenue, médusée, comme s'il s'agissait d'anges travestis de l'Apocalypse. Logiquement, elle aurait dû traverser la place et, donc, se frayer un passage parmi eux, puisque c'était le chemin le plus direct pour rejoindre son appartement situé au bout du marché, passage Honvéd, mais son émotion, à laquelle s'ajoutait un soupçon — un simple soupçon ! — de crainte, lui fit décrire un L pour contourner ces groupes immobiles, et, respiration coupée, glisser comme une ombre de l'autre côté de la place. Affirmer qu'elle s'effondra totalement quand, en se retournant une nouvelle fois, à l'angle du passage Honvéd, elle découvrit la remorque, incroyablement gigantesque, des forains (dont la venue était claironnée depuis des jours sans que soit précisée la date exacte de leur arrivée) serait exagéré, mais il est indéniable qu'elle fut terriblement déçue car, en l'espace d'un regard, elle dut se rendre à l'évidence : en fait d'« ambassadeurs travestis d'une ère nouvelle » il s'agissait probablement de « sales revendeurs au noir de billets » qui dans leur infinie cupidité étaient capables de passer toute la nuit dans le froid glacial pour pouvoir, en achetant tous les billets à l'aube, dès l'ouverture des guichets, réaliser une opération lucrative. Sa déception fut d'autant plus amère que ce brusque réveil à la réalité lui fit perdre jusqu'à la saveur du bonheur fier et bien réel celui-là que l'arrivée de cette fameuse troupe signifiait pour elle personnellement ; elle marquait en effet sa première grande victoire, car une semaine plus tôt — avec le soutien efficace du capitaine de gendarmerie — elle avait réussi à briser les réticences des membres du Conseil exécutif de la ville, ces froussards qui, invoquant des informations et autres rumeurs incontrôlables, émanant des villages et des bourgs avoisinants, sur cette troupe bizarre qui aurait semé la panique partout, provoquant même ici et là de graves incidents, refusaient catégoriquement de les voir pénétrer sur le territoire de la ville. Oui : une première victoire significative (ils étaient nombreux à penser que son discours sur « le droit légitime des gens à satisfaire leur curiosité naturelle » méritait d'être publié, voire dans la presse), mais désormais, elle avait du mal à savourer les fruits de cette victoire puisque à cause de ces mêmes forains, en les découvrant trop tard, elle avait mal interprété, et à quoi bon le nier, de façon ridicule, la véritable identité de ces rôdeurs. La conscience amère de son ridicule étant plus forte que le caractère énigmatique de l'engin qui tractait le gigantesque wagon, elle s'abstint de satisfaire sa propre « curiosité toute naturelle », et de s'approcher de l'engin dont l'exotisme était en tout point à la hauteur de sa réputation, et c'est avec une moue de mépris qu'elle tourna le dos à « cette baleine putride et à ces canailles effrontées » et claqua ses talons sur l'étroit trottoir. Sa contrariété, il va sans dire — comme précédemment, en sortant de chez Mme Pflaum —, ne fit pas long feu, le temps d'atteindre le bout du passage Honvéd et de refermer sur elle le portail délabré, elle s'était remise de sa déception, en effet, il lui avait suffi de songer qu'à partir du lendemain elle ne subirait plus son destin mais en serait le maître pour respirer plus librement, commencer à se sentir à nouveau telle qu'elle était : quelqu'un qui tournait résolument le dos à toute forme de chimère irréfléchie, car « elle voulait vaincre et elle était déterminée ». La vieille propriétaire, veuve d'un négociant en vin, vivait à l'avant de la maison, quant à elle, elle occupait une pièce à l'arrière de la vieille masure délabrée, et si l'endroit aurait bien nécessité quelques travaux, elle n'était pas insatisfaite : si, certes, le plafond bas contrariait quelque peu sa position verticale naturelle et rendait indiscutablement plus difficile sa libre circulation dans la pièce, si les minuscules lucarnes impossibles à fermer, si les murs suintant d'humidité laissaient pour le moins à désirer, Mme Eszter était une telle adepte de la « simplicité » qu'elle ne prêtait aucune attention à ces broutilles puisque, selon son intime conviction, quand un gîte offrait un lit, une armoire, une bassine, l'électricité, et qu'il ne pleuvait pas à l'intérieur, il répondait parfaitement à tous les besoins. Conformément à cela, en dehors d'un gigantesque lit en fer, d'une armoire, d'une cuvette installée sur un tabouret, d'une cruche et d'un plafonnier (elle ne tolérait aucun tapis, ni miroir, ni rideau), il y avait une simple table de cuisine râpée, destinée aux repas et à la nombreuse paperasserie, une chaise dépouillée de son dossier, un pupitre à musique démontable, pour pouvoir s'il le fallait répéter chez elle, un portemanteau à crochets où les invités, quand invité il y avait, pouvaient suspendre leurs effets. Comme il se devait, elle ne recevait, depuis qu'elle connaissait le capitaine de gendarmerie, aucun invité, lui, en revanche, elle le recevait chaque soir, car depuis le jour où avec son baudrier, son ceinturon, ses bottes rutilantes et le revolver qui pendait à sa taille il lui avait chaviré la tête, elle voyait en lui non seulement un confident et un homme, pour la soutenir dans sa vie de femme seule, mais également un allié sûr avec qui elle pouvait partager sans risque le poids de ses soucis et de temps à autre, quand il se laissait aller à la tendresse, épancher son cœur. Cette relation — malgré une bonne entente générale — n'était pas sans nuages car la « tragédie funeste de sa vie familiale » (une femme décédée dans la fleur de l'âge et deux petits garçons privés de l'affection maternelle) avait hélas rendu le capitaine, un homme enclin à une mélancolie silencieuse ponctuée de colères soudaines, esclave de l'alcool, et si, en réponse à la question éternellement ressassée, il admettait lui-même ne trouver de véritable réconfort que dans la chaleur féminine de Mme Eszter, jusqu'à ce jour il n'avait pas réussi à s'affranchir de cette servitude. Jusqu'à ce jour, en effet, et Mme Eszter — puisqu'il aurait dû arriver bien avant elle — craignait encore qu'il ne fût en train d'étancher l'une de ses habituelles crises de mélancolie dans quelque gargote des faubourgs, c'est pourquoi, dès qu'elle entendit ses pas, elle se précipita vers la table de la cuisine, s'enquit immédiatement de la boîte de bicarbonate et du vinaigre, sachant d'expérience que rien ne le soulagerait mieux que le « cocktail de l'oie », triste spécialité de la ville, unique remède — un vomitif — qui, contrairement à la croyance populaire, combattait selon elle, non seulement la gueule de bois, mais également l'état d'ébriété. Mais à sa grande surprise, ce n'était pas le capitaine qui se tenait à la porte mais Harrer, le propriétaire de Valuska, un maçon plus connu dans la ville sous le surnom de Vautour — certainement à cause de son visage grêlé —, enfin, plus exactement, gisait devant la porte, car ses jambes, lassées de supporter son corps en constante rupture d'équilibre, venaient juste de déclarer forfait tandis que ses mains gesticulaient désespérément pour tenter en vain de se cramponner à la poignée. « Qu'est-ce que vous faites ici allongé par terre ? » lui lança rageuse-ment la femme, mais Harrer ne bougea point. Le petit homme malingre — ainsi, tout recroquevillé, allongé devant le seuil avec les jambes inertes repliées sous lui, on aurait pu le glisser dans un paneton — empestait tellement la palinka bon marché que l'odeur épouvantable inonda en quelques minutes toute la cour et s'insinua à tra-vers les brèches de la maison, chassant de son lit la vieille femme, laquelle leva un coin du rideau de sa fenêtre sur cour et se contenta d'observer : « Mais pourquoi ils boivent pas plutôt du vin, ces braves gens ? » Pendant ce temps, Harrer, s'étant ravisé, recouvra ses esprits, et se remit sur pied avec une telle agilité que Mme Eszter se mit à soupçonner qu'il s'agissait d'une farce. Mais il apparut très vite que non, car le maçon, tenant dans une main une bouteille de palinka, et dans l'autre un petit bouquet de fleurs qu'il dégaina brusquement, tanguait dangereusement et la contemplait — en louchant de façon très prononcée — le plus sérieusement du monde, n'éveillant aucune étincelle de compassion chez Mme Eszter qui, quand elle réussit à comprendre d'après les balbutiements ânonnés de Harrer que, pour résumer, celui-ci aimerait que Mme Eszter le prenne, comme jadis, dans ses bras (puisque : « vous êtes la seule, Madame, à pouvoir réconforter mon cœur brisé… »), le souleva par les épaulettes de son manteau et sans plus de façon le lança littéralement en direction du portail du jardin. Le lourd manteau, comme un sac à moitié rempli, s'écroula un peu plus loin par terre (pour être plus précis : juste sous la fenêtre de la vieille femme qui observa la scène en dodelinant de la tête), et Harrer, sans savoir précisément si cette nouvelle dégringolade marquait une différence notoire par rapport à ses précédentes déconvenues, flaira malgré tout quelque chose et se mit à ramper en direction de la sortie ; Mme Eszter, quant à elle, retourna dans sa pièce, tourna la clé dans la serrure, et pour se remettre de cet affront, alluma le poste de radio qui traînait à côté de son lit. Les douces mélodies — « musique folklorique entraînante » —, comme d'habitude, eurent sur elle un effet bénéfique et réussirent peu à peu à adoucir son ardeur intempestive, ce dont elle avait grand besoin, car même si ce n'était pas la première fois — elle aurait dû par conséquent y être habituée — que de tels (volages) individus venaient perturber la tranquillité de ses nuits, elle était folle de rage chaque fois qu'une de ses anciennes connaissances, tel Harrer (même si, de temps à autre — « Jadis, bien sûr, jadis ! » — elle ne voyait pas d'objection, c'est indubitable, à prendre du bon temps avec lui), « ne faisait aucun cas de sa nouvelle position sociale », laquelle lui interdisait tout écart de conduite, car l'ennemi, que Mme Eszter imaginait déjà, n'attendait que cela. Oui, elle avait grand besoin de calme et de tranquillité, sachant que le lendemain le sort d'un grand mouvement allait se décider, en attendant, elle devait impérativement se reposer, c'est pourquoi, quand elle entendit les pas reconnaissables du capitaine dans la cour, elle commença par se dire qu'il ferait peut-être mieux de rentrer chez lui avec son ceinturon, son baudrier, ses bottes, son revolver, bref, toute sa panoplie. Mais quand elle ouvrit la porte et aperçut cet homme un peu chétif, assurément ivre, qui faisait au moins deux têtes de moins qu'elle, subitement, elle caressa un tout autre désir car, loin de tituber et de vociférer, il se tenait là, pugnace, tel un « tigre prêt à bondir », ce qui lui fit rapidement comprendre qu'il avait moins besoin de bicarbonate que de tendre abandon, car son confident, ami et associé — dépassant largement ses espoirs quant aux projets de la soirée — arrivait en guerrier assoiffé de désir, ce à quoi — elle le pressentait — il lui serait impossible de résister. Sans aller jusqu'à affirmer qu'il manquait de détermination masculine ou qu'elle était incapable d'« apprécier à sa juste valeur cet homme qui sans jamais ôter ses bottes s'employait à mener sa compagne, souvent sans succès, aux sommets de l'extase », elle reconnaissait la précieuse valeur de ce genre d'occasion, quand un homme aux possibilités ma foi modestes — comme c'était le cas — promettait résolument de se surpasser. Elle ne prononça aucun mot, n'exigea aucune explication, ne le congédia pas, mais sans l'ombre d'une hésitation ôta langoureusement sa robe sous le feu des regards de plus en plus ardents, de plus en plus prometteurs de l'homme, jeta négligemment au sol ses sous-vêtements, passa sa *baby doll*, une nuisette jaune orangé finement transparente, le péché mignon du capitaine, et, comme obéissant à un ordre, elle s'installa, avec un sourire gêné, à quatre pattes sur le lit. Pendant ce temps, son « confident, ami, et associé » se débarrassa de son équipement, éteignit la lumière et, sans ôter ses lourdes bottes — et, conformément à son habitude, au cri de : « À l'assaut ! » —, il se jeta sur elle. Et Mme Eszter ne fut pas déçue : en quelques minutes, le capitaine réussit à balayer tous les mauvais souvenirs de la soirée, et quand, après leur sauvage étreinte, tous deux s'écroulèrent sur le dos, hors d'haleine, elle — après avoir exprimé par un garde-à-vous militaire sa reconnaissance à l'homme désormais dégrisé — lui relata en prenant certains raccourcis l'épisode chez Mme Pflaum et celui des « canailles » de la place du marché, après quoi un tel calme assuré, une si douce sérénité se répandit dans son gigantesque corps qu'elle se dit que non seulement une victoire certaine l'attendait le lendemain mais que plus personne ne la priverait des ultimes fruits de son combat. Elle s'épongea, but un verre d'eau, puis retourna se coucher sur le lit en bataille où elle n'écouta que d'une oreille le discours décousu du capitaine, car désormais rien ne comptait plus que ce « calme », cette « confiance sereine », ces messages de bonheur qui sillonnaient joyeusement tous les coins et recoins de son corps. Peu lui importait que tel « directeur de cirque obèse » l'eût harcelée pour telle « habituelle autorisation des autorités locales », elle se fichait éperdument que le capitaine eût trouvé en la personne du directeur de la troupe de réputation internationale un « authentique gentleman », très distingué bien que dégageant une légère odeur de poisson, qui, une bouteille de « Szeguin non débouchée » à la main, en tant que fervent adepte de l'ordre public, avait lui-même suggéré la présence d'un modeste service d'ordre (et de mettre sa requête par écrit), pour garantir le bon déroulement de ses trois jours de prestation, puisque à cet instant précis elle prenait conscience que tout le reste perdait son importance, quand « le corps commençait à s'exprimer », et qu'il n'existait rien de plus agréable et de plus intense que le moment où les cuisses, les fesses, les seins, le ventre n'aspiraient plus qu'à la douceur caressante du sommeil. Elle était si comblée qu'elle lui avoua ne plus avoir besoin de lui pour aujourd'hui et — avec quelques bons conseils maternels concernant « les orphelins » — donna congé au capitaine qui ne se risqua hors des chauds édredons qu'après plusieurs retraites, et si ce n'est avec amour, puisqu'elle s'était toujours tenue à l'écart de ce genre de niaiserie romanesque, c'est avec une légère fierté qu'elle l'accompagna jusqu'à la porte et le regarda s'éloigner dans le froid glacial, après quoi elle troqua sa nuisette affriolante contre une épaisse chemise de nuit en flanelle, et retourna se coucher pour enfin « s'abandonner au sommeil ». De son coude, elle lissa sous son dos le drap chiffonné, avec son pied elle remonta l'édredon sur elle puis, en se tournant d'abord sur le côté gauche, puis sur le côté droit, elle trouva une position confortable, enfouit la tête dans la douce chaleur de son bras, et ferma les yeux. Bonne dormeuse, au bout de quelques minutes, elle s'était assoupie ; les soubresauts de ses jambes, les orbites s'effaçant lentement sous les fins sourcils, l'édredon se soulevant et retombant de plus en plus régulièrement, tout indiquait clairement qu'elle n'était plus consciente du monde qui l'entourait et perdait — en attendant de le retrouver dès le lendemain — progressivement la jouissance de son pouvoir brut, ce pouvoir qu'elle exerçait incontestablement pendant ses heures d'éveil sur ses modestes biens austères, dont le sort dépendait d'elle. La cuvette et le verre de bicarbonate resté intact n'existaient plus, l'armoire, le portemanteau, la serviette-éponge trouée traînant dans un coin, le plancher avaient disparu, tout comme le mur et le plafond, elle-même n'était plus qu'un simple objet parmi d'autres, un vulnérable dormeur parmi des milliards, un corps qui comme les autres retournait chaque nuit devant le triste seuil de l'existence, qu'il ne pourrait franchir qu'une seule fois, mais sans possible retour. Elle se gratta la nuque — mais elle n'était plus consciente de son geste ; son visage se tordit en un rictus convulsif — mais cela ne s'adressait plus à personne ; comme un enfant après les pleurs, elle poussa un soupir étranglé — mais qui n'exprimait rien, c'était simplement la respiration qui cherchait à retrouver son rythme ; ses muscles se

relâchèrent, son menton — comme celui des mou-
rants — s'affaissa lentement et tandis que le capitaine affrontait le froid glacial, tandis qu'il
s'effondrait tout habillé sur le lit près des deux
garçons profondément assoupis, elle pénétrait la
dense matière du rêve... Dans l'épaisse obscurité
de la pièce tout semblait inerte : l'eau sale dans la
cuvette émaillée ne frémissait plus, sur les trois
crochets en fer du portemanteau, telles de lourdes
côtes de porc au-dessus d'un étal, pendaient
inertes le gilet, la blouse et la veste molletonnée,
l'énorme trousseau de clés ne s'agitait plus sous la
serrure, ayant totalement épuisé la pulsion donnée
précédemment par Mme Eszter. Et comme s'ils
avaient attendu cet instant, comme si cette inertie
totale et ce calme absolu marquaient un signal,
dans cet intense silence, trois jeunes rats émer-
gèrent de sous le lit de Mme Eszter. Le premier se
glissa prudemment, suivi de près par les deux
autres, avant de s'immobiliser, museaux levés,
prêts à bondir ; ensuite, sans faire de bruit, ils
repartirent et firent, en s'arrêtant à chaque mètre,
sous l'emprise de leur méfiance instinctive, le tour
de la pièce. Tels de téméraires éclaireurs au service d'une armée conquérante chargés avant l'assaut de reconnaître les positions ennemies, ils
contrôlèrent la base des murs, les angles effrités
et les larges fissures du plancher vermoulu, comme
s'ils dressaient la distance précise qui séparait leur
cachette de la porte, de la table, de l'armoire, du
tabouret branlant, du rebord des fenêtres — puis,
sans avoir rien touché, en un éclair de temps, ils
coururent sous le lit situé à l'angle de la pièce, et
se faufilèrent l'un après l'autre par le trou secret

dans le mur qui les conduisait à l'air libre. Il leur avait fallu moins d'une minute pour saisir que le moment était venu de prendre la fuite car leur infaillible instinct les avait avisés que quelque chose allait se passer, et c'est sur cette simple mais profonde intuition qu'ils avaient opté pour la retraite immédiate. Ce n'est que longtemps après leur départ que Mme Eszter bougea et brisa le silence, et les trois rats étaient alors tapis, en parfaite sécurité, au pied du mur extérieur de la maison, quand elle, émergeant quelques minutes hors des profonds abysses pour atteindre cette zone du sommeil aux confins de l'état d'éveil, rejeta d'un mouvement brusque l'édredon, et comme se préparant lentement à se lever, étira ses membres. Mais il n'était pas encore question de réveil, et — après quelques lourds soupirs — elle replongea dans les abysses d'où elle venait juste d'émerger. Son corps — peut-être parce que plus rien ne le couvrait — semblait encore plus gigantesque, disproportionné par rapport au lit et à la pièce, comme un dinosaure exposé dans un minuscule muséum, dont on ne comprend pas, compte tenu de la taille des portes et fenêtres, comment il a bien pu être installé ici. Jambes écartées, elle était étendue sur le dos, son gros ventre — sa grasse bedaine, propre aux hommes d'un certain âge — montait et descendait comme quelque pompe paresseuse ; sa chemise de nuit, chiffonnée, était remontée sur la taille et, n'étant plus protégés du froid qui régnait dans la pièce, son ventre et ses cuisses massives étaient parcourus de frissons. Mais seule la peau réagissait, la dormeuse, elle, restait impassible, et comme tout bruit avait cessé, comme il n'y avait plus aucun signe alarmant, les trois rats se risquèrent à nouveau dans la pièce, maintenant plus familière, où tout en restant sur leurs gardes, prêts à la retraite immédiate, ils refirent plusieurs fois l'itinéraire précédemment repéré sur le plancher. Ils étaient si rapides, si silencieux que leur existence franchissait à peine la frontière de la réalité, et sans jamais quitter leur apparence de tache floue insaisissable, jusqu'au bout ils restèrent en équilibre sur cette large et dangereuse frontière, afin que personne ne puisse remarquer que ces quelques points plus sombres dans l'obscurité de la pièce n'étaient ni une hallucination due à la fatigue ni l'ombre de quelque immatériel oiseau de nuit, mais trois animaux d'une prudence obsessionnelle, dans leur infatigable quête de nourriture. Car c'est pour cela qu'ils étaient venus, dès que le dormeur s'était calmé, et qu'ils étaient revenus, et s'ils ne s'étaient pas immédiatement rués sur le demi-pain resté sur la table de la cuisine au milieu des miettes, c'est qu'ils voulaient s'assurer qu'aucun imprévu ne viendrait les déranger. Ils commencèrent par la croûte, puis, avec leurs petits museaux pointus, ils attaquèrent avec délectation la mie, et si le mouvement rapide de leurs mâchoires ne trahissait aucun signe d'impatience, le pain, tiraillé ici et là dans trois directions et déjà bien amputé, finit tout de même par glisser de la table et rouler sous le tabouret. Au bruit de la chute, bien sûr, tous trois se figèrent, museau en l'air, prêts à prendre la fuite, mais en dehors de sa lente respiration, aucun son ne s'échappa du lit de Mme Eszter, si bien — après une bonne minute d'attente — qu'ils glissèrent jusqu'au plancher avant de ramper sous le tabouret. Et, cela ne tarda pas à se confirmer, les choses étaient bien mieux ainsi, puisque d'une part, au sol, l'obscurité plus dense, plus compacte, leur assurait une meilleure protection, mais d'autre part ils purent encore plus discrètement et plus rapidement filer sous le lit et regagner l'air libre quand leur extraordinaire et infaillible instinct leur dicta de lâcher le morceau de pain rendu méconnaissable et de prendre définitivement la fuite. La nuit arrivait lentement à son terme, un coq poussa un cri éraillé, un chien hargneux aboya, et comme des milliers et des milliers de dormeurs agités — à l'approche de l'aube — Mme Eszter, elle aussi, atteignait son dernier rêve. Les rats, en compagnie de leurs nombreux congénères, grouillaient déjà parmi les trognons de maïs gelés dans la remise délabrée de la maison voisine quand elle — comme épouvantée par un spectacle terrifiant — poussa un grognement plaintif, frissonna, tourna violemment la tête de gauche à droite sur l'oreiller puis, les yeux révulsés, se dressa sur son séant. Elle reprit sa respiration, regarda de tout côté dans la pièce où le petit jour venait tout juste de poindre, puis, ayant reconnu les lieux et compris que ce qu'elle venait de quitter n'existait plus, elle se massa les yeux, frictionna ses membres transis de froid, remonta la couverture et se rallongea en poussant un soupir de soulagement. Mais elle ne put se rendormir car une fois remise de son horrible cauchemar, quand elle songea à la journée qui l'attendait, une délicieuse exaltation la parcourut, lui interdisant de se rendormir. Se sentant fraîche et dispose, elle décida de ne pas rester une minute de plus au lit, et comme une décision devait être, selon elle, immédiatement suivie de sa mise en application, elle sortit sans hésiter de sous les édredons, s'attarda, un peu indécise, sur le plancher glacé, s'emmitoufla dans sa grosse veste matelassée, saisit la cruche et sortit dans la cour chercher de l'eau pour la toilette. Elle inspira une grande bouffée d'air glacé, leva les yeux vers la funeste voûte de nuages gris, et se dit qu'il n'existait rien de plus exaltant que ces petits matins d'hiver, virils, cruels, qui poussaient les faibles à se terrer lâchement, et « ceux qui sont faits pour vivre » à aller de l'avant. Car s'il y avait une chose qu'elle aimait par-dessus tout, c'était bien cela : la terre figée sous la glace, le froid mordant, l'inflexible densité des nuages qui, comme un mur, repoussaient froidement les regards enclins à la rêverie et empêchaient la vue de se brouiller dans les fausses perspectives de l'immensité du ciel. Elle laissa le vent mordiller les morceaux de chair que les pans de sa veste dévoilaient à chacun de ses mouvements et, même si ses pieds nus dans ses sabots éculés se mirent aussitôt à brûler, il ne lui vint pas à l'esprit d'accélérer le pas. Elle songeait déjà à l'eau qui la délivrerait de la chaleur restante du lit, mais à ce sujet, elle allait — alors qu'elle pensait ainsi couronner son plaisir matinal — connaître une déception : par grand froid le puits ne fonctionnait plus, les épaisses couches de chiffons et de journaux avec lesquels ils avaient la veille emmailloté la pompe n'avaient pas suffi, elle fut donc obligée d'écoper la couche d'eau savonneuse sale de la veille dans la bassine et, en guise d'une bonne vraie toilette, d'humecter son visage et sa maigre poitrine, quant à son bas-ventre, elle dut se contenter d'un coup de serviette à la militaire, car « on ne peut tout de même pas s'accroupir sur une bassine avec une eau si cras-seuse ». Devoir renoncer à ce plaisir glacial la contraria naturellement mais ce genre de broutille (« Un jour pareil… ») ne pouvait aucunement alté-rer son humeur, et après s'être essuyée elle se mit à imaginer le visage stupéfait d'Eszter quand, quelques heures plus tard, il se pencherait sur la valise, une pensée qui rendit la désagréable pers-pective de « sentir mauvais » toute la journée nettement moins dramatique, puis elle se mit machinalement à s'affairer dans la pièce. Le travail filait sous ses doigts et, une fois le jour totalement levé, non seulement elle avait balayé, fait le lit, s'était habillée, mais, ayant découvert les traces de l'effraction nocturne (ce qui, ma foi, ne la chagrina pas outre mesure puisque d'une part elle y était habituée, et d'autre part, finalement, elle aimait bien ces gentils petits chahuteurs), elle saupoudra d'une bonne dose de « mort aux rats » les mor-ceaux de pain grignotés, pour que « ces adorables petites charognes » se goinfrent une bonne fois pour toutes si jamais elles avaient le culot de reve-nir dans la pièce. Et comme il ne restait plus rien à ranger, replacer, ramasser, rajuster, solennelle-ment et avec au coin des lèvres un sourire triom-phal, elle prit en haut de l'armoire la vieille valise râpée, l'ouvrit, s'agenouilla, scruta les piles régu-lières de chemises, serviettes, sous-vêtements, bas, alignés sur les étagères puis, en quelques minutes, elle transféra le tout au fond de la malle. Fermer les serrures rouillées, prendre son manteau, et sortir avec la valise, légère comme une plume, bref, après tant de préparatifs et de frustrations, agir enfin : l'intensité de son exaltation expliquait en partie pourquoi elle avait surdimensionné la portée de ce geste, ce geste attendu depuis si longtemps, et pris tant de précautions. Car, indiscutablement, cette méticuleuse prudence, ce calcul pondéré, cette circonspection démesurée — comme elle le reconnut plus tard — étaient superflus, puisqu'il suffisait qu'il découvre dans la malle si familière, à la place des caleçons, chaussettes, pulls et chemises propres, quelque chose de tout à fait inattendu, le « premier et dernier avertissement d'une victime consciente de ses droits », et si ce jour marquait quelque changement, celui-ci se résumait à ce que la guerre menée jusqu'ici en coulisses — contre Eszter et « pour un avenir meilleur » — serait désormais livrée au grand jour. Mais ici, sur l'étroit trottoir verglacé du passage Honvéd, maintenant qu'elle s'apprêtait à pénétrer l'air grisant du « passage à l'acte », aucune précaution n'était suffisante pour la rassurer, c'est pourquoi en filant vers la place du marché elle ressassa dans sa tête les formules les plus appropriées, passa à la loupe les phrases avec lesquelles plus tard, quand elle le trouverait, elle désarmerait Valuska. Elle n'avait aucun doute, ne redoutait aucun revirement inattendu, elle était on ne peut plus sûre d'elle-même, mais tout son être était absorbé par la discussion à venir, si bien qu'en débouchant sur la place Kossuth, et en apercevant les « sales dealers de places » de la veille, qui ce matin formaient une foule incroyable, au lieu de s'en étonner, elle ressentit de la colère car ils représentaient une menace et se frayer un chemin parmi eux sans corps à corps était impossible, mais elle ne pouvait se permettre — dans les circonstances — la moindre « perte de temps ». Il ne lui resta donc plus qu'à s'élancer dans la foule, car les badauds immobiles (qui avaient définitivement, en la retardant, perdu leur charme) occupaient non seulement la place mais débordaient également dans les rues adjacentes, et elle fut contrainte soit d'utiliser sa valise comme une arme, soit de la soulever au-dessus de sa tête, et de supporter ici un regard insidieux, là une main grossière, avant de rejoindre la rue du Pont. L'immense majorité d'entre eux étaient des étrangers, très certainement des paysans attirés par la publicité faite autour de la baleine, se dit-elle, mais il y avait sur les visages des quelques personnes d'ici, qu'elle connaissait pour les avoir aperçues dans le grouillement du marché hebdomadaire et qui vivaient dans les bourgs de la périphérie, un air hostile inquiétant. Les forains, d'après ce qu'elle conclut malgré la densité de la foule et la distance qui les séparait, ne semblaient nullement pressés de commencer leur fantastique attraction, ce qui expliquait à ses yeux la tension glaciale de certains regards posés sur elle, mais la fébrilité ambiante ne l'inquiéta pas particulièrement, au contraire, et pendant un instant elle songea avec fierté et délectation, ce qu'elle n'avait pas eu le loisir de faire la veille, que cette foule immense ignorait ce qu'elle lui devait car sans elle, sans sa mémorable intervention musclée, il n'y aurait « pas plus eu de forains que de baleine et d'exhibition ». Pendant un instant, une courte minute seulement, car après les avoir quittés et avoir enfin rejoint les vieilles maisons de la rue du Pont, en direction de la place du Baron Vilmos Apor, elle dut se rappeler à l'ordre et se souvenir qu'elle devait se concentrer sur tout autre chose. Elle serra rageusement la poignée grinçante de la valise, claqua violemment ses talons sur les pavés du trottoir, reprit très vite le fil de son raisonnement malencontreusement interrompu, et elle réussit si bien à s'engouffrer dans le labyrinthe des paroles destinées à Valuska que, lorsqu'elle croisa deux policiers — visiblement en route vers la place du marché — qui la saluèrent avec égards, elle oublia de leur rendre leur salut et, le temps de réagir et de leur faire distraitement un signe, ils étaient déjà loin. Arrivée au carrefour de la rue du Pont et de la place Apor, elle n'avait plus à réfléchir davantage, son raisonnement était arrivé à son terme ; elle pensait désormais maîtriser parfaitement chaque mot, chaque tournure de phrase, quoi qu'il adviendrait, elle ne serait pas prise au dépourvu : dix fois elle avait répété mentalement la scène, comment allait-elle commencer, qu'allait-il répondre, et comme elle connaissait Valuska aussi bien qu'elle-même, maintenant, tandis qu'elle posait les dernières pierres à l'édifice, selon elle, époustouflant, de ses phrases les plus percutantes, elle eut la certitude, et non le pressentiment, de l'issue favorable des événements à suivre. Il lui suffit d'imaginer sa misérable silhouette — son thorax enfoncé, son dos voûté, son cou de girafe, et ses « yeux radieux » —, de revoir sa démarche vacillante, son énorme sacoche de facteur en bandoulière, sa façon de longer les murs en s'immobilisant tous les trois mètres, et de baisser la tête, témoin d'une scène qu'il était le seul à voir, pour dissiper ses derniers doutes : Valuska ferait ce qu'elle attendait de lui. « Dans le cas contraire, elle sourit froidement et transféra la valise dans l'autre main, je lui frotterai les roupettes. Un gringalet. Un moins que rien. Je n'en ferai qu'une bouchée. » Arrivée devant la maison au toit bâché des Harrer elle jeta un regard sur les tuiles de verre coulées dans le béton en haut du mur de clôture, et ouvrit le portail de façon à attirer l'attention de Harrer qui lorgnait à la fenêtre et avec ses « yeux perçants de vautour » ne pouvait pas la rater, afin de l'informer lui aussi : plus question de bavardage, « sans autre avertissement elle piétinerait, comme la mauvaise herbe, quiconque se placerait en travers de sa route ». Et, pour enfoncer le clou, elle agita sa valise, mais rien ne put dissuader Harrer — persuadé à tort que ce geste signifiait qu'elle venait parler à Mme Harrer —, et alors qu'elle s'apprêtait à tourner à droite pour contourner la maison par le jardin et rejoindre la vieille buanderie qui servait de logis à Valuska, Harrer sortit précipitamment de la maison, se posta devant elle et sans dire un mot leva vers elle des yeux implorants et désespérés. Mais Mme Eszter — devinant immédiatement que son visiteur de la veille voulait se faire pardonner — resta sans pitié : elle le toisa avec dédain, puis, sans lui adresser la parole, elle l'écarta, comme elle aurait écarté une branche gênant son passage, avec sa valise, et poursuivit sa route en l'ignorant totalement, insensible à la honte et aux remords — il se souvenait ! — qui rongeaient Harrer. Car, inutile de le nier, plus rien ne la touchait, plus rien ne comptait pour

Mme Eszter, ni le peuplier déraciné, ni les forains, ni la foule, pas même le — doux — souvenir de l'heure passée avec le capitaine, c'est pourquoi, quand Harrer, avec la malice tenace des gens frustrés, contourna en sens inverse la maison et se retrouva à nouveau face à elle, silencieux, rouge « de honte et de remords », sur le chemin qui menait à la masure de Valuska, elle se contenta de lui lancer un « Pas de pardon » et poursuivit son chemin, car seules deux choses occupaient son esprit exalté par l'ivresse de l'action, la valise, quand Eszter se pencherait au-dessus et comprendrait qu'il était pris au piège, et Valuska, étendu comme à son habitude tout habillé sur son lit dans son sombre taudis crasseux empestant la nicotine, en train de contempler rêveusement le plafond avec ses yeux radieux sans même s'apercevoir qu'en fait de ciel féerique, il contemplait un plafond fissuré et bosselé. Effectivement, quand, après avoir frappé rapidement, elle poussa d'un coup d'épaule la porte rouillée, elle trouva exactement ce qu'elle avait prévu : l'odeur de nicotine et, sous le plafond fissuré et bosselé, le lit en bataille — il manquait seulement les « yeux radieux »... et puis, bien sûr : le ciel féerique.

LES HARMONIES
WERCKMEISTER

Développement

M. Hagelmayer, propriétaire du débit de boisson de la rue du Pont, Pfeffer et Cie, plus communément appelé « Péfeffer », n'ayant à cette heure tardive qu'une seule idée en tête : aller se coucher, se mit à consulter sa montre avec des yeux de plus en plus sévères — signalant ainsi qu'il n'allait pas tarder à élever le ton de sa voix stridente (« Huit heures, Messieurs, fermeture des portes ! »), éteindre le poêle à mazout qui ronflait dans un coin, fermer les lumières et ouvrir la porte pour, en laissant pénétrer le froid glacial, pousser vers la sortie les clients peu enclins à bouger —, c'est pourquoi Valuska, qui souriait béatement, pressuré par une masse compacte de vestes déboutonnées ou jetées sur les épaules, ne fut nullement surpris de se voir sollicité et encouragé : « Allez, montrez-nous le machin avec la terre et la lune ! », puisqu'ils l'avaient déjà fait la veille, l'avant-veille et Dieu sait combien de fois depuis des années, afin de distraire — en raison d'un besoin vital de « petit dernier » — l'attention obstinée du somnolent tavernier et de repousser l'heure de fermeture annoncée à pleine voix. La démonstration, affû-

tée, à force d'avoir été répétée, en simple passe-
temps, n'intéressait à vrai dire plus personne. Ni
M. Hagelmayer, qui appréciait par-dessus tout les
plaisirs du sommeil et, soucieux de l'ordre établi,
annonçait la fermeture dès sept heures et demie,
histoire de les prévenir qu'il « ne se ferait pas avoir
avec ce vieux truc », ni les chauffeurs, débardeurs,
peintres en bâtiment et autres boulangers qui
fréquentaient l'endroit, lesquels, en revanche, y
étaient habitués, tout comme au goût infâme du
Riesling bon marché et à leurs verres striés
d'usure, et n'hésitaient pas à interrompre ou à
rabrouer Valuska quand celui-ci, emporté par son
élan, tentait — pour mener ses chers amis plus
loin dans l'époustouflante immensité du cosmos — de les orienter vers la Voie lactée, car ils
étaient persuadés qu'un nouveau vin, de nouveaux
verres, un nouveau divertissement étaient forcément « pires que les anciens » et, d'une façon
générale, ils se montraient hostiles à toute nova-
tion douteuse, leur opinion, fondée sur leurs expériences communes, à savoir que toute transformation,
modification ou rectification signifiaient dégradation, étant communément admise. Une position
qui ne pouvait qu'être renforcée par certains
récents événements inexplicables, parmi lesquels
le froid glacial, de moins quinze à moins vingt
degrés, exceptionnel en ce début du mois de
décembre, et le gel qui s'était abattu sur eux sans
le moindre flocon de neige, en totale contradiction
avec ce que leurs expériences leur avaient appris
sur le bon fonctionnement de la nature et des saisons, et qui les incitaient à suspecter qu'un changement (« Au ciel, sur terre ? ») radical s'était

produit. Cela faisait maintenant des semaines qu'ils vivaient dans un climat de confusion mêlée d'inquiétude, de morosité nerveuse, et comme ils venaient de remarquer les affiches posées dans la soirée annonçant l'arrivée inéluctable pour le lendemain de la baleine géante qui, selon les rumeurs venant des hameaux alentour, était auréolée de mauvais présages, ils étaient déjà dans un état d'ébriété bien avancé (puisque : « Qui sait ce que ça va donner, qui sait ce qui est en train de se mijoter ici... ! ») quand Valuska avait fait son entrée, son habituelle escale au cours de son perpétuel périple. Même si, bien sûr, il prenait lui aussi un air soucieux et perplexe et secouait la tête quand on l'interpellait sur le sujet (: « Je pige rien, eh, János, c'est quoi ce temps épouvantable ?... ? ! »), s'il écoutait d'un air estomaqué tout ce qui se racontait, ici, au « Péfeffer » à propos des incompréhensibles et mystérieuses rumeurs de dangers accompagnant le cirque et sur les éventuels risques encourus par la ville, en réalité, il n'y prêtait aucun intérêt, et devant l'indifférence générale face à sa prestation il était le seul à ne pas s'être lassé, et à s'enthousiasmer encore et encore, car la simple idée de pouvoir partager une fois de plus ses émotions avec les autres et de vivre avec eux cet « instant sacré de la nature » le plongeait dans un état d'exaltation fébrile. En quoi la ville souffrant du gel le concernait-il, que lui importait le « Mais quand va-t-il enfin neiger ? », car il espérait que cette exaltation fébrile, pendant les quelques minutes de silence pathétique qui suivraient la fin de sa prestation exécutée sans l'ombre d'un changement, cette vive tension interne... d'un seul coup… encore une fois… se transformerait en un pur, un doux, un inégalable sentiment de bien-être, si intense que même le goût du vin, rituellement offert en récompense, lui semblerait moins désagréable, ce vin dilué à l'eau de Seltz qu'il n'avait jamais pu apprécier (pas plus que la palinka et la bière), sans jamais le refuser pour autant, sachant très bien que s'il avait rejeté le témoignage d'affection sans cesse renouvelé de ses « chers amis », s'il avait dissimulé son dégoût en commandant quelque liqueur (confessant ainsi qu'il n'aimait que les boissons sucrées), M. Hagelmayer n'aurait pas toléré sa présence plus longtemps au « Péfeffer ». Il n'allait pas, à cause d'une broutille sans importance, risquer de perdre la confiance, si vulnérable, du cafetier et des habitués, et vers six heures du soir, une fois qu'il avait terminé son travail chez son illustre protecteur tant admiré (dont les sentiments d'amitié à son égard étaient assez mal compris par les citoyens de la ville mais aussi par lui-même et à qui, en signe de gratitude, il prodiguait une dévotion totale), bref, quand tout était réglé chez M. Eszter et que celui-ci le congédiait, il s'arrêtait ici, chaque jour, depuis la nuit des temps, ayant fait du café situé derrière le château d'eau un lieu de halte permanente dans son perpétuel vagabondage, entre les quatre murs réconfortants de ce café si convivial à ses yeux, en raison de son immuabilité, en compagnie de ces « hommes si bienveillants », et puisqu'il considérait l'établissement — comme il le confessait parfois à l'impassible cafetier — de M. Hagelmayer comme son deuxième « chez-soi », il était tout naturel qu'il ne prît aucun risque pour un simple petit verre de vin ou de liqueur. Et quand il disait deuxième, il aurait pu tout aussi bien dire premier car la décontraction, le sentiment de libération qui dans la pénombre de la pièce aux rideaux toujours fermés de son vieil ami si distingué, en raison de son admiration respectueuse, lui faisait défaut, la chaleur humaine qui, elle, de par son isolement, lui manquait tant dans l'ancienne buanderie au fond du jardin des Harrer où il logeait, c'est ici, uniquement ici, qu'il les trouvait, au « Péfeffer », où il se sentait accepté, et où il devait se contenter de jouer intégralement son rôle — à savoir reproduire jour après jour, sans l'ombre d'une fausse note, quand on le lui demandait, un « moment extraordinaire du mouvement des astres ». Il était accepté et quand bien même il devait parfois se surpasser et exécuter une performance exceptionnelle pour justifier le bien-fondé de leur confiance à son égard, il était indéniable que, malgré leurs taquineries grossières visant sa serviabilité innocente et sa « tronche » qui déparait par rapport aux autres, il avait le sentiment de faire partie intégrante des meubles du café Hagelmayer. Toutefois, l'acceptation de sa présence ne suffisait pas à entretenir — même si elle le nourrissait — le brasier ardent de ses discours enflammés, seul « l'objet » en était capable, cette possibilité permanente de pénétrer — devant ce public sympathique de chauffeurs, débardeurs, peintres en bâtiment et autres boulangers, vacillant, les yeux hagards, sous l'effet des verres consommés — dans la « splendeur monumentale du cosmos. » Une fois le mot d'encouragement prononcé, le monde qui l'entourait, déjà habituellement perçu de façon très brumeuse, cessait d'exister, il ne savait plus où il était, comme si d'un simple coup de baguette magique il se trouvait brusquement propulsé dans un monde féerique ; toute réalité terrestre disparaissait, tout volume, couleur, forme se dissipait soudain dans une infinie légèreté qui envahissait l'espace, jusqu'au « Péfeffer » lui-même qui s'évaporait, quant au sympathique public, il se trouvait déjà — du moins le croyait-il — sous les cieux de Dieu, les yeux « fixés sur la splendeur ». Inutile de nier que pour l'instant, de cette dernière, il n'était pas vraiment question, car le « public » s'obstinait à tituber entre les quatre murs du « Péfeffer », n'ayant, semble-t-il, aucune envie de se lancer dans le grand inconnu, et se montrait peu enclin à répondre à l'invitation solitaire (« Regardez ! János va nous faire une nouvelle démonstration ! ») qui les conviait à porter leur attention, actuellement fixée dans le vide, sur Valuska. Certains d'entre eux, assis près du poêle, sous le portemanteau ou bien affalés sur le comptoir, avaient été subitement terrassés par le sommeil et plus rien, pas même le son du canon, n'aurait pu les ramener à la vie, quant aux autres, certes, ils tenaient toujours debout, mais ils venaient de perdre le fil de leurs conversations sur l'arrivée du monstre, prévue le lendemain, et ne comprenaient guère mieux ce qui se passait autour d'eux, mais il va sans dire qu'à la vue du maussade aubergiste qui ne cessait de consulter sa montre, tous, les adeptes de la position verticale comme ceux de la position horizontale, furent entièrement et unanimement d'accord avec la suggestion, quand bien même un seul d'entre eux, un apprenti boulanger au visage violacé, fut-il capable, d'un simple hochement de tête appuyé, de formuler cet accord. Valuska, bien entendu, interpréta ce silence univoque comme le signal indiquant que l'auditoire était fin prêt et, avec l'aide du peintre en bâtiment maculé de plâtre des pieds à la tête, l'auteur de l'invitation solitaire, il utilisa le peu de sens de l'orientation dont il disposait pour faire de la place au milieu du café noyé dans la fumée de cigarette : ils poussèrent en arrière les deux comptoirs qui en tout état de cause gênaient le passage puis, l'encouragement énergique de son assistant de circonstance (« Allez ! Reculez un peu vers le mur ! ») étant resté sans effet en raison de la résistance machinale des hommes agrippés à leur verre, il leur fallut finalement effectuer la même opération avec ces derniers qui, une fois remis du dérangement occasionné par cette reculade forcée, ne manifestèrent un léger signe de vie qu'au moment où Valuska pénétra solennellement à l'intérieur de l'espace ainsi libéré, et sélectionna, en plus du peintre en bâtiment, un grand échalas au strabisme prononcé, chauffeur de son métier, et un plantureux débardeur — simplement parce qu'ils étaient les plus proches de lui — connu ici sous le simple nom de « Sergej ». Si la compétence et la sollicitude du peintre en bâtiment (étonnamment alerte), dont l'efficacité avait été démontrée au cours des préparatifs, ne faisaient aucun doute, on ne pouvait en dire autant des deux autres qui ne comprenaient visiblement pas ce qui se tramait, encore moins pourquoi ils se faisaient subitement bousculer de tout côté, et, n'appréciant guère d'avoir été privés du soutien physique de la foule, se tenaient parfaitement ahuris au beau milieu du café, les yeux dans le vide, luttant, au lieu de prêter attention aux mots d'introduction de Valuska, luttant, donc, non contre le pouvoir envoûtant exercé par ces derniers — totalement incompréhensibles —, mais contre l'affaissement irrésistible de leurs paupières, car dans la nuit qui les enveloppait, l'espace de quelques minutes mais à intervalles de plus en plus rapprochés, ils étaient pris tous deux de dangereux vertiges, dont le tangage tumultueux n'était pas franchement à la hauteur de la captivante rotation des astres qu'ils étaient censés personnifier. Mais pour Valuska, qui venait juste d'achever son habituel et brumeux prologue sur « la place très modeste de l'homme au sein de l'univers » et s'avançait vers ses assistants chancelants, cela ne posait aucun problème puisque en réalité il ne distinguait plus vraiment les trois compères, car contrairement à ses « chers amis » dont le cerveau embrumé aurait eu du mal à réagir — à supposer qu'il réagît — sans la contribution de ces trois interprètes, lui n'avait besoin de rien pour s'élancer, d'ailleurs il n'avait besoin d'aucun élan pour quitter la consumante terre ferme de cette toute petite colonie terrestre et se glisser dans l'« immense océan céleste » car dans son esprit et dans son imagination, lesquels n'étaient jamais vraiment dissociés, cela faisait bientôt trente-cinq ans qu'il voguait sur les fascinants flots silencieux du firmament étoilé. Il ne possédait quasiment rien — ses seuls biens se résumaient à son manteau de postier, sa sacoche, sa casquette et ses godillots —, et c'est donc à l'échelle de la vertigineuse distance de cette coupole infinie qu'il pouvait mesurer sa fortune, et si ce gigantesque et impénétrable espace lui offrait une totale liberté de mouvement, ici-bas, prisonnier de cette liberté, il ne pouvait trouver sa place dans l'espace on ne peut plus étriqué de la « consumante terre ferme », c'est pourquoi il posait ses yeux radieux sur ces visages qui bien que sombres et hébétés lui semblaient amicaux, ce qu'il fit à nouveau, en vue de distribuer les rôles parfaitement rodés, avant de se fixer sur le grand échalas de chauffeur. « Vous, vous êtes le Soleil », lui dit-il doucement à l'oreille sans se douter un seul instant qu'il n'était pas du tout du goût de ce dernier d'être confondu avec quelqu'un d'autre, d'autant moins qu'il se trouvait dans l'incapacité — trop occupé à lutter contre la chute de ses paupières et contre la nuit qui le menaçait — de protester. « Vous, vous êtes la Lune », fit Valuska en se retournant vers le plantureux débardeur qui, afin d'indiquer que « pour lui c'était O.K. », haussa imprudemment les épaules avant de se mettre aussitôt à cingler l'air par de fougueux moulinets, pour tenter de rétablir l'équilibre rompu par ce geste irréfléchi. « Si j'ai bien compris, moi, je suis la Terre », acquiesça par anticipation le peintre en bâtiment en empoignant le Sergej qui gigotait dans tous les sens, après quoi il le plaça au centre du cercle, le fit pivoter face au chauffeur que les attaques impitoyables du crépuscule avaient rendu définitivement morose, puis, avec l'empressement d'un homme connaissant son affaire, il se positionna derrière eux. Et tandis que M. Hagelmayer, dont la vue était totalement masquée par le cercle formé par les quatre hommes, signalait, en bâillant et en claquant bruyamment les verres et les cageots de bouteilles, aux clients qui désormais tournaient le dos au comptoir, que le temps passait inexorablement, Valuska promettait une démonstration limpide et accessible à tous, une brèche, dit-il, à travers laquelle « nous autres, les gens simples, nous pourrons avoir un aperçu de l'immortalité » ; pour ce faire, il leur suffisait simplement de pénétrer avec lui dans un espace illimité dominé par « le vide, porteur de paix, de stabilité et d'horizon infini » et d'imaginer qu'ici, dans cet insaisissable et infini silence, une impénétrable obscurité avait tout recouvert. La grandiloquence déplacée de ces paroles éternellement ressassées — qui autrefois auraient déclenché de violents éclats de rire — laissa de marbre le public du « Péfeffer », ce qui, malgré tout, ne les empêcha aucunement d'accéder à la requête de Valuska puisque — à quoi bon le nier — ils ne distinguaient plus grand-chose autour d'eux si ce n'est une « impénétrable obscurité » ; l'aspect récréatif fut lui aussi au rendez-vous, car en dépit de leur état déplorable, ils ne purent s'empêcher d'éclater de rire quand Valuska les informa que dans cette « nuit infinie » le chauffeur bigleux, totalement engourdi par le vin, « incarnait la source de toute vie et de toute chaleur, en d'autres termes : la lumière ». Il va sans dire que, comparé à l'étourdissante immensité du cosmos, le lieu était relativement exigu, si bien que lorsque la mise en rotation des astres démarra enfin, Valuska, renonçant à une représentation totalement fidèle, dut s'abstenir de faire graviter le chauffeur qui se tenait tête baissée au milieu du cercle, complètement abattu et impotent, et se contenta de donner ses habituelles instructions à « Sergej » et au peintre en bâtiment, de plus en plus émoustillé. Mais même ainsi, les choses démarrèrent plutôt mal : contrairement à la Terre qui, tout en faisant des grimaces aux spectateurs soudain ragaillardis, exécuta une double rotation autour d'elle-même et autour du grand échalas de Soleil avec une adresse et une souplesse à faire pâlir d'envie les plus grands acrobates, la Lune s'effondra — comme terrassée par l'annonce d'une catastrophe — dès la première impulsion, pourtant légère, de Valuska, et puisque, malgré toutes les précautions prises, chaque tentative eut pour douloureux résultat une nouvelle dégringolade, Valuska, s'agitant dans tous les sens et interrompant sans cesse son monologue inspiré (« … ici… maintenant… nous allons… d'abord expé… rimenter… le mouvement… général… »), fut lui-même obligé d'admettre qu'il était peut-être préférable de remplacer le débardeur, trop lourdement indisposé, par un assistant plus qualifié. Mais c'est alors que, dans l'euphorie croissante du public, la Lune se ressaisit et, comme ayant subitement trouvé un remède miracle contre son horrible malaise, se mit, après avoir fait exécuter à ses jambes trapues un demi-tour — à l'envers, certes, par rapport aux instructions —, à tournoyer résolument, avec une telle réussite que non seulement son mouvement astral — évoquant les célèbres pas de la czardas — s'avéra résistant dans la durée mais qu'il parvint même, bien que dans une proportion plus modeste, à retrouver l'usage de la

parole (« … s'vououou… ahahrtépaa…. j'vouou-
tord… l'couou »). Tout était fin prêt et Valuska,
après s'être arrêté une minute pour s'éponger le
front et s'assurer qu'il ne bouchait la vue à personne et que tous, sans exception, allaient pouvoir
s'extasier devant le fonctionnement divinement
harmonieux — ainsi brillamment mis en scène —
de la terre, de la lune et du soleil, entra enfin dans
le vif du sujet ; il souleva sa casquette, rejeta en
arrière la mèche de cheveux qui lui pendait sur le
visage et, d'un geste brusque de la main, il attira
vers lui l'attention des hommes groupés en cercle,
désormais concentrés — du moins en avait-il l'impression — à l'extrême, et leva son visage embrasé
par un feu interne vers le ciel. « Au début… nous
remarquons à peine… les phénomènes extraordinaires… dont nous sommes les témoins… », dit-il
à voix basse, et en réponse à ce murmure un
silence absolu s'installa immédiatement dans la
salle du café, comme pour mieux anticiper et
amplifier l'éclat de rire qui allait suivre. « L'écla-
tante luminosité du soleil… », il fit, d'un mouvement ample du bras, signe au chauffeur, lequel
luttait en serrant les dents contre l'avalanche de
tourments qui l'assaillaient, puis au peintre en
bâtiment qui gravitait éperdument autour de lui,
« répand sa chaleur… et sa clarté… sur la partie
de la terre tournée vers lui ». Doucement, il immobilisa la Terre, laquelle lança des clins d'œil malicieux en direction des spectateurs, la tourna vers
le Soleil, se plaça puis se plaqua contre elle, l'enla-
çant presque, ensuite, en se penchant par-dessus
son épaule, il fixa — comme si son regard servait
de médium aux trois autres —, en plissant les

110

yeux face à cette « lumière aveuglante », le titubant chauffeur. « Nous sommes en pleine... clarté. Mais subitement... voici que nous apercevons le disque de la lune... », il interrompit le « Sergej » qui poursuivait obstinément sa czardas autour du peintre, et le plaça entre le Soleil et la Terre, « la lune décrit une tache... une sombre tache sur la sphère flamboyante du soleil... et cette sombre tache ne cesse de croître... Vous la voyez ?... » Il surgit de derrière le peintre et poussa tout doucement le débardeur offusqué mais totalement impuissant, « et ensuite... vous voyez ?... très vite, nous voyons dans le ciel... la lune qui recouvre... peu à peu... la petite faucille aveuglante... ce qui reste du soleil. Et l'instant suivant », murmura d'une voix étranglée par l'émotion Valuska dont le regard passait de l'un à l'autre des trois hommes alignés sur le même axe, « il est, disons, midi... et nous allons être les témoins d'un événement dramatique... car tout à coup... en l'espace de quelques minutes... l'air devient glacial... vous sentez ? Le ciel s'assombrit... et puis... c'est l'obscurité totale ! Les chiens se mettent à aboyer ! Les lapins paniqués se ruent vers leur terrier ! Les hardes de chevreuils courent dans tous les sens ! Et dans cet incompréhensible et angoissant crépuscule... même les oiseaux ("Les oiseaux !" cria Valuska, et en feignant la stupeur il leva les bras en l'air, déployant, comme une chauve-souris ses ailes, les larges pans de son manteau de postier), même les oiseaux filent s'abriter vers leurs nids ! Et... un grand silence s'abat... et tous les êtres vivants deviennent muets. Et... les mots restent coincés dans nos gorges... Les montagnes vont-elles se soulever ? Le ciel… va-t-il s'effondrer ? La terre va-t-elle se dérober et nous engloutir ? Nous l'ignorons. Nous venons d'assister à l'éclipse totale du soleil ». Ces dernières paroles, formulées, tout comme les précédentes, dans le même état de transe prophétique, dans le même ordre, avec la même intonation depuis des années (elles étaient donc sans surprise), ces paroles particulièrement puissantes, donc, une fois prononcées, alors que Valuska, épuisé et inondé de sueur, regardait le public en souriant béatement et en remontant sans cesse la bandoulière de sa sacoche qui ne cessait de glisser, eh bien, cette fois-ci, elles eurent de façon imprévue un effet troublant sur l'assistance, et pendant trente secondes aucun son ne retentit dans l'auberge bondée à craquer, car ce public d'habitués, après s'être ressaisi, avait à nouveau perdu son assurance, et tous contemplaient béatement Valuska, étonnamment confus, incapables de donner libre cours à leur envie de plaisanter, comme s'il y avait quelque chose d'angoissant dans le fait de constater que si « leur crétin de János » avait du mal à revenir sur la « consumante terre ferme », c'était simplement parce qu'il ne quittait jamais « l'océan céleste », tandis qu'eux, tels des poissons du désert réfractant la lumière de leurs verres, ils n'avaient jamais bougé d'ici.

Le café était-il soudain devenu trop exigu ?
Ou le monde, trop vaste ?
Avaient-ils oublié ces mots entendus
des milliers de fois ?
Ce sourd martèlement :
le « ciel s'assombrissant »

la « terre se dérobant »
les « oiseaux filant vers leur nid »
avait-il réveillé
et apaisé
quelque brûlante douleur
dont ils ignoraient l'existence ?

Pas vraiment : ils avaient plutôt, comme on dit, « laissé la porte ouverte » une fraction de seconde, ou bien avaient-ils — à force de l'attendre — simplement raté la fin, toujours est-il que le silence gêné s'étant un peu trop lourdement appesanti sur le « Péfeffer », d'un seul coup, tous reprirent leurs esprits, et comme l'homme qui rêve de voler en suivant des yeux la douce courbe du vol d'un oiseau se voit subitement dégrisé en retrouvant ses pas enracinés dans le sol, cette indéfinissable, obscure et informe sensation éphémère fut balayée par un brusque retour aux volutes de fumée de cigarette, aux lustres en fer-blanc au-dessus de leurs têtes, à leurs verres de vin désespérément vides, et à l'imperturbable Hagelmayer qui derrière son comptoir était déjà en train de boutonner son manteau. Le brouhaha retentit à nouveau, et tous de venir féliciter le peintre en bâtiment, fier comme un paon, et les deux autres astres rouges de confusion qui ne comprenaient toujours rien à rien, quant à Valuska, il reçut son verre de vin et se retrouva très vite tout seul. Gêné, il s'écarta de la masse tumultueuse des vestes fourrées et des manteaux pour se réfugier dans un coin isolé derrière le bar et puisqu'il ne pouvait plus compter sur les autres, il se retrouva à nouveau tout seul pour poursuivre fidèlement, avec le même émerveillement, l'histoire époustouflante de la rencontre des trois astres, et ivre du bonheur procuré par le spectacle et par les clameurs exprimant selon lui la délectation du public, il contempla, en solitaire, le cheminement de la lune qui lentement glissait de l'autre côté de la sphère incandescente du soleil... Car il désirait voir, et il vit la lumière revenir sur terre, et il désirait vivre, et il vécut ce moment d'intense émotion où l'on se libère du poids écrasant de la peur, cette peur provoquée par une obscurité glaciale, angoissante, apocalyptique. Mais il n'y avait personne avec qui partager tout cela ou même en discuter, le public en effet — comme à son habitude —, lassé de ce « baratin creux » et considérant pour sa part que la représentation s'achevait avec l'avènement du crépuscule fantomatique, se mit à assaillir l'aubergiste dans l'espoir d'un petit dernier pour la route. Quel retour de la lumière ? Quelle chaleur ? L'émotion, la libération ? À cet instant, Hagelmayer — comme s'il avait saisi le raisonnement de Valuska — ne put s'empêcher, trouvant ainsi involontairement la solution, d'intervenir : tout en remplissant la « toute dernière tournée » il éteignit les lumières, ouvrit la porte puis, sur un ton indifférent, il se mit à hurler (« Dehors, bande de poivrots, tout le monde dehors ! »), en clignant des yeux de sommeil. Rien à faire, ils devaient s'y résoudre, c'était fini pour aujourd'hui, ils étaient tous complètement ivres et pouvaient aller où bon leur semblait. Sans un mot, ils se dirigèrent vers la sortie, et si la plupart d'entre eux se montrèrent peu enclins à poursuivre la fête, quelques-uns (parmi ceux qui étaient encore en état de le faire car ceux qui avaient été réveillés en sursaut, au contact du froid glacial, se mirent aussitôt à vomir contre le mur), après que Valuska eut chaleureusement salué ses chers amis devant l'auberge, le suivirent des yeux, comme ils l'avaient fait la veille, l'avant-veille et Dieu sait combien de fois depuis des années, alors que, encore tout exalté par le spectacle incrusté dans son esprit, il s'éloignait, avec sa démarche si singulière, courbé en avant, tête baissée, et sa façon de trottiner à toute allure (« ... comme s'il avait un truc urgent à faire... ») dans les rues désertes ; ils le suivaient des yeux en gloussant puis, dès que Valuska bifurquait au niveau du château d'eau, ils riaient à gorge déployée, car il faut dire que les sujets de plaisanterie étaient rares pour tous ces chauffeurs, débardeurs, peintres en bâtiment et autres boulangers pour qui... « le temps semblait suspendu » mais avec lui, avec Valuska, ils pouvaient, comme ils disaient, « s'amuser à l'œil », car rien que par son physique ridicule — ses yeux de biche éternellement pétillants, son nez qui par la taille et la couleur faisait penser à une carotte, son inséparable sacoche de postier, et cet incroyable lourd manteau sur son corps chétif — il représentait une source intarissable de — si précieuse — bonne humeur. Et ces hommes groupés devant le « Péfeffer » n'avaient pas vraiment tort car Valuska avait réellement « un truc urgent à faire ». Comme il l'expliquait timidement quand on le taquinait à ce sujet, il « devait courir avant d'aller se coucher », autrement dit, il devait traverser la jungle des rues, même depuis que les lampadaires étaient éteints — puisque devenus inutiles — vers huit heures, il devait arpenter la ville engourdie dans le gel silencieux, depuis le cimetière Saint-Joseph jusqu'au cimetière de la Sainte-Trinité, traverser les places vides, celle du Marais de Bárdos, celle de la gare, faire le tour de l'hôpital, du palais de justice (et prison), sans oublier l'énorme palais Almássy, si délabré qu'il fallait le faire ravaler tous les dix ans, et le Château. Pourquoi, dans quel but faisait-il cela, personne ne le savait exactement, et le mystère ne se dissipait guère quand, devant l'insistance de tel ou tel citoyen de la ville, il proclamait brusquement en rougissant qu'« il était investi d'une secrète mission intime » ; ce qui signifiait simplement qu'étant incapable (et peu désireux) de faire une distinction entre l'ancienne buanderie située au fond du jardin de M. Harrer où il logeait et le foyer des autres citoyens de la ville, entre le bureau de livraison de la presse et le « Péfeffer », entre le centre de tri de la gare et les rues et les squares de la ville, autrement dit, puisqu'il ne voyait aucune différence fondamentale entre sa vie et celle des autres, il habitait littéralement toute la ville, depuis l'avenue de Nagyvárad jusqu'à la fabrique de lait en poudre, et devait donc, comme tout propriétaire, faire chaque jour le tour de son domaine, un domaine où, protégé par sa réputation de simple d'esprit, et grâce à sa nature confiante et à son infatigable imagination habituée à la « gigantesque liberté du cosmos », il évoluait — comme dans un nid — les yeux fermés, depuis trente-cinq années, aveugle et infatigable. Et puisque sa vie se résumait à un circuit sans fin à travers les paysages intimes de ses jours et de ses nuits, lorsqu'il disait « avant de se coucher » ou bien qu'« il devait courir », il simplifiait un peu les choses, car en fait de se coucher, il ne dormait que quelques heures par nuit, juste avant le lever du jour (et encore, dans un demi-sommeil, tout habillé), quant à courir, en réalité, il se contentait de déambuler à travers la ville, depuis une vingtaine d'années, si bien que la chambre aux rideaux fermés de M. Eszter, le bureau, le centre de tri, l'hôtel Komló (d'où il livrait les repas à son ami malade), ou bien encore le café derrière le château d'eau étaient plus des points de contact que de réelles étapes dans cette course sans fin. Dans un même temps, cette déambulation continuelle — un fait suffisant pour que les gens ne le reconnaissent pas comme un des leurs mais plutôt, disons, pour être indulgent, comme une tache de couleur dans le paysage urbain — n'avait rien d'une ronde de surveillance obsessionnelle même si, par souci de simplification ou par réflexe instinctif, ils étaient nombreux, quand le sujet était abordé, à émettre cet avis. Car Valuska, quand il cessait de contempler l'étendue vertigineuse du ciel, avait l'habitude de ne regarder que le sol, et, par conséquent, ne « voyait » pas la ville. Avec ses godillots éculés, son lourd manteau de postier, sa casquette à visière, son inimitable démarche de canard, son dos voûté et sa sacoche en bandoulière qui formait comme une excroissance sur son flanc, il traçait des cercles à l'infini autour des édifices délabrés de sa ville natale, mais pour ce qui était de *voir,* il ne voyait que le sol, c'est-à-dire les tracés sinueux ou rectilignes des trottoirs, des chaussées, de l'asphalte, des pavés et des sentiers — que plus personne n'empruntait à cause des détritus gelés —, et si nul ne connaissait mieux que lui les creux et les bosses, les pentes, les crevasses (les yeux fermés, au simple contact de la plante de son pied sur le sol, il pouvait déterminer l'endroit où il se trouvait), il ignorait tout des façades, des portails, des murs de clôture et des gouttières des maisons qui avaient vieilli avec lui, et, ce, pour la simple raison que l'image qu'il en avait gardée n'aurait pas supporté la moindre transformation, c'est pourquoi il se contentait de s'assurer de leur présence (à savoir : ils sont tous là), comme il le faisait avec le pays, les saisons, et les gens qui vivaient autour de lui. Dans ses plus lointains souvenirs, qui remontaient à l'époque de la mort de son père, il parcourait déjà ces mêmes rues (enfin, pour l'essentiel, puisque l'enfant de six ans qu'il était ne pouvait s'aventurer au-delà du périmètre situé autour de la place Maróthy) et, pour dire la vérité, il n'y avait aucun gouffre, pas même un fossé entre le Valuska de l'époque et celui d'aujourd'hui, car dès la toute première fois qu'il l'avait aperçu (peut-être était-ce sur le chemin de retour du cimetière), il avait été fasciné par ce ciel étoilé, par ces lueurs clignotantes dans cette gigantesque immensité. Il avait grandi, maigri, ses tempes commençaient à blanchir, mais aujourd'hui comme jadis, il n'avait toujours pas acquis les repères susceptibles de l'aider à s'orienter ici-bas ni trouvé le moyen d'échanger le cours indivisible de l'univers, dont il constituait un élément (si éphémère fût-il), en une perception rationnelle de l'écoulement du temps, passé comme à venir. Sans implication personnelle et sans passion, il assistait au lent cours des événements humains avec une vague incompréhension teintée de tristesse, sans parvenir à deviner enfin ce que ses « chers amis » attendaient les uns des autres, car la plus grande part de sa conscience, entièrement consacrée à l'extase, l'avait comme exclu du monde terrestre et enfermé (à la plus grande honte de sa mère et pour le plus grand amusement des gens) dans une bulle, la bulle indestructible et transparente de l'instant figé. Il marchait, cheminait, déambulait, « aveugle et infatigable », avec à l'esprit — comme le disait non sans ironie son vieil ami — l'incurable beauté de son cosmos personnel (depuis des décennies il voyait au-dessus de sa tête le même ciel et sous ses pieds, le tracé quasiment inchangé des rues et des sentiers), et l'histoire de sa vie, si tant est que l'on puisse parler d'histoire, se résumait à un circuit de plus en plus étendu, puisque en partant du périmètre autour de la place Maróthy, il était devenu, à l'âge de trente-cinq ans, propriétaire de toute la ville, tout en restant étonnamment le même que dans son enfance, et ce qui qualifiait sa vie pouvait s'appliquer à son esprit, lequel n'avait pas connu de transformation majeure, l'extase (quand bien même durerait-elle deux fois trente-cinq ans) n'ayant pas d'histoire. Il serait cependant erroné de croire (à l'instar, par exemple, des clients du « Péfeffer ») qu'il ne voyait rien de ce qui l'entourait et ignorait que les gens le prenaient pour un simple d'esprit, et surtout, qu'il ne ressentait pas la curiosité générale mêlée de moquerie qu'il suscitait, et acceptait comme son lot. Il en était parfaitement conscient et quand dans le café, dans la rue, à l'hôtel Komló ou en sortant de la cantine du centre de tri, une voix criarde et moqueuse le sortait de sa rêverie (« Alors, János, quoi de neuf dans le cosmos ? »), derrière le ton ironique, il décelait des marques de bien-veillance naturelle et, surpris en flagrant délit « la tête dans les nuages », il baissait les yeux en rou-gissant et balbutiait quelques mots à voix basse. Car il reconnaissait lui-même que le simple fait de penser à tant de splendeur, la simple vision de la « royale sérénité de l'univers » étaient totale-ment déplacés, et pendant ses éternelles envolées (avec pour seule excuse la volonté de partager cet infime savoir, comme tout ce qu'il possédait, avec le si souvent déprimé M. Eszter et ses compa-gnons du « Péfeffer »), quand certains lui rappe-laient qu'il ferait mieux de se préoccuper de sa triste situation et de son inutilité lamentable plu-tôt que des splendeurs cachées de l'univers, non seulement il comprenait cette irrévocable condam-nation générale mais il — ce n'était pas un secret — l'approuvait, allant même parfois jusqu'à se proclamer lui-même « fou à lier », il n'avait aucune intention de nier la vérité, et il savait com-bien il était redevable aux gens de la ville qui au lieu de le faire « interner » le toléraient et accep-taient que, malgré ses regrets sincères, il fût inca-pable de détourner les yeux de ce que « Dieu avait créé pour l'éternité ». Quelle était la part de sin-cérité dans ses regrets, Valuska ne l'avoua jamais, en revanche, il était effectivement incapable de détacher « ses yeux radieux » — ses yeux qui fai-saient si souvent l'objet de moquerie — du ciel : ce qu'il ne fallait pas, bien entendu, prendre au pied de la lettre, pour la bonne et simple raison qu'ici, au creux de la vallée des Carpates, cette œuvre parfaite que « Dieu avait créée pour l'éternité » était couverte en permanence soit d'une brume épaisse, soit d'un brouillard poisseux ou bien encore d'impénétrables nuages, si bien que Valuska devait lui aussi faire appel à ses souvenirs d'étés, ces étés de plus en plus courts et volatiles, pour pouvoir évoquer avec bonheur — selon une formule propre à M. Eszter — « le spectacle éphémère du purifiant univers » tout en observant la surface accidentée des trottoirs et l'immense étendue des détritus, sous un ciel plombé pour une nouvelle année. Ce qu'il voyait, de par sa splendeur, le terrassait et le ranimait tour à tour, et s'il était incapable de parler d'autre chose, persuadé que le sujet « intéressait tout le monde », il ne possédait pas les quelques mots nécessaires pour exprimer, même approximativement, ce qu'il voyait réellement. Quand il déclarait tout ignorer de l'univers, personne ne le croyait ni ne comprenait ce qu'il voulait dire, et pourtant Valuska ignorait tout de l'univers, car ses connaissances n'étaient pas de réelles connaissances. Il lui manquait toute référence comparative, il lui manquait le besoin viscéral d'explication rationnelle, la soif de se mesurer encore et encore au pur et merveilleux fonctionnement de ce « silencieux mécanisme céleste », puisque, pour lui, son rapport à l'univers n'induisait aucune réciprocité. Et ayant compris cela, ayant vu la terre, la ville où il vivait, ayant constaté que toutes les histoires, tous les événements, tous les gestes, tous les désirs se répétaient méthodiquement, il évoluait parmi ses semblables, sans pouvoir déceler, puisque inexistant, le moindre changement, se contentant d'accomplir à l'infini — comme la goutte de pluie tombant du nuage — ce pour quoi il était destiné. Il dépassa le château d'eau, contourna l'immense ceinture de chênes assoupis qui bordaient le jardin de Gön-döcs, comme il l'avait fait le matin même, l'après-midi, la veille, l'avant-veille, des centaines de fois, matin, midi, après-midi et soir, puis il bifurqua et s'engagea dans la rue du Pont, parallèle à l'avenue, sans noter de différence particulière — il n'avait aucune raison de le faire — entre cette fois-ci et les autres. Il traversa le carrefour de la rue Sándor Erdélyi, et bien qu'il ne distinguât que leurs ombres, il salua poliment un groupe d'hommes immo-biles près d'un puits artésien, remonta, avec sa démarche de canard, si singulière, toute la rue, contourna la gare, entra dans le centre de tri, avala un thé brûlant en compagnie d'un cheminot qui après s'être lamenté du « temps de chien » et des « trains qui arrivaient n'importe quand » lui parla sur un ton alarmé d'une « gigantesque remorque », et si tout ceci n'était pas l'exacte réplique de ce qui s'était passé la veille et l'avant-veille, tout était identique, les mêmes pas, dans la même direction, dans une égale plénitude qui, derrière l'apparence de mouvement et de direction, réduisait tous les événements humains à un seul instant infini... il entendit le sifflement du train de nuit de Vésztő (dont l'heure d'arrivée était une fois de plus le fruit du hasard), puis, alors que le train vétuste s'arrêtait devant le chef de gare qui salua un peu perplexe, il jeta un œil par la fenêtre du centre de tri et vit — spectacle plutôt insolite à cette heure tardive — une immense foule affluer soudain sur le quai, après quoi il remercia le cheminot pour la tasse de thé, sortit, se fraya un passage dans la masse compacte des voyageurs groupés près de la locomotive, traversa la place de la gare avant de poursuivre sa route à travers les meutes de chats de l'avenue Béla Wenckheim — non pour se rendre quelque part mais simplement pour marcher sur ses propres traces de pas le long du trottoir gelé qui crissait sous ses pieds. Rajustant sans cesse la bandoulière de sa sacoche, il fit deux fois le tour du palais de justice (et prison), contourna plusieurs fois le château et le palais Almássy, longea le canal du Körös sous les saules pleureurs dénudés jusqu'au pont de Németváros, où il tourna en direction du cimetière de Kisoláhváros, sans prêter la moindre attention aux groupes d'hommes silencieux qui avaient quasiment envahi la ville et auxquels — comment aurait-il pu le savoir — son destin serait intimement lié dès la nuit suivante. Il errait insouciant dans ce paysage désolé, entre ces groupes d'hommes, entre ces autobus et ces voitures abandonnés à leur sort, comme il errait insouciant dans sa vie, telle une minuscule planète qui, sans chercher à comprendre la gravitation à laquelle elle est soumise, n'éprouve que du bonheur de pouvoir participer, ne fût-ce que d'un souffle, à un mécanisme si paisible et si bien réglé. Passage Hétvezér, il trébucha sur un peuplier écroulé mais, au lieu d'être intrigué par ce géant dont la cime dénudée gisait en travers de la gouttière, il porta toute son attention sur le ciel qui lentement s'éclaircissait, et plus tard, quand il entra dans l'hôtel Komló pour se réchauffer, les paroles du portier de nuit, lequel, enfermé dans sa cage en verre surchauffée, lui raconta ce qui lui était arrivé dans la soirée (« … hier soir, il devait être entre huit et neuf heures… ») et lui parla de l'incroyable véhicule des forains (« T'as jamais vu un engin pareil, János ! À côté, ton petit cosmos, c'est de la rigolade ! ») qui avait remonté toute l'avenue, lui passèrent à côté de l'oreille tant il était accaparé par l'imminence de l'aurore, cette « promesse à nouveau tenue », de voir la terre et avec elle la ville et lui-même émerger de l'ombre, et la délicate aurore céder la place à la lumière… Le portier pouvait lui raconter n'importe quoi sur « la foule hypnotisée » par « cette attraction qui selon les rumeurs était diabolique », il eut beau, plus tard, devant l'entrée de l'hôtel, lui proposer de s'y rendre avec lui (« Tu dois voir ça de tes propres yeux, mon pote ! »), Valuska, prétextant qu'il devait d'abord passer à la gare pour prendre livraison des journaux, déclina l'invitation, car même si, d'une certaine façon, la baleine piquait sa curiosité, pour l'instant, il voulait rester sous le ciel et plonger son regard dans l'intarissable « puits céleste » — par ailleurs totalement impénétrable en raison d'une dense couverture nuageuse — d'où jaillirait jusqu'au soir la lumière. Il dut batailler, en raison de la foule se déversant par vagues successives vers la place du marché, pour faire le trajet aller retour de la gare jusqu'au centre de tri, contraint, pour éviter de heurter les passants sur l'étroit trottoir, de ralentir sans cesse son pas habitué à une vive cadence, mais il n'y prêta aucune attention, comme si battre le pavé au milieu de cette sombre marée humaine en songeant à quelque grandiose splendeur était la chose la plus naturelle au monde, et c'est à peine s'il remarqua cette soudaine et inhabituelle multitude tant il était absorbé par ce qui représentait pour lui un instant suprême, l'instant où le minuscule habitant de la terre qu'il était se tournait vers le soleil, et son exaltation était si intense que, en rejoignant enfin la bifurcation vers la place du marché (avec dans sa sacoche une cinquantaine de journaux de la veille car la presse du jour était encore restée bloquée Dieu sait où), il faillit hurler à tous ces hommes d'oublier un instant la baleine et de regarder le ciel... Mais cette foule tumultueuse engourdie par le froid qui occupait presque la totalité de la place Kossuth n'aurait pu voir, en guise de lumineuse voûte céleste, qu'une masse grise profondément désolée, et à en juger par la tension quasiment « palpable » liée à l'attente — fait plutôt inhabituel pour une simple attraction foraine —, rien n'aurait pu détourner leur attention de ce qui les avait attirés jusqu'ici. Et c'était bien là le plus difficile à saisir : que venaient-ils faire ici ? Pourquoi cet irrésistible attrait pour ce qui n'était finalement qu'une exhibition foraine, quelle était la part de vérité dans les bruits alarmants qui circulaient sur cette « remorque de cinquante mètres », y avait-il quelque fondement dans les rumeurs invraisemblables à propos d'une armée de « vandales » soi-disant « hypnotisés » qui escorteraient la baleine de village en village, de ville en ville, toutes ces questions, pour le moment, ne semblaient nullement se poser aux rares habitants de la ville qui s'étaient risqués jusqu'à la place Kossuth (des courageux dont faisait partie le portier de nuit) puisque le véhicule poussif et pitoyable qui tractait le « monstre » itinérant, et l'épouvantable mastodonte en fonte peinturluré en bleu parlaient d'eux-mêmes. Parlaient d'eux-mêmes, certes, mais ne révélaient pas grand-chose, et alors que la scène offerte donnait tort aux « personnes de bon sens » qui la veille encore affirmaient que « tout cela » n'avait rien de mystérieux et qu'il s'agissait d'un truc astucieux fréquemment utilisé par ce genre de troupes itinérantes pour attirer l'attention, alors, donc, que les rumeurs apparemment infondées semblaient soudain se confirmer, les quelques badauds qui s'étaient risqués jusqu'ici avaient bien du mal à percer le mystère de cette baleine et de cette foule d'adeptes qui continuaient d'affluer sur la place. Le bruit courait dans la ville que cette bande d'individus peu recommandables avait été recrutée dans la région et si l'origine géographique de ces quelque trois cents personnes — plus que fidèles — ne faisait guère de doute (car d'où pouvaient-ils venir sinon des villages, hameaux et bourgs situés à la périphérie de Vésztő, Sarkad, Szentbenedek et Kötegyán), les badauds s'étonnaient de voir qu'un si grand nombre de va-nu-pieds, de vauriens, de louches individus capables d'exploits aussi triviaux que brutaux pussent encore sévir dans ce pays après les séduisants plans de prospérité économique qui revenaient tous les trente ans. Hormis une vingtaine d'hommes qui se distinguaient des autres (et se révélèrent par la suite les plus acharnés), ces près de trois cents vagabonds formaient visiblement un groupe homogène, qui, rien que par leur simple apparence physique, trois cents vestes fourrées, trois cents paires de bottes ferrées, trois cents toques graisseuses de paysans quasiment identiques, balaya la curiosité des badauds, tel le portier de nuit qui observait la foule à une distance respectable, au profit de la peur. Mais il y avait autre chose, quelque chose d'essentiel : le silence, un silence étouffé, persévérant, inquiétant ; aucun son ne s'échappait de cette foule impatiente qui, obstinée, tenace, sur le qui-vive, attendait dans un mutisme absolu que la tension générale inhérente à ce genre d'attraction se dissipe pour laisser enfin place à l'atmosphère quasi extatique du « spectacle » ; chacun semblait totalement ignorer son voisin ou plutôt non, au contraire, c'était comme s'ils étaient tous enchaînés les uns aux autres, ce qui rendait toute tentative d'évasion impossible et toute forme de communication inutile. Mais ce silence cauchemardesque n'expliquait qu'en partie cette « angoisse irrépressible », l'autre raison venait de la remorque difforme cernée par la foule car, comme le portier de nuit ainsi que les autres curieux l'avaient immédiatement remarqué, sur les parois de tôle on ne distinguait aucune trace de poignée, de serrure, pas même une fente signalant l'existence d'une porte, si bien qu'apparemment (même si de toute évidence la chose semblait invraisemblable) devant ces plusieurs centaines de paires d'yeux se trouvait une construction qui ne s'ouvrait ni à l'avant, ni à l'arrière, ni sur le côté, mais que la foule semblait vouloir, par sa muette ténacité, ouvrir de force. Plus rien ne put par la suite dissiper la tension et les angoisses des citadins présents, qui pressentirent que la relation unissant la baleine à son public était unilatérale. Dans ces circonstances, il semblait évident que ces gens n'étaient pas venus pour assister à un spectacle extraordinaire attendu avec curiosité mais plutôt à un combat d'une nature obscure, commencé depuis longtemps et dont l'issue était déjà jouée, qui se manifestait en premier lieu par le mépris arrogant avec lequel la troupe, composée de deux membres, déjà connus de réputation — le propriétaire, un homme obèse soi-disant malade qui se faisait appeler « Directeur » et, selon les rumeurs, un colosse, ancien boxeur de son métier, qui aurait mal tourné et serait devenu le factotum du cirque —, traitait leur public que l'on ne pouvait décemment accuser ni d'indifférence ni de manque de ferveur. Après plusieurs heures d'attente, il ne se passait toujours rien sur la place et comme rien ne laissait supposer que l'attraction pourrait un jour commencer, certains badauds, dont le portier de nuit, commencèrent à se dire qu'une seule raison pouvait expliquer ce retard volontaire : le plaisir sadique éprouvé par les forains, certainement en train de prendre du bon temps quelque part, à jouer avec la patience de cette foule engourdie par le froid sec et glacial. Et puisque leur besoin d'explication rassurante les avait menés jusqu'ici, ils n'eurent plus qu'un pas à franchir pour conclure qu'à l'intérieur de la vieille remorque de cette « bande d'escrocs », il n'y avait, à condition qu'il y eût quelque chose, qu'une charogne putride, un truc sans aucun intérêt qu'ils avaient réussi à masquer jusqu'ici par une publicité mensongère mais efficace autour d'un soi-disant « mystère »… Tandis qu'ils poursuivaient

128

leurs spéculations dans la partie la plus reculée
— la plus protégée — de la place, Valuska, encore
grisé par l'image de l'aurore et ignorant toute
forme d'inquiétude, s'enfonça dans la foule vers le
fourgon géant en s'accompagnant de joyeux
« excusez-moi ». Lui, rien ne le choquait, l'idée ne
lui effleura pas l'esprit que quelque chose pouvait
clocher et quand il s'approcha et aperçut le gigantesque engin monté sur huit doubles roues il le
contempla comme s'il s'agissait d'un véhicule sorti
tout droit d'un conte de fées, qui rien que par ses
dimensions valait la peine d'être vu. Les yeux
écarquillés, il examina la cloison du véhicule en
hochant la tête d'admiration et de satisfaction, et
comme un enfant devant un papier cadeau ou une
boîte, il se mit en tête de deviner ce qui pouvait
bien se trouver à l'intérieur de la remorque. Les
mystérieux gribouillages tracés sur la paroi l'intri-
guèrent particulièrement, c'était la première fois
qu'il rencontrait ce genre de caractères, il les parcourut de bas en haut, de droite à gauche, mais
n'ayant pu déchiffrer leur sens, il décida d'interroger ses voisins. « Excusez-moi », il posa délicatement la main sur l'épaule qui se trouvait devant
lui, « vous ne sauriez pas par hasard ce qui est
écrit ? », mais l'homme n'eut aucune réaction et
après avoir réitéré sa question en haussant légèrement la voix (l'homme tourna lentement la tête :
« La ferme ! »), il trouva préférable de faire comme
les autres, c'est-à-dire : rester sans bouger. Mais il
ne put résister longtemps. Il cilla des yeux, rajusta
sur son épaule la bandoulière de sa sacoche, se
racla la gorge puis, se tournant vers le sombre
individu qui se trouvait à côté de lui, remarqua

sur un ton amical qu'il n'avait jamais vu une chose pareille, et pourtant, des cirques étaient déjà venus par chez eux, mais des comme ça, jamais, pas aussi fascinants, bien sûr, il venait juste d'arriver, et il se demandait comment on pouvait naturaliser un animal aussi gigantesque, avec de la sciure peut-être, et l'homme savait-il par hasard combien coûtait le billet d'entrée car il n'avait que cinquante forints et des poussières sur lui et, vraiment, il serait navré de ne pas pouvoir entrer dans la maison de la baleine à cause de cela. L'homme ne dit rien, les yeux rivés sur l'arrière de la remorque, il semblait n'avoir rien entendu au murmure confus de son turbulent voisin, et au bout de quelques minutes, Valuska dut s'y résoudre, il n'avait aucune chance d'obtenir la moindre réponse à ses questions. D'abord, il sentit une tension soudaine autour de lui, puis, en suivant la direction des regards, il vit lui aussi la plaque de tôle ondulée à l'arrière de la remorque glisser vers le bas, puis deux mains robustes, qui venaient probablement de l'attraper de l'intérieur, la faire descendre lentement pour, à mi-chemin, lâcher brusquement la plaque de tôle qui en heurtant le pavé fit un bruit épouvantable. Valuska, qui, emporté par la foule se massant vers l'entrée, s'était retrouvé dans les premiers rangs, ne trouva rien d'étonnant à ce que l'habitacle de la baleine géante ne s'ouvrît que de l'intérieur puisque, et il n'avait aucun doute là-dessus, de la part d'une troupe aussi bizarre que celle-ci, on pouvait s'attendre à ce genre de « truc ». Son attention fut plutôt attirée par l'armoire à glace mesurant au moins deux mètres, qui fit son apparition à

l'« entrée » du cirque désormais dégagée et dont
l'identité était facile à deviner puisque en dépit du
froid sibérien il ne portait qu'un simple maillot de
corps crasseux (et l'on racontait que le factotum
ne supportait pas la chaleur) et aussi à cause de
son nez affreusement aplati qui de façon étrange
ne donnait pas à son regard un air farouche mais
au contraire une certaine innocence, voire de la
douceur. L'homme leva les bras en l'air, poussa un
grognement bruyant, étira ses robustes membres,
comme s'il venait de se réveiller, puis en mâchouil-
lant lentement quelque chose, il descendit avec
nonchalance au milieu de la foule massée devant
l'entrée, déplaça avec des gestes lourds et peu
enthousiastes la plaque de tôle ondulée, prit sur
la plate-forme trois larges planches en bois qu'il
posa à terre, s'écarta puis, une boîte en fer de
forme allongée à la main, commença la vente des
billets — avec une expression lasse et désabusée,
la file indienne s'ébrouant sur les marches instables et l'atmosphère de tension extrême ne lui
faisant visiblement ni chaud ni froid. Valuska se
tenait dans la file, surexcité, on pouvait lire sur
son visage combien tout l'émerveillait : la foule de
spectateurs, la remorque, la boîte en fer et le vendeur de billets. Il acheta son billet en adressant
un regard de gratitude à l'impassible colosse, le
remercia et, soulagé d'avoir tout juste assez
d'argent, il tenta à nouveau de lier conversation
avec ses voisins qui dans la cohue permutaient
sans cesse pour, une fois son tour venu, grimper
prudemment sur les planches branlantes et pénétrer dans l'immense pénombre de « l'antre de la
baleine ». Sur un échafaudage composé de lourdes

poutres, reposait, comme l'indiquait un texte écrit à la main sur un écriteau accroché à la paroi, le corps gigantesque d'un « BLAAHVAL sensationnel », mais tenter de déchiffrer la notice écrite à la craie en caractères minuscules et comprendre ce qui se cachait au juste derrière le mot « BLAAHVAL » était peine perdue, car toute personne désireuse de s'arrêter devant l'écriteau était systématiquement poussée en avant et aspirée par la lente ronde qui circulait. C'est donc sans mode d'instruction et sans explications qu'il posa les yeux sur le gigantesque animal et contempla, en grommelant son nom si mystérieux, bouche bée, avec un mélange de fascination et de crainte, ce monstre pour le moins peu ordinaire. Voir la baleine et saisir ce qu'il voyait dans sa globalité étaient deux choses différentes car prendre simultanément connaissance de la gigantesque queue, de la peau gris métallique crevassée et de la nageoire dorsale longue de plusieurs mètres était une entreprise vouée à l'échec. Elle était trop longue et trop grande pour entrer dans le champ visuel de Valuska, qui ne put pas plus affronter son regard quand, s'insérant dans la file indienne qui avançait d'un pas traînant, il finit, au bout de quelques minutes, par atteindre la gueule de l'animal, habilement maintenue ouverte, où il put contempler l'intérieur sombre de la gorge, découvrir les deux minuscules yeux noyés dans leurs profondes orbites, puis au-dessus, les deux branchies, mais uniquement séparément, l'une après l'autre, sans pouvoir obtenir une vue d'ensemble de la gigantesque tête. Il distinguait mal, car les lustres suspendus au plafond n'étaient pas allumés, et s'arrêter un petit moment pour frissonner, au moins devant la gueule volontairement effrayante et l'énorme langue inerte à l'intérieur, était toujours impossible, mais ni cela ni l'« invisibilité » de la baleine n'émoussèrent l'intensité de son émerveillement puisque, conformément à ce qui avait été annoncé, ce témoin extraordinaire d'un monde étrange et infiniment lointain, ce vieil habitant, à la fois doux et redoutable, des vastes mers et océans était bel et bien *là*, à portée de main. Étrangement, Valuska était le seul à manifester de l'émotion, les autres — qui dans cette lourde et putride pénombre continuaient docilement à tourner en rond autour de la baleine — ne montraient aucun signe de fascination quelconque et semblaient manifestement ne prêter aucun intérêt à ce héraut exposé aux regards du public. Ils jetaient bien de temps à autre un regard impressionné, non dénué de crainte respectueuse, sur le monstre pétrifié étendu au milieu de la pièce, mais leurs yeux, à la fois avides et inquiets, étaient plutôt attirés par la remorque elle-même, comme s'il y avait quelque chose d'autre, une présence hypothétique dont la simple éventualité revêtait plus d'importance que tout le reste. Or, à l'intérieur de la remorque que la faible lumière extérieure rendait encore plus lugubre, rien ne laissait supposer une telle présence. Près de l'entrée se trouvaient plusieurs armoires métalliques cadenassées dont l'une, restée ouverte, laissait entrevoir une dizaine de bocaux de formol, mais les affreux embryons ratatinés avaient échappé à leur attention, même à celle de Valuska ; au fond de la remorque un rideau dissimulait un réduit où

— une profonde brèche permettait de le voir — se trouvait une simple bassine et un seau d'eau. Enfin, juste derrière la gueule ouverte de l'animal, il y avait une porte (à nouveau sans serrure) dans la cloison de tôle ondulée, qui donnait probablement accès au coin repos des forains, et si à cet endroit précis l'effervescence, bien que contenue, était visible à l'œil nu, Valuska, quand bien même il aurait noté quelque chose, n'aurait pu comprendre la raison de cet étrange comportement. De toute façon, Valuska n'avait rien noté, car la baleine accaparait toute son attention et quand, après avoir admiré la seconde moitié du corps de cet être fabuleux, il sortit à l'air libre et redescendit avec prudence, il ne remarqua même pas que ses compagnons, ceux qui se trouvaient avec lui à l'intérieur, se replaçaient exactement au même endroit que précédemment, comme si toutes ces heures d'attente — maintenant qu'ils avaient vu la baleine — n'avaient pas encore atteint leur véritable objectif. Il ne s'aperçut de rien — peut-être pour, le soir venu, quand il reviendrait, déceler avant tout le monde la nature spectrale de cette étrange troupe et de ses adeptes si obstinément patients — et pour lui, contrairement au portier de nuit, qu'il salua joyeusement, cette attraction était bien plus qu'une simple exhibition foraine, et quand celui-ci lui demanda en chuchotant : « Eh, dis-moi, qu'est-ce qu'il y a à l'intérieur... les gens ici parlent d'un certain prince... », Valuska, immisçant la question dans son propre raisonnement, lui répondit avec enthousiasme : « Non, Monsieur Árgyelán, non ! C'est bien plus que cela, vous verrez ! C'est... impérial, c'est tout simplement impérial ! » et, le visage écarlate, il faussa compagnie à l'homme qui resta pantois. En pressant sa sacoche contre sa poitrine, il se fraya un chemin au milieu de la foule, et comme on était mercredi et que son instinct lui indiquait qu'il était midi passé, l'heure de la « valise de linge » de Mme Eszter, il décida de rentrer chez lui pour régler cette affaire, il aurait largement le temps de s'occuper de la distribution des journaux dans l'après-midi. Il prit donc la direction de la rue du Pont et — loin de se douter qu'il aurait mieux fait de courir, de quitter la ville, pour se réfugier dans un endroit sûr — tout au long du court trajet jusqu'à chez lui, mené à son habituel pas de course et ponctué de quelques haltes pour contempler le ciel avec un sourire malicieux, il revit — de façon assez floue mais cette fois-ci dans son intégralité — l'invraisemblable corps gigantesque et inoffensif, en se répétant inlassablement « quelle extraordinaire !... quelle extraordinaire création !... Le maître du monde doit être bien mystérieux pour s'amuser à fabriquer de si extraordinaires créatures !... » à partir de quoi il réintégra facilement les hautes sphères de ses pensées du petit matin et put les recouper avec ce qu'il avait vécu sur la place du marché et, sans dire un mot, écoutant simplement le flot qui coulait sans interruption dans son esprit, il entrevit la façon dont le Seigneur dans sa justice à la fois clémente et sévère prenait soin d'étendre sa toute-puissance à ses milliards de créatures — y compris à cette effrayante et amusante baleine. Il baissa la tête, c'est-à-dire, leva à sa façon les yeux vers le ciel, heureux de constater que toutes les choses existantes étaient reliées fraternellement comme autant d'éléments d'une pensée unique et il donnait l'impression de... voler entre les maisons apparemment désertes de la rue du Pont. Il volait à travers le triste silence de la place Vilmos Apor, à travers le froid saisissant de la rue Dürer ou plutôt, il s'était dédoublé, comme si une partie de lui volait et que l'autre courait, un vol et une course qui s'achevèrent très vite par un atterrissage et un arrêt brutaux, car quand il franchit le portail de la maison de Harrer, dévala le sentier qui menait à l'ancienne buanderie et poussa la porte, quelle ne fut pas sa stupeur d'apercevoir quelqu'un à l'intérieur de la pièce, quelqu'un qui en le voyant, et surtout en voyant son « expression radieuse », l'invectiva sans préambule : « Dites-moi, comment vous faites pour avoir toujours cet air ahuri ? ! Vous feriez mieux de fermer votre porte à clé, c'est moi qui vous le dis, sinon un beau jour, vous vous ferez cambrioler ! » D'ordinaire, elle déposait la valise chez Harrer ou bien elle la lui remettait sur le seuil de la porte, jamais, au grand jamais, elle n'était entrée chez lui, c'est pourquoi Valuska eut du mal à en croire ses yeux quand il reconnut en ce visiteur imprévu Mme Eszter, sa redoutable « complice », et il fut si troublé de la voir assise au milieu de ses affaires éparpillées, le visage écarlate, prête à exploser — il faut dire qu'elle l'attendait depuis le matin —, qu'il en perdit tous ses moyens. Étourdi par le choc de l'atterrissage et rouge de confusion devant un tel honneur mais aussi de honte (car Mme Eszter, faute de mieux, avait été contrainte de s'installer sur le lit), il balaya de la main les morceaux de pain, de lard, la boîte de conserve et les pelures d'oignons qui encombraient le tabouret, puis (tandis que Mme Eszter prenait place sur le siège fraîchement nettoyé en le foudroyant du regard) il essaya de pousser discrètement sous l'armoire quelques paires de chaussettes qui traînaient par terre et tenta, avec un sourire gêné, l'air de rien, de faire disparaître un caleçon sale étalé sur le lit. Tout ce qu'il entreprenait, au lieu d'améliorer la situation, ne faisait qu'accentuer l'aspect irrémédiable de la pièce, mais il ne suspendit son combat acharné contre les trognons de pommes moisis, les mégots de cigarettes (traces des visites de M. Harrer) autour du poêle, et contre la porte de l'armoire qui refusait obstinément de se fermer que lorsque Mme Eszter, s'apercevant qu'il « se fichait éperdument » de ce qu'elle était en train de dire, l'apostropha vigoureusement et lui ordonna d'« arrêter immédiatement ! » et de s'asseoir enfin quelque part car elle avait des choses extrêmement importantes à lui dire. Tant de choses se bousculaient dans sa tête qu'au début il eut du mal à saisir de quoi parlait cette voix éraillée si familière ; il hochait la tête, battait des cils, se raclait la gorge, s'agitait sur son siège, et tandis que la visiteuse, discourant, les yeux fixés au plafond, sur des « temps nouveaux » et sur un « lourd châtiment menaçant le monde », commençait à s'emballer, il se contentait toujours de fixer béatement le tabouret en opinant du chef. Mais, dans un brusque revirement, Mme Eszter redescendit sur terre, et ce qu'il parvint à comprendre alors n'avait rien de rassurant. Car s'il apprit avec un réel plaisir que sa visiteuse et sa mère s'étaient rencontrées la veille et « s'étaient quittées en très bons termes » (il fonda aussitôt en elle l'espoir de pouvoir, par son entremise, faire la paix avec Mme Pflaum), il fut par contre terrifié d'entendre les projets de Mme Eszter qui, en raison de « sa notoriété et de la masse croissante de paperasserie administrative, au regard de ses nouvelles fonctions » envisageait de quitter « dès aujourd'hui » sa pièce trop exiguë et de retourner chez elle, où elle lui demandait d'apporter ses vêtements — révélant ainsi les secrets qui entouraient depuis des années l'histoire du « linge » —, car aux yeux de Valuska cela ne faisait aucun doute, pour son vieil ami dont la santé était déjà si fragile, cet homme hypersensible qui se mettait à trembler dès qu'on prononçait devant lui le nom de sa femme, ce coup serait fatal. Il était facile d'imaginer que si son alliée menait à bien ses plans, et il serait bien difficile de l'en empêcher, tous ses efforts déployés jusqu'ici pour la guérison de M. Eszter et pour améliorer ses conditions de travail seraient réduits à néant, c'est pourquoi il éprouva un vif soulagement quand la femme, après l'avoir accessoirement informé d'un nouveau mouvement dont la direction ne pouvait, conformément aux souhaits des citoyens de la ville, être confiée qu'à György, lui précisa : étant donné qu'il s'agissait d'une haute fonction lourde de responsabilités, elle serait la plus comblée et la plus fière des épouses s'il acceptait d'en assumer la charge (ce qui impliquait, naturellement, ajouta-t-elle à voix basse, qu'elle repousserait à plus tard son projet de déménagement, car pour rien au monde elle ne voulait déranger son mari dont les fonctions étaient bien plus importantes que les siennes), oui mais elle, fit-elle sur un ton résigné, contrairement à Mme Pflaum qui pensait qu'il suffisait de confier l'affaire à Valuska et le succès était assuré, « oui mais moi », poursuivit-elle en élevant la voix, connaissant la santé fragile de mon époux et sa tendance à la réclusion, « je doute fort qu'il accepte ». Saisissant de quoi il retournait, Valuska ne savait pas de quoi il devait se réjouir le plus : de sa mère qui, malgré toutes les rancœurs (qu'il trouvait par ailleurs parfaitement compréhensibles), avait (« Immédiatement ! ») songé à son fils pour résoudre une affaire aussi délicate ou bien de Mme Eszter qui (par sa dernière déclaration) venait de montrer son admirable abnégation. Toujours est-il qu'il bondit de son siège, tout exalté, et affirma à son hôte en arpentant la pièce de long en large qu'il « acceptait la mission et ferait tout ce qui était en son pouvoir pour aboutir à un succès », ce qui déclencha, chez la femme dont le regard demeura par ailleurs grave et sévère, un rire bref mais sincère. Ce rire n'impliquait pas pour autant une approbation immédiate et c'est donc au bout de longues discussions et de pressantes sollicitations qu'elle accepta la proposition de Valuska et seulement après lui avoir exposé en quelques phrases aussi vagues que nébuleuses les « choses essentielles à savoir sur le mouvement » et lui avoir inscrit sur un morceau de papier la « liste des personnes avec qui il fallait dès aujourd'hui commencer le travail de propagande pour le futur président », mais concernant la valise et le message s'y rapportant, elle se montra inflexible, et quand ils franchirent

le portail de la maison de Harrer et prirent la rue
Dürer dans un froid à peine adouci par le soleil
de midi, tandis que Valuska lui décrivait « l'extraordinaire spectacle » qu'il avait vu place Kossuth, la femme, totalement sourde à ce qu'il disait,
continuait de parler de la valise et des détails de
son déménagement, et arrivés au coin de la rue
Jókai, où ils devaient se séparer, elle lui rappela
une dernière fois que s'il n'était pas chez elle avec
une réponse positive de son mari avant quatre
heures de l'après-midi, conformément à son plan
initial, elle se verrait obligée de « prendre son
dîner dès ce soir avenue du Baron Wenckheim ».
Et là-dessus elle pivota sur ses talons et partit régler
— remarqua-t-elle en guise d'adieu — quelque
affaire urgente ; Valuska, la valise dans une main
et le morceau de papier dans l'autre, la suivit des
yeux une bonne minute avec émotion en se disant
que si son vieil ami avait toujours douté des « véritables intentions de cette femme remarquable »,
ce stratagème, preuve évidente de sa bienveillance
et de son altruisme, ne manquerait pas de lui faire
changer d'avis. Car Valuska savait depuis longtemps quelle noblesse d'âme se cachait derrière
cette apparence de rusticité et d'autorité, il le
savait depuis le jour où elle l'avait convoqué pour
l'informer que malgré tout, si Valuska était prêt à
garder le secret, elle aimerait laver elle-même, « de
ses propres mains », le linge sale de son mari, car
il avait alors compris que tout son être était animé
d'une totale loyauté et d'un respect inconditionnel
envers M. Eszter qui pourtant l'avait si froidement
répudiée. Et maintenant qu'il venait soudain de
saisir ce qu'elle visait réellement avec cette his-

toire de déménagement, avec cette ruse transparente, à savoir, le convaincre de participer à ce mouvement qu'elle avait initié peut-être à seule fin de renforcer l'importance d'Eszter aux yeux de toute la ville, et ce, en s'appuyant sur l'hostilité infondée qu'il lui manifestait, il en était persuadé : le locataire solitaire de la maison de l'avenue Wenckheim ne pourrait résister plus longtemps face à une telle ténacité et, devant une passion si inébranlable, il devrait abdiquer. Le vent se renforça et il dut lutter contre l'air glacial qui lui coupait le souffle ; la malle était lourde, de plus en plus lourde, la chaussée était glissante, il croisa quelques bandes de chats insolents (trop paresseux pour s'écarter), mais rien ne pouvait altérer sa bonne humeur car c'était la première fois qu'il apportait autant de bonnes nouvelles à son vieux maître et, il en était persuadé, à partir d'aujourd'hui les choses allaient changer. Car il n'avait que cela en tête depuis — plusieurs années auparavant, peu après le départ de Mme Eszter — qu'il avait fait connaissance (en qualité de livreur de repas) de la maison et de son sombre propriétaire, mais surtout depuis le jour où ce savant exceptionnel, auteur de recherches musicales dont la portée échappait aux gens de la ville — même si dans sa grande modestie il s'en défendait —, cet homme vivant dans une réclusion sévère, cloué la plupart du temps au lit à cause de douleurs lombaires, depuis le jour où ce personnage légendaire entouré de la plus grande considération générale lui avait déclaré, à sa plus grande surprise, qu'il le considérait comme *son ami*. Et s'il ne comprenait pas vraiment ce qui lui valait cette amitié ni pourquoi

M. Eszter n'honorait pas quelqu'un d'autre de sa bienveillance (une personne capable d'assimiler et de retenir ses pensées, car pour sa part, comme il le lui confiait souvent, il ne les comprenait que très vaguement), il décida ce jour-là qu'il était de son devoir de tout faire pour le sauver du marasme d'amertume et de désillusion dans lequel lui et toute la ville étaient prisonniers. Il avait bien remarqué, contrairement à ce que tout le monde pensait, qu'autour de lui les gens parlaient de cataclysme ; un cataclysme, déclaraient-ils, devenu inévitable. Ils parlaient d'« indomptable chaos », de « vie quotidienne imprévisible », de « catastrophe éminente » sans vraiment bien mesurer la *portée* de leurs propos alarmants, car Valuska pensait que cette peur endémique n'était pas fondée sur la foi en l'avènement inéluctable d'une catastrophe, plus réelle de jour en jour, mais qu'il s'agissait plutôt d'une peur imaginaire, un mal dévorant qui risquait finalement de conduire à un vrai malheur, de faux pressentiments, donc, s'emparant des hommes qui, à cause de leur relâchement intérieur, n'assumaient plus leur rôle dès lors qu'ils — en transgressant par désinvolture les lois ancestrales gouvernant les âmes — perdaient le contrôle de leur propre monde, un monde qu'ils régissaient sans humilité… Il avait beau tenter de tout expliquer à ses amis, personne ne l'écoutait, mais ce qui l'attristait le plus c'était d'entendre certains d'entre eux affirmer sur un ton sans appel : « nous vivons dans un enfer sans issue entre un avenir perfide et un passé révolu », car ces horribles pensées lui rappelaient trop les phrases, les sentences impitoyables qu'il entendait chaque jour, avenue Béla Wenckheim, où il venait juste d'arriver. C'était en effet le plus attristant, car il était bien obligé d'admettre que M. Eszter, avec sa sensibilité poétique, son raffinement inégalable et tout le charme émanant de sa forte personnalité, M. Eszter qui, en gage de sympathie à son égard, lui jouait chaque après-midi pendant une demi-heure — à lui qui n'avait aucune oreille musicale ! — des morceaux du célèbre Bach, était le plus pessimiste de tous, et comme il pensait qu'il s'agissait d'un état dépressif consécutif à sa longue maladie et à son alitement prolongé, il était persuadé qu'en exécutant sa tâche avec encore plus de soin et d'attention, il permettrait peut-être enfin à son ami de se rétablir et de se délivrer du voile obscur apparemment indécollable qui brouillait sa vue. Il n'avait jamais cessé de croire que cet instant arriverait, et maintenant, en entrant dans la maison, en parcourant le long corridor encombré de rayonnages de livres, en se demandant par où il allait commencer : l'aurore, la baleine ou le mouvement de Mme Eszter, il avait le sentiment que le moment tant espéré du rétablissement, de la remise sur pied, n'allait plus tarder. Il s'arrêta devant la porte si familière du salon, transféra la lourde valise dans l'autre main et se mit à songer à la grandiose et miséricordieuse lumière — si ce moment arrivait — qui attendait M. Eszter. Car il aurait tant de choses à voir, tant de choses à découvrir — il frappa trois coups, comme à son habitude —, il verra l'ordre indestructible qui par son merveilleux et infini pouvoir relie à un ensemble unique harmonieux la vie — si éphémère qu'à peine éclose elle nous échappe — de tous les êtres qui peuplent en mutuelle dépendance les continents et les océans, le ciel et la terre, l'air et l'eau ; il verra que naissance et mort ne sont que deux bouleversants instants d'un perpétuel éveil, et il verra le regard ébahi de celui qui comprend cela ; il ressentira — il saisit délicatement la poignée de la porte — la chaleur des montagnes, des forêts, des fleuves et vallées, il découvrira les profondeurs secrètes de la vie humaine, et il comprendra que le lien indestructible qui le rattache au monde n'est ni une servitude ni une condamnation, mais un sentiment indéfectible d'appartenance ; et il découvrira l'immense bonheur du partage, de la communion, de se sentir entouré : par la pluie, le vent, le soleil, la neige, un vol d'oiseau, le goût d'un fruit, le parfum d'un pré ; et il finira par sentir que ses angoisses et amertumes ne sont que des poids entravant les racines encore vivaces de son passé, et freinant, tel un lest, l'envol de ses chances d'avenir — il ouvrit la porte —, et enfin il saura que chacune de nos minutes est un passage à travers les nuits et les jours d'une terre en gravitation, à travers les vagues successives de ses hivers et de ses étés, parmi les planètes et les étoiles. Il entra avec la valise et en plissant les yeux, il s'arrêta dans la pénombre.

Il s'arrêta dans la pénombre avec un sourire gêné, et M. Eszter, connaissant parfaitement l'élan d'exaltation émotionnelle accompagnant ses arrivées, le convia d'un geste autoritaire, en signe d'apaisement et de bienvenue, à s'asseoir à sa place habituelle près du guéridon où, pour lui laisser le temps de se réchauffer et de réfréner l'ardeur de son état de transe extatique, son vieil ami se permettrait de le distraire avec la rigueur de ses propres phrases finement ordonnées. « Il ne neigera plus », fit-il sans préambule, ravi de poursuivre ainsi à voix haute le fil de son raisonnement solitaire et de récapituler tout ce que depuis le matin, une fois le temps imparti à la toilette et à l'habillage écoulé ct une fois Mme Harrer — à son plus grand soulagement — partie, tout ce qu'il avait été en mesure de consigner sur l'état du monde. Se lever, pour se convaincre de ses propres yeux de la justesse de cette affirmation sans appel, ou bien demander à son fougueux visiteur assis dans un fauteuil de le faire, était contraire à sa nature, ouvrir les lourds rideaux, contempler le sinistre paysage désolé, observer la course effrénée des sacs en papier et pages de journaux fuyant les rafales de vent glacial entre les maisons figées dans un silence de mort, en d'autres termes, jeter un œil à l'extérieur, regarder par l'immense fenêtre aux dimensions conçues, de toute évidence, en des temps meilleurs, était selon lui sans intérêt puisque, passé maître en matière de renoncement à tout acte jugé superflu, il considérait résolument que cela ne valait pas la peine de bouger, d'autant moins que la question même manquait de pertinence, l'unique question importante après le réveil, à savoir, neigeait-il dehors, puisque d'ici, depuis le lit placé contre les battants de la fenêtre aux rideaux rigoureusement tirés, il pouvait très bien remarquer qu'à cet hiver sans fin il manquait non seulement la paix de Noël et les joyeux tintements des grelots, mais également la neige — à supposer que l'on puisse parler d'hiver pour qualifier l'impitoyable froid sec qui sévissait, et ne lui accordait qu'une ultime distraction : deviner qui serait détruit en premier, le propriétaire ou la maison. Pour ce qui était de cette dernière, elle résistait bon an mal an, en dépit de Mme Harrer, chargée d'allumer le chauffage le matin — et rien de plus — et qui, une fois par semaine, armée d'un balai et de « chiffons à poussière », s'acharnait, sous couvert de ménage, à accomplir à l'intérieur ce que le gel faisait à l'extérieur : à grands coups de chiffon, aussi vive que déterminée, elle déferlait avec une inimitable maladresse le long du corridor, dans la cuisine, la salle à manger et les pièces du fond ; semaine après semaine, tandis que les bibelots s'écroulaient en cascade, elle bousculait et rinçait à grande eau les fragiles meubles craquelés dressés sur des pieds plutôt instables, et brisait régulièrement, sous prétexte de les essuyer, des pièces du service en porcelaine fine de Berlin et de Vienne, pour enfin récompenser — à la plus grande satisfaction de l'antiquaire de la ville — sa grande générosité désintéressée avec une cuiller en argent ou un livre relié en cuir, bref, elle balayait, frottait, récurait, rangeait imperturbablement, si bien que l'édifice assailli sur deux fronts n'était plus soutenu que par le vaste salon (dans un état de délabrement périlleux mais ayant conservé son agencement initial), l'unique endroit où cette « maladroite fée du logis » n'aurait jamais osé (« Déranger Monsieur le directeur dans son travail ? Certainement pas ! ») s'aventurer. Lui ordonner d'arrêter et de se contenter de faire ce pour quoi elle était payée était, bien entendu, inconcevable, en raison du caractère grossier de la chose (Eszter répugnait à s'exprimer en donnant des ordres), mais de toute évidence, la femme — même si elle n'avait plus accès à lui et à son environnement immédiat —, poussée par quelque mystérieux élan de générosité, aurait, malgré son interdiction, poursuivi son combat acharné contre les objets demeurés intacts, c'est donc lui, son employeur, qui dut se contenter, et il s'en contenta, de trouver refuge dans sa pièce d'habitation où, grâce à de prétendues recherches musicales, fausse rumeur qui s'était propagée dans toute la ville et n'avait pas épargné Mme Harrer, la conservation de l'ordre et la santé précaire de son mobilier n'avaient rien à craindre, de surcroît, il avait la certitude que, grâce à cet heureux malentendu, rien ne pouvait perturber la véritable nature de son combat, c'est-à-dire, selon ses propres termes, sa « retraite stratégique face à la pitoyable stupidité de l'humanité ». Le poêle monté sur de gracieux pieds en cuivre et où le feu « ronronnait joyeusement » était pour ainsi dire l'unique objet dans la pièce à ne pas trahir immédiatement, dès le premier coup d'œil, les outrages du temps, car les tapis persans, autrefois majestueux, les tentures murales en soie, le lustre en cristal avec sa rose en plâtre brisée, les deux fauteuils en bois sculpté, le canapé, le guéridon en marbre, le miroir biseauté, le Steinway délabré, et les innombrables coussins, couvertures et petits bibelots, tous ces vestiges ancestraux de l'ancien salon familial avaient l'un après l'autre abandonné leur combat désespéré, et s'ils n'étaient pas encore tombés en morceaux et ne s'étaient pas totalement désagrégés, c'était probablement grâce à la large couche protectrice de poussière qui depuis des décennies reposait sur eux et à la présence permanente, discrète et quasiment statique de M. Eszter. Cette présence constante et cette vigilance involontaire étaient loin d'attester le règne de la bonne santé et des forces vitales sur l'environnement, et celui qui occupait la position la plus tragique était incontestablement le fidèle occupant du grand lit — transféré, sans ses fioritures, de l'ancienne chambre à coucher —, cet homme étendu entre des piles de coussins, ce corps squelettique que par courtoisie l'on qualifiait de maigre, dont l'état résultait moins d'une révolte légitime des organes que d'une résistance permanente contre les forces susceptibles de freiner le processus naturel de détérioration, le fruit d'une cruelle décision de l'esprit qui, pour ses raisons propres, s'était lui-même condamné au repos. Il était étendu immobile sur le lit, ses mains reposaient inertes sur la couverture rongée aux mites, et cette immobilité et cette inertie reflétaient au mieux l'état général de son organisme, car il ne souffrait ni d'arthrose ni de la maladie de Scheuermann, il n'avait pas été terrassé par une soudaine infection mortelle mais il subissait les effets d'un affaiblissement général dû à une station allongée prolongée, effets qui agissaient lourdement sur les muscles, la peau et l'appétit. C'était une protestation de l'organisme contre la servitude aux coussins et couvertures, uniquement cela, car cet opiniâtre repos imposé, que seuls les visites de Valuska et les cérémonials du matin et du soir venaient interrompre, cette définitive cessation de toute activité et de toute forme de sociabilité ne pouvait entamer ni sa volonté ni sa force mentale. En témoignaient le goût irréprochable avec lequel il s'habillait chaque jour et le soin qu'il accordait à sa moustache et à ses cheveux gris ; pantalon à revers, chemise amidonnée, cravate finement nouée, veste d'intérieur bordeaux, et avant tout, sur son visage blafard, ses deux yeux bleus dont la lueur était restée intacte, et plus généralement : l'acuité parfaite de sa vue, qui lui permettait, en observant son corps et son environnement dévasté, de détecter immédiatement, derrière son propre raffinement et la grâce délicate de ses fragiles objets, le moindre signe d'évolution de la décadence, comme s'il voyait avec netteté qu'ils étaient tous faits d'une même matière, la matière noble et volatile de la finitude. Et cette acuité ne lui permettait pas uniquement

de percevoir la fusion entre les biens et leur propriétaire, mais également le lien profond de
parenté qui existait entre la morne paix du salon
et le froid sans vie du monde extérieur : le ciel, tel
un miroir impitoyable renvoyant sans cesse la
même image, reflétait avec indifférence toute la
tristesse affluant ici-bas, et dans le crépuscule
chaque jour plus sombre, les châtaigniers privés
de leur feuillage ployaient — juste avant de disparaître du paysage — sous les rafales cinglantes, les
routes nationales étaient désertes, les rues étaient
vides, il ne restait déjà plus, semble-t-il, que « des
chats errants, des rats et des bandes de pillards »,
à l'extérieur de la ville, l'étendue désertique de la
plaine faisait, quant à elle, jusqu'à renoncer à
l'envie de regarder, et cette tristesse, ce crépuscule,
cet abandon, cette désolation semblaient faire
écho au salon de M. Eszter, avec son propre
dénuement, le rayonnement corrosif du dégoût,
de la désillusion, de l'emprisonnement de ce corps
cloué sur son lit, rayonnement qui en traversant
l'armure des formes et des couleurs, du sol au
plafond, rongeait la substance vivante du bois, du
tissu, du verre et du métal. « Il ne neigera plus,
déclara-t-il à nouveau et, tout en jetant un regard
apaisant vers son invité qui bouillonnait d'impatience sur son siège, il se pencha en avant pour
lisser de son pied les plis de la couverture. Non,
il retomba sur ses coussins, la production de neige
est arrêtée, désormais, il ne tombera plus un seul
flocon, et vous savez, entre vous et moi, mon ami,
ce n'est pas le pire… », il poursuivit sa phrase d'un
geste de la main, un seul geste doux et caressant,
évoquant une opinion qu'il avait déjà maintes fois

exprimée : ces funestes gelées précoces installées depuis l'automne et cette absence alarmante de précipitations (« Quel bonheur quand la pluie tombait sans cesse ! ») signalaient, comme un tocsin, que la nature, comme lui, avait cessé de fonctionner normalement, que le lien de communion fraternelle unissant le ciel et la terre était définitivement rompu, et désormais « nous tournons en rond dans l'espace, entre les débris de nos lois disloquées, et bientôt, éberlués et incrédules, nous ne pourrons que regarder en frissonnant la lumière s'éloigner de nous ». Chaque matin, Mme Harrer, en passant devant sa porte légèrement entrebâillée, lui relatait d'horribles histoires invraisemblables, tel jour le château d'eau avait vacillé, tel autre, les mécanismes de l'horloge du clocher de l'église s'étaient soudain remis en marche (aujourd'hui, elle lui avait parlé d'un « rassemblement de créatures diaboliques » et d'un arbre tombé sur la place Hétvezér), mais il n'y voyait rien de surprenant et ne doutait pas une seule minute de l'authenticité de ces nouvelles (en dépit de la crétinerie notoire de leur colporteur), car elles venaient confirmer ce qu'il soupçonnait déjà, à savoir, que les liens de cause à effet, la notion illusoire de prévisibilité des événements, bref, la « rationalité des choses » était définitivement révolue. « Nous avons échoué, poursuivit Eszter, et son regard fit lentement le tour du salon avant de se fixer sur les escarbilles qui jaillissaient du poêle pour s'éteindre aussitôt. Nous avons totalement échoué dans notre façon d'agir, de penser, d'imaginer et même dans nos piètres efforts pour comprendre les raisons de cet échec ; nous avons gaspillé notre Seigneur, nous avons galvaudé le respect du rang et de la dignité, et nous avons laissé s'éteindre la noble superstition qui nous incitait à nous mesurer sans cesse à l'échelle des dix commandements... nous avons lamentablement échoué, nous avons fait chou blanc dans cet univers où vraisemblablement nous n'avons plus grand-chose à faire. Les gens, il adressa un sourire à Valuska qui se débattait entre l'envie de prendre la parole et celle d'écouter poliment, si l'on prête foi aux ragots de Mme Harrer, parlent de cataclysme et de jugement dernier, car ils ignorent qu'il n'y aura ni cataclysme ni jugement dernier... c'est parfaitement inutile puisque le monde se détruit de lui-même, se détruit pour ensuite tout recommencer à zéro, et il en sera toujours ainsi, c'est aussi évident que la façon dont nous tournons en rond impuissants dans l'espace, il leva les yeux au plafond : une fois le processus enclenché, nous ne pouvons plus l'arrêter. Moi, Eszter ferma les yeux, j'ai le vertige ; j'ai le vertige et, que Dieu me pardonne, je m'ennuie, comme tous ceux qui ont cessé de croire naïvement que derrière ce cycle infernal de construction et de destruction, de naissance et de mort, il pouvait exister un plan bien établi, quelque programme grandiose et extraordinaire poursuivant un objectif, au lieu d'une obéissance aveugle à une froide mécanique... Que, à l'origine... dans un très lointain passé... il y eut une forme de projet, son regard se tourna à nouveau vers son visiteur, toujours aussi excité, est concevable, bien sûr, mais aujourd'hui, dans cette vallée des larmes accomplie, mieux vaut se taire sur le sujet, ne serait-ce que pour laisser en paix la vague mémoire de celui à qui nous devons tout. Mieux vaut se taire, répéta-t-il en haussant légèrement la voix, et cesser de spéculer sur les intentions, assurément nobles, de notre saint patron de jadis, quant aux jeux de devinette sur le : à quoi sommes-nous destinés ?, nous avons déjà assez joué, et visiblement, cela ne nous a menés à rien. Cela ne nous a menés à rien, ni dans ce domaine, ni dans aucun autre, car, disons clairement les choses, nous n'avons pas été démesurément nantis en matière de clairvoyance, pourtant si salutaire : l'insatiable curiosité avec laquelle nous avons sans cesse harcelé le monde n'a pas été, disons-le, couronnée de succès, et chaque fois que nous avons fait une petite découverte, nous l'avons immédiatement et amèrement regretté. Si vous me pardonnez cette plaisanterie de mauvais goût, prenez, il lissa son front, le premier lanceur de pierres. Je la lance, elle retombe, c'est merveilleux, aurait-il pu penser. Et qu'en fut-il ? Je l'ai lancée, elle est retombée, je l'ai prise sur la tête. C'est en tâtonnant avec la plus grande prudence que nous devons avancer dans nos recherches, remarqua doucement Eszter, et il est préférable de se contenter de la maigre, mais indéniable vérité que nous tous, sauf vous, bien entendu, compte tenu de votre angélisme, nous expérimentons dans notre chair, à savoir que nous sommes les misérables sujets d'un échec insignifiant au sein de cet éblouissant univers, et toute l'histoire de l'humanité se résume, pour vous citer un exemple pertinent, aux pitoyables fanfaronnades de pauvres parias stupides et sanguinaires repliés dans les lointaines coulisses d'une scène gigantesque, à la douloureuse confession d'une erreur, la lente reconnaissance d'une vérité cruelle : ce monde n'est pas franchement une brillante réussite. » Il tendit la main vers la table de nuit pour attraper son verre, avala une gorgée d'eau, lança un regard inquisiteur en direction du fauteuil, et remarqua avec un soupçon d'inquiétude que son fidèle visiteur, lequel avait depuis longtemps dépassé son statut de domestique dans la maison, était plus agité que d'ordinaire. Valuska, qui tenait dans une main la valise posée à côté de lui, et dans l'autre, un morceau de papier, était tapi au creux de son ombre, blotti dans les replis de son inséparable manteau de postier, et semblait, tout en écoutant le doux flot de ses sobres paroles, de plus en plus désemparé. Il luttait, pensa Eszter, entre son envie d'obéir à sa nature attentionnée, compatissante, qui le poussait à écouter jusqu'au bout son vieil ami avec une inconditionnelle abnégation, et celle de raconter — comme à son habitude, en guise de soulagement — ses sensations vécues lors de sa promenade nocturne au royaume des cieux, mais répondre simultanément à ces deux pulsions était visiblement impossible, d'où ce trouble et ce désarroi, lesquels n'avaient rien de surprenant aux yeux d'Eszter. Il s'était habitué à la façon dont Valuska franchissait le seuil, emporté par l'élan foudroyant de son extrême exaltation, et Valuska, lui — c'était devenu une tradition —, acceptait, pour se laisser le temps de dominer le bonheur inexprimable de ses sensations cosmiques, qu'Eszter le divertisse avec l'humour amer de ses sévères observations. Cela durait ainsi entre eux depuis des années, Eszter parlait, Valuska écoutait, ensuite, le maître des lieux — quand un doux sourire apparaissait sur le visage enfin apaisé de son disciple — donnait avec grand plaisir la parole à son invité, car seule la fougue initiale de son jeune ami le dérangeait, non le contenu de ses réponses, ni la « merveilleuse cécité et le charme innocent » avec lesquels il s'exprimait. Son visiteur racontait la même histoire sans fin depuis bientôt huit ans, chaque jour, à midi et en fin d'après-midi, avec son propre phrasé tourmenté, il répétait l'histoire identique de ses visions cosmologiques, sur les astres, les étoiles, la luminosité du soleil, la valse des ombres tournoyantes, le mécanisme silencieux des corps célestes qui, en tant que « preuve tacite d'un sens insaisissable », sous la voûte ennuagée de ses éternelles errances, le subjuguait. Pour sa part, Eszter, sur les questions célestes, évitait de se prononcer (objectivement), même s'il lui était arrivé de plaisanter à propos de la « rotation permanente » (« Sur une terre, fit-il un jour en lançant une œillade vers le fauteuil, en rotation permanente, il est tout à fait logique que l'humanité titube depuis des siècles et n'ait pu se trouver, puisqu'elle passe le plus clair de son temps à s'efforcer simplement de tenir debout... »), mais plus tard, il renonça à ce genre de remarques déplacées, d'une part pour ne pas blesser l'imaginaire fragile de Valuska, d'autre part, il trouvait malvenu de justifier l'état moribond de nos anciens et futurs colocataires par cette nécessité — certes, fort désagréable — de tourner en rond. Dans l'ordre hiérarchique de leurs entretiens, le ciel fut intégralement laissé aux soins de Valuska, ce qui n'était que justice :

indépendamment du fait que depuis longtemps il était impossible d'entrevoir le ciel en raison de sa lourde couverture nuageuse (et par conséquent il était plutôt déplacé de l'invoquer), il avait le sentiment que le cosmos de Valuska n'avait plus vraiment de rapport avec le réel ; il s'agissait, pensait-il, simplement d'une image perçue — jadis, enfant — de l'univers, qu'il s'était ensuite définitivement appropriée, un paysage enchanteur, à l'évidence, inaltérable, suggérant l'existence d'un mécanisme divin dont le « moteur secret était la féerie et la rêverie innocente ». Les citoyens de la ville — « de leur part, rien d'étonnant ! » — le prenaient pour un simple d'esprit, mais selon Eszter, il ne faisait aucun doute (même s'il l'avait compris après, longtemps après l'apparition de Valuska dans sa maison, comme livreur de déjeuner et homme à tout faire) que le vagabond apparemment fantasque prisonnier de cette galaxie transparente, avec sa pureté et sa générosité humaine, si touchante, attestait « l'existence de l'angélisme au sein des forces destructrices de la profonde décadence ». Une présence superflue, s'empressait-il d'ajouter, en se référant non seulement au caractère insignifiant et imperceptible de cette présence mais aussi à sa façon propre de le considérer, avec sa sensibilité affinée de chercheur, qui ne voyait en cette pureté et cette gentillesse qu'une simple parure, sachant avec certitude que l'objet de cette parure n'existait pas et n'avait jamais existé, une forme spéciale, inutile, indémontrable pour laquelle il n'y avait (comme pour toute forme de luxe) ni excuse ni explication. Il aimait, à la façon d'un collectionneur solitaire épris d'un papillon rare, la fluidité innocente du ciel imaginaire de Valuska, et s'il lui livrait ses propres pensées — sur la terre, bien entendu, qui, à sa façon, surpassait elle aussi toute imagination — c'était pour, en plus des effets bénéfiques apportés par les visites régulières et l'écoute de son jeune ami « contre les inévitables menaces de folie dues à l'éternelle solitude », se convaincre encore et encore de l'existence indubitable de cet insignifiant angélisme ; de plus, il n'avait pas à se soucier des effets éventuellement nuisibles du poison de ses jugements aussi sombres qu'objectifs, car ses phrases convulsivement disciplinées rebondissaient sur lui, telle une fine lance sur une armure, ou plus exactement glissaient à travers ses fragiles organes, sans jamais les égratigner. En être absolument certain était bien sûr impossible, tout comme il était difficile de déterminer l'endroit précis où l'attention — une attention indiscutable — de Valuska, lorsque celui-ci l'écoutait, était dirigée, tout du moins en général, car à cet instant précis, il était relativement facile de remarquer que l'effet habituellement apaisant de son exposé n'opérait visiblement pas et de remarquer ce qui troublait son invité : la valise et le morceau de papier qu'il tenait à la main. Sans comprendre immédiatement l'origine de ce trouble ni la signification de ce morceau de papier nerveusement froissé entre les doigts de Valuska, il devina par contre assez vite que son fidèle compagnon était venu plus en messager qu'en ami, et comme la simple idée d'un éventuel message lui était insupportable, il reposa rapidement le verre sur sa table de nuit et — à seule fin d'empêcher, pour ménager cette fois sa propre tranquillité d'esprit, Valuska de prendre la parole — poursuivit imperturbablement, avec une douce insistance, le fil de son raisonnement interrompu. « Dans un même temps, nos illustres savants, ces infatigables héros de l'égarement perpétuel, une fois affranchis, pour leur plus grand malheur, de toute métaphore divine, se sont immédiatement mis à considérer notre affligeante histoire comme quelque marche triomphale, le triomphe de "l'esprit et de la volonté" sur la nature, ce qui, voyez-vous, ne me surprend plus, même si, de vous à moi, je ne vois toujours pas ce qui peut les réjouir dans le fait que nous soyons descendus de l'arbre. Ils trouvent cela si bien que ça ? personnellement, je n'y vois rien d'amusant. Et de plus, cela ne nous sied guère, rendez-vous compte, après tous ces siècles d'entraînements, combien de temps sommes-nous capables de rester sur nos deux jambes ? Une demi-journée, mon cher ami, que cela soit dit. Pour ce qui est de notre station verticale, permettez-moi de citer mon propre exemple, plus précisément, ma maladie, dont vous connaissez bien la nature, ce terrible mal qui, si la situation s'aggrave (et cela, mon médecin, le brave docteur Provaznyik, me l'a assuré, se produira fatalement), portera le nom de maladie de Bechterew, eh bien, elle m'obligera à passer le reste de mes jours, si reste il y a, uniquement en angle droit, plié en deux, au sens propre du terme — comme pour me punir du caractère gravement irréfléchi de cette option pour la station verticale... La station debout et la verticalité, mon cher ami, tels sont les deux points de départ symboliques de notre pitoyable histoire et pour être franc avec vous je ne m'attends guère, Eszter secoua mélancoliquement la tête, à un point d'arrivée plus glorieux, puisque nous avons gaspillé jusqu'aux infimes chances qui nous ont été offertes, prenez le voyage sur la lune, par exemple, à l'époque, il m'avait, en tant que façon élégante de quitter la scène, profondément impressionné, mais très vite, après le retour d'Armstrong, puis de ceux qui lui succédèrent, force me fut d'admettre que ce rêve grandiose n'était que chimère, que mes attentes étaient vaines, car la beauté de chaque expédition — si époustouflante fût-elle — était entachée par le fait que ces pionniers de la fuite cosmologique, pour des raisons totalement incompréhensibles à mes yeux, débarquaient sur la lune, réalisaient qu'ils n'étaient plus sur terre, et malgré tout, ils revenaient. Moi, vous savez,... j'irais n'importe où... », la voix d'Eszter se brisa en un murmure, et s'imaginant un jour embarquer sur un vaisseau spatial définitif, il ferma les yeux. Cette attirance magique pour ce voyage et la perspective d'un séjour prolongé dans l'infini risquaient-elles d'entamer son humeur, difficile à dire, toujours est-il que sa rêverie ne dura que quelques minutes et sans désavouer le ton amer de sa dernière remarque, il dut reconnaître en son for intérieur que sa déclaration était précipitée. Par ailleurs, cette chimère de voyage symbolique chavira à l'instant même où il l'énonça (: « De toute façon, je ne pourrais pas aller bien loin, et avec la malchance qui me caractérise, la première chose que je verrais serait la terre... »), son incapacité à effectuer le moindre petit déplacement étant manifeste. En vérité, il ne voulait plus se lancer dans aucune aventure douteuse, ni se risquer au moindre déplacement puisque, n'ayant jamais manqué de faire une nette distinction entre « la fascination de l'improbable et le désenchantement après la chute », il savait pertinemment qu'en fait de vertigineux voyage, il valait mieux envisager « une irréversible immobilité » dans la bourbe du marécage asphyxiant de stupidité où il avait vu le jour et d'où il s'était — n'ayant jamais réussi à le franchir — retranché après plus de cinquante années de douloureuses épreuves. Face à son bref instant de rêverie, cette réalité était implacable, et il aurait eu du mal à nier qu'une simple petite promenade dans ce bourbier était largement au-dessus de ses forces. Du reste il ne le niait pas, cela faisait maintenant des années qu'il ne quittait plus sa maison, car, pensait-il, une simple rencontre fortuite, deux mots échangés avec quelqu'un au coin de la rue, comme la dernière fois qu'il s'était aventuré imprudemment dehors, pouvaient réduire à néant les efforts réalisés jusqu'ici pour se retirer du monde. Car il voulait tout oublier, tout ce qu'il avait dû subir pendant les décennies passées — en tant que directeur du Conservatoire de musique — en leur compagnie : les assauts éreintants de stupidité, le vide gigantesque dans les regards, l'absence totale de vivacité d'esprit dans la jeunesse, les relents d'hébétude intellectuelle dans l'atmosphère, et le poids affligeant de la mesquinerie, de l'autosuffisance, des basses ambitions, sous lequel il avait lui-même failli crouler. Il voulait chasser de sa mémoire ses anciens élèves, l'inoubliable lueur de leurs regards, où se lisaient la haine du piano et le désir brûlant de le briser en morceaux, et l'« Orchestre symphonique » constitué sur ordre officiel, avec des professeurs de musique ivrognes et des mélomanes au regard brumeux, et les tonnerres d'applaudissements avec lesquels le public enthousiaste, mois après mois, saluait en toute innocence les prestations scandaleuses et hallucinantes de cet orchestre, qui n'était même pas digne d'animer les repas de noces villageoises, et ses combats sans fin pour les initier à la musique, et pour les convaincre de ne pas toujours jouer le même morceau, bref, « l'éternelle mise à l'épreuve de son incroyable patience ». Wallner, le tailleur bossu, Lehel, le directeur du lycée, champion toute catégorie en matière de crétinerie, Nadabán, le poète local, et Mahovenyecz, le joueur d'échecs illuminé du château d'eau, Mme Pflaum qui avait, avec ses bonnes manières, envoyé au cimetière ses deux maris, et le docteur Provaznyik qui, lui, avec son diplôme de médecine, envoyait tout le monde au même cimetière, bref tous, depuis Mme Nuszbeck et ses éternels travaux d'aiguille jusqu'à l'abruti de capitaine de gendarmerie en passant par le président du Conseil municipal, grand amateur de jouvencelles, et le balayeur de rue, il voulait chasser une bonne fois pour toutes de sa mémoire tout ce « vivier de sombre stupidité ». Mais naturellement, la personne dont il voulait entendre le moins parler était sa propre femme, ce fossile venimeux dont, « par la grâce de Dieu », il vivait séparé depuis des années, Mme Eszter, qui lui faisait penser aux mercenaires sanguinaires du Moyen Âge, dont le mariage, cette farce diabolique, était le fruit d'une impardonnable erreur de jeunesse,

Mme Eszter, avec son effroyable sécheresse, qui représentait à elle toute seule un « concentré des prouesses aussi affligeantes que variées » que la société de cette ville était capable de produire. Dès le début, quand, en levant les yeux de ses notes, il prit soudain conscience de son état marital et observa attentivement sa moitié, il fut immédiatement confronté à un problème apparemment insoluble, à savoir, comment éviter de nommer sa disgracieuse dulcinée par son prénom (« Elle ressemblait — déjà à l'époque — à un sac de pommes de terre, alors comment aurais-je pu l'appeler Tünde[1] ? »), et si, finalement, le problème fut assez rapidement résolu, il n'osa jamais prononcer à voix haute les diverses variantes adoptées. Car si « l'aspect physique désastreux de sa compagne », en parfaite harmonie avec la qualité de la monstrueuse chorale qu'elle dirigeait, l'effondra, le caractère de sa moitié le conduisit à un constat encore plus accablant puisqu'en effet, à sa plus grande stupeur, il s'aperçut qu'il avait épousé un authentique soldat qui ne connaissait qu'un seul rythme, celui des marches forcées, et un seul refrain, celui du branle-bas de combat. Et comme il était totalement incapable de marcher au pas et que le son strident du clairon lui donnait des frissons dans le dos, ce mariage se révéla très vite un piège infernal, un traquenard, d'où, lui semblait-il, l'idée même d'espérer s'enfuir était impossible. Au lieu « d'une énergie vitale élémentaire et d'une assurance morale, courante chez les personnes

1. Tünde en hongrois est un prénom féminin dérivé du mot : fée.

162

d'origine modeste », à laquelle il s'attendait à l'époque de leurs (rétrospectivement) funestes fiançailles, il s'était retrouvé, sans exagération, face à une affligeante bêtise agrémentée d'une soif de pouvoir maladive, à un esprit « bassement calculateur » associé à une grossièreté de charretier, à un enfer de vulgarité, d'insensibilité, de haine et de stupidité, ce qui pendant des décennies l'avait laissé totalement démuni. Démuni et sans défense, car s'il était incapable de la supporter, il ne pouvait s'en débarrasser (à la simple évocation du mot divorce, par exemple, elle aurait déversé impitoyablement tout son venin sur son mari...), et pendant près de trente ans ils avaient vécu sous le même toit, jusqu'au jour, au bout de trente années de cauchemar, où sa vie « toucha le fond ». Ce jour-là, il se trouvait dans son bureau de directeur au Conservatoire — une chapelle désaffectée réaménagée —, devant la fenêtre, en train de méditer sur le contenu inquiétant des propos de Frachberger, l'accordeur de piano aveugle qu'il venait de raccompagner à la porte. Il contemplait le soleil couchant blafard, les citadins qui, encombrés de sacs en plastique, regagnaient leur domicile d'un pas chancelant à travers les sombres et froides ruelles, et au moment où il se préparait lui aussi à partir, il fut brusquement pris, ce qui ne lui était jamais arrivé, d'une bouffée d'angoisse. Il tenta de se lever, pour éventuellement aller boire un verre d'eau, mais ses membres refusèrent de réagir, il comprit alors qu'il ne s'agissait pas d'une soudaine crise passagère due au manque d'air, mais d'une fatigue définitive, une infinie et mortelle lassitude à force de dégoût, d'amertume et de tristesse après soixante années passées à contempler ces « soleils couchants et ces gens rentrant chez eux d'un pas chancelant ». De retour chez lui et après avoir refermé la porte du salon, il reconnut qu'il était à bout, et décida de se reposer : se reposer et ne plus se lever, ne plus perdre une seule minute, car il savait, à l'instant même où il se coucha, il sut qu'il ne pourrait jamais — soixante nouvelles années n'y auraient pas suffi — se remettre de la fatigue consécutive aux « tonnes de crétinerie, de stupidité, d'obscurantisme, de ringardise, d'idiotie, de vulgarité, de grossièreté, de niaiserie, d'inculture et de bêtise généralisée » qu'il avait dû supporter. Sans prendre le moindre gant, il somma Mme Eszter de quitter immédiatement les lieux et informa ses supérieurs que son état de santé défaillant l'obligeait à renoncer séance tenante à tous ses honneurs et obligations, sur quoi, à sa plus grande surprise, sa femme disparut comme par enchantement dès le lendemain, les formalités concernant sa retraite furent réglées en l'espace de quelques semaines, un coursier vint lui remettre le document officiel accompagné d'une lettre comportant des vœux de « réussite dans ses recherches musicales », avec une signature illisible, si bien qu'à partir de ce jour et par la grâce d'un incompréhensible hasard, plus rien ne vint le perturber et l'empêcher de consacrer enfin sa vie à ce qu'il aurait dû, selon lui, toujours faire : rester au lit et, pour chasser l'ennui, du matin au soir, composer des phrases comme autant de variations « sur une même et triste mélodie ». Les raisons du caractère exceptionnel de ces dispositions officielles et de l'attitude de sa femme, une fois revenu de son premier soulagement, ne firent aucun doute en son esprit : la conviction générale qu'il s'était soudainement retiré parce que ses recherches — dans l'univers des sons — étaient parvenues à un palier ultime et décisif, une conviction basée sur un malentendu, une fausse hypothèse, qui n'était cependant pas totalement dénuée de fondement sauf — en l'occurrence — qu'il ne s'agissait nullement de recherches *musicales,* mais, pourrait-on dire, d'une découverte, très antimusicale celle-là : la révélation d'un scandale particulièrement affligeant, étouffé depuis des décennies. Ce fameux jour, dans la soirée, au cours d'une ronde habituelle, juste avant la fermeture du bâtiment, alors qu'il s'assurait qu'il ne restait personne, il avait trouvé, en pénétrant par hasard dans la grande salle de l'école, Frachberger, dont visiblement tout le monde avait oublié la présence, et comme à chaque fois qu'on le surprenait en train d'accorder le piano — une fois par mois —, Eszter vit malgré lui le vieil homme, absorbé dans son travail, en train de parler tout seul. Par tact (ou par répulsion), dès qu'il entendait ses chuchotements, il ne signalait jamais sa présence, sortait discrètement et confiait à quelqu'un d'autre le soin de le faire sortir, mais ce jour-là, n'ayant trouvé personne dans le bâtiment, pas même une femme de ménage, il fut contraint de le tirer lui-même de ses méditations. Armé de sa clé d'accord, afin de mieux entendre les fuyants « la » et « mi », ce fantasque expert en piano était comme à son habitude quasiment allongé sur l'instrument et, incapable de faire le moindre geste sans parler, conversait joyeusement avec lui-même. Ce qu'il disait, au premier abord, semblait n'être qu'un simple verbiage innocent et, pour Frachberger, il ne s'agissait pas d'autre chose, mais quand celui-ci, tombant « sur un accord involontairement oublié », se mit à hurler (« Mais que vient faire ici cette quinte ? Je suis vraiment désolé, ma jolie, mais je vais être obligé de te supprimer quelques battements... »), Eszter dressa l'oreille. Depuis son plus jeune âge il vivait dans la certitude absolue que la musique, le pouvoir incroyablement magique des résonances et consonances était l'unique et le meilleur moyen de réagir et de résister à la « saleté poisseuse » du monde environnant, une arme idéale, d'une exemplaire perfection, et il eut soudain le sentiment, dans cette salle des fêtes imprégnée d'une odeur entêtante de patchouli bon marché, que Frachberger, avec ses jacasseries séniles, venait de souiller gravement cette transparente idéalité. Même ce Frachberger..., la colère s'empara d'Eszter en cette fin d'après-midi, et dans un élan de rage, geste vraiment peu coutumier de sa part, il poussa le vieillard tout troublé hors du bâtiment en lui lançant quasiment sa canne blanche, mais s'il chassa l'accordeur, il ne put, comme ayant pressenti ce qu'il allait bientôt découvrir derrière ce bavardage inoffensif en apparence, chasser ses paroles qui hurlaient en lui comme des sirènes. Ayant fait des études supérieures, il se souvenait naturellement très bien de la phrase : « Les instruments de musique européens, depuis plus de deux siècles, sont accordés selon "l'accord tempéré" », mais il n'y avait jamais accordé d'importance particulière et ne s'était jamais vraiment interrogé sur le sens caché de cette simple affirmation, mais puisque le joyeux monologue de Frachberger laissait supposer que sa foi désespérée en la perfection de l'expression musicale était entachée de quelque éventuel fardeau sombre et mystérieux dont il devait se délivrer, dans les semaines qui suivirent sa retraite, après avoir surmonté les plus dangereux sommets de sa fatigue, il se pencha en serrant les dents — comme s'il avait été personnellement attaqué sournoisement — sur la question. Et se pencher sur la question, comme cela ne tarda pas à se révéler, signifiait se lancer dans un douloureux combat libérateur contre une ultime et tenace illusion, car après avoir fait le tour des étagères méticuleusement époussetées du couloir et épuisé les ouvrages se rapportant au sujet, il mit définitivement fin à son ultime illusion de « résistance musicale », avec laquelle il avait jusqu'ici tenté de sauvegarder ses valeurs, et de la même façon que Frachberger « avait éliminé une quinte naturelle », il élimina cette héroïque chimère du ciel de ses pensées, désormais définitivement assombri. En faisant resurgir du fond de sa mémoire les notions de base, il entreprit dans un premier temps d'établir la différence entre le son et le son musical, constata que le second se distinguait du pur phénomène physique par l'existence d'une certaine symétrie entre ses harmoniques, en d'autres termes, la spécificité du son musical venait du fait que les ondes dites périodiques d'un son unique contenant une suite de vibrations pouvaient être exprimées dans un rapport de petits nombres entiers ; puis il observa la parenté de deux sons, condition première de la concordance harmonique, et remarqua que le « plaisir », c'est-à-dire la perception musicale de ce phénomène, apparaissait quand les deux sons en question contenaient un maximum d'harmoniques concordantes, c'est-à-dire, lorsqu'un minimum d'entre elles se trouvaient dans une dangereuse proximité les unes des autres ; ceci, afin de lui permettre simplement d'identifier, sans le moindre doute, le concept même de système musical et d'étudier les stades de plus en plus pitoyables de son évolution, étude qui allait très vite l'amener à une découverte cruciale. S'il avait appris quelque chose un jour à ce sujet, il ne se souvenait plus des détails, sans doute à cause de leur apparente futilité, c'est pourquoi il dut rafraîchir et enrichir sa mémoire, si bien que sa chambre, pendant ces semaines d'effervescence, se couvrit d'une montagne de notes (où s'alignaient fonctions et calculs, commas et équations, indices de fréquence et de résonance) qu'il fallait enjamber pour circuler. Il dut comprendre Pythagore et son *daïmon* des chiffres, comment ce maître grec entouré de l'admiration de ses élèves, sur la base d'une division de la longueur de corde, avait mis au point un système d'intervalles très impressionnant dans son genre, et force lui fut d'*admirer* la géniale découverte d'Aristoxène qui grâce à sa pratique de musique antique et à son ingéniosité instinctive se fia totalement à son oreille et, puisqu'il *entendait* l'univers des harmonies naturelles, eut la géniale idée d'accorder son instrument selon une échelle harmonique fondée sur le célèbre tétracorde olympien, en un mot, il dut comprendre et il dut admirer ce fait intéressant : le philosophe cherchant les principes de cohésion du monde et l'humble serviteur de l'expression harmonique, à partir de deux sensibilités radicalement différentes, parvenaient à des conclusions étonnamment similaires. Dans un même temps, il dut étudier ce qui se passa par la suite, c'est-à-dire la triste histoire de l'évolution scientifique de la musique instrumentale, à savoir, comment les limites de l'accord naturel, la restriction, qui, pour des difficultés de modulation, excluait formellement l'utilisation des plus hautes armatures, devint de plus en plus insupportable, en d'autres termes, il fut contraint de suivre pas à pas le processus fatal qui progressivement fit tomber la question fondamentale — le sens et l'importance de la restriction — dans l'oubli. Ce chemin passait par le maître Salinas de Salamanque, le Chinois Tsai-yun, Stevinen, Praetorius, Mersenne, jusqu'au maître d'orgue de Halberstadt, lequel régla une bonne fois pour toutes cet épineux dilemme en 1691 avec son *Musicalische Temperatur*, solution qui se résumait à un problème d'accord complexe d'instruments, pour permettre — malgré tout — de jouer librement en utilisant toutes les tonalités du système européen à sept degrés, et ce, même sur les instruments à accord fixe. S'étant préalablement réservé le droit de changer d'avis, Werckmeister résolut le problème en tranchant dans le vif : en ne conservant que l'intervalle précis entre les octaves, il divisa l'univers des douze demi-tons — que signifiait pour lui la musique des sphères ! — en douze simples parties égales, après quoi, pour le plus grand plaisir, tout à fait légitime, des compositeurs, et après avoir facilement brisé la faible résistance des vagues nostalgiques des intervalles naturels, la situation fut définitivement scellée. Une situation scandaleuse, révoltante, honteuse, s'insurgea Eszter, puisque cette merveilleuse harmonie, la beauté des résonances qui l'avait jusqu'ici emprisonné dans un cocon poisseux de contentement béat, et alors que depuis des siècles chaque accord de chaque chef-d'œuvre laissait supposer l'existence d'un majestueux royaume, était en réalité une « totale supercherie ». Les experts couvrirent d'éloges l'extraordinaire ingéniosité du maître Andreas qui, plus qu'un « innovateur », avait su exploiter les travaux de ses prédécesseurs, n'hésitant pas à parler du tempérament unique comme s'il — cette imposture — s'agissait de la chose la plus évidente au monde, de surcroît, dans leurs efforts pour dissimuler le sens véritable du phénomène, les experts en la matière se révélèrent encore plus ingénieux que jadis Werckmeister lui-même. Ils expliquèrent de long en large comment, après la genèse et la propagation de la théorie de l'équidistance tonale, les pauvres compositeurs, cloîtrés jusqu'ici dans l'utilisation restreinte des neuf tonalités, avaient pu s'aventurer dans de nouveaux territoires inexplorés, après quoi ils évoquèrent les graves problèmes de modulation auxquels nous serions confrontés avec le son « naturel », ironiquement mis entre guillemets, pour enfin en appeler à la sensibilité, car qui renoncerait à l'œuvre magistrale d'un Beethoven, d'un Mozart ou d'un Brahms sous le simple prétexte que, lors de l'interprétation de leurs œuvres de génie, la tonalité s'écarterait un tout petit peu de la pureté absolue ? « Nous n'allons pas chipoter pour si peu ! », et tous d'approuver, et même si quelques timides et doux rêveurs osèrent, en signe d'apaisement, parler de « compromis », les spécialistes, dans leur majorité, affichèrent un sourire supérieur et rangèrent ce terme également entre guillemets, avant de susurrer à l'oreille de leurs lecteurs que la tonalité naturelle n'était qu'illusoire, que les sons purs en réalité n'existaient pas, et puis s'ils existaient à quoi serviraient-ils, puisque nous nous passons si bien d'eux... Eszter rassembla alors et jeta à la poubelle tous les chefs-d'œuvre acoustiques de la défaillance humaine, comblant de bonheur sans le savoir Mme Harrer et, bien entendu, le bouquiniste de la ville et, afin de mettre, par ce geste singulier, un terme officiel à ses douloureuses recherches, il se dit qu'il était grand temps pour lui d'en tirer les conséquences. Il s'agissait moins, cela ne faisait aucun doute en son esprit, d'une question théorique que d'un problème purement philosophique, en revanche, ce n'est qu'au bout d'une longue et profonde réflexion qu'il découvrit comment ses passionnantes recherches sur la tonalité à partir de l'épisode de Frachberger réduisant une quinte pure l'avaient conduit à un inévitable examen de conscience, l'obligeant à se poser une question : sur quoi s'était-il fondé, lui qui n'était pas homme à se bercer d'illusions, pour croire avec certitude en l'existence d'un système harmonique, référence apparemment incontestable de toute œuvre maîtresse ? Plus tard, une fois ses premières vagues d'émotion et d'amertume passées, il put établir, la tête froide, « ce qu'il était en mesure d'affirmer », et s'étant résigné, il fut en même temps soulagé, car désormais il avait une vision claire de ce qui s'était exactement passé. Le monde, se dit Eszter, n'est qu'« indifférence et tournants amers », ses composantes trop disparates se disloquent, et le vacarme y est trop grand, martèlement, braillements, le tocsin du labeur, rien d'autre, c'est la seule chose que nous sommes en mesure d'affirmer. Mais ses « collègues de la vie terrestre », échoués dans cette baraque non chauffée pleine de courants d'air — incapables de supporter l'idée de se retrouver exclus de quelque lointaine et hypothétique douceur —, se languissent, vivent dans l'attente fébrile, ne cessent d'espérer quelque chose que tout récuse, alors que chaque jour qui passe démontre que toute attente et tout espoir sont inutiles. La foi, pensa Eszter, faisant alors allusion à sa propre stupidité, ne consiste pas à croire à quelque chose mais à croire que les choses peuvent être différentes, et, de la même façon, la musique ne révèle pas un monde meilleur ou le meilleur de nous-mêmes, mais un moyen astucieux de masquer, voire d'occulter notre irrémédiable condition et l'état pitoyable du monde : un traitement qui ne guérit pas, un alcool qui ne fait qu'anesthésier. Il y eut, se dit-il alors, il y eut des temps plus heureux, à titre d'exemple, l'époque de Pythagore et d'Aristoxène, car nos antiques « collègues de la vie terrestre » n'étaient pas rongés par le doute et n'aspiraient pas à quitter l'ombre de leur pure foi innocente car ils *savaient* que l'harmonie céleste appartenait aux cieux et le simple fait de pouvoir, par les mélodies de leurs instruments accordés en sons naturels, embrasser du regard cette gigantesque immensité les comblait. Mais plus tard, quand les hommes s'émancipèrent du poids des forces célestes, il en fut autrement, l'arrogance ayant pénétré confusément le champ ouvert du chaos, participer à ce rêve fragile ne leur suffisait plus, ils voulurent le voir s'accomplir, ce rêve qui, par cette approche brutale, tomba en poussière, après quoi ils le recréèrent à leur façon, comme ils purent : la tâche fut confiée à d'éminents théoriciens, à des Salinas et des Werckmeister, qui consacrèrent leurs jours et leurs nuits à fabriquer du vrai avec du faux et réussirent à résoudre le problème avec, à quoi bon le nier, une si brillante ingéniosité qu'il ne resta plus au public reconnaissant qu'à applaudir et à s'extasier : « Eh bien, voilà, c'est parfait ! » Eh bien, voilà, c'est parfait, se dit alors Eszter qui envisagea dans un premier temps de briser en morceaux le vieux piano ou au moins de l'éloigner du salon, mais il comprit très vite que cela ne l'aiderait en rien à se libérer du souvenir honteux de sa crédulité, aussi, après un instant de réflexion, décida-t-il que le Steinway resterait en place, quant à lui, il se chercherait un châtiment plus approprié. Équipé d'une clé d'accord et d'un fréquencemètre (se les procurer, compte tenu des difficultés d'approvisionnement qui sévissaient déjà à l'époque, ne fut pas une mince affaire), il passa plusieurs heures par jour sur son vieux piano délabré et, comme il ne cessait d'imaginer ce qu'il entendrait quand l'instrument serait prêt, il ne s'attendait pas à être trop surpris. Ce fut l'époque du « réaccord », ce qu'il appela : la « méticuleuse correction de l'œuvre de Werckmeister » et de lui-même par la même occasion, et si la première phase de son projet fut un franc succès, il n'en fut pas de même concernant le réaccord de sa propre sensibilité. Car lorsque arriva le grand jour, quand il put s'installer à son piano enfin accordé dans l'esprit d'Aristoxène et interpréter l'unique morceau qu'il avait décidé de jouer pour le restant de ses jours, à savoir, les inégalables chefs-d'œuvre pour haute armature du *Clavier bien tempéré*, parfaitement adaptés à son propos, le premier morceau choisi, un prélude en do majeur, au lieu de « flotter tel un arc-en-ciel », produisit un grincement strident inaudible, auquel, il dut se l'avouer, son oreille n'était pas bien préparée. Quant au célèbre prélude en mi mineur, joué ainsi, sur cet instrument rehaussé jusqu'à la pureté divine, il lui fit penser à une horrible scène de noces villageoises, quand les invités, ivres morts et totalement impotents, s'écroulent de leurs chaises, et que la fiancée, une grosse matrone au strabisme prononcé, non moins ivre que les autres, émerge soudainement sur la pointe des pieds — en rêvant à son prévisible avenir —, de la pièce du fond ; il trouva tout aussi inaudible le prélude en fa dièse majeur du deuxième recueil (d'ouverture française) ainsi que tous les autres qu'il se mit, pour apaiser sa souffrance, à jouer. Et si jusqu'ici il avait vécu l'époque du « réaccord général », débuta alors une longue période d'accoutumance à la douleur, un travail de persévérance et d'endurance qui mit toutes ses forces à rude épreuve, et quand au bout de plusieurs mois il constata que sans s'y être vraiment habitué il était capable de supporter ce vacarme inaudible, il décida de réduire son calvaire en passant de deux fois deux heures par jour à une heure. En revanche, il ne dérogea jamais à ces soixante minutes d'entraînement quotidien, pas même quand Valuska se mit à fréquenter sa maison, et quand le livreur de repas et homme à tout faire s'éleva au rang d'unique confident, il alla même jusqu'à initier son jeune ami au douloureux secret de sa bouleversante découverte et aux affres quotidiennes de sa mortification. Il lui expliqua la structure d'une gamme, lui révéla comment les sept notes consécutives de la gamme, apparemment fixées de façon arbitraire, ne correspondaient pas simplement à un septième d'octave chacune, bref, qu'il ne s'agissait pas d'un système mécanique, mais de sept qualités distinctes, comme sept étoiles d'une même constellation ; il lui exposa les limites considérables du son musical, de la « perception », comment une mélodie — précisément à cause de ces sept qualités distinctes — ne pouvait pas être jouée à partir de n'importe quelle note sur une octave, car « une gamme, voyez-vous, ce n'est pas une suite régulière de marches d'église, nous permettant d'accéder à notre guise jusqu'aux dieux » ; il lui relata la triste histoire du système musical, lui présenta « toute la sinistre équipe des brillants théoriciens », depuis l'aveugle de Burgos jusqu'au mathématicien flamand, sans jamais oublier de jouer à son protégé (en guise d'illustration, pour lui montrer comment sonnait une œuvre magistrale quand on la jouait sur « le piano des cieux ») un morceau de Jean-Sébastien. Depuis des années, chaque après-midi, après avoir avalé de mauvaise grâce quelques cuillers de son déjeuner, il partageait avec lui sa pénitence et, dans l'espoir de retarder la révélation du secret contenu dans le morceau de papier et dans la valise que Valuska tenait convulsivement, il avait bien l'intention aujourd'hui encore de jouer — à titre de leçon — « du Jean-Sébastien » ; mais il dut finalement y renoncer car soit il marqua une pause trop longue après sa dernière et mémorable remarque, soit Valuska rassembla alors son courage, toujours est-il que son hôte aux yeux pétillants le devança et dès les premiers mots hésitants de Valuska, qui commença par avouer sa propre complicité dans l'affaire de la valise, Eszter comprit que son mauvais pressentiment ne l'avait pas trompé. Il ne s'était pas trompé, puisqu'il apportait bien un message, en revanche, l'identité de son expéditeur le prit totalement au dépourvu, enfin... finalement... pas vraiment, car il avait toujours su, il le savait depuis le jour où elle avait quitté la maison sans ciller, que son épouse ne le lui pardonnerait jamais — de l'avoir flanquée à la porte —, qu'elle ne l'accepterait jamais et qu'elle viendrait un jour réclamer vengeance pour les torts subis, c'est-à-dire pour avoir été froidement traitée comme une moins-que-rien. Même si le départ de sa femme semblait remonter au déluge, si tant d'années s'étaient écoulées, il ne s'était jamais, pas un seul instant, fait la moindre illusion, et il savait pertinemment qu'un jour elle reviendrait à la charge, car si la « relégation aux oubliettes du divorce » ne l'avait pas alerté, en revanche, tout le cinéma autour de la valise de linge sale, cette comédie ridicule, à savoir que son épouse, soi-disant à son insu, depuis sa réclusion du monde, lavait son linge sale chaque semaine et le faisait livrer par Valuska (dont il était facile d'abuser), qui prétendait revenir de la laverie, lui indiquait que la femme « n'avait pas jeté l'éponge ». « Elle n'est bonne qu'à ça : laver la crasse », c'est avec cette boutade qu'il avait enterré cette affaire, mais maintenant, il réalisait combien cette insouciance d'alors allait lui coûter cher puisque très vite il découvrit que la valise contenait les vêtements de sa femme, laquelle voulait ainsi, avec la grossièreté qui la caractérisait, l'avertir : « Dès cet après-midi, elle revenait. » Cette histoire, cependant — bien que suffisante en soi —, n'était pas vraiment à la hauteur de la femme et ressemblait plus à une manifestation d'humeur soudaine qu'à un acte de vengeance, ce qui laissa Eszter perplexe jusqu'au moment où il comprit en décodant les paroles enflammées de Valuska que les véritables plans diaboliques de Mme Eszter concernaient l'avenir. Non, tel était le message qu'elle faisait transmettre par Valuska qui, assurément effrayé par la femme, ne tarissait pas d'éloges à son égard, elle n'avait pas l'intention d'emménager chez lui dans l'immédiat, mais elle tenait à lui faire comprendre qu'elle pouvait le faire à n'importe quel moment, non, pour l'instant elle lui demandait simplement de prendre la tête d'un mouvement de grand nettoyage, un mouvement dont il avait été désigné, lui, comme « leader ». Elle lui faisait parvenir une liste, crut comprendre Eszter d'après les paroles saccadées de Valuska, une liste où figurait tout le fleuron de la ville, qu'il fallait rallier à la cause : balayer enfin devant les portes (sous forme d'un concours), et il devait s'exécuter tout de suite, car chaque minute était précieuse, et afin de dissiper ses éventuels doutes sur le sort qui l'attendrait en cas de refus, il y avait à la fin du message une vague allusion à « un dîner en tête à tête en fin de soirée... ». Il laissa son ami parler sans l'interrompre, resta tout aussi muet quand Valuska — certainement intimidé par cette perfide vieille sorcière — encensa « la loyauté et l'exemplaire abnégation » de Mme Eszter ; étendu entre les coussins moelleux de son lit, il chercha des yeux les étincelles du poêle. S'opposer ? Déchirer la liste ? Attendre le soir et si elle approchait de la maison lui réserver le même sort que les pianos de l'académie de musique, désormais sans surveillance, c'est-à-dire la fracasser à coups de hache ? Non, se dit Eszter, face à une telle force de sournoiserie, il ne pouvait lutter, aussi repoussa-t-il la couverture, resta assis un moment le dos voûté sur le rebord du lit, puis très lentement ôta sa veste d'intérieur. Il fit part à son ami, au plus grand soulagement de celui-ci, de sa décision : il se voyait obligé de suspendre temporairement, pour *raison de force majeure*, les « inestimables plaisirs de l'oubli thérapeutique », une décision aussi rapide qu'univoque, non dictée par une peur panique, mais parce qu'il avait immédiatement compris, en l'espace d'un éclair, que — s'il voulait éviter le pire et compte tenu de son refus de se battre — céder au chantage sans offrir la moindre résistance était la seule solution ; si sa décision fut très rapide, il se montra nettement moins énergique dans ses préparatifs, et quand il confia à Valuska le soin de « désinfecter les lieux » en plaçant — momentanément — la valise (« la valise, à défaut de celle qu'elle incarnait... ») à l'endroit le plus éloigné de la maison, et que celui-ci quitta le salon, il resta totalement désemparé devant son armoire. Non pas qu'il doutât du bien-fondé de sa décision, mais tout simplement il ignorait ce qu'il devait faire, et pendant une longue minute il sembla avoir oublié l'enchaînement des gestes qu'il était censé accomplir et resta sans bouger les yeux fixés sur les portes de l'armoire qu'il ouvrait, pour les refermer aussitôt. Il les ouvrit, les referma, retourna jusqu'au lit, puis refit le trajet jusqu'à l'armoire et, ayant alors vaguement pris conscience de son désarroi, il s'efforça de se concentrer sur une seule question : au lieu du costume gris, certes en parfaite harmonie avec la sombre désolation du ciel, le noir n'était-il pas mieux approprié à la funeste mission qu'on lui avait confiée ? Il hésita entre les deux, sans se montrer plus décidé quant au choix de la chemise, de la cravate, des chaussures et du chapeau, et si Valuska n'avait pas commencé à s'affairer dans la cuisine, si le bruit de casseroles ne l'avait pas fait sursauter, sans doute serait-il resté indécis jusqu'au soir et n'aurait-il pas compris que, dans sa situation, une armure eût été préférable à un costume, qu'il fût noir ou gris. Au lieu d'une veste, d'un gilet, d'un pardessus, il aurait en effet préféré revêtir un heaume, une cuirasse et des jambières, car il savait que le caractère ridicule et humiliant de la mission qu'on l'obligeait à accomplir — le fait que Mme Eszter eût fait de lui une sorte de nettoyeur municipal — n'était rien comparé aux épreuves, réellement périlleuses, auxquelles il allait inéluctablement être confronté, comme cela avait été le cas, deux mois plus tôt, quand il s'était risqué à une petite promenade jusqu'au coin de la rue. Il allait devoir affronter le sol, l'air, l'éblouissement trompeur de l'espace, les singulières conversations entre « les toitures prêtes à s'effondrer et la douceur étouffante des rideaux en dentelle amidonnés pour l'éternité », sans oublier — et cela était d'autant plus difficile qu'il s'y attendait — « les aléas de la rue », le hasard des inévitables rencontres avec un puis plusieurs citoyens de la ville. Il devrait sans ciller les écouter exprimer impitoyablement leur joie de le revoir, il devrait supporter tous les gentils passants qui, avec leur indécence habituelle, déballeraient devant lui toute la panoplie de leurs charmes intellectuels et surtout — il s'assombrit — il devrait rester sourd et aveugle face à leur pesante crétinerie, éviter de tomber dans le piège d'un geste irréparable de sympathie ou de quelque compassion mêlée de dégoût, toutes ces choses qui lui étaient épargnées par la « grâce de la divine indifférence » depuis sa réclusion. Se reposant sur son compagnon pour la prise en charge des détails de l'opération, il ne se soucia aucunement des modalités d'exécution de la mission, pas plus que de la nature précise de cette mission, car il lui était parfaitement égal d'organiser un stage de couture, un concours de jardinage ou bien d'orchestrer cette joyeuse et débile campagne de balayage, et put ainsi tourner toute son énergie contre l'éblouissement trompeur et quand, enfin habillé, il regarda une dernière fois dans le miroir sa tenue irréprochable (grise, soit dit en passant), il pensa qu'il avait une mince chance de rentrer indemne de cette promenade qui s'annonçait des plus pénibles et de pouvoir reprendre ses considérations sur l'état misérable du monde, et autres réflexions, plus difficiles à mettre en mots, sur, par exemple, le caractère éphémère des étincelles projetées par le poêle et l'émergence fugitive d'un « sens énigmatiquement funeste », là où elles avaient été — à cause des exigences, prévisibles, certes, mais soudaines de Mme Eszter — malheureusement abandonnées. S'il s'accordait une mince chance, il savait que surmonter les difficultés périlleuses allait exiger de très gros efforts de sa part : accompagné de Valuska qui le suivait joyeusement en balançant la gamelle nettoyée, il longea le corridor entre les deux rangées de rayonnages de livres dont le nombre décroissait à vue d'œil, franchit le portail, se retrouva dans la rue, mais au bout de quelques pas, sans doute en raison de la vivacité de l'air, il fut pris — comme s'il venait d'inhaler un poison — d'un étourdissement si violent qu'au lieu de devoir affronter le « charme renversant des citoyens », il dut se poser une tout autre question : allait-il réussir à tenir debout dans cet espace confus et brumeux qui se dérobait sous ses pieds et ne ferait-il pas mieux d'opter pour la retraite immédiate, avant — ajouta-t-il — que ses poumons, son cœur, ses nerfs et ses muscles ne répondent en chœur à une deuxième question : allons-nous résister ?, par un non catégorique. Rentrer, s'enfermer dans le salon et retrouver la douce chaleur des coussins et édredons, l'idée était certes séduisante, mais l'envisager sérieuse-ment était hors de question, il savait très bien quel sort l'attendait en cas d'« insubordination », aussi — avant de caresser l'idée, non moins alléchante, de « fracasser le crâne de cette mégère, dans la

soirée » —, en s'agrippant à sa canne et au bras
de son ami qui était accouru le visage inquiet
(« Vous ne vous sentez pas bien, Monsieur Eszter ? ! »), il réussit à retrouver l'équilibre, chassa
définitivement de son esprit toute velléité martiale, s'efforça d'accepter comme la chose la plus
naturelle l'état indécis du monde qui tournoyait
autour de lui et reprit son chemin en tenant
Valuska par le bras. Il reprit son chemin et ayant
constaté que son ange gardien (soit parce qu'il
redoutait la femme, soit parce qu'il était heureux
de pouvoir lui montrer le décor de ses éternels
vagabondages) semblait décidé à traîner son vieil
ami, mort ou vif, à travers toute la ville, il dissipa
d'une phrase creuse (« Ce n'est rien…, tout va
bien ») les inquiétudes de son compagnon sans lui
faire part de ses violents vertiges, ni de son état
de faiblesse, et tandis que Valuska, rassuré de voir
qu'aucun nuage ne menaçait leur escapade, enta-
mait son rituel et passionné compte rendu de
l'émergence du vaporeux crépuscule matinal, ce
fascinant miracle renouvelé chaque jour, Eszter
— réellement sourd et aveugle, au-delà de toutes
ses espérances — n'avait qu'un seul souci : tenir
l'équilibre, placer un pied devant l'autre, pour
pouvoir au moins atteindre sain et sauf le coin de
la rue, où ils pourraient faire une halte. Il avait
l'impression qu'un voile recouvrait ses yeux, il flot-
tait dans un cotonneux néant, ses oreilles bourdonnaient, ses jambes tremblaient, une intense
bouffée de chaleur parcourut son corps : « Je vais
m'évanouir… », pensa-t-il, mais loin de redouter
une perte de connaissance spectaculaire, au
contraire, la perspective de s'effondrer dans la rue,

de rentrer chez lui sur une civière entouré par une foule de badauds inquiets le réjouit, puisque cela ruinerait les projets de Mme Eszter et lui offrirait un moyen très facile de déjouer son piège. La concrétisation de ce rebondissement favorable, se dit-il, ne demandera pas plus de dix pas, mais malheureusement cinq pas lui suffirent pour comprendre qu'il n'en serait rien. Ils se trouvaient en haut de la rue des Quarante-Huitards quand au lieu de défaillir, il commença à se sentir résolument mieux ; le tremblement de ses jambes s'était dissipé, ses oreilles ne bourdonnaient plus, et pour son plus grand malheur ses étourdissements s'étaient calmés, bref, il n'avait plus aucun prétexte majeur pour interrompre sa route. Il tenait à nouveau sur ses jambes, entendait, voyait, et puisqu'il voyait, il regarda autour de lui et remarqua aussitôt que depuis sa dernière sortie dans ce « désespérant bourbier », il s'était manifestement passé quelque chose. Oui, mais quoi au juste ? Si, dans sa confusion première, il fut incapable de le déterminer avec précision, il dut admettre que les ragots de Mme Harrer n'étaient pas totalement infondés. Dans un même temps, quelque chose lui disait que Mme Harrer n'avait pas pour autant décelé la vérité car quand ils firent leur première halte à l'angle de la rue des Quarante-Huitards et de l'avenue, en « examinant les choses de plus près », il lui sembla que, contrairement à l'opinion de son incurable bienfaitrice, « sa chère ville natale » offrait moins le spectacle d'une ville avant l'Apocalypse que d'une ville après l'Apocalypse. Fait étrange, au lieu de l'habituelle expression creuse et niaise des passants, au lieu des éternels visages postés aux fenêtres à l'affût d'événements, bref, au lieu de dégager son habituel relent d'hébétude intellectuelle, l'avenue Béla Wenckheim et les quelques rues adjacentes affichaient un air de désolation inédit, et le « monstrueux vide » des regards avait de façon frappante laissé place au silence désertique de l'abandon. Étrangement, alors que l'aspect désertique de la ville évoquait quelque funeste catastrophe, tous les décors et accessoires de la vie — contrairement à ce qui se passe en cas de fuite à l'annonce d'une épidémie de peste ou d'alerte atomique — étaient pour la plupart restés intacts et parfaitement en place. Le fait était étrange et surprenant mais ce qu'il trouva encore plus déconcertant, quand il s'en rendit compte, était de ne trouver aucune explication à sa première impression instinctive — l'impression de se trouver dans un espace outrageusement chamboulé —, aucune clé pour élucider cette sensation, elle, bien réelle, et dans un même temps il fut persuadé qu'il y avait dans ce spectacle un indice qu'il eût été, quand bien même le verrait-il — et de toute évidence il le voyait —, incapable de discerner, un point fondamental sur cette image qui lentement se clarifiait et vers lequel tout le reste, le silence, l'abandon, la fixité sans âme des rues désertes, convergeait. Adossé au mur du porche qui leur servait de lieu de halte, il observa les bâtiments opposés, la largeur des fissures entre les fenêtres, les encadrements des portes et les poutres qui apparaissaient sous forme de taches, puis de sa main, tandis que Valuska poursuivait inlassablement son monologue, il toucha le revêtement du mur derrière son dos, comme si la consistance de la matière qui s'effritait entre ses doigts pouvait lui révéler ce qui s'était passé. Il inspecta les réverbères, les colonnes d'affichage, examina les cimes dénudées des marronniers, puis son regard balaya l'avenue de droite à gauche, cherchant quelque déséquilibre dans les distances, les dimensions ou les proportions susceptible de lui fournir une explication. N'ayant pas trouvé la solution, il décida de chercher plus loin et plus haut la clé d'interprétation de l'image de cette ville chamboulée avant d'admettre très vite que vouloir obtenir une vision claire de la situation en scrutant un ciel crépusculaire — même en plein après-midi — était peine perdue. Le ciel, constata M. Eszter, cette impénétrable masse compacte, ce complexe volume qui s'appesantissait sur eux n'ayant visiblement subi aucun changement, supposer la plus infime transformation en bas n'avait aucun sens, aussi décida-t-il d'abandonner ses recherches, de ravaler sa curiosité frénétique et d'attribuer sa « première impression » à une hallucination due à un dérèglement de ses sens éprouvés. Il décida d'en rester là et puisque, compte tenu de l'amélioration de son état physique, il ne pouvait plus spéculer sur un malaise pour se dérober, il fixa son regard, signe attestant que jusqu'ici son attention vagabondait ailleurs, sur la coupole indifférente de « cet infini porteur de bonnes nouvelles », pour citer Valuska, quand brusquement, comme le professeur étourdi qui cherche partout ses lunettes alors qu'elles se trouvent sur le bout de son nez, il s'aperçut qu'il suffisait simplement de regarder par terre : ce qu'il cherchait se trouvait juste là, sous ses pieds, il marchait et marcherait encore longtemps dessus ; s'il s'expliqua le caractère tardif de sa découverte par la proximité — juste sous ses yeux — insoupçonnée de l'objet (en effet, s'il n'avait trouvé la solution c'était précisément parce qu'elle était juste à portée de main, plus exactement à portée de pied), il fut convaincu que sa première impression, quand il avait qualifié le spectacle d'« apocalyptique » et de « outrageusement chamboulé », était loin d'être fausse. Le phénomène en soi n'avait pourtant rien d'époustouflant puisque la ville, par accord tacite — sa soif maladive de tout vouloir régenter ne s'étendant pas jusque-là —, considérait tous les espaces publics comme des sortes de no man's lands, si bien que personne ne s'occupait plus depuis longtemps de l'entretien des rues, et moins que la qualité inhabituelle de cet afflux de matières superflues, c'est sa quantité qui l'impressionna, une quantité qui, selon M. Eszter, bien qu'il se contentât de remarquer intérieurement : … « un volume non négligeable ! », contrairement aux vingt-cinq mille piétons qui chaque jour les piétinaient (avec parmi eux Mme Harrer qui, si elle avait noté quelque chose, n'aurait certainement pas manqué de lui en faire part), dépassait vraiment toute imagination. Un tel volume, se dit-il froidement, était impossible à jeter, impossible à transporter et comme ce qu'il voyait ne pouvait trouver aucune explication acceptable pour un cerveau normalement constitué, il crut bon de se risquer à penser, si absurde que ce fût, que cette « œuvre monstrueuse » ne pouvait décemment pas être portée uniquement sur le compte du « caractère illimité de la capacité de négligence et d'indifférence de l'être humain ». Une telle quantité ! Une telle quantité ! M. Eszter hocha la tête et sans plus feindre d'écouter l'interminable compte rendu de Valuska, il se mit à contempler le torrent déferlant de cette « œuvre monstrueuse » et pour la première fois il réussit à mettre un nom sur le phénomène extraordinaire qu'il venait enfin de découvrir ce jour-là, aux alentours de trois heures de l'après-midi : les détritus. À perte de vue, l'ensemble des trottoirs et des chaussées étaient recouverts d'une cuirasse lisse et uniforme, une rivière de déchets piétinés et verglacés qui serpentait à l'infini dans le clair-obscur en émettant un scintillement surnaturel. Trognons de pommes, bottes éculées, bracelets de montres, boutons, vieilles clés rouillées, on trouvait ici tout, remarqua froidement Eszter, ce que l'homme pouvait laisser derrière lui comme trace de son passage, et plus que la vue de ce « Musée glacé de l'existence en perdition », puisqu'on ne constatait aucune différence dans son contenu, c'est la lumière de cette couche verglacée qui le troubla, une lumière argentée, surnaturelle, comme l'ombre du ciel, scintillant entre les maisons. Reconnaître les lieux lui avait certes permis de retrouver son sang-froid et sa lucidité, mais plus il observait, de toute sa hauteur, cet invraisemblable labyrinthe d'ordures, plus il était convaincu que ses « collègues de l'existence », puisqu'ils n'avaient rien remarqué, ne pouvaient être soupçonnés — quand bien même auraient-ils conjugué tous leurs efforts — d'avoir eux-mêmes érigé ce grandiose et parfait monument de la désolation.

Car c'était comme si la terre s'était ouverte en deux, révélant les entrailles de la ville, ou bien, il frappa le sol avec sa canne, comme si quelque épouvantable marais pestilentiel avait, en ruisselant à la surface de l'asphalte, inondé les rues. Un marais sur le bourbier, songea Eszter, le fondement même de la situation, puis il regarda longuement cette crue immobile et se mit, l'espace d'un instant, à imaginer la façon dont les maisons, les arbres, les réverbères, les colonnes d'affichage allaient être engloutis. Il s'agirait donc du fameux jugement dernier ? Sans tambour ni trompette, sans cavaliers, sans aucun baratin, nous serions doucement engloutis par les détritus ? « Comme dénouement final, Eszter rajusta son écharpe, cela n'aurait rien de si surprenant », et là-dessus, mettant un point final à ses investigations, il clôtura l'inventaire des lieux et décréta qu'ils pouvaient repartir. Mais devant la simple perspective de quitter le béton du mur de la porte cochère pour se hasarder sur le sol marécageux du trottoir, il eut une hésitation compréhensible, car cette coulée glaciale et statique de lave pestilentielle semblait à la fois épaisse et fine, à la fois incomparablement solide et fragile, comme la glace d'un jour qui craque sous le premier pas. Épaisse et solide pour l'esprit, lequel estimait que ce qui se trouvait devant lui n'était que la surface visible d'une masse infinie, mais fine et fragile pour le corps, qui redoutait que le sol ne croulât sous son poids, aussi hésita-t-il — partir ? rester ? — un certain temps avant de prendre, à la faveur d'un élan soudain de résistance et de répulsion, sa décision : « compte tenu des circonstances » il allait simplifier la procédure prescrite par Mme Eszter et confier la liste de noms aux premiers venus, ils n'auraient qu'à accomplir cette mission en son nom, cette mission qui dans le contexte actuel était une aberration de première catégorie, il leur laisserait le soin de régler tous les détails de l'organisation, quant à lui, il devait, au regard de sa santé physique et mentale, quitter impérativement cette coulée lunaire de détritus pétrifiés et rentrer chez lui. Malheureusement, les chances de croiser quelqu'un semblaient plutôt réduites, car sur l'avenue Béla Wenckheim la seule population incarnant la « vie organique », l'unique race vivante était celle des chats, des chats groupés en bandes plus ou moins importantes qui patrouillaient à pas feutrés entre les débris gelés d'objets qui, s'ils s'étaient délestés du poids superflu de leur finalité première, n'en demeuraient pas moins très alléchants à leurs yeux. Ces énormes chats étaient visiblement retournés à l'état sauvage, comme si leur race, réveillée après un long sommeil, avait sous l'effet de circonstances favorables repris de façon spectaculaire ses primitifs instincts de prédateur, et ces témoins et empereurs d'un crépuscule annoncé — mais apparemment éternellement différé — étaient devenus les nouveaux maîtres de cette ville où, « en matière d'épanouissement général, on pouvait observer un progrès considérable ». De toute évidence, *ces* chats ne craignaient plus rien, pour preuve, une troupe qui rôdait non loin, comprenant un spécimen qui, à en juger par la taille du rat qu'il tenait dans sa gueule, ne pouvait décemment pas prétendre mourir de faim, se dirigea vers eux — eux : deux représentants de l'ancienne race des seigneurs, se reposant sous une porte cochère — avec l'audace insolente de prédateurs ayant repéré leur proie. En apercevant les chats, Eszter tenta un geste pour les effrayer, mais cette marque de supériorité obsolète ne réussit pas à repousser la meute de chats sans scrupules aux panses visiblement bien remplies, et ils durent se résigner à supporter leur compagnie ; car lorsque, mettant fin à la pause (et à son indécision), ils prirent la direction du cinéma et de l'hôtel Komló, les chats, « avec leur conscience animale du changement des rapports de force », loin de décamper, les suivirent à la trace un long moment, puis — quand Valuska entra dans l'hôtel Komló pour remplir la gamelle de M. Eszter —, comme subitement lassés, ils abandonnèrent leur filature et se dispersèrent parmi de nouveaux monceaux de détritus, apparemment plus frais, et reprirent, avec leur flair primitif réactivé, leur quête de morceaux de viandes, d'os de poulets, et de rats vivants. Devant la façade silencieuse de l'hôtel, de dangereux débris de bouteille de palinka, tels des vestiges d'une fête populaire bien arrosée, jonchaient le trottoir, en face — l'avant propulsé contre la vitrine de la mercerie Schuster — se trouvait une épave d'autobus complètement désossée, affaissée sur ses essieux, et quand par la suite, Valuska l'ayant rejoint, ils arrivèrent devant le café Chez Nous, et qu'il aperçut le fameux peuplier dont Mme Harrer lui avait parlé (lassé de s'agripper à la gouttière, il s'était laissé tomber et gisait en diagonale, comme un géant inoffensif, sur l'étroite chaussée du passage Hétvezér), Eszter, en réaction à tout ce qu'il venait de voir mais en se contentant de désigner les détritus, demanda à son compagnon : « Dites-moi, mon ami, vous voyez la même chose que moi ? ! » Mais vouloir partager sa stupéfaction avec lui était peine perdue, il s'en rendit compte à l'instant même où il ouvrit la bouche, car malgré un bref moment de confusion (en son compagnon ou en lui-même, il ne le savait pas) il lui fut très facile de deviner, à en juger par l'expression radieuse de Valuska (qui arrivait au terme de son monologue sur ses rêveries du petit jour), que son esprit était entièrement tourné ailleurs, et en réalité, se dit Eszter, puisque ce nouveau décor lui était déjà familier, pour quelle raison verrait-il aujourd'hui quelque chose d'insolite dans cette vision cauchemardesque, l'expression radieuse de son ami attestant en effet que celui-ci vivait leur marche funèbre comme si cela — tenir l'équilibre sur ce monstrueux terrain — était un grand événement solennel et que seule une illusion d'optique, liée à sa faiblesse et à sa stupéfaction, pouvait expliquer que lui, Eszter, reconnaissant bien plus tard son erreur, avait trouvé une ville fantôme en lieu et place de l'ancienne. Depuis qu'ils avaient quitté la maison, il avait consacré toute son énergie à étudier minutieusement et apprécier la situation sans prêter la moindre attention aux propos de Valuska, et sans doute aurait-il oublié jusqu'à la présence de son ami s'il ne le tenait pas par le bras, mais subitement, et il comprendrait bien plus tard pourquoi, toute son attention se tourna vers un seul objet : sur Valuska lui-même, sur ce gigantesque manteau de postier, sur cette casquette, sur cette gamelle qui se balançait joyeusement. Jusqu'ici

— spéculant à tort sur une société irrécupérable mais globalement opérationnelle —, jusqu'ici, donc, il ne lui était jamais venu à l'esprit que « cette présence angélique », assurée chaque midi et chaque fin d'après-midi, ce rituel rigoureusement observé, sur lequel était réglé le cours de son immuable quotidien et dont la régularité, si inhabituelle fût-elle, lui semblait toute naturelle, pouvait être menacée par quoi que ce fût, et pour la première fois depuis leur rencontre, ici, derrière le café Chez Nous, en ce jour exceptionnel à plus d'un titre, il prit soudain conscience des risques encourus inconsciemment par son ami, ce qui le plongea dans un terrible désarroi. À la vue de cette ultime version achevée du paysage humain, il n'eut aucune peine à comprendre et à imaginer : ignorant tout des dangers qui le menaçaient, cet être candide, aveuglé par sa propre galaxie intérieure (« Tel un papillon rare et fragile perdu en vol dans une forêt en flammes… »), arpentait jour et nuit ces détritus mortellement dangereux ; comprendre cela signifiait reconnaître que celui des deux qui avait besoin du soutien de l'autre n'était pas Eszter mais Valuska, et en l'espace d'une seconde sa décision fut prise : s'ils parvenaient à rentrer, il ne quitterait plus Valuska des yeux. Pendant des décennies sa raison et sa sensibilité l'avaient poussé à rejeter un monde où la raison et la sensibilité faisaient cruellement défaut, un monde définitivement et résolument condamnable, mais à l'instant où il quitta le passage Hétvezér pour pénétrer dans le silence de mort de la rue de l'Hôtel de Ville, il dut admettre que sa lucidité, que son attachement obstiné au « jugement rationnel » ne menaient plus à rien, car si jusqu'ici cette ville et, par extension, le monde n'avaient rien perdu de leur cruelle réalité, désormais, cette cruelle réalité, très terre à terre, semblait s'être évaporée, et apparemment, de façon irréversible. Inutile d'essayer, il devait l'admettre, il ne pourrait plus s'en sortir avec la finesse d'esprit de ses formules « à la Eszter », la rhétorique qu'il avait ébauchée et, d'une façon générale, la supériorité de la raison avaient perdu ici tout leur sens, au même titre que la signification des mots (comme la lumière d'une lampe de poche dont la pile était usée) s'était affadie, quant à l'objet auquel ce sens se rattachait, il avait croulé sous le fardeau des cinquante années passées pour céder la place au décor invraisemblable d'un Grand-Guignol où tout mot sensé, toute pensée rationnelle avaient de façon déroutante perdu leur validité. Avec un monde où, dans les formules s'y rapportant, l'adverbe de comparaison s'était effacé, avec un univers prêt à balayer certains de ses occupants, non pas à cause de leur ignorance ou de leur résistance, mais parce qu'ils ne se conformaient pas à sa norme, bref, avec cette « réalité », se dit en lui-même Eszter avec mépris et un profond dégoût, *il n'avait rien à voir* — même si à cet instant précis il lui aurait été difficile de nier que marcher dans ce labyrinthe en émettant de si grandiloquentes considérations avait quelque chose de grotesque et de pitoyable. Ce qui ne l'empêcha pas de le faire, puis quand, lors de leur deuxième halte près du kiosque à journaux de la rue de l'Hôtel de Ville, son ami, ayant mal interprété le sens de sa question, l'informa pour le rassurer qu'il connais-

sait la raison de ces rues « étrangement désertes »
et se lança dans de fougueuses explications, il
n'eut plus qu'une chose en tête : s'il parvenait, une
fois leur mission accomplie, à le sauver, le mieux
serait de se barricader avec lui dans la maison de
l'avenue Wenckheim. Savoir ce qui allait se passer
ici et ce qui succéderait aux détritus ne l'intéressait plus, la seule chose qui lui importait désormais était de conduire en lieu sûr ce pauvre égaré
« avant la fin de la représentation » ; le faire disparaître comme « une douce mélodie perdue dans
une cacophonie », le cacher dans la maison, dans
un endroit où personne ne pourrait le trouver, le
dissimuler comme un dernier souvenir attestant
qu'un jour, autrefois, un représentant, fût-il le seul,
d'une « émouvante et solitaire errance poétique »
avait bel et bien existé. Il n'écoutait que d'une
oreille Valuska qui lui relatait ses aventures de la
matinée (lui parlait d'une baleine place Kossuth
qui avait attiré non seulement les gens de la ville
mais — une évidente bien qu'excusable exagération — des centaines de personnes venues de toute
la région) mais, en réalité, une seule chose le pré-
occupait : combien de temps leur faudrait-il pour
transformer la maison en forteresse capable de
résister à « toute forme d'agression ». « Ils sont
tous là-bas ! » s'exclama son compagnon, et alors
qu'ils approchaient du bâtiment du Service des
Eaux (dont le nom avait depuis quelques mois une
résonance comique), Valuska lui expliqua comme
ce serait merveilleux s'ils pouvaient, pour couronner leur promenade, aller contempler ensemble
cet extraordinaire géant des mers, mais la descrip-
tion minutieuse du forain avec son maillot de

corps et son nez de boxeur, des heures d'attente de la foule qui soi-disant avait envahi la place et des dimensions époustouflantes de la baleine et autres détails incroyables concernant cet être fabuleux, loin de tranquilliser Eszter, ne fit au contraire que mettre de l'huile sur le feu, car tout ce qu'il voyait l'encourageait à penser que la présence de cette charogne cauchemardesque, au lieu de couronner leur pénible randonnée, allait couronner de « sombres préparatifs ». Si ce monstre se trouvait vraiment là-bas, si cet attroupement et ce forain au nez de boxeur ne sortaient pas tout droit de l'imagination de son compagnon, désireux de justifier à tout prix la désertification des rues, cela signifiait que cette extraordinaire attraction n'existait pas uniquement sur l'affiche collée sur la devanture du magasin de fourrures, affiche sur laquelle quelqu'un avait ajouté avec un doigt trempé dans l'encre : CE SOIR CARNAVAL, et pourtant, plus il regardait autour de lui, plus il avait l'impression qu'en dehors des chats errants, ils étaient les deux seules créatures vivantes dans cette ville fantôme — dans la mesure où, remarqua amèrement Eszter, ce terme vague et réducteur pouvait être utilisé pour qualifier leur misérable apparence. Car il est indéniable qu'ils offraient un spectacle plutôt insolite, tous les deux, avançant bras dessus bras dessous d'un pas traînant vers le bâtiment du Service des Eaux, et ce couple luttant dans ce froid glacial pour chaque mètre parcouru faisait davantage penser à deux zombies titubant qu'à un homme respectable qui, escorté de son plus fidèle assistant, s'apprêtait à mobiliser la population pour une campagne de nettoyage. Ils devaient accorder deux gestuelles différentes, deux vitesses différentes, et, de fait, deux formes différentes d'impuissance, car tandis que chaque mouvement d'Eszter sur ce sol mystérieusement éblouissant semblait voué à être le dernier, alors que chacun de ses pas se dirigeait progressivement vers un arrêt définitif, Valuska, lui, devait contrarier son besoin vital d'accélérer la cadence tout en — comme Eszter avait besoin de son soutien — masquant combien le corps qui pesait sur son bras gauche et le déséquilibrait était lourd pour lui, lui qui ne surpassait la force de son maître tant admiré que par le poids de son enthousiasme. On aurait pu résumer la situation en affirmant que Valuska tirait Eszter en avant et qu'Eszter ralentissait Valuska, ou bien encore que l'un courait presque et que l'autre faisait presque du surplace, mais en réalité il n'était guère possible de distinguer séparément leur démarche non seulement parce que la discordance entre la nature de leur pas et de leur élan était réduite par le caractère unitaire de leur douloureuse et incertaine progression chaotique, mais parce que l'interdépendance de leurs deux corps se soutenant mutuellement faisait jusqu'à disparaître leur identification en tant qu'Eszter et Valuska pour se fondre en une seule et bizarre forme binaire. C'est donc sur ce mode étrangement fusionnel qu'ils avançaient péniblement, comme un « lutin extraterrestre déchu de son pouvoir, tout à fait à sa place dans ce cauchemar diabolique », pour citer la remarque que se fit Eszter, une ombre vagabonde, un démon égaré dont la moitié du corps, soutenue par l'autre moitié, s'agrippait à une canne tandis que son autre moitié balançait joyeusement une gamelle, et quand ils quittèrent le square du Service des Eaux et dépassèrent le bâtiment silencieux de la Caisse d'assurance ouvrière, ils faillirent se prendre mutuellement pour des fantômes, car les trois hommes postés devant l'entrée du Club des notables de la fabrique de bonneterie n'étaient guère mieux lotis qu'eux en matière d'apparence humaine, trois hommes qui, en apercevant cette silhouette cauchemardesque qui avançait dans leur direction avec une lenteur effarante, restèrent cloués au sol — jusqu'au moment de soulagement où ils les reconnurent —, résignés à recevoir le coup redoutable que le destin leur réservait. « Voilà trois des courageux ! » Eszter attira l'attention de Valuska, qui poursuivait son récit sur la baleine, en lui désignant la tache grise formée par le trio (il épargna à son compagnon la fin de sa phrase : à supposer qu'il y ait d'autres survivants…), puis, lui rappelant la procédure à suivre dans l'affaire du mouvement de Mme Eszter, après un court arrêt, il traversa la rue avec la ferme intention de supporter avec dignité les premières vagues confuses de marques de soulagement et de politesse, et de trouver les mots appropriés pour enthousiasmer les trois hommes, quand bien même l'espoir de les réveiller à leur condition humaine était-il plutôt mince. « Il faut faire quelque chose ! » cria, une fois lassé des formules de courtoisie — et quand Eszter parvint à se libérer de leurs mains —, l'un d'entre eux, M. Mádai, un homme dur d'oreille qui avait la fâcheuse manie de livrer son « point de vue » en hurlant impitoyablement dans les oreilles de ses victimes, ce qui, expliquait-il sans cesse, ne le dérangeait pas du tout, et si les deux autres semblaient abonder dans ce sens, à la question : oui, mais quoi, leurs opinions divergeaient quelque peu. Faisant machinalement abstraction de tout préambule, à savoir : de quoi parlait-on au juste, et reconnaissant en M. Eszter le maître absolu de la situation, M. Nadabán, un homme plantureux, boucher de son métier, qui avait conquis une place honorable parmi les notables et personnes influentes de la ville grâce à ses « modestes poésies », déclara pour sa part qu'il souhaitait attirer l'attention des personnes présentes sur la nécessaire solidarité, mais M. Volent, ingénieur inspiré chargé de régler tous les problèmes techniques de la manufacture de bottes, secoua la tête, prônant la pondération comme principe de base de toute action commune, contrairement à M. Mádai, lequel, réclamant d'un signe le silence, se pencha à nouveau vers l'oreille d'Eszter pour remarquer à tue-tête : « Rester vigilants à tout prix, telle est selon moi notre tâche première, Messieurs ! » Il ne faisait aucun doute à l'esprit de chacun que ces grands principes, condensés à travers les mots « vigilance », « pondération » et « solidarité », n'étaient que l'entrée en matière prometteuse d'une réflexion approfondie et que tous brûlaient du désir de pouvoir développer leurs arguments irréfutables, c'est pourquoi Eszter — une fois revenu de son indéniable soulagement d'avoir mis la main sur trois « spécimens vivants du stock de crétins » ici, à l'entrée du Club des notables de la fabrique de bonneterie —, n'ayant aucun mal à deviner ce qui risquait de se passer au cas où les divergences d'opinion entre ces trois héroïques poules mouillées éclataient au grand jour, tenta, en prenant certes un risque car il désirait donner le plus vite possible la parole à Valuska qui s'était écarté du groupe, de parer leurs assauts futurs en leur demandant sur quoi ils se fondaient pour penser de façon si unanime (« c'est ce que j'ai cru deviner au ton amer de vos propos... ») que c'était vraiment la fin. La question les surprit visiblement, et leurs trois regards sidérés, le temps d'un éclair, se télescopèrent, car aucun d'entre eux ne s'était attendu à ce que György Eszter, lui qui — comme sur un vieil album de souvenirs — « illuminait l'ennui du quotidien par son immense talent d'artiste », lui, l'objet de toutes les considérations, ou bien, comme M. Nadabán l'écrivit dans un de ses poèmes : « l'alpha et l'oméga de nos ternes vies », ne fût, selon eux, au courant de rien ; mais trouver l'origine (ce n'était pas sorcier) de cette ignorance dans la nature distraite bien connue de ce brillant esprit tenu à l'écart du bruit du monde, et réaliser aussitôt avec fierté que — là encore : selon eux ! — ils étaient les heureux élus chargés d'informer cette légende vivante des funestes bouleversements survenus dans la vie de leur localité, ces deux opérations, expliquer et informer, leur prirent quelques minutes à peine. Les magasins ne sont plus approvisionnés, commencèrent-ils en se coupant mutuellement la parole, les écoles et les administrations ne fonctionnent quasiment plus, le problème du chauffage des appartements prend, à cause de la pénurie de charbon, des proportions inquiétantes. Puis, en affichant une mine déconfite : il n'y a plus de médicaments, les cars et les voitures ne circulent plus, ce matin même, les lignes de téléphone ont été coupées — pour résumer la situation. Et puis, remarqua amèrement M. Volent, et en plus, s'insurgea M. Nadabán, et par-dessus le marché, hurla M. Mádai, voilà ces forains qui viennent démolir nos dernières chances de trouver une solution pour rétablir l'ordre, un cirque avec une monstrueuse baleine géante que, en toute innocence, nous avons laissé entrer et contre lequel désormais nous ne pouvons plus rien faire puisque cette troupe pour le moins bizarre, M. Mádai baissa la voix, extrêmement louche, renchérit M. Nadabán, de très mauvais augure, surenchérit M. Volent en fronçant les sourcils, s'est, pour notre plus grand malheur, installée la nuit dernière place Kossuth. Sans prêter la moindre attention à Valuska qui les fixait avec gêne et tristesse, ils informèrent M. Eszter qu'il s'agissait sans nul doute d'une bande de malfaiteurs, mais quant à dégager le sens de leur présence et à établir les faits précis, la tâche fut moins aisée. Ils sont au moins cinq cents ! affirmèrent-ils avant d'expliquer que la troupe, finalement, n'était composée que de deux personnes, quant à l'attraction, c'était tantôt la chose la plus effrayante qu'ils eussent jamais vue, tantôt une simple couverture pour une bande de petits malfrats qui attendaient la tombée de la nuit pour attaquer les paisibles citoyens. Ils affirmèrent que la baleine ne jouait aucun rôle pour aussitôt prétendre que la baleine était à l'origine de tout, et quand enfin ils parlèrent de « sombres bandits » qui étaient en train d'accomplir « des pillages » alors qu'ils se trouvaient au même moment rassemblés, immobiles, sur la place, Eszter, lassé de les entendre, leva la main pour demander la parole. Les gens ont peur, s'empressa d'ajouter M. Volent pour le devancer, on ne peut tout de même pas rester les bras croisés à regarder, intervint M. Nadabán, la catastrophe nous tomber dessus, compléta à tue-tête M. Mádai. Il y a des enfants, les yeux de M. Nadabán s'embuèrent de larmes, et des mères en pleurs, tonitrua M. Mádai, et, la chose la plus précieuse à nos yeux, la chaleur du foyer familial, conclut M. Volent avec un air bouleversé, se trouve menacée par un terrible péril... On peut imaginer jusqu'où ce chœur des lamentations, uni dans la résistance, aurait pu aller s'il n'avait pas été interrompu, mais on ne peut que l'imaginer car Eszter, profitant d'une pause respiratoire dans la consternation générale, prit la parole et, tout en adaptant ses propos en fonction de l'état déconfit de leurs nerfs, de façon à simplifier les choses et à soulager leurs âmes torturées, leur fit savoir qu'il y avait une solution, et qu'avec de la détermination il y avait un espoir de voir la situation prendre un cours plus favorable. Brièvement et sans préambule il leur esquissa les grandes lignes du mouvement COUR BALAYÉE, MAISON RANGÉE, dont l'essence même — il regarda un instant par-dessus leurs têtes — était selon lui suffisamment explicite, puis, en priant son ami de bien vouloir notifier à ces Messieurs tous les détails, et en se proposant, si ces Messieurs en étaient d'accord, d'assumer la charge de « contrôleur principal des détritus » et également d'« inspecteur général des ordures », il leur fit part de la confiance absolue qu'il nourrissait envers ces trois

Messieurs pour le bon déroulement de l'opération. Il eut en revanche bien du mal à attendre que Valuska terminât ses explications infiniment détaillées sur les choses à faire et leur confiât la liste, et quand son compagnon s'arrêta enfin, il réduisit ses adieux à un simple mouvement du bras et tourna aussitôt les talons, leur laissant le soin de digérer entre eux ce qu'ils venaient d'entendre. Convaincu que les semences de la pensée de Mme Eszter étaient tombées sur un sol fertile, il ne lui restait plus qu'à chasser méticuleusement ce bon quart d'heure de sa mémoire, si bien qu'au moment où les trois hommes, surpris par la brusquerie de son départ, reprirent leurs esprits et manifestèrent avec fougue leur approbation en hurlant en chœur : « Oui, nous vaincrons ! Quelle idée géniale ! Voyez... la solidarité !... La pondération !... La vigilance !... C'est ce qui compte ! », il n'entendait déjà plus rien et, en puisant de l'énergie dans l'infime consolation de s'être, au prix de cet effort surhumain, définitivement débarrassé de sa mission, il reprit ses projets encore à peine esquissés et s'efforça de songer avec circonspection à ce qu'il devait faire. Sa femme devait impérativement recevoir à temps (« et dans un quart d'heure, il serait seize heures ! ») le message attestant du « bon déroulement de sa mission », sinon, sa menace ne resterait pas lettre morte, c'est pourquoi — interrompant Valuska qui, troublé par les propos incohérents tenus précédemment, tentait à tout prix de lui prouver le non-fondement des craintes à l'égard des forains — il lui annonça que, « conscient du devoir bien accompli », il rentrait chez lui et lui demandait expressément — il lui lança un regard énigmatique, sans lui révéler pour autant la nature de ses projets — de venir le retrouver sitôt sa mission accomplie passage Honvéd. Valuska, bien entendu, protesta, il était hors de question de le laisser partir tout seul dans ce froid, sans parler du « et la baleine alors ? », aussi fut-il contraint de détailler quelque peu sa requête, et, interrompant momentanément l'esquisse de ses plans stratégiques, de le rassurer et le convaincre qu'il était inutile de s'inquiéter. « Écoutez-moi, mon ami, je ne peux pas dire que j'apprécie particulièrement ce gel sans appel, et je ne décrirai pas ma vie comme le drame d'un homme habitué aux chaleurs tropicales condamné à vivre au royaume des neiges éternelles, puisque, comme vous le savez, il n'y a pas de neige et il n'y en aura jamais plus, mais oublions cela. Vous n'avez aucune crainte à avoir, je me sens tout à fait capable de parcourir tout seul et dans ce froid les quelques mètres restants. Ah, encore une chose : ne soyez pas triste de devoir renoncer à ce qui devait couronner notre mémorable épopée. C'eût été pour moi un plaisir de faire connaissance avec Sa Majesté la baleine mais, voyez-vous, nous devons y renoncer. Pouvoir m'attarder devant, il sourit à Valuska, un stade de la phylogenèse est toujours un plaisir pour moi, vous le savez, et cela m'aurait réjoui, mais cette promenade m'a épuisé et ma rencontre avec la baleine, je pense, peut être reportée à demain… » Sa voix n'était plus la même et ses efforts pour être spirituel ne donnaient pas le change, mais comme ses paroles étaient chargées d'une promesse, Valuska, bien qu'à contrecœur, accepta sa proposition, et plus rien, pendant le trajet jusqu'à leur séparation, ne vint déranger Eszter dans son élaboration de leur future vie commune. Il se dit que grâce à la passion acharnée de Mme Harrer pour le ménage, en dehors de condamner la porte et barricader les fenêtres, il n'y avait quasiment rien à faire pour rendre la maison habitable, et soulagé par ce constat, il laissa ses pensées s'orienter vers le « à quoi va ressembler la vie à deux ». Il — se dit Eszter tout en veillant à garder l'équilibre sur ce marais fascinant — installerait Valuska dans la pièce attenante au salon pour qu'il soit près, le plus près possible de lui, ensuite, son imagination s'évada vers la « tranquillité des petits déjeuners en tête à tête », pour ensuite glisser dans la « quiétude de leurs soirées ». Ils resteraient assis, dans une paix profonde, l'après-midi, ils prendraient un café, pour le déjeuner — au moins deux fois par semaine — ils mangeraient chaud, et pendant qu'il ferait quelques remarques critiques sur l'éternelle histoire stellaire de son jeune ami, ils ne se soucieraient plus de savoir si le monde, ce décor de détritus dont les coulisses s'effondraient, existait encore… Il prit conscience, ce qui naturellement le troubla quelque peu, de l'émotion suscitée par ses projets, mais en regardant autour de lui et en songeant à nouveau à toutes les souffrances endurées, il se dit que compte tenu de son organisme affaibli (et : « pour le vieil homme que je suis… »), une telle émotion était pardonnable. Il prit des mains de Valuska la gamelle glacée, lui fit promettre de venir chez lui dès qu'il aurait terminé son travail, le congédia en lui donnant quelques petites recommandations, puis, à l'angle du passage Honvéd, il le perdit de vue.

Il le perdit de vue sans vraiment le perdre car si les maisons avaient déjà englouti sa silhouette, il continua de voir son cher maître dont la présence, après cette bonne heure de marche sous l'attention vigilante de Valuska, avait laissé tant de traces dans la ville que la masse des immeubles, si dense fût-elle, ne pouvait faire disparaître son image. Tout rappelait son passage, et la conscience de le savoir encore tout proche rendait cette présence encore plus vivace, ce qui lui permit de différer de plusieurs minutes la réalité de leur séparation, de savourer encore un instant le caractère extraordinaire de l'événement et d'escorter mentalement M. Eszter jusqu'à son domicile, avenue Béla Wenckheim, où il pourrait respirer et constater que leur promenade, « cette sortie imprévue si merveilleusement commencée, bien qu'empreinte d'une certaine tristesse », s'était finalement bien terminée. Se tenir près de lui quand il pénétrait dans le couloir, assister à ses premiers pas, le suivre comme une ombre, conscient de l'importance capitale de cette étape dans la perspective d'une guérison, depuis si longtemps attendue, tout, au début, depuis le salon jusqu'au portail, avait été un vrai bonheur et, pour le fier témoin qu'il était, une marque d'honneur imméritée ; mais qualifier leur promenade de « sortie empreinte d'une certaine tristesse » était loin de refléter la réalité, car la vue de son vieil ami vivant chaque pas comme une torture avait pendant le trajet assombri le bonheur de ce « fier témoin », le laissant hébété de tristesse. L'instant où le convalescent se lèverait et quitterait enfin sa chambre aux rideaux tirés devait marquer, pensait-il, le début solennel du rétablissement et du retour à la vie, mais au bout de quelques mètres il avait dû se rendre à l'évidence : cet après-midi, loin d'apporter une amélioration, allait peut-être révéler de façon encore plus manifeste la gravité de son état de santé, et imaginer que cette sortie effectuée dans le but d'organiser une campagne de nettoyage ne serait pas le prologue d'un retour mais plutôt un adieu au monde, un renoncement et un rejet définitifs avait soudain plongé Valuska (pour la première fois depuis qu'ils se connaissaient) dans un état de profonde détresse. Qu'il se soit senti mal au contact de l'air froid, dans la mesure où depuis des lustres il quittait rarement — et depuis deux mois, jamais — sa maison, était inquiétant en soi mais compréhensible, en revanche l'état de faiblesse extrême de M. Eszter et la tension régnant dans la ville, lesquels s'étaient révélés progressivement, l'avaient totalement pris au dépourvu, une impardonnable négligence de sa part, dont il s'était senti de plus en plus douloureusement coupable. Coupable d'insouciance, une insouciance qui l'avait rendu aveugle face à la réalité et lui avait fait croire naïvement en la certitude d'une guérison proche ; coupable, car, s'était-il dit, si jamais il arrivait quelque chose à son compagnon pendant ce trajet éprouvant, il serait le seul à blâmer ; et il avait éprouvé une certaine honte gênante et une profonde douleur d'avoir offert à la ville, à travers cette éminente et distinguée personnalité, l'image d'un vieil homme affaibli, qui de surcroît n'avait pu prendre la plus sage solution, à savoir, rentrer au plus vite chez lui, à cause de sa promesse faite à Mme Eszter. Ils avaient dû sortir, et M. Eszter, sans chercher à masquer son état de dépendance, s'était agrippé à son bras sans dire un mot, lui signifiant qu'il s'en remettait à lui, dans ces circonstances, avait pensé Valuska, il devait tout faire pour distraire l'attention de son ami, c'est pourquoi il s'était mis à lui énumérer toutes les bonnes nouvelles qu'il avait apportées avec lui en arrivant vers deux heures de l'après-midi. Il lui avait relaté le lever du jour, raconté comment la clarté avait redonné vie à chaque coin et recoin de la ville, il parlait, parlait, mais ses mots étaient sans saveur car lui-même ne prêtait guère attention à ce qu'il disait. Il avait été contraint de tout regarder dans les yeux de M. Eszter, de suivre en permanence son regard et de s'apercevoir avec une détresse crois-sante que tout ce qu'Eszter découvrait venait confirmer ses propres jugements pessimistes et démentir les convictions rassurantes de Valuska. Dans les premiers instants, il croyait que son ami, enfin délivré de son confinement à la chambre, retrouverait tout naturellement sa bonne humeur et ses forces vitales et pourrait ainsi diriger enfin son attention sur « les choses dans leur globalité, et non dans leurs détails », mais quand, arrivés devant l'hôtel Komló, il devint évident qu'il ne pourrait plus longtemps masquer — avant même que le regard de M. Eszter se soit posé sur eux — les détails avec ses phrases qui sonnaient de plus en plus creux, il avait décidé qu'il était préférable de se taire et d'adoucir les épreuves à venir par l'expression silencieuse mais sincère de sa compassion. Mais sa décision était restée lettre morte et, en sortant de l'hôtel, il s'était mis à parler avec un débit encore plus désespéré car à l'intérieur, tandis qu'il faisait la queue pour le repas, il avait entendu une nouvelle alarmante qui l'avait bouleversé. Enfin, pour être plus précis, moins que la nouvelle, à savoir qu'une « bande de pillards venus de la place du marché », affirmait-on dans la cuisine, avait peu après douze heures dévalisé, ou plus exactement, saccagé sauvagement toutes les réserves de boisson de l'hôtel, puisqu'il n'y prêta aucune foi et l'avait interprétée comme un habituel et navrant symptôme d'« alarmisme provoqué par des peurs imaginaires », de « psychose endémique », c'est la découverte soudaine d'un détail qui l'avait bouleversé, un détail qui lui avait précédemment échappé et qu'il remarqua soudain en sortant avec la gamelle remplie pour rejoindre M. Eszter : le sol était bel et bien jonché de tessons de bouteilles tout le long du couloir, dans le hall et jusque sur le trottoir devant l'entrée de l'hôtel. Il en fut très troublé, et après avoir, en guise de réponse à la question justifiée de M. Eszter, feint une minute d'hésitation, il lui avait parlé de la baleine, puis — une fois qu'ils prirent, après avoir réglé leurs affaires avec les trois notables, le chemin du retour — il avait tenté de dissiper les craintes de son ami et, inutile de le nier, ses propres craintes, car même s'il était persuadé qu'il suffisait d'un simple regard porté vers le ciel pour que la vie reprenne son cours normal, parmi les propos entendus dans la cuisine de l'hôtel, il y avait une phrase (celle du chef cuisinier : « celui qui se promènera dans la rue, une fois la nuit tombée, jouera avec sa vie ») qu'il n'arrivait pas à chasser de son esprit. Imaginer que toutes ces « personnes si sympathiques et si obligeantes » avec qui il avait passé des heures ce matin devant la remorque des forains puissent être des pillards et des bandits était selon lui une erreur grossière, cependant il fallait impérativement et rapidement élucider les rumeurs qui se propageaient et fai-saient trembler des gens tels que M. Nadabán et ses amis, c'est pourquoi lorsque, tout en raccom-pagnant mentalement M. Eszter jusqu'à son domi-cile, il arriva sur la place du marché, son premier réflexe fut de sélectionner une personne dans la masse compacte de la foule toujours immobile et d'en discuter avec elle, car la déclaration intem-pestive du chef cuisinier se heurtait à sa propre (« … un simple regard… une froide remon-trance… !) vision des choses. Il lui expliqua le malentendu et les rumeurs qui circulaient à leur sujet, lui relata l'état de santé de M. Eszter, un illustre savant que tout le monde ici se devait un jour de connaître, lui fit part de ses inquiétudes, lui confia combien il se sentait coupable, s'excusa pour sa façon de s'exprimer un peu décousue mais, ajouta-t-il, ces quelques minutes suffisaient pour le convaincre des bons sentiments de son interlocuteur et il était persuadé que celui-ci le comprenait parfaitement. L'homme ne dit pas un mot, impassible, il scruta longuement Valuska des pieds à la tête, puis — peut-être en voyant son air effarouché — il sourit, lui tapa sur l'épaule, sortit de sa poche une bouteille de palinka et la lui tendit cordialement. Soulagé de voir une expression joviale apparaître chez l'homme après cette sévère inspection silencieuse, Valuska, considérant qu'il serait malvenu de refuser cette marque de gentillesse, prit, afin de sceller leur toute nouvelle amitié, la bouteille dans sa main engourdie, la déboucha et, pour gagner la confiance de l'autre et le convaincre de « la sincérité de leurs sentiments réciproques », au lieu de simplement tremper ses lèvres, il ingurgita une très grande gorgée. Il paya immédiatement pour cet acte de bravoure et se mit à tousser violemment et quand au bout d'une demi-minute il reprit ses esprits et essaya avec un sourire gêné de s'excuser pour sa faiblesse, ses mots se noyèrent dans de nouvelles quintes. Il se sentait honteux et craignait d'avoir perdu la sympathie de ce tout nouvel ami, mais sa souffrance était sincère et quand, au comble de la torture, il s'agrippa machinalement à l'homme qui se trouvait à côté de lui, il offrit une scène si burlesque qu'il parvint à dérider non seulement son interlocuteur mais également tout leur entourage. Après avoir repris son souffle et dans cette atmosphère désormais plus détendue, il se mit à expliquer que M. Eszter, bien qu'il s'en défendît, travaillait sur une œuvre capitale, aussi devaient-ils tous, ne serait-ce que pour cette simple raison, unir leurs efforts pour rétablir la paix et la tranquillité dans la maison de l'avenue Wenckheim, puis, se tournant vers son tout nouvel ami, il lui confia combien cette petite conversation lui avait fait du bien, le remercia chaleureusement pour son obligeance et lui annonça que malheureusement il devait partir — peut-être lui expliquerait-il une prochaine fois pour quelle raison (« car c'est très intéressant ! »). Il devait partir, et Valuska de faire ses adieux, et de serrer la main de l'homme, mais celui-ci retint la sienne (« Dis-le-moi maintenant, je serai ravi de t'entendre ! »), et Valuska dut se répéter. Il devait partir, et avec un sourire gêné il tenta de se libérer de cette soudaine emprise, mais il était sûr qu'ils se reverraient, et très bientôt, et si jamais ils ne se rencontraient pas dans la rue, l'homme n'avait qu'à le chercher au « Péfeffer », chez M. Hagelmayer ou — il regarda incrédule et avec un soupçon d'inquiétude la main qui le menottait — demander à n'importe qui dans la rue, tout le monde ici connaissait János Valuska. Il n'arrivait pas à deviner les intentions de l'autre, ni ce que signifiait ce tiraillement, et il commençait à se demander comment cela allait se terminer quand brusquement son ami relâcha sa main et, le visage crispé, tourna la tête vers la remorque en même temps que les centaines d'individus qui composaient la foule. Il profita de l'occasion pour le saluer brièvement et s'élança, encore sous le choc de cette étrange insistance, dans la foule pour, au bout de quelques pas, après s'être retourné et avoir perdu de vue l'homme que la foule avait absorbé, s'immobiliser, effondré : il s'était trompé, il avait été stupide, et rouge de honte, il reconnut que soupçonner quelque mauvaise intention derrière cette brusquerie cordiale exprimée de façon si innocente était stupide et dénotait de sa part une grossièreté désobligeante. Ce qui le navrait le plus était de ne pas lui avoir — en interprétant mal et de façon impardonnable ce geste bien intentionné — témoigné de réciprocité, la seule consolation qui pouvait atténuer légèrement sa honte devant un comportement si rustre était que sa soudaine panique pendant l'incident l'avait tout aussi soudainement dégrisé. Il ne comprenait pas ce qui venait de lui arriver, la patience et la sympathie de l'homme à son égard méritaient toute sa gratitude et non cette méfiance injustifiée, aussi prit-il la ferme décision — n'ayant plus le temps, à cause de l'urgence du message à transmettre à Mme Eszter, de le chercher parmi toute cette foule et de clarifier immédiatement ce malentendu —, alors qu'il repartait et s'approchait peu à peu du centre de la soudaine attention générale, de racheter impérativement sa conduite la prochaine fois qu'il le rencontrerait. La nuit était maintenant tombée, seuls quelques éclairages de rues vacillaient sur le côté et une faible lueur filtrait à l'arrière de la remorque, mais comme le directeur se trouvait à l'avant de la remorque, on ne pouvait que deviner les contours de sa silhouette. Valuska s'arrêta net : « C'est lui ! », c'était bien lui, indiscutablement, même dans la pénombre, cette obésité ne laissait aucun doute, cette stature exceptionnelle, si souvent décrite, répondait en tous points aux signalements. Oubliant un instant l'urgence de sa mission et oubliant ce qui venait de lui arriver, il joua des coudes pour avancer dans cette foule qui depuis l'apparition du directeur semblait visiblement, même Valuska le remarqua, plus nerveuse puis, arrivé suffisamment près de lui, il se mit sur la pointe des pieds et retint sa respiration pour ne pas rater un seul mot. Le directeur tenait un cigare et portait un manteau de fourrure qui lui descendait jusqu'aux pieds, et ce cigare et ce manteau, auxquels s'ajoutaient son ventre difforme, les bords incroyablement larges de son chapeau et son gigantesque cou entouré d'un foulard en soie soigneusement noué inspirèrent le respect immédiat de Valuska. Mais il était évident que l'ascendant exercé sur la foule par cet étrange personnage n'était pas dû à sa seule taille imposante mais au fait qu'il était impossible d'oublier un seul instant de qui il était le maître. Le caractère surnaturel de l'attraction foraine dotait sa personnalité d'une aura exceptionnelle et Valuska le regarda comme s'il s'agissait d'un phénomène, dominant avec froideur ce qui était pour les autres fascinant et inquiétant. Avec son cigare, qu'il tenait fixement à distance, il regardait le monde du haut de son invulnérable pouvoir et de façon étrange, ici, place Kossuth, tous les regards étaient obnubilés par ce large cigare, celui d'un homme qui, où qu'il se trouvât, était dans l'ombre de la baleine, de cet éternel « ambassadeur du monde ». Il semblait fatigué, épuisé, mais sa fatigue résultait moins de soucis quotidiens que d'une pensée obsédante qui le rongeait depuis des décennies : la peur de mourir d'un instant à l'autre par son excès de graisse. Il resta longtemps sans rien dire, attendant visiblement le silence total, puis, quand le dernier murmure s'évanouit, il jeta un regard circulaire et alluma son cigare. Son visage, lequel grimaça sous l'afflux de la fumée, son regard, alors que ses yeux de fouine se posèrent sur eux, stupéfièrent Valuska, car ce visage et ce regard — alors qu'ils n'étaient qu'à trois mètres à peine de distance — le regardaient d'infiniment loin. « Bien, s'il vous plaît », dit-il, avec une intonation descendante, comme pour conclure ou s'excuser par avance de la brièveté de son discours. D'une voix de stentor, il annonça : « le spectacle est fini pour aujourd'hui », puis d'ajouter : en attendant la réouverture des guichets demain matin, il souhaitait à tous une bonne continuation, les remerciait pour leur attention et, en espérant que sa troupe trouverait encore grâce à leurs yeux, il prenait maintenant congé de ce « merveilleux public ». Lentement, à pas lourds — en écartant à nouveau son cigare —, il avança dans la foule qui docilement lui céda un passage, grimpa sur les planches, entra dans la remorque et disparut. Il n'avait prononcé que quelques mots mais pour Valuska ils suffisaient amplement pour attester de l'élégance du directeur — (« … saluer la foule avec une si noble déférence… ! ») et du caractère hors du commun de cette troupe, et le grondement qui parcourut alors la foule lui laissa penser un instant qu'il n'était pas le seul à partager ce sentiment d'admiration mêlée de crainte. Un instant seulement, car ce grondement — s'étendant à toute la foule — s'amplifia, et finalement, il se dit que le directeur devrait peut-être revenir et donner quelques explications plus terre à terre sur le monstre fantastique ou sur leur troupe plutôt que de renforcer le mystère qui les entourait. Immobile dans l'obscurité, il ne comprenait rien de ce qui se disait autour de lui et il se mit à rajuster nerveusement sa bandoulière sur l'épaule en attendant que le mécontentement général, puisqu'il s'agissait bien de cela, prenne fin. Brusquement, il se souvint de la remarque du chef cuisinier, de la conversation devant le Club des notables, et comme ce tumultueux mécontentement persistait, l'idée lui effleura l'esprit une minute que la peur des citadins n'était peut-être pas entièrement infondée. Il n'avait plus le temps de comprendre les raisons de ce mouvement d'humeur ni d'attendre qu'il se dissipe, et il dut malheureusement partir sans avoir élucidé la question, traverser la foule jusqu'à l'entrée du passage Honvéd, et... sur le trottoir qui menait chez Mme Eszter... dans la ruelle déserte... tout s'embrouilla dans sa tête, et il n'arrivait pas à mettre de l'ordre entre les différents événements de la journée. Quand il songeait à sa sortie avec M. Eszter la tristesse s'emparait de lui, quand il pensait à la ville, à la place, il était pris de douloureux remords, et tout défilait dans sa tête à une telle allure, tout était si loin de la scène habituelle de ses rêveries (ainsi propulsé dans la vie des autres), il était si désorienté parmi toutes les images qui affluaient en lui qu'il ne resta plus en son esprit que le désarroi, l'incompréhension et un besoin croissant de ne pas prêter attention à ce désarroi et à cette incompréhension. Mais en ouvrant le portail, une soudaine frayeur balaya le tout, car il venait de réaliser que l'heure du rendez-vous était largement dépassée et que Mme Eszter — connaissant sa nature intraitable — ne lui pardonnerait jamais ce retard. Mais elle lui pardonna, sembla même, sans doute en raison de la présence d'invités, ne guère s'intéresser à son message, elle se contenta de hocher impatiemment la tête, et alors que Valuska, à peine entré, s'apprêtait à lui relater en détail les débuts prometteurs de la campagne, elle l'interrompit et l'informa qu'« en raison de la gravité des circonstances actuelles, cette affaire n'est plus d'actualité », après quoi, en lui faisant signe de se taire, elle lui indiqua un tabouret. Valuska comprit qu'il tombait mal car visiblement une réunion importante se tenait, et comme il ne voyait pas ce qu'il faisait ici ni pourquoi la femme — une fois leur affaire conclue — ne l'avait pas congédié, il s'assit en serrant les genoux et attendit sans bouger. Si tel était le cas, et effectivement, il se trouvait en pleine réunion au sommet, le comité offrait un étrange spectacle. Le président du Conseil municipal, mine déconfite, arpentait la pièce en secouant la tête puis il s'immobilisa, après avoir exécuté deux ou trois allers-retours, vociféra (: « En arriver à ce qu'un haut fonctionnaire soit obligé de se camoufler, de circuler en rasant les murs, non mais vraiment... ! ! ») et, rouge de colère, se mit à dénouer puis à renouer sa cravate à rayures. Le capitaine de gendarmerie, lui, n'exprimait pas grand-chose, le visage écarlate, il épongeait son front avec un mouchoir, les yeux grands ouverts fixés au plafond, il gisait, en uniforme, inerte, sur le lit d'où s'échappait une forte odeur de vin. Mais le plus étrange comportement émanait de Mme Eszter elle-même qui ne disait mot, plongée, tout du moins en apparence, dans de profondes méditations (elle se mordilla plusieurs fois la lèvre), et qui de temps à autre consultait sa montre et regardait en direction de la porte d'entrée avec un regard lourd de signification. Valuska demeura interdit sur son tabouret, il devait impérativement, ne serait-ce qu'en raison de la promesse faite à M. Eszter, s'en aller, mais il n'osait pas faire le moindre mouvement de peur de déranger cette réunion pour le moins tendue. Pendant un long moment, rien ne se passa, le président du Conseil municipal avait déjà parcouru au moins deux cents mètres dans la pièce, quand soudain Mme Eszter se leva enfin de son siège, se racla la gorge et annonça, après un : « On n'attend plus ! » qu'elle avait une proposition importante à soumettre. « C'est lui qu'il faut — en désignant Valuska — envoyer, en attendant le retour de Harrer, pour éclaircir la situation. — Une situation préoccupante ! Très préoccupante, je vous prie de me croire ! » compléta le président du Conseil en s'immobilisant avant de secouer la tête en déclarant qu'il doutait fort que « ce jeune homme, par ailleurs très convenable, puisse être à la hauteur d'une mission si délicate ». Elle, pas (« Moi, pas… ! »), rétorqua Mme Eszter avec un furtif sourire supérieur qui ne tolérait aucune contradiction, puis elle se tourna solennellement vers Valuska et lui déclara que tout ce qu'on lui demandait c'était « dans leur intérêt commun » de se rendre sur la place Kossuth, de tout observer minutieusement puis de venir « le relater en mots simples devant ce comité extraordinaire de crise ». « Avec grand plaisir ! » Valuska, saisissant en un éclair de seconde que la formule « intérêt commun » signifiait que l'objet de la réunion concernait son grand ami, se leva de son tabouret et, un peu hésitant — il n'était pas certain que cela fût approprié —, il se mit au garde-à-vous et déclara qu'il pouvait d'autant mieux proposer ses services que justement il revenait de la place et avait lui aussi besoin d'élucider quelques points, à propos de l'ambiance particulière qui y régnait. « Une ambiance particulière ? ! » s'écria le capitaine de gendarmerie qui se dressa sur son séant avant de s'effondrer à nouveau en grimaçant de douleur. D'une voix moribonde, il demanda à Mme Eszter d'humecter son mouchoir puis de lui apporter du papier et un stylo afin qu'il puisse dresser le procès-verbal de la situation puisque d'après ce qu'il voyait la question relevait de ses attributions et il devait « prendre en main le déroulement des opérations ». La femme regarda le président, lequel lui renvoya son regard puis — tandis qu'un mouchoir nouvellement rafraîchi échouait sur le front du malade —, en accord tacite sur un point : « mieux vaut la paix », ils prièrent Valuska de s'approcher, et Mme Eszter, munie de papier et stylo, s'installa sur le rebord du lit. « Temps et lieu ! » soupira plaintivement le capitaine et quand la femme lui rétorqua « ça y est », l'homme perdit patience et sur le ton condescendant d'un expert fourvoyé parmi des néophytes, lentement, en détachant bien les syllabes, demanda : « Ça y est quoi ? ! — Temps et lieu. Ça y est, j'ai noté, répondit sur un ton agacé Mme Eszter. — C'est *à lui* que j'ai posé la question, et le capitaine de faire un signe de tête pour désigner Valuska : Temps et lieu. Où ? Quand ? C'est ce qu'il dit, lui, qu'il faut noter, pas ce que je dis, moi. » La femme, écumant de rage, détourna la tête, faisant visiblement des efforts surhumains pour ne pas intervenir, puis elle lança un regard lourd de sous-entendus vers le président incapable de tenir en place, après quoi elle fit signe à Valuska : « On vous écoute. » Celui-ci, qui ne comprenait pas vraiment ce qu'on attendait de lui et passait nerveusement d'une jambe sur l'autre, redoutant que la colère du malade ne se retournât subitement contre lui, tenta avec « des mots très simples » de raconter en détail ce qu'il avait vu sur la place mais au bout de quelques phrases, quand il aborda sa rencontre avec son nouvel ami, il eut l'impression de s'égarer un peu, impression sitôt confirmée par le capitaine qui, les yeux injectés de sang, l'interrompit en le regardant d'un air morfondu : « On ne vous demande pas de nous faire une dissertation sur ce que vous avez pensé, vu, entendu, imaginé, mais de nous donner un signalement précis ! Couleur des yeux... ? Âge... ? Taille... ? Signes particuliers... ? Je vous fais grâce, il haussa les épaules, du patronyme maternel. » Valuska avoua ne pas pouvoir fournir précisément ces informations et fit remarquer qu'il faisait déjà très sombre, mais bon, il allait se ressaisir et un détail important allait peut-être lui revenir, mais en s'efforçant de se remémorer l'aspect de son ami, il ne se souvint que d'un chapeau et d'un manteau en drap gris. Pour le plus grand soulagement de tous, mais surtout de Valuska, le sommeil réparateur terrassa à cet instant le malade, si bien que la rafale de pressantes questions sans réponse cessa soudain, et n'étant plus astreint à formuler ce type de signalement réducteur aussi pédant qu'impersonnel,

219

dont il se sentait incapable, il réussit à poursuivre son exposé sous l'éclairage de ses propres angoisses. Il décrivit l'apparition du directeur, depuis le cigare jusqu'au manteau, répéta son mémorable discours, raconta les circonstances de son départ, les réactions de la foule, puis, persuadé que le comité était sur la même longueur d'ondes que lui, il finit par reconnaître que compte tenu de l'atmosphère qui régnait sur la place et dans la ville, il était très préoccupé au sujet de M. Eszter. Pour recouvrer sa santé et préserver son énergie créatrice, ce grand savant avait avant tout besoin de calme, de calme, répéta Valuska, et non du climat de tension extrême, totalement incompréhensible à ses yeux, auquel il s'exposait immanquablement dès qu'il quittait sa maison, comme cela avait été le cas aujourd'hui (« ... Et pourtant j'ai tout fait, croyez-moi, pour qu'il en soit autrement... ! »). Tout le monde connaissait les effets dévastateurs du moindre petit désordre chez cet homme hypersensible, c'est pourquoi, confia Valuska à la femme, surtout maintenant que la confusion générale avait gagné le public de la place, toutes ses pensées étaient tournées vers M. Eszter. Il était tout à fait conscient du fait que son rôle et son importance dans cette affaire étaient dérisoires comparés aux leurs, mais ils pouvaient entièrement compter sur lui et être assurés qu'il ferait tout ce qu'on lui demanderait. Il aurait aimé encore ajouter que pour lui M. Eszter comptait plus que tout, il aurait également souhaité exprimer son soulagement de voir que le sort de sa ville (et donc de son maître) reposait désormais entre les mains du comité, mais il fut malheureusement pris de court par la femme qui l'interrompit d'un geste autoritaire et lui dit : « Très bien, vous avez tout à fait raison, les bavardages sont inutiles, ce qu'il faut, c'est agir. » Ils lui rappelèrent une nouvelle fois ce qu'il devait faire là-bas et Valuska, comme un enfant récitant nerveusement sa leçon, répéta les points cruciaux à observer, « la taille de la foule… l'atmosphère… et la présence éventuelle d'un certain monstre », après quoi — Mme Eszter ayant omis de lui fournir des explications sur ce dernier et lui ayant solennellement demandé d'être aussi rapide que précis — il promit d'être de retour dans quelques minutes et, sur la pointe des pieds, de peur de réveiller le dormeur qui gémissait sur le lit, il quitta la salle de réunion. Et entièrement absorbé par l'honneur d'avoir été choisi pour cette mission et surtout par le soulagement de voir que tout un « comité de crise » supportait M. Eszter dans ses épreuves, il traversa toute la cour sur la pointe des pieds et ce n'est qu'en refermant le portail qu'il s'en aperçut et reprit une démarche normale. Sans être totalement rassuré par cette visite chez Mme Eszter, la forte détermination de la femme avait eu au moins le mérite d'apaiser ses angoisses et incertitudes, et s'il n'avait obtenu aucune réponse, il avait le sentiment qu'il existait enfin une personne en qui il pouvait entièrement se fier. Contrairement à sa situation antérieure, où il (si inexpérimenté sur terre) devait comprendre et décider tout seul, désormais, il n'avait plus qu'une chose à faire : accomplir la mission qui lui était confiée, ce qui, pensait-il, n'avait rien de très compliqué. Il se répéta au moins dix fois les choses qu'il devait observer et au bout de quelques mètres il parvint à éclaircir le mystère du « monstre » (: « ils devaient certainement faire allusion à la baleine, à qui il devrait donc rendre une nouvelle visite »), et en revoyant le regard froid de la femme il éclaircit également l'ombre si pesante du « que faire ? », et quand, à hauteur de la bifurcation, il faillit percuter M. Harrer qui courait en sens inverse, lequel lui dit : « Bon, maintenant, tout va rentrer dans l'ordre, mais enfin, jeune homme, vous feriez bien de ne pas traîner dans le coin… ! », Valuska lui sourit et s'enfonça dans la foule en regrettant de ne pouvoir lui expliquer que… « non, vous vous trompez, Monsieur Harrer, ma place est bien ici… ! ». De nombreux feux étaient allumés sur la place, par groupes de vingt à trente, les hommes transis de froid depuis le lever du jour se réchauffaient à la chaleur des flammes, ce qui améliorait légèrement la circulation et la visibilité et permit à Valuska de scruter librement et longuement l'horizon. Mais ce « minutieux tour d'horizon » ne l'aida guère à résoudre les questions concernant la taille de la foule (que devait-il noter de particulier si tout était pareil qu'avant ?), et à la vue de ces groupes d'hommes apparemment paisibles, qui se frottaient les mains autour de ces brasiers de fortune, il resta tout aussi perplexe quant aux menaces latentes émanant de l'« atmosphère ». « Personne ne bouge, l'ambiance est bonne », il se mit à ébaucher son futur rapport mais les mots commençaient à sonner faux et la nature de sa mission devenait de plus en plus pénible. Les espionner en secret, comme s'il s'agissait d'ennemis, circuler parmi eux en les soupçonnant d'être des malfrats et des criminels, supposer le mal derrière le moindre geste innocent, Valuska s'aperçut rapidement qu'il en était incapable. Si précédemment la force énergique de Mme Eszter avait dissipé sa peur, au bout de quelques minutes le spectacle de ces hommes massés autour de la chaleur amicale des brasiers — dégageant un sentiment immédiat de convivialité — dissipa également un malentendu pardonnable et néanmoins honteux, l'erreur commise par le chef cuisinier, M. Nadabán et ses comparses, et par Mme Eszter, qui, dans leur soif maladive d'« explication rationnelle », avaient trouvé l'objet du sentiment d'insécurité (et lui-même l'avait fait pendant un instant pour justifier ses propres angoisses concernant M. Eszter) dans cette mystérieuse troupe de forains et son non moins mystérieux public acharné. Indubitablement, cette troupe était mystérieuse et l'endurance du public l'était tout autant, reconnut en lui-même Valuska, mais ce mystère — les choses s'éclaircirent tout à coup devant lui — avait peut-être une explication très simple et étonnamment logique. Il s'arrêta devant un brasier et le mutisme de ses compagnons qui regardaient tête baissée les flammes, en jetant occasionnellement un regard en direction de la remorque, ne pouvait plus le tromper, il était de plus en plus évident à ses yeux que le mystère résidait simplement dans : la baleine, rien de plus que ce qu'il avait lui-même vécu dans la matinée, quand il l'avait aperçue. Était-ce si étrange — il regarda autour de lui en souriant, si soulagé qu'il les aurait volontiers tous pris dans ses bras — que tous ces gens soient restés, comme lui, sous le pouvoir fascinant de cette créature invraisemblable ? Était-ce si étrange qu'ils puissent espérer assister, à proximité d'une créature si exceptionnelle, à un événement tout aussi extraordinaire ? Il était si heureux que « le voile soit tombé », si désireux de partager son bonheur qu'en lançant des œillades complices aux hommes groupés en cercle il leur déclara qu'il trouvait la « richesse infinie de la nature » époustouflante ; vraiment époustouflante, dit-il, et ce genre d'ambassadeur, comme celui-ci, lui rappelait « le Tout que l'on croyait perdu », après quoi, sans attendre leur réaction, il prit congé et poursuivit son chemin dans la foule. S'il s'était écouté, il serait rentré aussitôt apporter la bonne nouvelle, mais, conformément aux instructions, il devait également contrôler la baleine (« le monstre… ! », ce mot terrifiant le fit sourire), aussi, afin que son rapport, quand il le soumettrait devant le comité, soit vraiment complet, décida-t-il de jeter si possible un bref coup d'œil à cet « ambassadeur du Tout » et de ne quitter ses compagnons, en cette soirée si mal commencée mais qui finalement s'arrangeait au mieux, qu'ensuite. La remorque était restée ouverte, les planches n'avaient pas été retirées, il était donc impossible de résister à la tentation et de ne pas, en guise de « rapide coup d'œil », entrer un instant pour contempler le fascinant géant. Ainsi, seul à seul, dans ce froid que les panneaux de tôle rendaient encore plus glacial qu'à l'extérieur, la baleine, dont le corps n'était éclairé que par deux faibles ampoules, lui sembla encore plus grande et plus impressionnante, mais elle ne lui faisait plus peur, et malgré sa fascination respectueuse, il la regarda comme si depuis leur première rencontre, en raison des événements qui s'étaient passés, une forme de complicité secrète et intime s'était tissée entre eux, et alors qu'il s'apprêtait à sortir en la grondant pour plaisanter (« Tu te rends compte des soucis que tu occasionnes, toi qui depuis si longtemps ne peux plus nuire à personne... »), il entendit soudain l'écho lointain et étouffé de voix humaines s'échappant du fond de la remorque. Il crut aussitôt reconnaître l'une des voix et, en effet, quand, en s'approchant de la porte découpée dans la paroi du fond — qui de toute évidence, comme il l'avait supposé le matin, conduisait à l'espace de repos des forains — et en collant son oreille contre la paroi, il saisit les premiers mots (... « Je l'ai engagé pour qu'il se donne en spectacle, pas pour qu'il déblatère des stupidités. Je lui interdis de sortir. Traduisez !... »), il n'eut plus aucun doute : c'était bien la voix du directeur. Mais ce qu'il entendit ensuite — une sorte de grognement suivi d'un gazouillis strident — était totalement inintelligible et Valuska ne comprit que le directeur n'était pas en train de parler tout seul parmi, disons par exemple, des ours et des oiseaux en cage, mais que ses paroles étaient *destinées* à quelqu'un et que par conséquent le grognement et le gazouillis étaient d'origine humaine, que lorsque le premier, le grogneur, dit tout à coup en écorchant le hongrois : « Lui dit : personne peut interdire lui. Et lui comprend pas ce que dit Directeur... » À cet instant, il lui apparut clairement qu'il était le témoin auriculaire indiscret — mais incapable de réprimer sa curiosité — d'une conversation ou plutôt d'une querelle, quant à deviner le sujet de cet échange

225

de paroles, qui participait à cette discussion visiblement tendue, à qui le directeur adressait-il ses remontrances (: « Dites-lui que je ne risquerai pas encore une fois la réputation de la troupe. La fois précédente était la dernière fois. »), il n'était pas encore en mesure de le faire, et quand, après un nouveau grognement suivi d'un nouveau gazouillis, le grognement s'exprima en hongrois (« Lui dit : lui reconnaît pas autorité supérieure. Et Directeur parle pas sérieusement. »), il parvint certes à discerner le grognement du gazouillis mais il ne put déceler qui était qui et combien ils étaient à l'intérieur de cette cachette secrète qu'aux paroles qui suivirent : « Mettez-lui dans sa cervelle d'oiseau, s'écria à bout de patience le directeur, et Valuska, sentant son odeur, se mit à imaginer la fumée de son cigare serpenter en l'air, que je ne le laisserai pas sortir, enfin, si jamais je le laisse sortir, il ne doit pas dire un mot. Et vous, vous ne lui servez pas d'interprète. Vous restez ici. C'est moi qui le fais sortir. D'ailleurs il est ivre. D'ailleurs vous êtes ivres tous les deux. » À en juger par le ton menaçant et apparemment inflexible de cette déclaration, Valuska déduisit que le grognement et le gazouillis, qui jusqu'ici s'étaient toujours exprimés dans cet ordre, étaient reliés par une langue qui, s'il n'avait jamais rien entendu de tel, semblait d'origine humaine, et qu'en dehors du détenteur de l'impressionnante voix de stentor il y avait donc deux personnes présentes dans ce coin repos (exigu, supposa-t-il, mais probablement confortable compte tenu de la distinction qui émanait du directeur), d'autre part, il eut la certitude que l'un d'eux, le grogneur, ne pouvait être que le vendeur de billets au nez de boxeur qu'il avait aperçu dans la matinée. Rien que le nom qui lui était attribué : « le factotum » confirmait cette hypothèse, et maintenant qu'il savait que le deuxième protagoniste de cette joute oratoire au contenu très alarmant — visiblement à caractère interne — était le second membre de la troupe, devant les yeux de Valuska (dont l'instinct lui disait qu'il se trouvait à l'endroit où toutes ses questions trouveraient une réponse et qu'il ne tarderait pas à décrypter l'essentiel de cette mystérieuse conversation) se profila derrière la porte en tôle l'immense silhouette du vendeur de billets qui sans se départir de son calme servait de médiateur entre deux parties violemment opposées, entre une langue apparemment inarticulée et celle du directeur. Mais pour l'instant, Valuska était toujours incapable de deviner à qui appartenait cette langue, à qui le factotum servait d'interprète, bref, qui était la troisième personne dans cet espace d'hébergement inaccessible, car ni la réponse (qui, dans la traduction du grogneur géant, donna : « Lui dit : lui veut que moi reste avec lui, lui a peur que Directeur fasse tomber lui. ») ni la voix du fumeur du cigare (« Dites-lui que je n'apprécie pas du tout son insolence ! ») ne l'éclaircirent. Loin de l'éclaircir, cela ne fit que l'embrouiller davantage, car la suggestion de porter (comment : dans leurs bras ?) ce membre, resté jusqu'ici invisible (et, d'après ce qu'il ressortait de la conversation, tenu secret pour quelque raison), de l'escorte de la baleine — qui plus est, on pouvait s'interroger : s'ils l'avaient engagé pour faire un numéro, pourquoi ne pouvait-il se montrer ? —, bref, cette suggestion ne l'aida aucunement à trouver une explication satisfaisante, quant à la réponse (« Lui dit : cela fait beaucoup rire lui car lui a nombreux partisans dehors. Et partisans oublient pas qui lui est. Lui a force pas commune, lui a force magnétique »), pour le moins arrogante, elle ne fit que confirmer le fait que le directeur, cet homme si imposant qui donnait l'impression de tout maîtriser, se trouvait dans une position extrêmement délicate, puisque confronté à quelqu'un qui le narguait. « Quel toupet ! cria le directeur, reconnaissant ainsi ouvertement son infériorité et son impuissance, d'une voix qui fit tressaillir le nerveux témoin tapi derrière la porte, lequel se dit que la force redoutable de cette voix allait peut-être aplanir les divergences. Son pouvoir magnétique, poursuivit-il sur un ton ironique, c'est sa difformité physique ! Un nabot, je vais bien articuler pour qu'il comprenne : un Na-Bot qui n'a, et il le sait aussi bien que moi, pas plus de savoir que de pouvoir. Ce nom de Prince, il prononça ces mots avec le plus profond mépris, c'est moi qui le lui ai donné, dans un but commercial ! Traduisez ! : c'est *moi* qui l'ai inventé. Et de nous deux je suis seul à avoir quelque vague notion du monde au nom duquel il assène des mensonges éhontés et pousse à l'émeute la pire racaille humaine !!! » Et la réponse de fuser : « Lui dit : ses partisans dehors sont impatients. Pour eux lui Prince. — Très bien, hurla le directeur, il est viré !!! » Si jusqu'ici l'altercation — en raison du caractère obscur de son sujet et de ses protagonistes — n'avait rien de rassurant, Valuska fut pour la première fois terrorisé et resta figé en statue près de la paroi en tôle. Les mots redoutables tels que « nabot », « émeute », « pouvoir magnétique », « racaille » le renvoyèrent vers une zone d'ombre d'où toutes les choses dont il n'avait pas réussi à percer le mystère dans les heures précédentes — et auxquelles il n'avait pas accordé d'importance dans les mois précédents — surgirent sous la forme d'une seule image d'horreur aux contours soudainement plus précis, et, mettant fin à ses certitudes inconscientes (consistant par exemple à refuser de voir un lien entre les débris de verre jonchant le sol de l'hôtel Komló, la main chaleureuse le serrant en tenaille, la réunion tendue qui se tenait passage Honvéd et l'attente opiniâtre des gens sur la place), l'image qui s'esquissait à partir de ses expériences et impressions confuses et qui, sous l'effet des « mots redoutables », semblait, comme un paysage émergeant lentement de la brume, commencer à s'éclaircir irrémédiablement, suggérait une éventualité : tous ces éléments concordaient et allaient dans le même sens : « Les choses vont mal. » Mais de quoi s'agissait-il au juste, à ce stade des hostilités, il l'ignorait encore, en revanche, même en résistant, il ne tarderait pas à le savoir ; et il résista, pensant ainsi pouvoir l'empêcher ; et il se défendit, pensant ainsi conserver l'espoir de l'éviter, empêcher et éviter que ne s'éteigne l'instinct de protection qui jusqu'ici l'avait dissuadé de voir un lien entre la foule affluant avec les forains et les peurs hystériques des citadins. Mais cet espoir s'effilochait à mesure qu'il reliait la diatribe intempestive du directeur à ses propres expériences, depuis la remarque du chef cuisinier jusqu'aux visions pessimistes de

M. Nadabán et ses amis en passant par le grondement d'indignation de la foule transie de froid et les instructions concernant un soi-disant « monstre », et en établissant froidement un lien de corrélation entre tous ces éléments, il dut s'avouer à lui-même qu'il s'était trompé en jugeant les mauvais pressentiments des citadins — il s'était même moqué d'eux —, qui depuis la veille s'étaient mués en frayeur, infondés. L'idée lui était déjà venue à l'esprit pendant le grondement de protestation qui avait suivi le départ du directeur après son fameux discours, mais à ce moment-là, il avait encore réussi à se dérober et quand, passage Honvéd, il avait admis qu'à travers son inquiétude au sujet de M. Eszter le sentiment d'anxiété générale l'avait bel et bien « rattrapé sur son passage », il avait encore réussi à nier que les faits confirmaient les sombres prémonitions des gens de la ville mais ici, paralysé devant la porte, il sut que cette fois le soulagement ne viendrait pas dissoudre la peur, que le sens implicite des événements était manifeste, qu'il n'y avait plus aucun moyen d'échapper à la réalité infernale et à son caractère inéluctable. « Lui dit, le duel se poursuivait à l'intérieur : Très bien, maintenant, lui agit seul. Lui quitte Directeur, et se fiche de la baleine. Et lui emmène moi avec lui. — Vous ? ! — Oui, moi pars, fit sur un ton indifférent le factotum, si lui demande. Lui a argent. Directeur est pauvre. Pour Directeur, Prince égal argent. — Arrêtez avec votre Prince ! rétorqua violemment le directeur, puis après une courte pause : Dites-lui que je déteste les conflits. Je le laisse sortir, mais à une petite condition. Il doit la boucler. Ne pas dire un mot. Il doit rester muet comme une tombe. » La voix dont la fulminance s'était adoucie en renoncement résigné ne laissa aucun doute à Valuska : le combat était terminé, le directeur venait de subir une défaite dont Valuska connaissait déjà la nature, et la voix gazouillante lui suggérait que quelque chose, quelque chose que le directeur de la troupe, déchu de son pouvoir, voulait à tout prix empêcher, allait se produire inévitablement, et sous l'effet de ce violent et éblouissant éclair, Valuska, tel un chat au beau milieu d'une route nationale aveuglé par les phares d'une voiture, resta paralysé, cloué au sol, à contempler hébété et impuissant la cloison de cette glaciale remorque. « Lui dit : Directeur donne pas de conditions. Directeur veut argent. Prince veut partisans. Tout a un prix. Inutile de discuter. — Si vous saccagez la ville avec ces bandits, dit d'une voix lasse le directeur, au bout d'un certain temps, vous ne saurez plus où aller. Traduisez. — Lui dit, la réponse ne se fit pas attendre : lui veut aller nulle part, et jamais. C'est toujours Directeur qui emmène lui. Et lui comprend pas : au bout d'un certain temps. Il y a déjà plus rien. Lui pense pas comme Directeur, lui pense que tout prend sens. Mais chaque chose séparément, et pas tout, comme Directeur imagine. — Je n'imagine rien du tout, répondit après un long silence le directeur, mais ce que je sais c'est que si vous ne les calmez pas, si vous les encouragez, ils mettront cette ville à sac. — Ce qu'eux bâtissent et bâtiront, le factotum traduisit le gazouillis immédiat et encore plus aigu, ce qu'eux font et feront est mensonge et déception. Ce qu'eux pensent et penseront est complètement ridicule. Eux pensent parce qu'eux ont peur. Et qui a peur sait rien. Lui dit que lui aime quand tout s'effondre. Dans construction il y a ruine. Mensonge et déception sont comme oxygène dans glace. Dans construction les choses sont à moitié faites, dans ruine, les choses sont un tout. Directeur a peur, et lui comprend pas, ses partisans ont pas peur et eux comprennent ce que lui dit. — Dites-lui pour sa gouverne les choses suivantes, s'écria le directeur : Ses prophéties sont pour moi du baratin sans queue ni tête, qu'il les réserve aux canailles, avec moi ça ne marche pas. Et dites-lui que je refuse de l'écouter davantage, je me retire, je décline toute responsabilité pour vos actes futurs, Messieurs, à partir de maintenant, vous êtes libres... Mais selon moi, ajouta-t-il, et pour accentuer l'effet il se racla la gorge, vous feriez mieux de mettre votre prince de pacotille au lit et de lui donner une double ration de bouillie, quant à vous, vous devriez sortir votre livre de grammaire et apprendre enfin à parler correctement le hongrois. — Prince hurle, remarqua le factotum avec une égale indifférence au-dessus du pépiement incessant et de plus en plus hystérique. Lui dit : lui toujours libre. Lui est au milieu des choses. Et au milieu des choses lui voit tout. Et tout est ruine totale. Pour partisans lui est prince mais pour lui, lui est le plus grand Prince. Lui est le seul à voir tout, à voir que tout est rien. Et ça est pour Prince ce qu'il faut... toujours... savoir. Partisans, eux saccagent tout parce qu'eux comprennent ce que lui voit. Partisans, eux comprennent que choses sont trompeuses mais eux savent pas pourquoi. Prince, lui sait que tout existe pas. Directeur comprend rien, Directeur a des problèmes. Le Prince en a assez, lui s'en va. » Le fougueux gazouillis s'arrêta, le grognement aussi, le directeur ne répondit rien, et quand bien même aurait-il dit quelque chose, Valuska ne l'aurait pas entendu car les derniers mots prononcés, ces paroles abjectes insupportables à entendre l'avaient fait reculer, reculer jusqu'à ce que son dos percutât la gueule ouverte de la baleine. Et ensuite, tout autour de lui s'accéléra, la remorque se déroba sous ses pieds, les gens défilèrent à toute allure, et cette course ne commença à ralentir que lorsque, perdu au beau milieu de la foule, il comprit soudain que trouver son nouvel ami — et le prévenir : la chose qu'on allait très vite leur demander était une horreur et il ne fallait surtout plus écouter les paroles de celui qu'ils attendaient — était totalement impossible. Impossible, car en l'espace de quelques minutes, tout ce qu'il pensait jusqu'ici à propos des forains et des événements de l'après-midi et de la journée venait de crouler sous le poids écrasant de sa découverte, impossible, car sa tête bourdonnait, et ses épaules le lancinaient, et il avait froid, et, au lieu des visages, il ne distinguait plus que de simples taches floues. Il courait au milieu des brasiers mais ce qu'il essayait convulsivement de dire, ses paroles entrecoupées (« ... tromperie... monstruosité... honte... »), personne ne pouvait les entendre en dehors de lui, il courait, mais il ne pouvait plus aider les autres, pas plus que lui-même, car, après avoir été si profondément crédule, il les avait non seulement égalés mais devancés en connaissance, car s'il connaissait désormais l'existence du prince, il savait aussi que plus rien ne pourrait l'empêcher de mettre à bien ses projets. « Les choses vont très mal », mais il était totalement incapable de décider où aller. Ses premières pensées allèrent vers M. Eszter et il s'élança en direction de l'avenue, mais subitement il se ravisa, fit demi-tour, s'arrêta net au bout de quelques pas, pour finalement revenir à sa première idée. Et la course reprit de plus belle, les lueurs des brasiers se mirent à fuser de toute part, les gens défilaient à toute allure, et pendant qu'il slalomait pour les éviter, il sentit, fait étrange, qu'un grand silence avait enveloppé la place, il ne percevait plus que sa respiration haletante, qu'il entendait très fort, de l'intérieur, comme les roues d'un moulin à vent. Et puis tout à coup il se retrouva passage Honvéd et une seconde plus tard, il frappait à la porte de la femme, mais il eut beau tambouriner violemment, il eut beau se les répéter mentalement puis, une fois le seuil franchi, lui dire à voix haute les mots qui jusqu'ici grondaient en lui (« Les choses vont très mal ! Madame Eszter, écoutez-moi, il se passe des choses très graves là-bas ! »), il ne réussit pas vraiment à capter l'attention de la maîtresse de maison ni celle de ses invités, qui semblaient ne pas saisir ce qu'il disait. « C'est le fameux... monstre, c'est ça ? Il vous a fichu la trouille ? demanda la femme avec un sourire assuré, et quand Valuska, les yeux terrorisés, acquiesça de la tête, elle lui dit : Ça ne m'étonne pas ! Ça ne m'étonne pas ! », puis le sourire assuré s'effaça légèrement au profit d'une expression grave et soucieuse, et après avoir conduit jusqu'au dernier tabouret libre et installé de force Valuska qui protestait désespérément, elle lui expliqua pour le rassurer que « notre petit cercle amical n'était pas, il est vrai, sans inquiétude, jusqu'au moment où Harrer est enfin arrivé avec la bonne nouvelle », et Valuska pouvait désormais définitivement se calmer puisque (« Grâce à Dieu ! ») cette bande de semeurs de troubles, l'engagement en avait été pris, aurait quitté les lieux avec sa baleine et son prince dans moins d'une heure. Mais Valuska secoua vigoureusement la tête, bondit de son siège, se répéta la phrase qui hurlait toujours comme une sirène dans sa tête, puis il tenta comme il pouvait d'expliquer avec « des mots les plus simples possibles » comment il avait été le témoin involontaire d'une grave altercation d'où il ressortait que non, pas du tout, le prince ne s'en irait pas. « Les choses ont évolué depuis », et la femme força Valuska, qui se débattit légèrement, à se rasseoir, et afin de l'amener à de meilleures dispositions d'esprit elle pressa sa main gauche sur son épaule, mais elle comprenait très bien pourquoi la simple présence de cet être maléfique qui se faisait appeler prince l'avait tant bouleversé, puisque en fait, il venait, « sauf erreur de ma part, ajouta-t-elle à voix basse avec un sourire méprisant, seulement maintenant de découvrir le pot aux roses ». Elle comprenait parfaitement, la maîtresse de maison impassible haussa la voix afin d'être entendue de tous et Valuska, prisonnier de la main qui pesait sur son épaule, n'osa faire le moindre mouvement, elle comprenait d'autant mieux qu'elle avait vécu la même chose que lui, lui qui venait de découvrir ce qui se cachait derrière cette fausse roulotte foraine (« ... ce cheval de Troie, si vous voyez ce que je veux dire… ! »). « Une heure plus tôt, la voix de Mme Eszter résonna dans la petite pièce, nous avions toutes les raisons de croire que rien ne pourrait contrecarrer les plans de ce calamiteux subalterne, de ce "serpent réchauffé dans notre sein", pour reprendre l'expression, comme nous l'a rapporté Harrer, de l'irréprochable directeur, mais maintenant, nous avons toutes les raisons de croire le contraire puisque le directeur de la troupe, conscient de ses devoirs, s'est engagé à prendre les choses en main et à nous libérer très vite de ces créatures du diable. Grâce aux bons offices de M. Harrer, nous savons désormais, poursuivit-elle d'une voix passionnée, comme transfigurée, cherchant par ses mots moins à calmer les esprits des personnes présentes qu'à souligner l'évidence de son importance, ce qui se cache derrière le mystère de cette inquiétante horde de, entre nous n'ayons pas peur des mots, traîne-savates, et surtout, de cette troupe extravagante, et puisque pour l'essentiel nous n'avons plus rien à craindre dans la mesure où, heureusement, il ne reste plus qu'à attendre la nouvelle du départ des forains, je suggère qu'au lieu d'attiser les peurs comme vous, elle sourit à Valuska, le faites, de façon, il est vrai, fort pardonnable, nous réfléchissions tous ensemble à nos actions futures puisque après ce qui s'est passé ici aujourd'hui, il est de notre devoir, elle fixa des yeux le président recroquevillé dans un coin, d'en tirer des enseignements. Je ne prétends nullement que nous soyons en mesure de donner une réponse immédiate et définitive à tous les problèmes, non, elle secoua la tête, le prétendre serait un leurre, néanmoins, même dans le cas où les événements connaîtraient une issue heureuse, nous devons prendre acte que notre ville, sur laquelle pèse de toute évidence une malédiction (— La malédiction du laxisme ! — s'écria le vieil ami de Mme Eszter : M. Harrer), ne pourra plus jamais être dirigée comme avant ! » Ce discours qui de toute évidence avait commencé avant l'arrivée de Valuska et dont la grandiloquence ne semblait être appréciée que par la seule et puissante oratrice, bref, l'ivresse jusqu'ici modérée de ces paroles solennelles atteignit indubitablement à cet instant son zénith et, le regard triomphal de Mme Eszter attestant sa satisfaction, s'arrêta là. Le président du Conseil municipal regardait dans le vide avec une expression gênée et s'il acquiesçait vigoureusement de la tête tout son être montrait qu'il vacillait toujours entre le soulagement tant espéré et l'anxiété dévastatrice. Le point de vue du capitaine de gendarmerie ne prêtait à aucune ambiguïté bien qu'il fût présentement dans l'incapacité de l'exprimer : tête renversée et bouche ouverte, il dormait toujours du sommeil des justes, seul obstacle l'empêchant d'indiquer qu'il était pour sa part entièrement d'accord avec le raisonnement qui venait d'être développé. Ainsi, la seule personne en possession de ses moyens, le seul à pouvoir déclarer sa fervente dévotion à Mme Eszter (et si ses yeux et son cœur avaient pu parler, ils en auraient dit bien plus) et à approuver énergiquement « ce discours flamboyant » était M. Harrer, l'émissaire et annonciateur de la bonne nouvelle, dont le visage bariolé de rougeurs de tailles et de formes variées, exprimant simultanément sa confusion et son émotion, témoignait qu'il avait du mal à se sentir à l'aise ainsi projeté au-devant de la scène, place pourtant largement méritée au regard de son rôle majeur joué dans les événements. Assis, jambes serrées, sous le portemanteau, il tenait d'une main une boîte de sardines en guise de cendrier tandis que son autre main — terrorisé à l'idée qu'une cendre puisse tomber sur le plancher fraîchement balayé — ne cessait de secouer sa cendre de cigarette dans le cendrier et entre deux bouffées, dès qu'il estimait pouvoir le faire sans risquer de croiser son regard, il regardait Mme Eszter à la dérobée, puis détournait aussitôt son regard et secouait sa cigarette. On voyait cependant que, tout en l'évitant, il attendait le moment incontournable de la collision de leurs regards, qu'il aurait tout donné pour avoir du courage, le courage d'un accusé osant regarder dans les yeux le juge annonçant le verdict : il donnait résolument l'impression de crouler sous le poids de quelque faute secrète dont il voulait absolument s'affranchir, comme s'il savait quelque chose, quelque chose qui à ses yeux revêtait bien plus d'importance que la situation sur la place du marché, et l'incitait à « approuver sans condition » tout ce que pouvait dire Mme Eszter. Il n'y avait donc rien d'étonnant à ce que, dans le silence qui suivit la dernière phrase, lui qui avait bu toutes les paroles de la femme fût encore assoiffé et, en toute logique, quand le président se permit, par une remarque vétilleuse, de venir « ternir » le tableau selon lui parfaitement bien brossé par la femme, il bondit de son siège, la cigarette à la main, considérant que non seulement sa parole était mise en doute mais que l'autorité de la maîtresse de maison venait d'être grossièrement insultée, et exprima, en oubliant sous le coup de l'émotion leur différence sociale, son indignation en lui faisant explicitement signe de se taire. « Et que se passera-t-il, poursuivit malgré tout le président en se massant nerveusement les tempes avant de lisser l'intégralité de son crâne chauve depuis son front ridé jusqu'à la nuque, si ce respectable gentilhomme change soudain d'avis et décide finalement de rester ? ! Il peut raconter ce qu'il veut à Harrer, excusez-moi, et rien ne l'oblige. Qui sait à qui nous avons affaire ? Qui sait si nous n'allons pas un peu vite en besogne ? Moi, une chose m'inquiète : n'aurions-nous pas, sauf votre respect, sonné la retraite un peu trop tôt... ! — Permettez-moi, répliqua sévèrement Mme Eszter, et comme Valuska fit une nouvelle tentative pour se lever de son tabouret, avec toute la délicatesse d'une mère rassurant son enfant agité, elle intensifia légèrement sa pression sur son épaule, de rappeler mot pour mot le message, le message clair et univoque que M. Harrer a adressé, au nom des dirigeants de la ville ici présents et qui n'ont absolument pas capitulé (— ... espérons-le... —, glissa le président), au directeur : "Nous ne sommes malheureusement pas en mesure de donner satisfaction à sa requête concernant la présence d'un service d'ordre, malgré la promesse faite la veille par le capitaine de gendarmerie déjà un peu souffrant. Du simple fait que la ville ne dispose que de quarante-deux gendarmes, si braves fussent-ils, leur donner l'ordre de contrôler une foule éventuellement agitée serait une démarche irréfléchie qui méritait réflexion", et d'après ce que nous a rapporté M. Harrer, il y a réfléchi », c'est pourquoi elle, Mme Eszter, ne mettait nullement en doute sa décision de quitter séance tenante la ville sur la demande du comité de crise, d'autant moins que selon certaines rumeurs ce n'était pas la première fois qu'ils étaient confrontés à une telle situation, par conséquent, il était bien placé pour savoir ce qui se passerait dans le cas contraire, et il tiendrait parole sans plus tarder. « Moi, je l'ai vu cet homme, excusez-moi, et pas vous, intervint M. Harrer moins par offuscation que pour défendre Mme Eszter, et il a une telle autorité qu'il lui suffit de lever son cigare pour que tous accourent comme des saute-relles ! » Elle remerciait sincèrement, intervint la maîtresse de maison avec une expression glaciale, M. Harrer pour son soutien enthousiaste mais le priait de se concentrer à nouveau sur le sujet et de lui dire si dans son exposé de sa rencontre avec le directeur il n'avait pas par hasard omis certains détails. « Eh bien, répondit-il à voix basse et comme il s'agissait de révélations à caractère confidentiel, il se pencha légèrement en avant, les gens racontent un peu n'importe quoi, mais, selon les dires, il aurait trois yeux et pèserait dix kilos. — Bon, vociféra Mme Eszter, je vais poser différemment la question, pour que vous me compreniez. Le directeur vous a-t-il dit autre chose en dehors de ce que nous savons déjà ? — Bah… non », l'homme baissa timidement les yeux et se mit à secouer sa cendre dans le cendrier. « Dans ce cas, déclara la femme après une minute d'hésitation, voici ce que je propose : Vous, Harrer, vous allez vous rendre immédiatement sur la place et vous reviendrez aussitôt pour nous dire si les forains prennent le départ. Nous, M. le président et moi-même, naturellement, nous restons sur place. Quant à vous, János, j'aurais un petit service personnel à vous demander... », et pour la première fois depuis un bon quart d'heure elle libéra son épaule, mais pour aussitôt le retenir par le bras car celui-ci, effrayé par Harrer, par le président, par le capitaine, et maintenant par Mme Eszter, voulut se précipiter vers la sortie. S'il se sentait — la maîtresse de maison lui lança un regard bienveillant et se pencha vers lui tendrement — remis de ses émotions, elle aimerait lui confier une mission importante qu'elle, obligée de rester à son poste, ne pouvait, même avec la meilleure volonté du monde, accomplir. Le capitaine, elle désigna le lit d'où s'échappaient des effluves de vin, dont l'état regrettable ne résultait pas, malgré les apparences, « d'une trop grande consomma-tion d'alcool » mais de la fatigue consécutive aux lourdes responsabilités qui lui incombaient, n'était pas en mesure, en ce jour exceptionnel, d'« accom-plir ses obligations paternelles ». Ce qu'elle voulait dire, expliqua Mme Eszter, c'est que les deux orphelins de M. le capitaine se trouvaient tout seuls à la maison en ces heures difficiles et qu'il fallait que quelqu'un puisse donner à manger, ras-surer et coucher ces deux bambins qui, « étant donné qu'il était presque sept heures, devaient être très inquiets », et elle avait immédiatement pensé à Valuska. Ce n'était qu'une petite chose, sa voix se fit chaleureuse, mais, ajouta-t-elle sur un ton ironique, « nous savons nous souvenir même des toutes petites choses », et elle lui serait infiniment reconnaissante s'il acceptait — puisqu'il voyait bien combien elle était occupée — de lui rendre ce service. Valuska, ne fût-ce que pour se libérer de la femme, aurait très certainement accepté, c'était évident, il s'apprêtait même à le faire, mais au moment où son oui allait retentir, une clameur explosive fit vibrer la vitre de la fenêtre, et comme l'origine du bruit ne faisait aucun doute, avant même le retour au calme, tout le monde sut dans cette petite pièce que quelque chose venait de se passer sur la place du marché, quelque chose qui avait fait hurler la foule, et tous se figèrent et attendirent en silence que le bruit cesse — avant éventuellement de reprendre. « Ils s'en vont », M. Harrer, sans faire le moindre mouvement, brisa le silence qui avait succédé au grondement. « Ils restent », fit le président d'une voix tremblante puis, après avoir exprimé combien il regrettait de s'être risqué hors de chez lui et qu'il ne savait vraiment pas comment rentrer car il avait le sentiment que désormais même « raser les murs » était trop risqué, il fit brusquement un pas vers le lit, secoua le dormeur par les pieds et lui hurla : « Debout ! Réveillez-vous ! » Le capitaine, qui jusqu'ici ne pouvait être accusé d'avoir alourdi l'atmosphère tendue de cette réunion par son manque de pondération, loin de se départir de son calme olympien, et, ce, malgré la violence de la secousse, s'accouda lentement sur les oreillers, jeta un regard circulaire en plissant les yeux puis — avec une prononciation légèrement singulière — déclara que tant pis, il ne bougerait pas avant l'arrivée des renforts du département, après quoi il se laissa retomber sur le dos pour reprendre son rêve, unique remède contre son mal, là où il avait été pour une raison inconnue et injustifiée interrompu. Mme Eszter fut la seule à ne pas réagir. Les yeux rivés au plafond, elle attendit. Puis lentement, elle les dévisagea l'un après l'autre, et, en refoulant le sourire de jubilation qui se terrait au coin de ses lèvres filiformes, annonça : « Messieurs, l'heure de vérité a sonné. Je pense que nous sommes sur la voie du dénouement. » M. Harrer acquiesça à nouveau avec enthousiasme, le président, dont les doutes ne semblaient pas dissipés, dodelina de la tête en tripotant sa cravate, seul Valuska, qui avait déjà la main sur la poignée de la porte, sembla rester indifférent à cette déclaration solennelle, et quand la maîtresse de maison lui donna le signal du départ, il se retourna avec un air désespéré (« Mais... et M. Eszter ?... »), puis quitta, suivi de près par M. Harrer, la maison avec une expression de profonde tristesse, celle d'un homme traqué, pour qui le monde venait de basculer, et s'il savait pourquoi il quittait cet endroit devenu insupportable, en revanche, il ne savait désespérément plus où aller. Et effectivement, son monde venait de basculer, car les espoirs qu'il avait douloureusement placés en Mme Eszter et dans ce comité s'étaient évanouis : ils avaient, dans l'excitation générale, commis une tragique erreur d'appréciation (« Ce n'est plus d'actualité... », la première réflexion de Mme Eszter lui revint à l'esprit) en inversant la chronologie des informations et en décrétant *les siennes antérieures à celles de M. Harrer,* ils n'avaient pas prêté foi à ses dires, ne l'avaient même pas écouté, et la femme, en raison de son état de nervosité extrême, ne lui avait — pourquoi une telle nervosité ? — prêté aucune attention et lui avait tout simplement coupé la parole, il avait alors perdu son dernier espoir de trouver de l'aide et s'était vite — déjà lorsque Mme Eszter avait rabroué le président dont les inquiétudes étaient légitimes — rendu compte qu'il était impossible d'infléchir la position entêtée de l'inébranlable maîtresse de maison et qu'il devrait garder pour lui tout seul la vérité sur le cours funeste pris par les événements de la place du marché. Et quand il avait compris que le sort du propriétaire de la maison de l'avenue Wenckheim n'intéressait personne ici, que M. Eszter était livré à lui-même, un grand silence s'était abattu dans la pièce, comme précédemment sur la place ; il voyait bien que les gens continuaient de parler autour de lui mais il ne les entendait pas, ne voulait d'ailleurs pas les entendre, car son unique désir était de se libérer enfin de la main pressée sur son épaule, de quitter enfin cet endroit où il était venu pour rien et de retrouver la vitesse des maisons défilant autour de ses pas pour étouffer son angoisse impuissante, car s'il ne pouvait se résoudre au caractère inéluctable des projets exprimés dans le local de repos des forains, il ne savait que faire pour les contrarier. Il ne lui restait donc plus que cela : « la vitesse des maisons défilant autour de ses pas », pour dissiper ce sentiment d'impuissance, et arrivé au portail, il s'arrêta un instant, dit d'une voix fluette à l'homme qui le suivait : « Monsieur Harrer, n'y allez pas... ! » (lequel, sourd à ses propos, lui répondit simplement : « Quelle femme ! Quelle femme ! » avant de prendre la direction de la place Kossuth), puis il rajusta la lanière de sa sacoche sur son épaule et, tournant le dos à la place du marché et à son logeur, s'élança dans la direction opposée. Il s'élança sur l'étroit trottoir et à nouveau les maisons et les murs de clôture se mirent à accélérer, une course folle qu'il ressentait, plus qu'il ne voyait, car il ne voyait quasiment plus rien, pas même les pavés sous ses pieds ; près de lui les arbres, avec leurs troncs inclinés, couraient, leurs branches se balançaient mystérieusement dans le froid saisissant, les poteaux électriques s'écartaient, tous galopaient, tous filaient sur son passage, mais en vain, car les maisons, les pavés, les poteaux électriques, et les arbres (avec leurs branches se balançant mystérieusement) refusaient de disparaître, et plus il souhaitait les distancer, plus ils réapparaissaient, comme s'ils le contournaient pour mieux le prendre de vitesse, si bien qu'il eut l'impression de ne pas en avoir dépassé un seul. Soit l'hôpital, soit le Pavillon des glaces, soit la fontaine de la place Erkel surgissait devant lui, mais dans la confusion des images qui se bousculaient à toute allure dans son esprit, il était incapable de déterminer s'il était déjà passé par ici, autrement dit, il était incapable de fuir les environs immédiats de l'appartement de Mme Eszter, et puis, le hasard ayant enfin exaucé son souhait de s'éloigner le plus possible du domaine de la place Kossuth et du prince et de se rapprocher de son domaine à lui, il se retrouva brusquement à l'angle de la rue des Quarante-Huitards, et alors qu'il reprenait peu à peu ses esprits au sortir de cette course labyrinthique, il se surprit devant l'entrée de l'immeuble de Mme Pflaum en train

d'appuyer sur le bouton de l'interphone. « Maman,
c'est moi... », hurla-t-il quand, après plusieurs
coups de sonnette, il entendit enfin le grésillement
de l'appareil signalant que l'on avait décroché,
même si aucune voix ne répondit. « Maman, c'est
moi, je voulais juste te di... — Qu'est-ce que tu
fais encore dans la rue à cette heure-là ?! » La
force de la voix dans l'interphone le saisit si brusquement qu'il en perdit ses mots. « Je te répète :
qu'est-ce que tu fais encore dehors à cette heure-
là ?! — Il se passe des choses très graves,
maman..., il tenta de s'expliquer en se penchant
tout près de la grille de l'interphone,... et je voulais... — Des choses très graves ?! Tu oses avouer
que tu es au courant ? Et malgré cela, tu traînes
dans la rue en pleine nuit ?! Dis-moi, et immédiatement, ce que tu es encore en train de fabriquer ?! Tu veux ma mort ou quoi ?! Tout ce que
tu m'as fait subir jusqu'ici, ça ne te suffit pas ?!
— Maman..., maman, écoute-moi... une minute,
bredouilla Valuska devant l'interphone. Je ne veux
pas du tout... t'embêter, je voulais juste... je voulais juste te dire... de cadenasser ta porte et... et
de ne laisser entrer personne, parce que... — Tu
as bu !!! hurla la voix à pleins poumons. Tu as
encore bu alors que tu m'avais promis de ne plus
jamais boire ! Mais non, tu bois, tu as pourtant
un petit chez-toi, mais rien à faire, tu continues
de boire et de traîner dehors ! Bon, écoute, mon
garçon, je vais te dire les choses autrement ! Si tu
ne rentres pas immédiatement chez toi, tu ne met-
tras plus jamais les pieds ici, tu m'entends ?!
— Oui, maman. — Écoute-moi bien ! Si jamais
j'apprends que tu traînes encore et que tu t'es

fourré dans de sales draps, je descends, je vais te chercher et je te prends par la peau du dos pour te ramener chez toi... et je te fais enfermer... tu sais où ? ! Je ne supporterai pas une nouvelle fois, tu m'entends, la honte à cause de toi !!! — Mais non, maman ! — Arrête avec tes maman, et fiche le camp !!! — Oui..., je t'embrasse, maman... je m'en vais... », dit Valuska dans l'interphone, mais se résigner à ne pas l'avertir de la gravité de la situation était impossible, aussi hésita-t-il un bon moment, devait-il essayer à nouveau ? puis il comprit qu'il n'avait aucune chance — puisqu'il n'avait pas pu le faire avec Mme Eszter — de pouvoir expliquer à sa mère ce qu'il avait vécu, ce dont il avait été le témoin, ce qui s'était passé et ce qui allait se passer. Quoi qu'il dirait sur le prince ou sur le factotum, elle n'en croirait pas un mot, elle ne le croirait pas, et le rabrouerait à nouveau, et on ne pourrait pas, se dit Valuska, l'accuser d'injustice ou d'impatience puisque s'il n'avait pas vécu ce qu'il avait vécu, s'il n'avait pas entendu ce qu'il avait entendu, il aurait été le premier à douter qu'une telle chose pût exister. Et pourtant — Valuska errait dans les rues désertes — le prince existait bien, et à partir de là, tout jugement rationnel devenait impossible, car il transformait le monde autour de lui, non pas par sa supercherie, sur le soi-disant monde dont il était l'émissaire, ni par sa soif bestiale de destruction, mais par sa simple existence, laquelle renversait tous les critères habituels de jugement et suggérait qu'il existait d'autres lois sur cette terre que celles sur lesquelles s'appuyaient les hommes pour le qualifier d'escroc sans vergogne. Dans un même temps, cette existence — Valuska reprit son pas de course — reposait aussi sur la supercherie et la soif bestiale de destruction, une escroquerie et une furie que dans son arrogance il n'avait même pas cherché à dissimuler devant le directeur, mais en partie seulement, puisqu'elles ne constituaient pas sa personne mais n'étaient probablement que la conséquence de sa nature extraordinaire, une nature effrayante dont Valuska, en s'appuyant sur les quelques remarques glanées ici ou là, ne pouvait saisir l'étendue ni le sens caché. Alors qu'il passait d'une rue à l'autre, les paroles du prince lui revenaient sans cesse en mémoire, sans mettre en doute l'opinion du directeur pour qui le prince était un pur imposteur, il avait la certitude que le membre indubitablement le plus mystérieux de cette troupe n'était pas qu'un simple escroc qui abusait de leur crédulité pour jouir du pouvoir sur ses partisans. Contrairement au directeur, il percevait une terrifiante profondeur dans les étranges propos aux intonations étrangères et très désagréables, rendus d'autant plus effrayants que leur contenu avait été haché par l'interprète au hongrois quelque peu hésitant, quelque chose de profond et d'inévitable... ou plutôt une absence totale de scrupules et une liberté infinie qui dépassaient les limites de l'entendement. Le prince semblait sortir du monde des Ténèbres, là où les règles du monde tangible n'étaient plus en vigueur, un être totalement irréel et inaccessible, car la force magnétique, l'ascendant exceptionnel qu'il exerçait sur les « siens », le rang qui lui était conféré excédaient largement ce à quoi un simple monstre de foire pouvait prétendre. Il était donc vain et inutile de vouloir — tout à coup les maisons, les arbres, les pavés et les poteaux électriques commencèrent à ralentir — comprendre cette irréalité, par contre, les laisser — il revit les regards crispés des gens de la place — saccager la ville sur un simple ordre de ce monstre et par la même occasion (puisque dans sa grande naïveté il avait lui-même attiré leur attention sur lui) assiéger le domicile de M. Eszter, lui qui ne se doutait de rien et se trouvait sans défense, se résigner et laisser faire sans rien dire — autour de lui, la course s'arrêta définitivement — était, pensait-il, hors de question. Il entendit à nouveau le gazouillis, qui réveilla sa peur, peur qui ne le quitta plus et il se dit qu'il ne lui restait plus qu'à donner l'alerte : « Barricadez-vous et ne bougez plus ! » Il allait les prévenir tous, depuis M. Eszter jusqu'à ses compagnons du « Péfeffer », en passant par les employés du tri postal et le portier de nuit, il préviendrait tout le monde — même les gamins du capitaine, pensa-t-il soudain, et s'apercevant qu'il n'était qu'à deux pas de chez eux, il décida de commencer par alerter les enfants, qu'on lui avait par ailleurs confiés, après quoi il se rendrait chez son maître puis irait avertir tous les autres. Au vu de l'immeuble, on avait bien du mal à imaginer qu'il abritait le foyer d'une si importante personnalité : les murs étaient décrépits, un large morceau de gouttière pendait dans le vide, quant à la porte d'entrée, répondant ainsi définitivement à la question : à quoi bon ouvrir et fermer sans arrêt la porte, elle n'avait plus de poignée. On ne pouvait accéder à l'immeuble qu'en slalomant à travers des monticules de détritus, et le sentier qui serpentait du trottoir à l'entrée était bloqué par une poutre en fer placée juste devant la porte ; à l'intérieur, la situation n'était guère plus reluisante, car quand Valuska pénétra dans le hall il se retrouva dans un courant d'air si violent que sa casquette à visière, comme si la nature tenait à signaler qu'ici c'était elle qui commandait, s'envola aussitôt. Il gravit les marches de béton, le courant d'air, quant à lui, loin de s'apaiser, devint de plus en plus capricieux, s'éclipsant de temps à autre pour s'abattre avec une violence renouvelée sur sa victime condamnée à garder sa casquette à la main et à respirer comme elle le pouvait par le nez et quand, arrivé à l'étage, Valuska sonna à la porte, il avait tout l'air d'un homme rescapé d'un ouragan. Mais la porte resta close et la clameur de la sonnette s'étant évanouie en même temps que les bruits de pas qui lui avaient succédé, Valuska pressa à nouveau le bouton, plusieurs fois de suite, et alors qu'il commençait à s'inquiéter — y avait-il un problème à l'intérieur ? —, il entendit la clé tourner dans la serrure, puis à nouveau des bruits de pas, puis à nouveau le silence… Dans l'appartement aux tapisseries murales auréolées de taches d'humidité, il faisait chaud, terriblement chaud, et quand, en enjambant une série d'obstacles — manteaux, chaussures, journaux — massés sur le sol, il traversa l'étroit vestibule, entra rapidement dans la cuisine et, tout en cherchant à comprendre le sens de cette étrange réception, il finit par arriver dans la salle de séjour, son corps transi de froid se mit à trembler si fort qu'il ne put ouvrir la bouche. Il abaissa la lanière de sa sacoche, déboutonna son manteau et se mit à frictionner ses membres. Soudain, il eut l'impression que quelqu'un se trouvait derrière son dos. Effrayé, il se retourna, et effectivement : devant la porte de la salle de séjour, muets et immobiles, les deux enfants l'observaient. « Oh ! Vous m'avez fait peur ! — On croyait que c'était papa..., dirent-ils en continuant de l'examiner. — Et quand papa arrive, comme ça, vous vous cachez ? » Les garçons, sans répondre, le regardèrent sans ciller. L'un devait avoir six ans, l'autre semblait en avoir huit, le plus jeune était blond, l'autre était brun, mais tous deux avaient hérité des yeux globuleux du capitaine et avaient dû hériter également des vêtements des enfants de leurs voisins car ils semblaient si délavés, si usés, surtout les pantalons, qu'il était quasiment impossible d'en deviner la couleur d'origine. « Vous savez, commença Valuska sur un ton embarrassé car il se sentait non seulement observé mais jugé avec méfiance, votre papa va rentrer tard aujourd'hui, et il m'a demandé de... de vous mettre au lit... Moi, il faut que je parte, mais vous devez absolument, il se mit à nouveau à trembler, fermer la porte derrière moi et si on sonne, vous ne laissez entrer personne... bref..., il se sentait de plus en plus mal à l'aise, car les deux enfants ne réagissaient toujours pas, vous devez aller vous coucher. » Il rajusta son manteau, se racla la gorge, ne sachant plus que faire pour qu'ils cessent de le regarder ainsi, puis il leur sourit, sur quoi le plus jeune se détendit un peu, s'approcha de lui et lui demanda : « Y a quoi dans ton sac ? » La question prit Valuska au dépourvu, si bien qu'il ouvrit sa sacoche pour vérifier son contenu avant de s'agenouiller pour leur montrer : « Juste… des journaux. C'est moi qui livre les journaux chez les gens. — C'est le facteur ! » cria l'aîné, depuis la porte, informant son jeune frère sur le ton agacé et arrogant d'un expert s'adressant à des ignorants. « C'est pas le facteur ! rétorqua le cadet, c'est le fou, c'est papa qui l'a dit. » Puis il se tourna vers le nouveau venu et l'examina d'un air suspicieux. « T'es… un vrai fou ? — Mais non, Valuska se releva en secouant la tête. Je ne suis pas fou, comme tu peux le voir. — Dommage, le cadet fit la moue. Moi, j'aimerais bien être un fou, et je dirais au roi que son royaume il est moche. — N'importe quoi », fit l'aîné en prenant un air moqueur, et Valuska, pour tenter de l'amadouer lui aussi, lui demanda : « Pourquoi ? Qu'est-ce que tu voudrais faire, toi ? — Moi ? Moi… un bon flic, répondit-il fièrement mais légèrement à contrecœur comme s'il n'aimait pas confier ses projets à un étranger. Et je mettrai en prison tous, il croisa les bras et s'adossa au mur, les ivrognes et les fous. — Les ivrognes, moi aussi ! » approuva vivement le cadet et au cri de « Mort aux ivrognes » il se mit à sautiller à travers la pièce. Valuska sentait qu'il devait dire quelque chose pour gagner enfin leur confiance et se faire obéir, autrement dit, les envoyer au lit, mais comme rien ne lui vint à l'esprit il referma sa sacoche, essaya de leur sourire, avança vers la fenêtre, regarda la rue plongée dans l'obscurité, se dit qu'il devrait déjà être sur le chemin de la maison de M. Eszter et perdit subitement patience. « Malheureusement, il leva d'une main tremblante sa casquette, lissa ses cheveux en arrière, je dois y aller. — Même que j'ai déjà l'uniforme ! dit alors l'aîné, et voyant que Valuska s'apprêtait à prendre la direction de la sortie, il ajouta : Si vous me croyez pas, je peux vous le montrer ! — Moi aussi ! Moi aussi ! » cria le cadet en sautillant puis, en imitant le mouvement et le bruit d'une voiture en plein virage, il se précipita derrière son frère. Il n'y avait aucune échappatoire car à peine fit-il deux pas dans le vestibule qu'une porte s'ouvrit, claqua dans son dos, et qu'ils apparurent, au garde-à-vous, guettant sa réaction avec un air énigmatique. Tous deux portaient de véritables vestes de gendarme ; sur le plus jeune, la veste traînait par terre, et sur l'autre, elle lui arrivait aux genoux, et si l'effet était assez comique puisque — comme dit l'expression — on aurait pu en mettre deux comme eux à l'intérieur, elles étaient si bien coupées, les proportions étaient si bien respectées qu'il ne leur restait plus qu'à grandir à l'intérieur. « Ah oui… ça alors… », remarqua-t-il admiratif avant de s'apprêter à sortir, mais le cadet sortit de derrière son dos une boîte et en l'observant à la dérobée lui dit : « Regarde ! » Il fut donc contraint de s'extasier devant une tige en fer biseautée qui servait, apprit-il, à « crever les yeux des ennemis », après quoi il dut admettre que la lame de rasoir suédoise était la meilleure pour « égorger l'ennemi », pour enfin concéder qu'il suffisait de mettre quelques éclats de verre broyés dans la boisson des ennemis pour les « liquider ». « N'importe quoi… ! C'est moi qui lui ai donné ces trucs, c'est bon pour les bébés… ! lança l'aîné avec mépris. Mais si vous voulez voir quelque chose de vraiment intéressant, regardez ! » Et il sortit de sa poche un authentique revolver. Il le prit dans sa paume puis lentement commença à ajuster ses doigts sur la gâchette, Valuska recula machinalement et se mit à bafouiller. « Mais... où... où as-tu pris cela ? ! — Peu importe ! », et l'aîné haussa les épaules puis tenta de faire tournoyer le revolver autour de son index, mais sans succès, celui-ci tomba par terre. « J'aimerais beaucoup que tu me le donnes... », et Valuska se pencha pour le ramasser mais le garçon le devança, prit le pistolet, et le pointa sur lui. « C'est très dangereux..., lui dit-il en se protégeant de la main, ce n'est pas un jouet... », ensuite, voyant que le revolver ne bougeait pas et que les deux enfants l'observaient avec la même expression que lorsqu'il était entré dans la salle de séjour, il se mit à reculer jusqu'à la porte d'entrée. « Bon, très bien, il saisit la poignée de porte derrière son dos, ... j'ai vraiment très peur... mais... maintenant..., il ouvrit la porte, ... tu vas le remettre à sa place, sinon ton papa... sera très en colère... Allez gentiment vous mettre au lit..., il se glissa dans l'entrebâillement de la porte, ... obéissez et allez dormir !..., il repoussa prudemment la porte et murmura, en s'adressant plus à lui-même : ... et cadenassez-vous... et ne laissez entrer personne... » Il entendit des éclats de rire à l'intérieur puis la clé tourner dans la serrure, il ôta sa casquette à visière, la prit à la main, et dévala les marches dans le violent courant d'air. Les deux paires d'yeux impassibles étaient toujours là, il n'arrivait pas à se libérer de leurs regards pénétrants et incisifs, et si la chaleur de leur caverne sauvage l'avait fait frissonner, en sortant de l'immeuble il fut saisi par le froid. Saisi par le froid et saisi par une image inconcevable :

la coexistence d'une froide passion destructrice et de deux jeunes enfants. Il rajusta sa sacoche, boutonna son manteau et, ne supportant plus cette image, il essaya de chasser de son esprit le pistolet braqué sur lui, les rires moqueurs derrière la porte, et se concentra sur : comment arriver au plus vite avenue Béla Wenckheim. Mais les deux garçons avec leurs gigantesques vestes de policier continuaient à danser devant ses yeux, et ses remords (il les avait abandonnés avec une arme peut-être chargée), ses hésitations (il devrait peut-être faire demi-tour) ne cessèrent, de façon par contre définitive, que lorsqu'il tourna à l'angle de la rue Árpád vers le boulevard et remarqua que non loin de là, vers le centre-ville, juste au-dessus des maisons, le ciel semblait rougeoyer. Une pensée terrifiante : « ils sont en train d'incendier la ville » mit immédiatement fin à ses remords et hésitations, il empoigna sa sacoche et courut, zigzaguant entre les meutes de chats, vers la maison de M. Eszter. Il courut et une fois arrivé, il s'arrêta, bras écartés, devant la porte, puis — quand il comprit avec le peu de lucidité qui lui restait qu'une intrusion chez son maître qui ne se doutait de rien ne servirait qu'à l'effrayer — il resta ainsi sans bouger devant la porte avec l'intention de le protéger au cas où quelqu'un s'approcherait de la maison. De quelle façon, il n'en avait pas la moindre idée, sa crainte d'une attaque soudaine s'expliquait simplement par sa panique totale face à l'éventualité (puisqu'il était difficile d'ici de le vérifier) d'un incendie. Toujours est-il que le ciel était rouge et que Valuska, prêt à bondir, allait et venait devant la porte, quatre pas à droite, quatre pas à gauche, jamais un de plus, car au cinquième pas, l'*autre* côté, laissé sans surveillance, se perdait dans la dense obscurité. Ensuite tout se joua en une minute. Brusquement, il entendit des pas, comme des centaines de bottes en marche, fatiguées de battre le pavé. Puis un groupe d'hommes surgit devant lui, et l'encercla lentement. Il regarda leurs mains, leurs doigts trapus, il aurait aimé dire quelque chose. Mais soudain une voix éraillée retentit derrière eux (« Attendez ! »), et à son manteau en drap gris, il le reconnut, nul besoin de voir son visage, il sut immédiatement que celui qui s'approchait de lui à travers le cercle ouvert ne pouvait être que son ami de l'après-midi sur la place. « Tu n'as rien à craindre. Tu viens avec nous », dit-il à voix basse en se penchant sur son oreille et en le prenant par l'épaule. Il n'osa rien dire, partit avec eux, l'autre ne dit rien lui non plus, se contenta de le placer devant lui et de sa main libre de repousser quelqu'un qui — en ricanant — essayait de se glisser dans l'obscurité tout près de Valuska. Il entendait les centaines de pas fatigués de battre le pavé, il voyait les chats affolés qui devant les matraques en fer levées en silence s'écartaient, mais la seule chose qu'il ressentait était la main posée sur son épaule, qui l'emportait dans cette marée de bottes et de toques de fourrure. « Tu n'as rien à craindre », répéta l'homme, et lui de hocher la tête, et de lever les yeux vers le ciel. Il leva les yeux et eut l'impression soudaine que le ciel n'était pas à sa place, il regarda à nouveau, terrifié, et découvrit qu'à la place du ciel il n'y avait plus rien, alors, il baissa la tête, et avança simplement parmi les bottes et toques de fourrure, comme s'il venait soudain de comprendre qu'il était inutile de poursuivre sa quête, ce qu'il cherchait n'était plus, avait été englouti par la terre, par cette marche, par la conspiration des détails.

« La conspiration des détails. Oui, les détails »,
déclara Eszter sans manifester de colère, montrant même une certaine distance à l'égard de sa
propre maladresse tandis qu'il s'apprêtait, en cette
soirée cruciale et déterminante, à mettre fin au
difficile travail qu'il avait entrepris — se barricader — et venait pour la vingtième fois de se blesser avec le marteau. Tout en pressant son doigt
endolori, il contempla l'enchevêtrement chaotique
de planches et de lattes appliquées contre la
fenêtre et comme il ne pouvait plus remédier à
cette lamentable illustration de son incompétence,
il décida de ne pas prolonger davantage cette douloureuse expérience et si, à sa plus grande honte,
il ne s'était jamais penché sur l'art de planter un
clou, il était grand temps de s'y mettre. Il sélectionna donc une planche parmi les morceaux de
bois entreposés devant les rayonnages de livres,
bois normalement destiné au chauffage qu'il était
allé lui-même chercher dans la cour quelques
minutes — le temps d'une courte pause — après
son retour et (tout en se demandant si la pensée
renversante, qualifiable selon lui de « révolution-

naire » concernant la présence superflue de la raison, qui avait surgi en son esprit trois heures auparavant devant le portail de sa maison, ne nécessitait pas quelques réajustements mineurs) la plaqua sous l'édifice de planches et de lattes de la dernière fenêtre et quand, en espérant bien viser, il leva le marteau, déterminé, en se mordillant la lèvre, il le rabaissa aussitôt, constatant que pour que la force du coup et que la direction soient justes, la seule volonté ne suffisait pas. « Il faut maîtriser avec précision la courbe qui détermine la distance entre la pointe du clou et la tête de l'outil... », conclut-il après un instant de réflexion et, alors que ses pensées revenaient sur la question des « réajustements mineurs », de toute la force de sa main gauche blessée, il plaqua la planche contre le châssis de la fenêtre tandis qu'avec sa droite il frappa sauvagement. Finalement, le résultat ne fut pas si dramatique, le clou s'était même quelque peu enfoncé, en revanche, concernant son idée apparemment judicieuse, à savoir qu'il devait concentrer par la suite toute son attention, jusqu'ici trop vagabonde, sur la fameuse courbe, il pensa qu'il valait mieux l'oublier. Mais le marteau devint de plus en plus hésitant, rendant l'issue de chaque nouvelle tentative d'autant plus hasardeuse, si bien qu'au bout du troisième coup d'essai, il dut reconnaître le fait suivant : si par trois fois de suite il n'avait pas frappé à côté, cela n'était pas dû à sa concentration intellectuelle mais tout simplement au plus pur des hasards, autrement dit, à un « moment de grâce, un répit dans le bousillage systématique de mes doigts », ses échecs ayant en effet clairement démontré que lorsqu'il cherchait à orienter le mouvement du marteau en fonction de la trajectoire voulue, il ratait systématiquement ladite trajectoire, car vouloir maîtriser l'itinéraire du marteau ne signifiait rien de plus, ajouta-t-il avec toute l'affectation requise — affectation quelque peu déplacée au regard de l'impact encore peu glorieux de son ouvrage mais tout à fait appropriée à sa prise de position décisive —, que fantasmer sur quelque chose d'encore inexistant, se déterminer par rapport à quelque chose d'hypothétique, c'est-à-dire reproduire de façon exemplaire la même erreur, erreur face à laquelle, au bout de soixante années d'égarements stupides, au cours des derniers mètres du chemin qui le ramenait chez lui, il avait enfin dit NON... À cet instant précis son instinct lui suggéra qu'il ferait bien de consacrer plus d'énergie à cette question, et sans même se douter qu'en s'éloignant il s'en rapprocherait, il s'écarta du petit dilemme qui oppressait tout son être — par quel mystère l'absence de raison n'excluait-elle pas une forme de logique pratique ? — pour s'élancer dans le concret. Il jugea que même si elle ne tenait pas vraiment debout, l'idée de se focaliser sur la courbe ne devait pas être rejetée dans sa globalité, car la raison de ses revers venait, se dit-il, incontestablement d'une erreur concernant la méthode et non le fond, c'est pourquoi, alors que son regard passait du marteau opinant nerveusement dans sa paume à la tête du clou, il commença par chercher s'il existait un point sur cette courbe sur lequel il pourrait se concentrer et orienter sa démarche, puis, ayant repéré deux points éventuels, il ne lui resta plus qu'à décider parmi ces deux points lequel était le plus fiable. « Le clou dans le mur est inamovible, la position du marteau par contre est amovible... », se dit-il en scrutant le plafond, méditation qui engendra une idée apparemment judicieuse, à savoir qu'il devait se concentrer sur ce dernier, mais quand, conformément à ce raisonnement limpide et en suivant des yeux l'angle tracé par l'outil, il fit un nouvel essai, il observa, la mine déconfite, que si la position du marteau dans sa main était plus stable, ses chances d'atteindre le clou n'excédaient pas, dans le meilleur des cas, une sur dix. « Ce qui compte, se corrigea-t-il, c'est l'endroit où je veux frapper... ou... la cible que je veux viser, l'idée l'enthousiasma, c'est la seule chose qui compte ! » et saisissant immédiatement qu'il était sur la bonne voie, il enfonça quasiment son regard dans la cible et sûr de lui leva résolument le bras pour frapper. Le coup fut précis, voire, on ne peut plus — remarqua-t-il avec satisfaction — précis, et comme pour mieux dissiper les derniers doutes concernant la maîtrise du mouvement, toute la logique, jusqu'ici déficiente, de l'enchaînement des opérations s'ébaucha soudain : il comprit que précédemment il tenait mal l'outil, puisqu'en effet le tenir par le bout du manche était nettement plus confortable, après quoi il réussit à évaluer la force nécessaire pour un coup, la distance idéale de l'élan à donner, pour, finalement, emporté par cet élan de grande productivité, remarquer le fait suivant : en maintenant avec le pouce l'objet à clouer contre le châssis, s'affaler dessus de tout son poids devenait superflu... Maintenant que la prise en main et le mouvement étaient maîtrisés, en toute logique, les deux dernières planches arrivèrent en place à la vitesse du vent et quand, plus tard, il fit le tour de la maison pour prendre un aperçu général de son travail et qu'après quelques réajustements, non des moindres et qui n'avaient rien de mineurs, il retrouva la lumière tamisée du corridor, il constata avec regret que c'était juste au moment où il commençait à savourer le plaisir tout frais de la bonne trouvaille que son travail s'achevait. Il eût pourtant aimé clouer davantage car, vraiment, il savourait pleinement le « plaisir tout frais de la bonne trouvaille », une trouvaille qui après de longues heures de maladresse lui avait permis de sortir, tardivement, certes, mais il en était sorti, du labyrinthe des énigmes courbes, têtes de clou, marteau, et qui l'avait amené, vers la fin de son tour d'horizon, à découvrir que la méthode par et malgré laquelle il avait réussi à résoudre les petits mystères de cette opération élémentaire avait de façon exceptionnelle et troublante rectifié la pensée « révolutionnaire » sur le rôle superflu de la raison, une pensée énoncée, une fois remis du choc de sa promenade, en franchissant le seuil de sa maison, par, pour reprendre ses propres termes, « un Eszter tout nouveau, complètement allégé ». Ce fut une révélation soudaine, certes, mais, comme c'est souvent le cas, elle avait eu des prémices, car juste avant d'entreprendre son tour d'horizon, il pressentait déjà que ses efforts avaient un caractère hautement ridicule, puisque, à seule fin de protéger sa main gauche des coups ultérieurs, il s'était rué en sollicitant toute la lourde masse de son intellect sur un problème insignifiant, un assaut de clairvoyance, qui plus est, remarqua-t-il ensuite, per-pétré pour rien, et, comble du ridicule, il se demandait s'il n'existait pas un mystère encore plus obscur et plus complexe que les mystères antérieurs de l'utilisation du marteau dans le processus qui lui avait précédemment permis d'accéder à la maîtrise parfaite de la technique du plantage de clou. En récapitulant les différents stades de ses fébriles efforts, il fut définitivement conforté dans ses soupçons — soupçons inhérents à son état d'esprit général : le résultat final n'était pas le fruit de son intervention rationnelle, car après avoir dissocié la lourde artillerie intellectuelle caractérisant ses tâtonnements, ou, pour reprendre ses termes, « la force guidant en apparence les manœuvres d'un preux chevalier déterminé », de « l'enchaînement des petits réajustements pratiques », il n'était nullement parvenu directement à des coups de marteau expérimentaux, mais à un guidage totalement incontrôlable, une adaptation constante aux nécessités sans cesse changeantes, un processus qui, s'il supportait ses efforts intellectuels, n'en tenait aucun compte. Selon les apparences et pour résumer, l'enseignement à tirer était le suivant : s'il avait triomphé de ce casse-tête apparemment insignifiant, comparé à la portée de l'affaire, c'était grâce aux inlassables assauts de sa capacité d'improvisation, même si rien n'indiquait que la méthode recherchée fût défaillante ni que ses judicieuses variantes fussent non pas le résultat de sa « somptueuse logique » mais de simples mouvements d'approche sans cesse répétés ; rien, et Eszter entreprit alors de faire le tour de la maison pour vérifier s'il devait ici ou là consolider quelques planches, selon les apparences, rien n'indiquait cela, puisque le mécanisme de commande, ce système si bien huilé qui reliait nos organes à la réalité, Eszter entra dans la cuisine, coincé entre le cerveau actif et la main exécutante, était parfaitement dissimulé, au même titre que (si telle chose est possible) la pure reconnaissance de la nature illusoire de la réalité était dissimulée « entre l'illusion et l'œil illusionné ». Apparemment, les options librement choisies parmi de multiples possibilités avaient déterminé le trajet expérimental de la courbe à l'angle, de l'angle au clou, et à cet instant il examina les deux petites lucarnes de la chambre de bonne, une orientation mécanique parmi d'innombrables variantes, dans une masse infinie de possibilités prédéterminées, autrement dit et pour simplifier un peu grossièrement les choses, c'était l'expérimentation ellemême qui avait décidé et déterminé ces « options librement choisies, lesquelles n'étaient ni libres ni capables de choisir, car leur rôle, en dehors de venir troubler l'ordre chronologique des opérations, se limitait à percevoir et à évaluer ces expérimentations, humanisant (« pour s'exprimer un peu cyniquement »..., pensa Eszter, un peu cyniquement) instantanément le processus en nous laissant croire, même en cas de découverte aussi mineure que, à titre d'exemple, la façon irréprochable de planter un clou, que nous tenons en main les clés de la solution grâce à notre « brillante » intelligence, et à notre « géniale » inventivité. Eh bien, non, il poursuivit sa ronde en traversant la chambre de Valuska pour se rendre dans le salon, nous ne dominons pas le processus, c'est lui qui nous domine, sans pour autant nous faire douter de notre apparente domination, tout du moins, tant que notre cerveau hautement ambitieux répond de façon satisfaisante à ses modestes exigences en matière de perception et d'évaluation, car pour le reste, il saisit la poignée de la porte du salon et sourit, le reste, ce n'était plus son affaire ; et comme un homme qui après une longue période de cécité se retrouve soudain propulsé dans le monde des réalités, il fut ébloui par ce qu'il vit en ouvrant la porte et s'arrêta net sur le seuil en fermant les yeux. Il vit des milliards d'éléments agités, en perpétuelle mutation, entretenant un austère dialogue sans début ni fin, un milliard de situations et un milliard d'événements ; un milliard, mais en un seul, un seul qui renfermait tous les autres, le rapport conflictuel entre ce qui, de par son existence, résistait et ce qui, de par sa potentialité, s'efforçait de briser cette résistance. Et il se vit lui-même dans cet espace saturé de vie, il se revit devant la dernière fenêtre du corridor, et à cet instant il comprit la nature de la force devant laquelle il avait plié et dans laquelle il s'était engouffré. Il prit conscience des forces qui régissaient le processus, comprit que la nécessité était le moteur de l'existence, un moteur qui engendrait la motivation, la motivation générant la participation, une participation active dans les rapports donnés, où tout notre être s'efforçait, en puisant dans une gamme de réflexes préétablis, de sélectionner le plus avantageux, le résultat dépendant de l'existence ou non de ce rapport avantageux, et puis, bien entendu, se dit-il, de la patience, des subtils hasards du combat, puisque

le succès de la démarche, de cette présence imper-
sonnelle, constata-t-il, s'apparentait à un coup de
poker. Il contempla cette vaste et limpide étendue
et fut particulièrement impressionné par sa réalité
absolue, impressionné, car il était très *difficile* de
concevoir que le monde réel, au-delà de l'ampleur
infinie de sa turbulence, puisse — tout du moins
pour nous — s'achever, bien qu'il fût sans fin, sans
fin ni centre, et que nous ne soyons « qu'une de
ces milliards de particules dans cet espace four-
millant, où nous évoluons en nous laissant guider
par nos réflexes »... Mais, en réalité, cette vision
fulgurante ne dura qu'une minute et, à peine
ébauchée, se disloqua : se disloqua, peut-être au
simple signal d'une étincelle avertissant que le feu
dans le poêle était en train de mourir, une étincelle qui avait jailli pour aussitôt s'éteindre
— comme s'il ne la méritait pas —, se consumer
en un éclair, et qui n'avait peut-être vécu que pour
mettre en lumière ce qu'il qualifia lui-même
d'« erreur fatale » dans son raisonnement et dans
sa décision capitale, dans le jugement qu'il avait
émis devant le portail. Il avança vers le poêle,
contrôla la braise, attisa le feu comme il put,
enfourna trois bûches puis se dirigea vers la fenêtre,
mais il fit ce trajet pour rien car il avait beau regarder, regarder, au lieu de voir les planches et les
clous, il ne voyait que lui-même. Il se revit devant
le café Chez Nous, il revit le peuplier écroulé et,
sous ses pieds, les détritus, car en cette journée
exceptionnelle, lors de ce dramatique après-midi
où il avait été chassé, au sens propre du terme, de
chez lui, c'est à cet endroit précis qu'il avait
échoué, qu'il avait dû abdiquer, qu'il avait dû

reconnaître : il avait beau affûter ses armes, il avait beau déployer un régiment d'argumentations froides et lucides, cela ne menait à rien face à ce qu'il devait affronter. Il avait d'abord échoué en ne *comprenant* pas et en reconnaissant son impuissance face à l'étendue de la désolation, en revanche (« comme un aveugle de naissance… ! »), il ne savait pas encore que sa réaction, en couronnant son impuissance intellectuelle, marquerait sa véritable défaite. Car en omettant de remarquer que « le cataclysme des formes désarticulées annoncé par lui depuis des décennies » n'avait rien d'étonnant à ses yeux, il s'était gardé de constater — en total accord avec son moi antérieur — la faillite générale et, ce, de la façon suivante : il avait jugé que ce qu'il voyait dans les rues ne méritait pas la moindre attention, et puisque la ville dans sa configuration présente ignorait à l'évidence son être « fondé sur la raison et le bon goût », la réponse la plus appropriée était de l'ignorer tout autant. Il avait pensé alors, à juste titre au demeurant, que ces « obscurs préparatifs » étaient manifestement tournés contre lui, puisqu'ils réduiraient en miettes ce qui en lui s'était toujours opposé aux forces sournoises de la destruction ; ils mineraient sa raison, sa libre pensée, sa lucidité et lui voleraient le dernier refuge où il pouvait demeurer libre et lucide. Son dernier refuge, et à cet instant il s'était rapproché de Valuska, puis, en s'alarmant à son sujet, il avait décidé de détruire les ponts, des ponts déjà rouillés et qu'il n'avait guère empruntés, qui le reliaient au monde, de renforcer ses dispositifs de distanciation vis-à-vis de ce monde en perte de sens, de se retirer, avec son compagnon, de ce fatal et malsain chaos. Il s'établirait sur l'autre rive, avait-il décidé à hauteur du château d'eau, et, tout en méditant sur la façon de transformer la maison de l'avenue Wenckheim en forteresse, il s'était efforcé tant qu'il pouvait de conserver sa superbe assurance ; plus exactement, de regagner tout ce que le cauchemar de détritus, les rues désertiques, le peuplier déraciné avaient ébranlé et de garder l'espoir de pouvoir, lui, continuer à vivre imperturbablement, comme avant. Mais s'il retrouva la première, ce fut aux dépens de l'autre, car le prix à payer pour retrouver sa superbe assurance était de ne plus continuer comme avant, de ne pas continuer ce qui était impossible à continuer, car après l'éprouvant épisode devant le Club des notables, il avait ressenti un étrange sentiment en esquissant leur vie commune à venir : « le bonheur simple de la quiétude ». Comme s'il s'était lentement affranchi d'un poids gigantesque, il s'était senti de plus en plus léger, et après avoir quitté Valuska à l'angle du passage Honvéd, il avait laissé cette légèreté guider ses pas, acceptant, sans l'ombre d'un regret : l'homme qu'il était auparavant allait être englouti, inéluctablement. Mais pour être englouti et ne plus jamais réapparaître, il devait accomplir un dernier geste, devait tirer les ultimes conséquences, ce qu'il fit, en décrétant qu'il devait paisiblement passer sur l'autre rive, et « vivre comme une victoire ce qui en réalité était une cuisante défaite ». Se replier dans un espace de sécurité interne, car la vie extérieure n'était plus que la scène d'une insupportable désolation, rompre avec toute envie viscérale d'intervenir, car la noblesse de l'action était minée par l'absence fondamentale de raison, se démarquer, car le rejet était la seule réponse d'un esprit sain, bref, se replier, rompre, se démarquer, sans pour autant renoncer à l'observation, à la contemplation de ce monde à la dérive, tout cela, se dit Eszter sur le chemin du retour dans un froid cinglant, s'apparentait à de la pure lâcheté, s'aplatir pour éviter les malentendus, fuir en avant plutôt que s'avouer : s'il s'était élevé contre ce « monde en perdition », il ne l'avait jamais, à aucun moment, perdu de vue. Il lui avait répondu, il n'avait jamais cessé de lui réclamer des comptes, de lui reprocher son manque de rationalité, comme une mouche, il avait bourdonné autour de lui, inlassablement, oui mais voilà, il ne voulait plus bourdonner, car il commençait à comprendre qu'en recherchant sans relâche et en s'opposant à la nature des choses, au lieu de rattacher le monde à une finalité apparente, il s'était, lui, enchaîné à ce monde. Il se trompait, affirma-t-il à quelques pas de sa maison, quand il jugeait que le fondement de la réalité était l'éternelle dégradation, puisque cela revenait à affirmer avec force qu'il restait des choses positives alors qu'il n'y avait plus rien de positif, et sa promenade l'avait persuadé qu'il ne pouvait en être autrement, et que ce « paysage, dans son ultime version », n'avait pas perdu son sens mais avait toujours été dénué de sens. Il n'avait pas été programmé pour cela — Eszter ralentit son pas devant la porte —, ni pour cela ni pour autre chose, il n'avait pas dépéri, ne s'était pas dégradé puisque, à sa façon, il était éternellement parfait, une perfection dénuée de toute pensée conceptrice, de tout ordre si ce n'est celui du chaos, c'est pourquoi diriger les armes de la raison contre lui, harceler jour et nuit ce qui n'existait, n'existerait et n'avait jamais existé, regarder, regarder jusqu'à se brûler les yeux était non seulement fatigant, il introduisit la clé dans la serrure, mais inutile. « Révoquer la pensée », il lança un dernier regard derrière lui, « pour ma part, je vais révoquer toute pensée libre et lucide, en tant que stupidité mortelle, renoncer à tout recours à la raison et désormais je me limiterai au bonheur inexprimable du renoncement », uniquement cela, se répéta Eszter, plus de polémiques, mais le silence, le silence parfait, et il entra et referma la porte derrière lui. Et soudain délivré d'un fardeau écrasant, en franchissant le seuil, il ressentit un profond soulagement, comme s'il avait laissé à l'extérieur celui qu'il était auparavant, et immédiatement il recouvra ses forces, retrouva sa suprême assurance, avant de la perdre progressivement au cours de son étrange péripétie avec les planches, pour ensuite la récupérer face à la fenêtre du salon, mais très différemment : non plus en jugeant de toute sa hauteur « les terribles carences du monde », mais en pressentant simplement les raisons de ce vide, humblement et donc : irréversiblement. S'il avait nommé révolutionnaire, alors qu'après quelques réajustements mineurs jusqu'à la correction finale il était parvenu à une maîtrise parfaite de la technique du cloutage, sa décision prise en franchissant le seuil, désormais, la seule chose qui pouvait encore être qualifiée de révolutionnaire était sa morgue, sa morgue qui lui interdisait d'admettre qu'il n'existait aucune différence qualitative entre les choses, une outrecuidance qui le condamnait — puisque vivre dans l'esprit de l'exception qualitative était une entreprise surhumaine — à un sentiment définitif d'amertume. Et pourtant, l'amertume, il se mit à caresser machinalement l'une des planches, n'était pas réellement justifiée, enfin, disons qu'elle n'était pas plus justifiée que, par exemple, l'admiration, en d'autres termes, puisque le fait que l'intelligence humaine soit bannie, sans même s'en douter, du « monde des réalités » n'impliquait pas nécessairement que la turbulence universelle des réalités manquât de rationalité, et admettre que l'homme ne soit que le serviteur docile de cette turbulence intemporelle n'impliquait ni amertume ni admiration. Si cet univers glacial et enchanteur disparut aussitôt après avoir surgi, Eszter resta ballotté dans les flots de cette vision demeurée vivace, et ce qu'il ressentit n'était ni de l'amertume, ni de l'admiration ; il ressentit une forme d'abdication, d'acceptation, celle d'être horriblement dépassé par cette vision, une forme de patience, de résignation, celle de ne pouvoir, par une grâce extraordinaire, comprendre que ce qui le concernait. Il réalisa alors que sa prise de position solennelle émise en franchissant le seuil n'était qu'une stupidité puérile, que son opinion sur le « manque cruel » de lisibilité, de logique rationnelle était une lourde erreur, une erreur perpétrée pendant « soixante années », soixante années d'une existence passée dans un état de cécité, qui l'avait, bien entendu, empêché de voir ce qui désormais était limpide : la raison, il contempla rêveur le tracé sinueux des veines d'une planche, n'est pas ce qui manque cruellement au monde, elle en est une composante, elle en est l'ombre. Son ombre, car dans cet éternel dialogue mouvementé, elle bouge en même temps que les réflexes qui dirigent nos êtres, puisque telle est sa tâche, accompagner tous les événements qui la concernent dans leurs moindres vibrations, sans jamais pour autant dévoiler la teneur de ce dialogue, puisque l'objet poursuivi par cette ombre ne peut rien révéler de lui-même en dehors de la nature de son mécanisme. Une ombre reflétée dans un miroir, précisa Eszter, mais même là où le miroir et l'image coïncident parfaitement, l'ombre cherche malgré tout à les dissocier, dissocier ce qui de tout temps est identique, séparer, couper en deux des choses inséparables pour, perdant ainsi le plaisir insouciant de l'appartenance, acquérir aux dépens de la douce et légère mélodie de la fusion éternelle, il s'écarta de la fenêtre du salon, l'immortalité, en tant que connaissance. Ainsi l'intelligence, s'égarant dans sa mission et passant ainsi, il se dirigea lentement, tête baissée, vers la porte, du statut d'invitée à celui d'exclue, se prend à réfléchir sur elle-même, c'est-à-dire sur quelque chose d'autre que ce qui existe malgré et contre tout, et laisse derrière elle, au cours de son errance labyrinthique, tous ses souvenirs dérangeants, en tant qu'invitée comme en tant qu'exclue. Ainsi l'amère question découlant de l'illisible contenu du « monde », de ce dialogue insaisissable, à savoir : « à quoi bon tout ça ? », n'est qu'un sermon pour brider l'indomptable, un filet pour capturer l'infini, une langue pour traduire l'étincelle, et ainsi le monde et son sens ne font qu'un. Un sens qui comme une main dénouerait puis rassemblerait les fils apparemment disloqués de cet énigmatique tourbillon, qui le soutiendrait, comme le ciment qui soutient l'édifice, seulement, et il sourit en s'approchant de la chaleur diffusée par le poêle, si jamais cette main, comme lui maintenant, lâchait les fils, ce dialogue mouvementé se poursuivrait et l'édifice ne s'effondrerait pas. Il ne s'effondrerait pas plus que lui-même ne s'était effondré, alors que, pourtant, il avait le sentiment d'avoir lâché tout ce à quoi il était attaché, dès lors qu'il avait compris : la pensée menait soit à une illusion démesurée, soit à une détresse injustifiée, et quand il quitta le salon et pénétra dans le vestibule, il cessa de penser ; ce n'était ni une fuite ni un renoncement, il venait simplement de se libérer de sa passion de l'auto-analyse, et tout comme autrefois, au cours de l'épisode Frachberger, il avait fui la musique et mis fin à une illusion, maintenant, et d'une façon cette fois-ci vraiment révolutionnaire, il mit fin à sa douloureuse détresse. Finis, les innombrables instants de veille où, pour sauvegarder son rang illusoire, il ne cessait de se perdre, fini ce besoin stupide de se positionner, puisque, désormais, il pouvait enfin « juger » son rôle à sa juste valeur, fini, c'était fini, se dit Eszter, et à cet instant, il eut l'impression d'« entendre », en cette soirée historique, toute sa vie s'effondrer, et si auparavant chaque minute était une course — une course « en avant », pour obtenir, pour fuir quelque chose —, en achevant son tour d'inspection, devant la dernière planche cloutée, il sut avec certitude : il était enfin parvenu à s'arrêter de courir, à toucher le

sol, et après tant de préparatifs, à se poser
« quelque part », tranquillement. Il demeura sans
bouger, le marteau à la main, dans la lumière
tamisée du corridor, et tandis qu'il savourait « le
bonheur tout frais de la bonne trouvaille », son
regard se posa sur l'un des fameux clous, plus
exactement, sur la gouttelette de lumière, prove-
nant de la clarté qui s'échappait du salon par la
porte laissée ouverte, ou bien du plafonnier au-
dessus de sa tête, qui perlait sur lui, il la regarda
comme un point à la fin d'une phrase, puisque, à
cet instant et en ce lieu, elle marquait le terme de
son tour d'horizon et également de son dernier
raisonnement, pour, en sollicitant une dernière
fois la lourde masse de la raison, et après ce difficile détour, retourner à son point de départ : à
la légèreté sans précédent de ses pas sur le chemin
du retour. Car de sa vision fulgurante sur le monde
des réalités, de son cheminement épique pour
accéder à sa prise de conscience, de ses invraisemblables efforts pour tirer un trait, en utilisant la
même méthode inappropriée, sur la méthode
inappropriée qui l'avait conduit à sa découverte
décisive, de tout cela, grâce au joyeux scintillement sur la tête du clou, il ne restait qu'un sentiment mystérieux, intangible, le même que celui
qu'il avait ressenti pour la première fois à la vue
de l'état de la ville qu'il avait jugé insupportable,
sur le chemin du retour : le simple bonheur de
l'existence, le bonheur de... respirer, et de savoir
que prochainement Valuska respirerait à ses côtés,
d'apprécier la chaleur qui l'avait, quelques instants
auparavant, saisi dans le salon, apprécier la maison qui désormais serait un véritable foyer, son

foyer, Eszter regarda autour de lui, un lieu où la moindre petite chose avait son importance, il posa le marteau par terre, ôta puis suspendit au porte-manteau le tablier de Mme Harrer et retourna dans le salon pour, avant de mettre le chauffage en route dans la chambre de Valuska, se reposer un peu. C'était un sentiment mystérieux, moins par sa complexité que par sa simplicité, et tout ce qui l'entourait reprit, de façon très naturelle, son sens originel, la fenêtre, redevenue fenêtre, permettait de voir à l'extérieur, le poêle, redevenu poêle, distribuait sa chaleur, le salon n'était plus un refuge contre la « consumante désolation », le monde extérieur n'était plus une scène d'« épreuves insupportables ». Ce monde extérieur, il s'allongea lentement sur le dos, où Valuska, malgré sa promesse de se dépêcher, vagabondait encore, n'existait plus, car il venait de s'apercevoir que l'espace au-delà de la fenêtre n'offrait plus la même image que dans l'après-midi, les vapeurs pestilentielles du « marécage surnaturel » semblaient s'être évaporées, et quelque chose lui susurrait que ces détritus cauchemardesques n'étaient peut-être qu'une horrible hallucination, le produit d'un regard malade ayant trouvé en eux l'objet de ses sombres attentes puisque, tout compte fait, ces détritus, comme la peur des citoyens paniqués, pouvaient être balayés. Mais cette parenthèse de clairvoyance ne dura qu'un court instant, car son attention se laissa totalement accaparer par le salon, les meubles, le tapis, le miroir, le plafonnier, les lézardes au plafond et le feu, qui ronronnait joyeusement dans le poêle. Il avait beau chercher, il ne trouvait aucune explication à ce sentiment ; c'était comme s'il découvrait cet endroit pour la première fois et il n'arrivait pas à comprendre comment ce lieu de « retraite face à l'absurdité humaine » était devenu d'un seul coup un havre de paix, de sérénité et de bien-être. Il émit toute sorte d'hypothèses : l'âge, la solitude, l'angoisse de la mort, l'aspiration au repos éternel, la peur panique de voir ses plus sombres prédictions s'accomplir, l'idée lui vint qu'il était peut-être devenu fou, que ce brusque revirement était une fuite en avant devant les vrais dangers de la réflexion, ou bien finalement tout cela à la fois, mais il eut beau se creuser la tête, il ne parvint pas à trancher, de surcroît, il trouva que la façon dont son regard embrassait désormais le monde était on ne peut plus sensée. Il rajusta sa veste d'intérieur, croisa les doigts sous sa nuque et en entendant le tic-tac de sa montre, il prit soudain conscience qu'il avait passé sa vie à se réfugier, pour fuir la stupidité il s'était réfugié dans la musique, pour fuir la musique il s'était réfugié dans l'autochâtiment, puis du châtiment à la pure ratiocination, qu'il avait finalement fuie également, bref, il avait reculé, reculé, comme si l'ange qui guidait son destin lui avait fait rebrousser chemin pour lui permettre d'atteindre l'objectif inverse : reculer jusqu'au bonheur presque simpliste des choses, jusqu'à comprendre enfin qu'il n'y avait rien à comprendre, admettre que si le monde avait un sens, celui-ci le dépassait, et se satisfaire d'observer et de prendre en considération ce qu'il possédait. Et véritablement, il avait reculé jusqu'au simple, voire simpliste, bonheur des choses, car à cet instant, en fermant les yeux quelques minutes, il ne perçut rien, en dehors des contours veloutés de son foyer : le toit protecteur au-dessus de sa tête, la sécurité des pièces où il pouvait librement circuler, la pénombre du corridor avec ses rayonnages de livres, le corridor qui, en épousant fidèlement la courbe de l'immeuble, renvoyait au calme du jardin, aujourd'hui un peu négligé, mais qui fleurirait assurément au printemps ; le bruit des pas, ceux des chaussons de Mme Harrer, ceux des godillots de Valuska, des bruits tellement imprégnés en lui qu'il lui sembla les entendre ; la saveur de l'air, l'odeur de la poussière, le fin relief des parquets de la maison, et le souffle de buée autour des ampoules au plafond, toutes ces saveurs, odeurs, couleurs, sons, autrement dit, tout cet environnement protecteur lui insuffla soudain une douceur bienfaisante, comme la fraîcheur d'un doux souvenir, à la seule différence près qu'il ne fallait pas le faire revivre, car il n'était pas révolu, il était bien là et, Eszter en avait la certitude, il resterait. C'est ainsi qu'il s'endormit et c'est avec la douce chaleur de l'oreiller sous sa tête qu'il se réveilla. Il n'ouvrit pas immédiatement les yeux, persuadé de s'être, conformément à ses intentions, assoupi quelques minutes, et de pouvoir, la chaleur de l'oreiller lui ayant rappelé l'atmosphère sécurisante de la maison, reprendre l'inventaire de cette richesse là où il l'avait interrompu, juste avant de s'endormir. Il se dit qu'il avait le temps de replonger dans le paisible silence qui l'enveloppait, comme la couverture enveloppait son corps, de replonger dans l'ordre intangible de la permanence, il retrouverait tout, les meubles, le tapis, le miroir, le lustre à l'endroit précis où il les avait quittés, il avait également le temps de découvrir tous les infimes détails de cette richesse infinie qui venait de se révéler à lui, et de voir, il pouvait déjà l'imaginer, son horizon croissant qui s'étendait désormais jusqu'au corridor, un espace qui serait bientôt franchi par celui qu'il attendait, prêt à accueillir celui qui donnait un sens à tout cela : Valuska. Car tout dans cette « douceur bienfaisante » ramenait à lui, tout ce qui l'animait, tout ce qui l'expliquait, la justifiait était Valuska, et si jusqu'ici il l'avait pressenti, maintenant il savait que ce tournant définitif de sa vie n'était pas le fruit d'un incompréhensible hasard mais reposait uniquement sur lui, lui en qui pendant toutes ces années il n'avait vu qu'un antidote contre sa propre amertume, plus affiné de jour en jour, lui dont il avait découvert l'émouvante fragilité, les véritables traits du visage, l'essence de l'être, si flagrants dans son demi-sommeil, seulement aujourd'hui, sur le chemin qui le ramenait du café Chez Nous à chez lui. Depuis le café mais déjà passage Hétvezér, quand, peu après avoir aperçu le peuplier déraciné, il s'était senti seul devant ce spectacle si choquant, l'idée l'avait effleuré que, non, il n'était pas seul ; une idée fugitive, furtive, à peine consciente, mais si imprévue et si profonde qu'il l'avait immédiatement refoulée dans le sentiment d'inquiétude au sujet de son compagnon ; elle se cachait derrière cette inquiétude et dans sa décision de rentrer chez lui en réponse à l'état insupportable de la ville, ensuite, preuve irréfutable du caractère indicible de la nature de cette révélation, elle l'avait poussé, sans même qu'il se doutât des raisons qui le motivaient, à se réfugier dans l'élaboration de leur vie future. Et ce vague sentiment brumeux ne l'avait plus quitté, il sommeillait en lui à chaque mètre parcouru sur le chemin du retour, avait dominé l'histoire intégrale de l'après-midi et de la soirée : tapi, comme une explication secrète, celle de son émotion en quittant Valuska, mais aussi de « la légèreté inédite guidant ses pas sur le chemin du retour » ; il était présent dans son jugement devant le portail, dans chacun de ses gestes quand il s'était barricadé, dans son ultime réajustement, dans la découverte des nouvelles richesses offertes par chaque recoin de sa maison, autrement dit, maintenant, sous l'éclairage de ce demi-sommeil, plus rien ne pouvait dissimuler ce fait : Valuska était le point central de cette journée historique. Il avait l'impression d'avoir toujours vu ce qui le touchait tant en lui, il était persuadé d'avoir immédiatement perçu l'image, comme figée dans la pierre, qui venait de lui sauter aux yeux, car, en vérité, le changement de cap radical de sa vie se nourrissait d'une seule image, qui, bien qu'il pensât qu'il était impossible de ne pas l'avoir remarquée, lui était apparue, même dans sa « vision fulgurante et furtive » sous la forme d'une force muette, ingouvernable, comme un courant marin, qui vous guide imperceptiblement. À cet instant, après le café Chez Nous, après le malheureux peuplier, entre le café et la vitrine du fourreur, lui, Eszter, incapable de taire plus longtemps son indignation et son secret désespoir, s'était immobilisé, et avait contraint Valuska à s'arrêter. Il lui avait demandé, en désignant les détritus, s'il voyait la même chose que lui, s'était tourné vers lui, et la seule chose qu'il avait remarquée sur le visage de son ami était que l'habituel regard, le « radieux », qui semblait l'avoir quitté juste à l'instant, venait de réapparaître. Son instinct lui avait suggéré qu'une seconde auparavant quelque chose s'était passé en lui, quelque chose qui s'inscrivait en faux contre ce regard, il l'avait observé mais, n'ayant rien trouvé qui puisse confirmer cette intuition, il était reparti — obéissant déjà à son inconscient — sans rien soupçonner ; sans rien soupçonner, mais en ayant tout déchiffré, se dit-il en sortant lentement de son demi-sommeil, maintenant qu'il venait enfin de trouver la clé d'interprétation de tout ce qui s'était passé dans l'après-midi et la soirée, dans l'attitude, si émouvante par sa simplicité, de Valuska, dans cette scène désormais figée en tableau. Ce qu'il avait ressenti alors, maintenant, il le voyait : il vit son protecteur, avec ses épaules tombantes, il le vit se tenir tête baissée, il vit les maisons du passage Hétvezér et, à côté de lui, désignant les détritus, son vieil ami, affaibli, lui-même, Eszter ; ses épaules tombantes et sa tête baissée trahissaient non pas un soudain accès de tristesse chez son ami, mais tout simplement, et en prendre conscience le consterna, qu'il *se reposait* : il se reposait car il était épuisé, fatigué de devoir quasiment porter un homme qui tenait à peine sur ses jambes, il se reposait, en secret, comme s'il éprouvait de la honte, comme s'il trouvait incongru d'accabler son ami en lui avouant sa propre fatigue, c'est pourquoi dès qu'il avait posé les yeux sur lui, Valuska était redevenu comme avant. Il vit les épaules tombantes, le manteau de postier, plissé sur son dos voûté, il vit cette tête baissée, la casquette qui avait glissé sur son front, laissant échapper des mèches de cheveux, et sa sacoche portée en bandoulière... et puis ses godillots éculés... et il se dit qu'il savait désormais tout ce que cette image si poignante à ses yeux pouvait lui révéler. Ensuite, il revit Valuska, dans un très lointain souvenir — combien ? sept ans, huit ans plus tôt ? — quand, sur les conseils de Mme Harrer (« Il faudrait trouver quelqu'un pour vous apporter les repas, je vous assure ! »), un après-midi, se tenant gravement derrière la femme, il avait fait son apparition dans le salon ; il lui avait timidement expliqué ce qui l'amenait ici, avait rejeté la somme d'argent offerte, s'était même proposé pour faire « gratuitement », outre la livraison des repas, ce que M. Eszter lui demanderait, des courses, poster son courrier, ou bien de temps en temps nettoyer la cour, enfin, si nécessaire, avait-il ajouté, et comme si le maître de maison lui accordait une faveur, un peu gêné d'avoir fait cette proposition insolite, il avait souri en s'accompagnant d'un geste d'excuse. Et c'est ainsi qu'une forme de générosité évidente s'était introduite dans la maison, opérant sur la cour, mais aussi sur sa vie, une forme de prévenance altruiste, invisible, inébranlable, permanente qui — au même titre qu'à sa façon Mme Harrer protégeait la maison depuis combien ? six, sept ? sept ans déjà, remarqua-t-il — protégeait le propriétaire, occupé à contempler la destruction de ses biens, de lui-même. Il le protégeait tant qu'il pouvait, par sa présence permanente (car s'il n'était pas là, il était sur le chemin), il écartait les assauts autodestructeurs de son cerveau, ou plus exactement soignait et adoucissait leurs impacts, et empêchait ainsi cet homme hanté par sa sombre vision du « monde » de sombrer sous cette vision, lui, Eszter, qui, si Valuska, ce « remarquable artiste en extase existentielle », ne l'avait pas réveillé aujourd'hui, aurait fini — au même titre que cette ville et ce pays avaient été détruits par les idées dominantes qui avec une arrogance stupide s'évertuaient à réglementer l'ordre des relations humaines — par succomber à ses propres idées fixes, comme pour illustrer, en en payant chèrement le prix, comment une ville et un pays, comment toute idéologie dominante, toute idée fixe et tout jugement qui ne voit le « monde » qu'à travers les bornes qu'il s'est lui-même fixées détruisent la vie, cette richesse infinie fondée sur d'authentiques relations. Mais Valuska l'avait aujourd'hui vraiment réveillé, Valuska, ou bien le sentiment qui l'avait accompagné depuis l'instant mémorable après le café Chez Nous jusqu'à son demi-sommeil, et qui lui avait fait comprendre de quel péril la fidélité et… l'affection de son compagnon l'avaient protégé, lui avait démontré que son « être reposant sur la raison et le bon goût », sa liberté et lucidité de pensée, son intelligence, qu'il avait toujours secrètement estimée supérieure, ne valaient pas un clou, et l'avait convaincu que, en dehors de cette affection fidèle, plus rien ne comptait pour lui. À chaque fois qu'il avait songé à son jeune ami au cours de ces — disons — sept années, il avait toujours vu en lui l'« incarnation vivante de l'insignifiant angélisme », un être éthéré, aérien, immatériel, qui semblait ne pas être fait de chair et de sang, une forme de simplicité d'esprit féerique diffus, un phénomène digne de recherches scientifiques, qui allait et venait dans sa maison, mais maintenant, il voyait tout autre chose : avec sa casquette à visière et son manteau qui lui tombait sur les chevilles, il arrivait vers midi, frappait doucement à la porte, le saluait, puis se mettait sur la pointe des pieds, malgré la dureté de ses godillots, pour ne pas troubler la tranquillité du salon, puis, la gamelle à la main, il longeait le corridor, s'éloignait, franchissait le portail, allégeant ainsi, du moins jusqu'à son retour, l'atmosphère de la maison chargée des obsessions de son propriétaire, et avec sa gentillesse gratuite, avec toute la délicatesse de son obligeance et de sa si complexe « simplicité d'esprit », un peu ridicule, certes, mais d'autant plus émouvante, il l'entourait de ses soins, lui qui ne s'apercevait de rien, lui qui trouvait tout naturel que quelqu'un fût indéfectiblement à son service. Il était maintenant tout à fait éveillé, mais il resta sans bouger dans le lit, car à cet instant, brusquement, le visage de Valuska s'immisça dans son esprit : les grands yeux, le nez fabuleusement long et rouge, la bouche avec son permanent doux sourire, le front haut — et il lui sembla, comme précédemment pour sa maison, découvrir pour la première fois la réalité de ce visage, voir pour la première fois, au-delà du reflet des « rapports célestes », la substance matérielle de ses traits que seule son imagination fébrile avait embuée d'« angélisme ». Il remarqua également que pour lui ce visage *s'arrêtait* à un sourire, qu'il fût sérieux ou joyeux, il n'y avait rien d'autre à chercher en

lui, ce simple sourire, fût-il sérieux ou joyeux, suffisait ; il comprit que ce « rapport céleste » ne
l'intéressait plus vraiment, que seul ce visage lui
importait : le regard de Valuska avait éclipsé l'univers de Valuska. La sagesse de ce regard, pensa
Eszter, éternellement soucieux de conserver en
ordre tout ce que l'occupant du salon ne cessait
de déranger, si circonspect, si attentif, si prompt
à régler les petites tâches, et c'est en empruntant
ce même regard qu'Eszter ouvrit les yeux, se
redressa sur son lit et songea à tout ce qu'il devait
faire avant l'arrivée de son ami. Initialement, il
avait prévu de commencer par barricader les
fenêtres, puis de s'occuper du chauffage, et enfin,
de condamner la porte d'entrée et la porte qui
donnait sur la cour, mais comme le sens des barricades avait radicalement changé entre-temps et
que désormais la simple idée de forteresse tout
comme le travail qu'il avait déjà accompli, ce capi-
tonnage, n'était plus qu'un mauvais souvenir, un
hymne à la gloire de son manque de savoir-faire,
il décida de consacrer toute son énergie à l'amé-
nagement de la chambre de Valuska : allumer le
chauffage, ranger, préparer le lit, et attendre, en
espérant que son fidèle protecteur n'oublierait pas
sa promesse de revenir, une fois sa mission
accomplie, dans la maison de l'avenue Wenckheim. Il était persuadé que Valuska était encore,
comme toujours, en train de vagabonder dans les
rues, ou bien qu'il s'était fourvoyé dans le fameux
Carnaval annoncé sur l'affiche et s'était perdu
dans la foule, et quand, après avoir regardé sa
montre plusieurs fois, il s'aperçut qu'en fait de
somnoler quelques minutes il avait dormi près de

cinq heures, l'inquiétude s'empara de lui, près de cinq heures, fit-il stupéfait, et il sortit précipitamment du lit ; il ne savait par où commencer, voulait, à la fois, courir allumer le poêle dans la pièce à côté, et se ruer vers la porte — en l'absence de fenêtre — pour voir s'il arrivait. Finalement, il ne fit rien de tout cela, car il s'aperçut que le feu s'était éteint dans le salon, aussi se précipita-t-il d'abord vers le poêle, le bourra de bois, puis plaça sous le bois plusieurs pages de journal froissées. Mais le feu refusa de redémarrer et il lui fallut un certain temps — il dut ressortir le bois et recommencer l'opération par deux fois — avant que le feu reprenne, ce qui n'était rien comparé à ce qui l'attendait dans l'autre chambre, où il mit plus d'une heure à allumer le « Kalor », inutilisé depuis des années. Il suivit la méthode employée par Mme Harrer, mais le bois refusa de s'enflammer ; il eut beau tout essayer : l'empiler en pyramide, puis jeter fébrilement les morceaux les uns sur les autres, le ventiler avec la porte du poêle, souffler dessus de toutes ses forces, rien, rien n'en sortit sinon une fumée noire, comme si le « Kalor », à force d'inactivité, avait oublié ce qu'il devait faire dans ce genre de situation. En attendant, le futur nid douillet de Valuska ressemblait à un champ de bataille, le sol était jonché de morceaux de bois couverts de suie, il y avait de la cendre partout, et Eszter de s'escrimer au milieu de la fumée en courant toutes les deux minutes dans le salon pour respirer de l'air frais ; au cours d'une de ses sorties, en voyant l'état de sa délicate veste d'intérieur, il pensa au tablier que Mme Harrer avait laissé dans la cuisine, mais soudain, avant même que l'idée ne fasse son chemin, il entendit — sur le chemin du retour vers le salon — le crépitement du feu et put, de retour dans la pièce, constater que son combat n'avait pas été vain, car le « Kalor », comme si un bouchon dans le conduit de cheminée venait de sauter, fonctionnait à nouveau. Compte tenu du temps passé à allumer le chauffage, il n'était plus question de retirer les planches qui condamnaient la fenêtre — donnant elle aussi sur la rue —, c'est pourquoi — en maintenant toutes les portes ouvertes — il refoula la fumée vers le corridor via la chambre de bonne et la cuisine, après quoi il tenta de nettoyer sa veste — en y étalant plutôt la suie —, puis, après s'être réchauffé quelques minutes, et avoir revêtu, bien entendu, le tablier de Mme Harrer, il se précipita, armé d'un chiffon, d'un balai, d'une pelle et d'une poubelle, dans la chambre de Valuska pour y réparer les dégâts. Si la pièce, avec ses vitrines garnies de porcelaines et de coquillages, sa table et son lit en bois sculpté, avait été jusqu'ici le Musée des reliques familiales, placé sous le haut gardiennage de Mme Harrer, maintenant, il offrait plutôt le spectacle d'un musée carbonisé, juste après le départ des pompiers — des pompiers peu glorieux, qui n'avaient rien pu faire —, tout était recouvert de suie et de cendre, et un endroit eût-il échappé à la cendre, c'était lui, avec son balai et son chiffon, qui se chargeait d'y remédier, comme si Mme Harrer lui avait jeté un sort, bien qu'il sût pertinemment que tout cela n'était pas dû à Mme Harrer mais à sa propre nervosité et à son manque de concentration, puisque, en effet, après chacun de ses gestes il tendait l'oreille, pour vérifier si son invité qui se faisait désirer ne frappait pas (comme il avait été convenu au cas où il arriverait après l'heure de fermeture du portail) à la fenêtre du salon. Après avoir vaguement épousseté le lit et alimenté le poêle, il décida d'en rester là — ils poursuivraient ensemble le lendemain matin — et retourna dans le salon, prit une chaise, et s'installa près du poêle pour se réchauffer. À chaque minute il consultait sa montre, « il est déjà deux heures et demie », se disait-il, ou bien « il n'est pas encore trois heures moins le quart », soit trop tard, soit encore trop tôt, selon son état d'esprit. Parfois, il était persuadé que son ami ne viendrait plus, il avait complètement oublié sa promesse, ou bien il avait été retardé et ne voulait pas le déranger en pleine nuit, d'autres fois il se disait que son ami devait encore se trouver au centre de tri, ou bien à l'hôtel Komló en compagnie du portier de nuit, lieu où il ne manquait jamais de faire escale pendant ses pérégrinations nocturnes, et il se mit à calculer mentalement le temps qu'il lui faudrait pour faire le chemin depuis l'hôtel jusqu'à chez lui s'il partait immédiatement. Un instant plus tard, il n'était plus question de « déjà deux heures et demie » ni de « pas encore trois heures moins le quart », car il entendit quelqu'un frapper à la fenêtre, se précipita dehors pour ouvrir le portail, regarda à l'extérieur, constata, en apercevant une lueur à hauteur du cinéma et du Komló et un grand attroupement tout autour, preuve que le fameux Carnaval avait bien lieu, qu'il n'y avait personne et, déçu, il réintégra son poste de guet dans le salon. Parfois il se disait que Valuska était peut-être venu pendant qu'il dormait, et que, n'ayant reçu aucune réponse, il n'avait pas insisté et était rentré chez lui ; ou bien, comme cela était déjà — rarement — arrivé, on l'avait fait boire soit au « Carnaval », soit chez Hagelmayer — où il se rendait quotidiennement —, et il avait eu honte de se présenter à lui dans cet état. Il observait les aiguilles de la montre qui soit lambinaient, soit marquaient trop nettement l'écoulement du temps, il se coucha, se releva, alla de temps en temps alimenter les deux poêles, puis, en se massant les yeux, pour ne pas s'endormir, il s'installa dans le fauteuil où Valuska avait l'habitude de s'asseoir l'après-midi. Mais il ne put y demeurer longtemps, son dos lui faisait mal, sa main blessée le lancinait, aussi décida-t-il de ne plus attendre davantage, puis, tout de suite après, d'attendre encore, mais uniquement jusqu'à ce que la grande aiguille atteigne le douze, quand soudain il tressaillit en voyant que sa montre marquait sept heures neuf et que quelqu'un était réellement en train de tambouriner à la fenêtre. Il se leva, respiration coupée, tendit l'oreille, voulant s'assurer qu'il n'était pas en train de rêver, que ses nerfs n'étaient pas encore en train de lui jouer un tour, mais la deuxième série de coups dissipa tous ses doutes et balaya d'un trait toute la fatigue due à son état de veille, et quand il quitta le salon, sortit la clé de sa poche et traversa au pas de course le corridor, tous ses efforts pour rester éveillé reprirent soudain leur sens, quant à lui, il retrouva toute sa fraîcheur et il sortit dans le froid cinglant si excité de bonheur que les interminables heures d'attente lui semblaient désormais une simple anecdote à raconter à son invité — qui ignorait encore qu'il ne serait plus un invité mais allait vivre ici —, un invité qui, il tourna la clé dans la serrure du portail, venait enfin d'arriver. Mais, à sa plus grande déception, en guise de Valuska, c'est Mme Harrer qui se tenait devant la porte, une Mme Harrer marquée par la fatigue et au comportement plutôt insolite qui, avant même de lui laisser le temps de revenir de sa surprise — sans un mot d'explication —, s'engouffra à l'intérieur de la maison et se rua dans le couloir en se tordant les mains, puis, arrivée dans le salon, prit place — chose qu'elle n'avait jamais faite — dans un fauteuil, déboutonna son manteau, et regarda devant elle avec un air désespéré, incapable de parler, se contentant de regarder Eszter avec toute l'éloquence de son désespoir. Elle portait ses vêtements habituels, polo molletonné, gilet jaune citron, manteau rouge brique, mais ils étaient les seuls à rappeler l'ancienne Mme Harrer, celle qui la veille, en lui criant « à mercredi prochain », l'avait, avec la conscience du travail accompli, salué à travers la porte, avant de troquer ses chaussons contre ses bottes fourrées et de quitter la maison d'un pas traînant. Elle avait une main pressée contre son cœur tandis que l'autre pendait inerte sur le côté, de profonds cernes creusaient ses yeux rougis et, Eszter n'avait jamais vu cela, son gilet était boutonné de travers ; elle offrait l'image d'une personne suppliciée, totalement vidée de sa substance, qui ne savait plus qui elle était ni ce qui lui était arrivé et attendait avec amertume une explication. « Je suis encore sous le choc, Monsieur le Directeur, fit-elle d'un souffle, et elle secoua la tête en signe de renoncement. Je n'ose toujours pas croire que c'est fini, dit-elle dans un sanglot, et pourtant l'armée est arrivée. » Eszter se tenait désemparé près du poêle, il ne comprenait pas un traître mot de ce qu'elle disait, et quand il s'aperçut que la femme allait fondre en larmes, il fit un pas vers elle pour la consoler, avant — si elle avait besoin de pleurer, se dit-il, il ne fallait pas l'en empêcher — de se raviser et de s'asseoir sur le rebord du lit. « Je ne sais plus si je suis vivante ou morte, Monsieur le Directeur peut me croire... » Mme Harrer renifla et sortit de sa poche un mouchoir roulé en boule. « Je suis juste venue, parce que mon mari, il m'a dit que c'était d'une importance vitale que je vienne, mais moi, je suis une..., elle s'essuya les yeux, morte vivante. » Eszter se racla la gorge. « Mais que s'est-il passé ? » Mme Harrer haussa les épaules. « J'avais bien dit que ça arriverait. Je l'avais dit, Monsieur le Directeur doit s'en souvenir, quand cette tour avait bougé dans le parc Göndöcs. C'est pas un secret. » La patience d'Eszter commençait à s'émousser. Son mari a dû encore se soûler, pensa-t-il, il a dû tomber et se cogner la tête. Oui mais... que vient faire l'armée dans tout ça ? Qu'est-ce que cela signifie ? Qu'est-ce que c'est que cette histoire ? ! Il aurait aimé aller se coucher, dormir quelques heures puisque désormais Valuska ne viendrait que vers midi, à l'heure habituelle. « Expliquez-moi tout depuis le commencement, Madame Harrer. » Elle s'essuya à nouveau les yeux puis laissa tomber sa main sur ses genoux. « Je ne sais pas par où commencer. Comment vous expliquer, hier, quand je l'ai pas vu de la journée, je me suis dit, quand il va rentrer celui-là, il va m'entendre, je suis sûre que Monsieur le Directeur me comprend, parce qu'avec un énergumène pareil, qui dépense jusqu'au dernier fillér pendant que moi, même si c'est un honnête homme, je me tue à la tâche, bref, avec un pilier de bistrot comme lui, on peut pas faire autrement, et toute la journée, en l'attendant, je me suis dit que, quand il rentrerait, je lui passerais un sacré savon. Je regardais sans arrêt la pendule, six, sept, sept heures et demie, huit heures, à ce moment-là, je me suis dit qu'il devait encore être soûl comme une barrique, alors qu'il y a pas deux jours il a failli mourir du cœur à cause de ça, parce qu'il est fragile de ce côté-là, mais quand même, que je me suis dit, il a pas fait ça un jour pareil, avec tous ces voyous qui traînent dans la ville, il va lui arriver des bricoles si jamais il rentre en titubant, et puis, par-dessus le marché, il y a cette baleine, cette maudite charogne, que je me suis dit. Comment je pouvais me douter de ce qui s'était passé ! J'ai continué de regarder la pendule de la cuisine, j'ai fait la vaisselle, j'ai passé le balai, j'ai allumé la télé, j'ai regardé l'opérette, je l'avais déjà vue la veille, mais à la demande générale du public ils la repassaient, ensuite, je suis retournée dans la cuisine et j'ai vu qu'il était neuf heures et demie. Là, j'ai vraiment commencé à me faire du mauvais sang parce qu'il a pas l'habitude de traîner si tard, même quand il est soûl comme un cochon, d'habitude, il rentre à la maison. Parce qu'il tient pas vraiment l'alcool, il s'endort, et ensuite, il a froid, et il rentre. Mais là, rien, et je suis restée assise devant ma télé, mais j'arrêtais pas de gamberger, de me demander ce qui lui était arrivé, parce qu'il est plus tout jeune, il devrait quand même avoir assez de plomb dans la cervelle pour pas traîner dans les rues à cette heure, avec tous ces voyous qui saccagent tout, moi je savais bien que ça devait arriver, je l'avais prédit, Monsieur le Directeur se souvient, quand cette tour avait tremblé, mais non, Mme Harrer froissait son mouchoir, à onze heures, j'étais toujours devant ma télé, voilà l'Hymne national qui retentit, puis l'écran noir avec tous ces parasites, et il n'était toujours pas rentré. Je ne pouvais plus rester assise, je me suis levée, et je suis allée chez les voisins, pour voir s'ils étaient au courant de quelque chose. J'ai sonné, j'ai frappé, j'ai tapé au carreau, mais on aurait dit qu'ils entendaient pas, et pourtant ils étaient là, où pouvaient-ils être, à cette heure, avec ce froid de tous les diables. Bon, je me suis mise à les appeler, à crier de toutes mes forces, pour qu'ils m'entendent, c'est moi !, ils ont tout de même fini par ouvrir, mais j'ai eu beau les interroger, ils ne savaient rien à propos de mon mari. Et puis le voisin, il m'a demandé si je savais ce qui se passait en ville. Comment je l'aurais su ? Eh bien, ça barde ! Ils sont en train de tout casser, tout saccager, qu'il me dit, et mon mari qui était dehors, Monsieur le Directeur peut me croire, j'ai bien cru que j'allais m'évanouir chez les voisins, j'ai eu du mal à rentrer chez moi, et dans la cuisine je me suis écroulée sur une chaise, comme un sac, et je me tenais la tête, parce que j'avais l'impression qu'elle allait éclater. Je préfère pas vous raconter tous les trucs qui me sont passés par la tête, et puis je me suis dit qu'il était peut-être rentré, et s'était réfugié dans la buanderie, là où Valuska habite, ça lui est déjà arrivé plusieurs fois, de rester là-bas, le temps de dessoûler un peu, Valuska le cachait, mais s'il avait su comment il tournerait, mon mari n'y serait jamais allé, parce qu'il a beau boire et dilapider notre argent, mon mari, c'est un honnête homme, de ce côté-là j'ai pas à me plaindre. Je suis allée voir, j'ai ouvert la porte, mais il y avait personne, je suis retournée chez moi et, là, la fatigue m'est tombée dessus, avec ma journée de travail plus l'énervement, j'ai cru que j'allais m'effondrer, aussi, je me suis dit que je devais m'occuper, j'ai décidé de me faire un café, pour me réveiller un peu. Et alors, Monsieur le Directeur me connaît bien après toutes ces années, il sait que je ne suis pas lente au travail, mais là, croyez-moi si vous voulez, il m'a fallu près d'une demi-heure pour mettre ce fichu café sur le gaz, j'avais un mal fou à dévisser le haut de la cafetière, je n'avais plus aucune force dans les bras, je faisais tout de travers, je faisais attention à rien, j'avais la tête ailleurs, enfin bref, j'ai enfin posé la cafetière sur le gaz et j'ai allumé le feu. J'ai bu mon café, j'ai lavé mon verre, et j'ai regardé la pendule : minuit, alors là, j'ai décidé d'agir plutôt que de rester là dans la cuisine à attendre, attendre pour rien, Monsieur le Directeur sait ce qu'on ressent dans ces moments-là, quand on guette les aiguilles de l'horloge, pour ma part j'ai eu mon lot, si je me souviens bien, cela fait quarante ans que je passe mon temps à trimer et à guetter les aiguilles de la pendule en me demandant quand il va rentrer, on peut pas dire que j'ai été gâtée par le Seigneur avec cet homme, il est pourtant témoin que j'aurais mérité quelqu'un de mieux. Bref, j'ai décidé d'agir, j'ai pris mon manteau, mais j'avais fait à peine deux trois pas dehors, que j'ai vu que pas très loin, tout de suite au coin de la rue, il y avait une cinquantaine de personnes, c'était pas la peine de me dire qui ils étaient, je l'ai tout de suite compris, et puis j'ai entendu un énorme bruit, j'ai pas demandé mon reste, je suis immédiatement rentrée chez moi, il faut fermer le portail, que je me suis dit, et éteindre toutes les lumières, et croyez-moi si vous voulez, je suis restée assise dans le noir complet, mon cœur battait à tout rompre et quand le bruit s'est rapproché, je ne pouvais plus me tromper. Monsieur le Directeur ne peut pas imaginer ce que j'ai vécu alors, assise, en retenant ma respiration, et Mme Harrer se remit à sangloter, toute seule… seule… dans cette maison vide, et je ne pouvais même plus aller chez les voisins, je n'avais qu'à attendre. Il faisait noir comme dans une tombe, mais j'ai quand même fermé les yeux, de peur d'apercevoir quelque chose, c'était largement suffisant de les entendre briser les deux fenêtres du haut, d'entendre le verre éclater en morceaux, les quatre vitres, oui, parce qu'en haut on avait fait poser des doubles vitrages, ça représentait toute une semaine de travail, mais bon, à ce moment-là, j'ai pas pensé à ça, je suppliais le Seigneur pour qu'ils en restent là, j'avais tellement peur qu'ils entrent dans la cour, parce que, après, Dieu sait ce qu'ils pouvaient faire, démolir la maison, pourquoi pas. Mais finalement Dieu m'a entendue, ils sont partis, ils m'ont laissée avec mes deux fenêtres cassées, j'entendais les battements de mon cœur et puis je les ai entendus s'attaquer aux voisins, mais j'ai pas osé allumer la lumière et, Dieu m'est témoin, je n'ai réussi à bouger qu'au bout d'une heure, j'ai cherché mon chemin à tâtons, je suis allée dans ma chambre, je me suis allongée sur le lit, comme ça, tout habillée, on aurait dit une morte, et j'ai prêté l'oreille, car à chaque instant j'avais peur que l'idée leur prenne de revenir, pour briser les deux fenêtres du rez-de-chaussée. Je ne pourrais pas vous raconter, d'ailleurs ce serait trop long, toutes les idées qui me sont passées par la tête, que c'était la fin du monde, que l'enfer était arrivé sur terre, toutes sortes de bêtises comme ça, Monsieur le Directeur est bien placé pour savoir à quoi je pense, et je suis restée allongée sans bouger pendant des heures, mais mes yeux refusaient de se fermer, pourtant, j'aurais mieux fait de dormir, plutôt que d'imaginer des trucs sans queue ni tête, et quand mon mari est rentré, parce que, finalement, il est quand même rentré à l'aube, j'ai même pas réussi à me réjouir de le voir en vie, en plus, il était même pas soûl, il se tenait, parfaitement sobre, près du lit, et puis il s'est assis sur l'édredon, tout habillé, lui aussi, avec son grand manteau, et il m'a rassurée, quand il m'a vue allongée, sans donner le moindre signe de vie, et alors je me suis dit, reprends-toi, tout va bien, il est rentré, on va s'en sortir. Il est allé me chercher un verre d'eau au robinet de la cuisine, je l'ai bu, et ensuite j'ai commencé à reprendre mes esprits, on a allumé la lumière, moi, j'avais pas osé le faire, mais mon mari, il m'a dit que je pouvais me tranquilliser, qu'on pouvait allumer ici, la lumière brûlait déjà dans la cuisine, quant aux deux fenêtres brisées, je ne devais pas me faire du mouron pour ça, la mairie paierait. Il avait vu en rentrant, comment ne pas les voir, les débris de verre devant l'entrée, moi, je n'avais pas osé regarder, mais il m'a dit comme ça, en revenant de la cuisine où il avait rapporté mon verre, la mairie arrangera ça, parce que, maintenant, il avait voix au chapitre. Je me suis sentie tellement mieux que je me suis assise sur le lit et je l'ai incendié, je lui ai demandé où il avait passé la nuit, tu n'as vraiment aucun cœur, me laisser toute seule dans cette maison vide, pendant que, toi, tu traînes, alors que j'aurais dû lui dire, Dieu merci, il ne t'est rien arrivé, mais Monsieur le Directeur sait bien ce que c'est, l'inquiétude, et puis tous ces voyous, et puis les deux fenêtres, mais mon mari, il a rien dit, il m'a regardée d'un air bizarre, dis-moi, pour l'amour de Dieu, qu'est-ce qui se passe ici ? et j'allais lui raconter l'histoire des fenêtres du haut, mais mon mari, il m'a dit, c'est fini, c'est du passé, et il a levé le doigt, comme ça, et il m'a dit : à partir d'aujourd'hui, je fais partie du Comité de la ville, enfin je sais pas comment ça s'appelle, et figure-toi, qu'il me dit, je vais même être décoré. Alors là, Monsieur le Directeur imagine bien que j'ai rien compris à son histoire, je l'ai regardé, lui, il hochait la tête, et puis il m'a raconté qu'ils avaient passé la nuit à discuter, parce qu'en fait il n'était pas au bistrot mais ils siégeaient à la mairie, il y avait un Comité, extraordinaire ou je ne sais quoi, qui avait sauvé la ville des voyous, et moi je lui ai répondu, ah c'est merveilleux, pendant que tu discutes, moi, il peut m'arriver les pires atrocités, toute seule dans une maison vide où je peux même pas allumer la lumière. Tu n'as pas le droit de dire des choses pareilles, qu'il m'a dit, parce que si j'ai pas fermé l'œil de la nuit, c'est justement pour votre protection, et puis il m'a dit, y a pas quelque chose à boire, et moi j'étais tellement contente de le voir sain et sauf, assis sur l'édredon au bord du lit, que je lui ai dit où y en avait, alors il est allé dans le cellier, il a pris la bouteille de palinka que j'avais cachée, eh oui, je suis bien obligée de la cacher, derrière les bocaux de conserves. Je lui ai demandé qui étaient ces hommes dans notre rue, il a répondu : de louches individus, mais maintenant, tout va bien, ils vont être capturés, les soldats sont arrivés, et maintenant l'ordre est rétabli, et il a bu une rasade, y a des soldats partout, figure-toi, qu'il m'a dit, ils ont même apporté un tank, il stationne sur le Papsor, devant l'église, et puis je l'ai laissé encore boire une gorgée, et après je lui ai dit ça suffit, et j'ai posé la bouteille à côté du lit. Et pourquoi l'armée, je lui ai demandé, car j'avais du mal à imaginer un tank ici, c'est ce cirque, qu'il m'a répondu, c'est lui la cause de tout, sans ce cirque ils n'auraient jamais attaqué la ville, mais ils l'ont attaquée, et là, j'ai vu que mon mari avait lui aussi des frissons, ils ont attaqué, et son visage est devenu sombre, ils ont saccagé, ils ont incendié, et figure-toi, cette pauvre Jutka Szabó et sa collègue au bureau central téléphonique, on les compte aussi parmi les victimes, Jutka Szabó, et les yeux de Mme Harrer se remplirent à nouveau de larmes, Monsieur le Directeur s'en souvient certainement, eh bien, elle aussi. Mais il y a aussi des morts, a dit mon mari, et en entendant ça, j'ai cru à nouveau m'évanouir, parce que, après la poste, les soldats ont investi tous les bâtiments publics, eh bien, à la gare, par exemple, ils ont trouvé une femme, tu te rends compte, et puis un enfant, je pouvais plus en entendre davantage, et je lui ai dit comment vous osez prétendre que votre comité a protégé l'ordre si ce genre de choses est arrivé, et là il m'a répondu que sans eux, surtout sans la femme de Monsieur le Directeur qui, c'est du moins ce qu'a dit mon mari, s'est battue comme une lionne, sans elle, donc, et si elle n'avait pas réussi à convaincre deux gendarmes de partir en voiture, eh bien, l'armée ne serait jamais venue, et alors, il y aurait eu bien plus de dégâts que deux vitres cassées, pas deux, quatre vitres ! que je lui ai dit, et bien plus de blessés et de morts. Parce que la police, et le visage de mon mari s'est assombri, était nulle part, disparue, c'est le terme qu'il a employé, elle avait disparu, on a pu mettre la main que sur les deux qui sont partis à la préfecture, la police avait perdu la tête, oui, je dis bien perdu la tête, a dit mon mari en insistant, et pour quelle raison ? Monsieur le capitaine de gendarmerie, et il a dit ça en allongeant le "on" de monsieur, faut dire, je sais pas pourquoi, mais depuis deux ou trois ans, il le déteste celui-là, à tel point que quand on prononce son nom, je le reconnais plus, il le déteste à un point inimaginable, pourtant les gens racontent qu'ils sont plutôt en bons termes, mais lui, je sais pas pourquoi, il dit le contraire, bref, M. le capitaine de gendarmerie, c'est lui la tête qu'ils ont perdue, qu'il m'a expliqué, avec tant de haine qu'il en est devenu tout rouge. Il était soûl, m'a expliqué mon mari, tellement soûl qu'il a dormi, tiens-toi bien, toute la journée, et pourtant ils ont essayé plusieurs fois de le réveiller, mais en vain, et puis, au petit matin, il a quitté la réunion, et tout le monde a cru alors, même la femme de Monsieur le Directeur, enfin c'est ce qu'il paraît, qu'il allait faire quelque chose, mais rien du tout, les deux gendarmes qui sont revenus avec les soldats, ils ont dit qu'ils avaient croisé le capitaine mais qu'il était encore ivre mort, il avait dû picoler ailleurs, parce qu'il se fout de la collectivité comme de sa première chemise. Lui aussi, il boit, qu'il a dit, mon mari, mais quand la collectivité est en jeu, il est capable de se discipliner, contrairement à M. le capitaine, et à nouveau, il a allongé le "on" de monsieur, d'ailleurs il est sûrement en train de se soûler encore quelque part, personne ne sait où il est passé, les deux gendarmes leur avaient seulement dit que, vu l'endroit où ils l'avaient aperçu, il devait rentrer chez lui. Moi, j'étais toujours couchée, à écouter toutes ces horreurs, mais le pire restait à venir, tous ces saccages, m'a dit mon mari, ils ont fait un de ces carnages, à tel point qu'on ne savait pas qui était vivant ou mort, qui était blessé, où se trouvaient les gens, et mon mari, il secouait la tête, et il était très amer car, par exemple, quand l'armée est arrivée, que le tank était là près de l'église, et que les gens ont commencé à sortir dans la rue, eh bien, sur l'avenue, à hauteur de la boucherie de Nadabán, Monsieur le Directeur voit où ça se trouve, alors qu'il rentrait pour me rassurer, il a croisé Mme Virág, et elle aussi, elle était complètement retournée. Car elle cherchait, c'est ce qu'elle a raconté à mon mari, sa voisine, elle avait passé la soirée assise à la fenêtre, à regarder toutes les horreurs qui se déroulaient dehors, et puis elle avait eu peur, alors elle lui avait dit de venir, et elles étaient restées toutes les deux assises à la fenêtre, elles auraient jamais dû, car après minuit une bande de voyous armés de matraques ou Dieu sait quoi était arrivée en bas de l'avenue, et ils s'étaient mis à matraquer les chats dans les jardins, d'après Mme Virág. Et alors, il paraît qu'elles auraient soudain aperçu parmi eux, mon mari a fait exprès de ne pas dire son nom, le fils de la voisine de Mme Virág, c'est exactement ce qu'il a dit, moi je n'ai rien soupçonné, et c'est ce que mon mari voulait, que je ne soupçonne rien, c'est tout ce qu'il a dit, et puis après, il a tendu la main vers la bouteille, et moi je lui ai dit de la laisser tranquille et j'ai demandé, la voisine de Mme Virág ? Oui, qu'il a répondu, la voisine de Mme Virág. J'ai réfléchi, mais je ne voyais pas, elles ont bien regardé, qu'il a continué mon mari, elles n'arrivaient pas à en croire leurs yeux, le fils de la voisine de Mme Virág faisait partie de la bande de voyous, tu vas pas me croire, inutile de chercher, tu devineras jamais, nous avons réchauffé un serpent dans notre sein. Et moi, je l'ai regardé, je ne comprenais toujours pas de qui il parlait, et là-dessus, il m'a dit que cette femme, d'après Mme Virág, était devenue folle de rage, Mme Virág n'avait jamais vu une chose pareille, elle s'est mise à hurler qu'elle en avait assez, plus qu'assez de son fils, que ça n'allait pas se passer comme ça, toute sa vie, il lui avait fait honte, mais cette fois c'en était trop, elle n'en pouvait plus, et elle a pris son manteau, a raconté Mme Virág à mon mari, elle n'a pas pu la retenir, elle a pris son manteau, elle remarqua l'expression stupéfiée d'Eszter, et elle est partie. Je vais le ramener par la peau du dos, criait la femme, et Mme Virág, a dit mon mari, elle était très inquiète, elle restait là devant le boucher à raconter que la femme était partie à leurs trousses juste après minuit et qu'elle était toujours pas rentrée, et Dieu sait combien de gens comme elle ont disparu, qu'il a dit mon mari. Après, il a quitté Mme Virág, il a marché un moment sur l'avenue, t'aurais vu le carnage ! qu'il m'a dit, tout recroquevillé sur l'édredon, et ensuite il a tourné rue Jókai et c'est là qu'il a croisé les soldats, moi, bien sûr, qu'il a dit, puisque c'est nous qui avons appelé les renforts, ils m'ont pas contrôlé, ils m'ont juste montré la liste des suspects, parce qu'ils avaient déjà enregistré des témoignages à la mairie, ceux qui avaient vu ce qui s'était passé cette nuit, et maintenant, a dit mon mari, les soldats se sont dispersés en petits groupes et ils assurent l'ordre dans la ville, et ils recherchent les fauteurs de troubles, mais sur la liste, celle que les soldats lui ont montrée rue Jókai, il n'y avait que deux ou trois noms, tout le reste, c'était juste des signalements parce que la plupart des voyous viennent de l'extérieur, il y a très peu de gens d'ici. Et lui, il a regardé la liste et il en croyait pas ses yeux, tout comme il avait pas voulu croire Mme Virág, les soldats, ils lui ont demandé s'il connaissait quelqu'un parmi eux, et mon mari, comme il avait peur, il a répondu que non, et pourtant il connaissait bien quelqu'un. Et moi, j'étais toujours allongée sur le lit, et quand il a prononcé son nom, je ne voulais pas en croire mes oreilles, et je me suis dit que mon mari délirait ; mais lui, il a dit qu'il y avait pas une minute à perdre, parce qu'ils étaient à sa recherche, et il était rentré pour me rassurer et pour me demander de m'habiller, et de courir à toute vitesse chez Monsieur le Directeur, tous les deux, Monsieur le Directeur et lui, ils lui devaient bien cela, qu'il a dit, et moi, je l'ai regardé, je voyais pas où il voulait en venir. Je me suis dit que j'avais toujours su qu'il tournerait mal, déjà, à l'époque où il s'était présenté, je m'étais dit, introduire un fou dans cette maison, ça causera des ennuis, mais bien sûr, mon mari, il n'avait pas voulu m'écouter, alors là, j'ai dit à mon mari : je ne bougerai pas le petit doigt pour ce cinglé, même pour tout l'or du monde, mais en même temps, je me suis précipitée hors du lit et j'ai pris mon manteau, comme si j'avais perdu la tête. Et nous voilà dehors, devant l'entrée il y avait tous ces bouts de verre, lui, il est parti à sa recherche, mais après, qu'il m'a dit, il devait aller à la mairie, parce que la femme de Monsieur le Directeur lui avait fait promettre d'être là au plus tard à sept heures, ah ben voyons, à sept heures je vais encore me retrouver toute seule ici, mais il a dit qu'il n'avait pas le choix, maintenant qu'il avait cette décoration, il avait de l'influence, et puis il devait tenir sa promesse, il devait y aller à sept heures. J'ai eu beau le supplier jusqu'au croisement de la rue Jókai et de l'avenue, c'était comme si je parlais à un mur, il irait à la gare, qu'il m'a dit, ensuite, il reviendrait, moi je devais aller chez Monsieur le Directeur et voir avec lui si on pouvait faire quelque chose, et j'ai eu beau me dire que non, j'irais nulle part, en fait j'étais si retournée que je suis venue quand même, j'ai marché sans regarder autour de moi, comme une aveugle, je vous ai même pas dit bonjour à la porte, je me demande ce que Monsieur le Directeur va penser de moi, débarquer comme ça chez les gens à l'aube, sans même dire bonjour, mais que voulez-vous, on est complètement déboussolés, avec tous ces soldats partout, Mme Harrer baissa la voix, et puis ce tank… » Eszter était assis, pétrifié, sur le rebord du lit, Mme Harrer sentit son regard la transpercer. Quand j'ai fini de parler — confia Mme Harrer une fois rentrée chez elle vers midi — il était blanc comme un linge. Ensuite, elle avait vu son employeur bondir du lit, courir vers l'armoire, prendre son manteau, lui lancer, comme si elle était, elle, la responsable de tout, un regard accusateur, et se précipiter sans dire un mot vers la porte. Elle était restée assise sur le fauteuil, et quand elle avait entendu la porte claquer violemment, elle avait sursauté et s'était remise à pleurer, puis, après avoir lissé son mouchoir, elle s'était mouchée en examinant le salon. Et c'est alors qu'elle avait remarqué les planches contre les fenêtres. Lentement, elle s'était levée, et en penchant la tête sur le côté, comme si ce geste pouvait l'aider à comprendre ce que ces planches faisaient là, elle s'était approchée à petits pas, en allongeant le cou. Elle avait lissé de sa main l'une des planches puis, pour se convaincre que cela était bien réel, elle avait tapoté les autres planches quand soudain, comprenant tout, comme un expert que l'on ne peut abuser, elle avait fait la moue, tourné le dos aux quatre pans de fenêtre et murmuré d'un ton amer : « C'est dehors qu'il faut faire ça ; pas dedans ! » Elle était repartie d'un pas traînant jusqu'au poêle, avait regardé le feu, jeté quelques bûches, puis elle avait hoché la tête, éteint la lumière, posé un dernier regard sur le salon enveloppé d'obscurité en répétant : « Pas dedans…, dehors… »

Dehors, oui, mais il ne s'agissait plus simplement de sortir de ce lieu profané, qui avait attiré leur attention en raison de l'étrange enseigne (« Orthopédie »), et surtout de l'absence de rideau de fer, mais de retourner dans « les profondeurs de l'enfer d'où vous venez », retournez-y !, disait le regard fixé devant lui, même si la bouche tuméfiée, elle, se contentait de lancer des « déguerpissez ! », « sortez ! », « dehors ! », et eux, comme si cette supplique désabusée marquait le signal de la fin, sans accorder la moindre attention au cordonnier pétrifié de peur, ils s'immobilisèrent au beau milieu de l'atelier totalement saccagé, et avec le même accord tacite que lorsqu'ils avaient investi les lieux, ils abandonnèrent brusquement leur travail et se dirigèrent, en piétinant tous les obstacles : meubles remplis de peaux renversés, établis, chaussures, chaussons et bottes orthopédiques souillés d'urine et éparpillés sur le sol, vers la sortie, et se retrouvèrent tous à nouveau dans la rue. Même s'ils ne les voyaient pas, ils sentaient, en s'appuyant sur le souvenir de leur dispersion, survenue plusieurs heures plus tôt, et aux bruits soit lointains soit proches, que les autres — répartis en groupes à peu près identiques — étaient tous là, dans l'obscurité totale, la conscience de leur présence étant la seule chose qui leur permettait instinctivement de gérer leur autonomie et les guidait dans cette marche destructrice, car leur rage bouillonnante, au lieu de les orienter ou de leur fixer un objectif, les poussait uniquement à se surpasser dans leurs ignominies et à surenchérir ; tel fut le cas, après la cordonnerie, quand, obéissant aux ordres de leur chef, ils reprirent l'avenue bordée de marronniers en direction du centre-ville, à l'affût d'un nouvel (sans se douter qu'il s'agissait du dernier) objet à même d'assouvir leurs pulsions libérées. Le cinéma brûlait toujours et à la lueur rougeoyante des flammes on distinguait trois groupes — figés en statues, contemplant avec dégoût le feu — mais, de la même façon que plus tard, quand sur la place ils croisèrent un groupe de compagnons assez important en train d'incendier la chapelle, ils les contournèrent, afin de maintenir à tout prix la cadence de leur interminable procession, de conserver le rythme homogène de leur progression, assuré par la vitesse constante — épouvantablement lente — de leurs pas, qui les accompagna du cinéma jusqu'à la place, puis dans le silence vide de la rue Saint-Étienne, derrière le sanctuaire en flammes. Aucune parole n'était échangée, seul le craquement d'une allumette brisait parfois le silence, suivi par la lueur incandescente d'une cigarette, leurs yeux étaient fixés sur le dos de ceux qui les précédaient ou bien sur le sol, ils avançaient dans le froid cinglant en ajustant inconsciemment leurs pas sur ceux des autres, et comme ils avaient largement dépassé le stade de leurs premières émotions, quand ils fracassaient toutes les vitres sur leur passage afin d'entrapercevoir ce qui se cachait *derrière*, ils ne touchèrent quasiment à rien jusqu'au premier coin de la rue où, après avoir contourné le groupe qui avait attiré leur attention, ils tombèrent sur une porte en fer badigeonnée de bleu donnant sur un parc envahi de mauvaises herbes verglacées avec au centre deux bâtisses non éclairées. Quelques coups de matraque bien placés suffirent à faire sauter le verrou et à saccager la loge du gardien, gardien qui de toute évidence avait déserté son poste plusieurs heures auparavant, mais les choses se compliquèrent quand, après avoir longé l'un des sentiers du parc, ils cherchèrent à pénétrer dans le premier bâtiment, car derrière la porte d'entrée ils durent forcer deux autres portes que les occupants — sans doute avertis de ce qui se passait en ville, autrement dit, de leurs exploits — avaient non seulement verrouillées mais renforcées avec des chaises et des tables empilées, pressentant qu'ils devaient tout faire — en vain, pour preuve ce commando qui, tel un prédateur avançant vers sa proie, était maintenant en train d'escalader leur escalier — pour assurer leur sécurité. Le long corridor surchauffé du rez-de-chaussée était plongé dans le noir, l'infirmière de nuit, avec l'aide des personnes en état de marcher (au bruit du vacarme, elle avait tenté de s'enfuir au dernier moment par une porte dérobée), avait très certainement, dès les premières rumeurs, pris l'initiative d'éteindre toutes les lumières, y compris les lampes de chevet des salles communes, espérant secrètement que l'extinction des lumières, la fermeture des portes et les barricades suffiraient à assurer leur sécurité, puisqu'en dépit de tous les pressentiments, malgré la barbarie qui sévissait dans les rues, personne ici ne voulait croire qu'ils oseraient s'attaquer à un hôpital. Et pourtant ils étaient bien là, et comme si les hommes terrés sous leurs couvertures avaient trahi leur présence par leur silence terrorisé, ils — après avoir forcé la dernière porte et cherché à tâtons l'interrupteur du couloir — les débusquèrent immédiatement, dans les salles de gauche, ils les débusquèrent et renversèrent leurs lits, jusqu'au moment où ils se retrouvèrent à court d'idées, où ils ne surent plus quoi faire face à ces hommes gémissant sur le sol : dès qu'ils levaient la main sur eux, ils étaient pris de crampes, leurs jambes n'avaient plus la force de les rouer de coups de pied, et, tel un signal marquant que leur violence destructrice n'était plus capable de cibler un objet précis, leur désarroi devint manifeste et leur carnage ridicule. Car, contrairement à leurs intentions premières, ils se contentèrent de les enjamber et poursuivirent leur chemin, arrachant les convecteurs, projetant contre les murs les appareils, tout ce qui grinçait, grondait, luisait, puis ils vidèrent les tables de nuit et piétinèrent les fioles de médicaments, les thermomètres et les objets personnels, jusqu'aux étuis à lunettes, photos de famille, et fruits pourris conservés dans des sachets en papier ; ils poursuivirent leur progression, soit individuellement, soit en groupe, de plus en plus désorientés face à tant de vulnérabilité, avant de comprendre soudainement que cette passivité muette les paralysait, que face à ce sinistre foyer de reddition inconditionnelle — ce qui jusqu'ici pourtant leur procurait un intense plaisir amer — ils devaient à tout prix faire marche arrière. Ils se tenaient sous les néons clignotants du corridor dans un silence extrême (on distinguait seulement les sanglots étouffés, lointains, derrière une porte fermée, de l'infirmière) et au lieu de, pour assouvir leur rage confuse, se jeter sur leurs proies ou de poursuivre en grimpant aux étages supérieurs, ils attendirent leurs derniers compagnons et d'un pas vacillant, comme une armée désorganisée, ils quittèrent le bâtiment, traversèrent le parc jusqu'au portail en fer où là, après plusieurs longues minutes d'hébétement, ils virent pour la première fois la réalité en face : ils ne savaient plus où aller, ils ne comprenaient plus pourquoi, car — comme ces détachements désabusés devant le cinéma et la chapelle — ils avaient épuisé toutes leurs pulsions destructrices et devaient, c'était ça le plus insupportable, comprendre et admettre que leur mission infernale venait, pour eux aussi, de prendre fin. Ils avaient, certes, tout dégradé, ils s'étaient, au simple signal de leur prince, déchaînés dans la soirée, mais ils n'étaient pas parvenus à *tout* détruire, et ce constat se mit soudain à peser comme un lourd fardeau sur leurs épaules, et quand, après leur hésitation confuse, ils s'éloignèrent enfin de la porte de l'hôpital, on pouvait lire sur les visages leur désarroi : puisqu'ils n'avaient pas tout détruit, leur rage sans merci avait-elle encore un sens ?, et ils furent incapables de retrouver la régularité de leurs pas, pas plus que leur cohésion, le défilé n'était plus, le bataillon rigoureusement discipliné s'était mué en un pitoyable troupeau, de l'ancien régiment, peu à peu contaminé par le dégoût, il ne restait qu'une vingtaine d'individus livrés à eux-mêmes, qui pressentaient, voire savaient, mais s'en moquaient, ce qui allait suivre, car ils pénétraient dans un champ vide, vide à l'infini, d'où ils ne pourraient plus, et ne voudraient plus s'échapper. Ils s'en prirent à un dernier magasin (au-dessus de l'entrée était inscrit : SALON DE A AISON), mais tandis qu'ils défonçaient la grille et brisaient la porte, chacun de leurs gestes, au lieu de marquer le début d'une nouvelle attaque, amorçait la retraite, comme des soldats touchés par une balle mortelle cherchant un dernier refuge pour mettre fin à leur agonie, et quand ils franchirent le seuil, allumèrent la lumière, et balayèrent des yeux la pièce totalement encombrée de machines à laver — qui évoquait plus un entrepôt qu'un magasin —, il ne restait plus dans leurs regards aucune trace de cruauté, être ici ou ailleurs, peu leur importait, le visage totalement inexpressif, indifférent, ils restèrent un long moment, comme des prisonniers volontaires, à écouter les grincements de porte à battants dans leur dos, et attendirent que leur refuge se referme sur eux, que ce bruit de sirène s'éteigne lentement dans l'espace glacial du magasin, avant de bouger. L'un d'eux, comme s'il venait de reprendre ses esprits au milieu de cette atmosphère de nausée générale ou bien de remarquer soudain la gravité de l'état de ses compagnons, fit une moue dédaigneuse, susurra quelque chose (« … bande de poltrons !… »), tourna les talons et ressortit dans la rue à pas bruyants, signifiant clairement que, s'il devait rendre les armes, il préférait être seul ; un autre se mit à frapper à coups de matraque sur l'une des nombreuses machines alignées en ordre militaire, réussit à extraire le moteur de sa paroi en plastique, et réduisit en morceaux toutes les petites pièces qui volèrent en éclats ; les autres, insensibles à ce que faisaient leurs deux compagnons, ne touchèrent à rien, avancèrent indécis entre les machines et s'allongèrent sur le linoléum qui recouvrait le sol en essayant de s'isoler au maximum les uns des autres. S'isoler, se disperser dans cette forêt de machines à laver, compte tenu de leur nombre, était absolument impossible, en particulier pour Valuska qui de surcroît — même si cela n'avait plus aucun sens — avait la certitude que s'ils restaient près de lui, si, par exemple, l'homme assis à l'angle de la machine voisine regardait longuement dans le vide, puis se mettait à écrire sur un carnet posé sur ses genoux, le visage sombre, c'était parce que le plus féroce d'entre tous, son redoutable gardien (n'ayant laissé sur place que l'horrible souvenir de sa silhouette : chapeau, manteau en drap, bottes), venait de partir et que quelqu'un devait surveiller sa proie désormais libre, mais comment auraient-ils pu savoir que pour lui aussi « tout allait bien ». Quel sort allaient-ils lui réserver ?, la question n'avait aucune importance, ils pouvaient l'exécuter maintenant ou plus tard, il s'en moquait, il n'avait plus peur, il n'essaierait même pas de s'enfuir, car il était impossible de fuir ce qu'il avait découvert en cette nuit si dramatiquement instructive ; il aurait pu, à maintes occasions, échapper à ces hommes, mais il ne pourrait jamais se délivrer du poids de ce qu'il avait été obligé de voir — si tant est que l'on puisse parler de voir à propos de quelqu'un qui sous le choc, depuis le début jusqu'à sa renaissance totale, avait perdu la vue. Car sa terrible impuissance quand — à la lueur de sa fulgurante prise de conscience ultérieure — son ami de la place du marché lui avait sauvé la vie devant la maison de M. Eszter, et que, bras dessus bras dessous, ils avaient progressé « au son des bottes » entre les maisons de l'avenue, et ensuite, le sentiment d'horreur insupportable quand, une centaine de mètres plus loin, obéissant à un ordre tacite, au sens propre du terme, ils s'étaient mis à attaquer les immeubles, et son geste désespéré pour courir en avant et essayer de les arrêter, et la main amicale sur son épaule, accentuant la pression comme une mise en garde, pour le retenir, eh bien, cette impuissance et cette détresse insupportable, qui le poussaient à vouloir à la fois sauver ce qu'ils frappaient et ceux qui frappaient, s'étaient rapidement muées en terreur absolue, une terreur qui l'avait empêché de se révolter ou de s'enfuir, empêché de pressentir que cette nuit infernale allait de façon impitoyable le faire sortir, lui, l'idiot incurable, de sa forêt d'illusions séculaires. Valuska ne savait plus où ils étaient, il les vit simplement défoncer une nouvelle porte, puis — alors que pour la première fois ils brisèrent les fenêtres et les veilleuses au-dessus de la porte — s'engager tous à l'intérieur de la maison. Accompagné de son infâme escorteur qui avec un plaisir sadique le poussa en avant, il entra lui aussi dans un endroit exigu où tout autour de lui se mit incroyablement à ralentir, jusqu'à la voix de la vieille femme qui hurla en avançant vers eux et celle des deux hommes qui — avec sur leur visage transfiguré une insupportable indifférence — se dirigèrent vers elle. Il vit encore l'un des hommes lever tranquillement le poing, la femme tenter en vain de reculer, il vit cela, et puis, en faisant un effort surhumain, comme si le moindre mouvement exigeait de lui une force gigantesque, il détourna les yeux, et son regard se fixa sur un recoin de la pièce devenue pour lui définitivement muette. Et dans ce recoin, il n'y avait rien, sauf une ombre vaporeuse, massive, qui lentement s'affaissa juste au-dessus de l'angle du mur et du plancher vermoulu — un angle qui n'était pas comme d'habitude dissimulé par un meuble, un lit ou une armoire —, un angle vide et âcre, comme seuls les angles de pièces peuvent l'être, et pourtant : dans les yeux de Valuska il était rempli d'horreurs, imprégné de ce qui s'était passé, de ce qui avait pu se passer, et il crut y découvrir un monstre sournois dont il ignorait jusqu'ici l'existence. Il était incapable d'en détacher son regard, ils avaient beau le traîner d'un endroit à un autre, il ne voyait plus que ce recoin avec cette ombre immobile, tel un lutin qui, sorti d'une lourde et sombre vapeur, se serait terré là ; il l'aveuglait, s'était gravé dans sa conscience, menottait son regard, ils auraient beau partir d'ici, il le traînerait avec lui partout... quand les autres avançaient, il avançait, quand ils s'arrêtaient, il s'arrêtait, sans savoir ce qu'il faisait, et pendant un long moment, dans le silence qui s'était abattu, il resta inconscient de ce qui se passait autour de lui. Durant des heures, des heures qui ne pouvaient se mesurer en termes de secondes ou de siècles, totalement insensible aux épreuves qu'il traversait, il traîna avec lui cette image insoutenable, sans savoir ce qui était le plus fort, les menottes qui l'enchaînaient ou le sentiment de détresse auquel il se cramponnait lui-même. Brusquement, il eut l'impression que quelqu'un le soulevait du sol, puis, déstabilisé par l'élan trop fort donné à son geste, le laissait violemment (en grommelant : « Comment ça se fait qu'il soit si léger ? ! »), ou, plus précisément, le faisait retomber, et puis, bien plus tard, il se retrouva allongé sur le trottoir, et on lui faisait boire de force de la palinka, après quoi il était à nouveau debout, et à nouveau cette main sur son épaule ou sous son bras, une main qui de toute évidence l'empêchait de s'enfuir, tenace, mais inutile, puisque même s'il ne pressentait pas encore sa future renaissance, rien ne pouvait plus émousser la force du spectacle qui l'avait terrassé, ni le vide du recoin de la pièce, ils avaient beau le pousser, le tirer, le traîner, il ne voyait que cela, tout le reste — quelqu'un se mettant à courir, les flammes d'un incendie — n'apparaissait que sous forme d'étincelles dans un épais brouillard. Il était impossible, quoi qu'il fît, de s'en délivrer, dès qu'il l'enfouissait, elle remontait aussitôt à la surface, peu lui importait l'endroit où il se trouvait, ici ou ailleurs, de toute façon, il n'était plus qu'un pantin paralysé par cette vision obsédante ; ensuite, une infinie lassitude s'empara de lui, ses doigts de pied à moitié gelés se mirent à brûler dans ses bottes glacées, il voulut s'allonger (à nouveau ?) sur le trottoir, mais l'homme au manteau en drap (en qui il ne pouvait pas encore voir un mentor) le rabroua ironiquement en se grattant le menton. Ce fut la première phrase qui pénétra vraiment sa conscience (: « Alors, le débile, comme ça, tu veux encore de la palinka ? ») ; le ton expressément moqueur de la voix lui rappela soudain l'endroit où il se trouvait et les gens qui l'entouraient, comme si l'horrible recoin du mur avec son odeur de ranci intemporelle était devenu une scène du théâtre, le décor de cette épouvantable nuit, et il découvrit pour la première fois, propulsés à l'avant-scène, sous un éclairage cauchemardesque, les traits effroyablement complexes du visage de son « professeur ». Non, il ne voulait pas de palinka, la seule chose qu'il voulait, c'était s'endormir pour toujours sur le trottoir glacial, pour ne pas prendre conscience de ce qui s'ébauchait en lui, et aussi pour « en finir », il ne souhaitait rien d'autre, mais le ton de la question était sans appel et l'obligea à renoncer à cette idée, aussi — comme s'ils avaient percé ses véritables intentions — secoua-t-il énergiquement la tête, avant de faire un pas en avant, et, en tressaillant au contact de la main de son compagnon à nouveau posée sur son épaule, de le suivre docilement. Il regarda ce visage, avec derrière lui l'obscurité aveuglante du recoin du mur ; il nota le nez busqué, le menton mal rasé, les paupières enflées, la peau écorchée sous la pommette gauche, et ce qui était effroyablement difficile pour lui était moins de ne pas y déceler le sens de cette furie extrême que de trouver un lien de parenté entre ce visage et celui de la veille, place du marché ; il lui fallait admettre que celui vers qui le destin l'avait conduit après sa sortie avec M. Eszter, sur la place du marché, et celui qui aujourd'hui dirigeait cette haine sans merci et dépeçait impitoyablement (peut-être involontairement) sa vie entière ne faisaient qu'un, car il était indiscutable que derrière ces épouvantables traits se cachait le visage de la veille, et des jours précédents, jusqu'à celui de l'innocence originelle, avec ce regard d'une froideur fantomatique, qui affichait, ce qui par ailleurs était réel, qu'avec son autorité incontestable, autrement dit, sa supériorité en matière de cruauté, c'était lui qui orchestrait chaque mouvement de cette irrésistible marche destructrice, et qu'il savourait chaque étape du calvaire et de l'effondrement de Valuska, ce mélodrame si brutalement instructif qu'il offrait à son protégé — lui suggérant que c'était là le prix à payer pour sa guérison — avec un plaisir évident. Plus il regardait ce visage, moins il trouvait énigmatique cette « froideur fantomatique » car ce regard ignorant la pitié reflétait peut-être simplement ce qu'il avait été, lui, dans sa rêverie maladive, incapable de voir pendant trente-cinq ans ; peut-être, pensa Valuska, mais il s'empressa de rectifier : « non, pas peut-être, c'est absolument certain ! », comme pour mieux souligner l'importance de l'instant, l'instant où — comme projeté brusquement sur son ancien moi — il sortit enfin de son coma prolongé, et, bien sûr, de sa douce et grisante rêverie. Enfin cessa le silence muet, l'éblouissant recoin du mur avec son ombre immobile derrière les traits de son garde du corps s'évanouit, autour de lui apparut un parc, un sentier, un portail en fer, et c'est en toute sérénité qu'il admit que les hommes qui se trouvaient devant l'entrée de l'hôpital n'avaient rien d'anormal, que le seul être surnaturel, c'était lui, lui et son impardonnable cécité. Toute stupeur, toute envie, si infime fût-elle, de s'enfuir l'avait déserté, car le *vide* qui l'avait envahi venait d'un seul coup de l'éteindre, ce qu'il était s'était disloqué, consumé, désagrégé, il ne ressentait plus que le goût amer, épicé, de la lucidité sur son palais, et une douleur dans les jambes, la gauche particulièrement. Le brouillard démoniaque qui, sur l'avenue Wenckheim, avait présenté ces monstrueux champions des ténèbres comme des êtres fantastiques créés par un cerveau maléfique doté de pouvoirs magnétiques s'était dissipé, et avec la netteté de sa toute nouvelle lucidité, en regardant ces hommes ou en repensant aux centaines d'hommes massés sur la place, il s'aperçut qu'ils n'avaient rien de surnaturel ; ces hommes, ainsi que leur prince « maléfique », avaient perdu leur caractère « démoniaque », et son regard venait de se libérer à jamais du voile qui n'avait cessé de croître au cours des années, et du mirage si honteusement grisant qui, en le refoulant dans sa bulle de simple d'esprit, lui avait « *caché la véritable face des choses* ». Le réveil fut très rapide, brutal, instantané, mais ce qu'il comprit alors, à savoir que celui qu'il croyait être n'existerait plus jamais, était indubitable et irréversible, aussi, quand, après une longue hésitation, le groupe s'éloigna de la porte de l'hôpital, et que chaque maison, chaque pavé, chaque poteau électrique retrouva son assise, il trouva tout naturel que son esprit — son esprit qui, « à nouveau soucieux de s'orienter », au lieu de dresser un inventaire nostalgique, était prêt à regarder la réalité avec froideur — considérât tous les piliers qui soutenaient ses journées passées comme des colonnes brisées. Car les matins et les après-midi s'étaient effondrés, tout comme les soirées et les nuits, et ce qui jusqu'à hier fonctionnait dans un équilibre apparemment éternel, imperceptible — comme une dynamo silencieuse —, aujourd'hui avait soudainement pris un visage glacial, brutal, expressément répugnant, mais d'une clarté absolue et édifiante : son foyer, la maison dans le jardin, avait perdu tout le charme mensonger qu'il aimait si innocemment, et maintenant, en lui accordant un dernier regard indifférent, il ne voyait plus que des murs couverts de salpêtre et un plafond bosselé : une buanderie, propriété des Harrer ; plus aucun sentier n'y accédait, plus aucun chemin ne menait nulle part, car pour l'*incurable vagabond* qu'il était autrefois, toutes les portes, brèches et ouvertures avaient été condamnées afin de l'aider, lui, le convalescent, à trouver les portes du « monde effroyable des réalités ». Il avançait dans l'obscurité profonde au milieu des vestes molletonnées et des toques de fourrure, les yeux fixés sur ses pieds, il songea au « Péfeffer », au centre de tri, au Komló, et prit conscience de leur inaccessibilité, toutes les rues, les places, les virages, les carrefours s'étaient envolés, en revanche, il voyait très nettement et intégralement, comme sur une carte, le tracé sinueux de ses errances, mais puisque le paysage initial représenté sur la carte avait disparu et qu'il était incapable de marcher comme avant dans celui qui lui avait succédé, il trouva préférable d'oublier ce qui hier... jadis... un jour... se trouvait à la place de

cette ville désolée, étrangère, où il venait de revenir avec la démarche encore vacillante d'un nouveau-né. Oublier les petits matins : la saveur du
demi-sommeil, le lent réveil, le thé fumant dans
la tasse avant son départ, oublier l'aurore se propageant vers la gare, l'odeur du papier journal
dans le clair-obscur bleuté du centre de tri, et
puis, de sept heures à environ onze heures, les
boîtes aux lettres, les poignées de porte, les
rebords de fenêtre, les brèches dans les porches,
et oublier les centaines de gestes effectués pour
assurer la distribution des journaux — via les
boîtes aux lettres, les poignées, les rebords de
fenêtre, les brèches dans les porches (et, même, à
deux endroits, simplement sous le paillasson) —
chez leurs destinataires. Et chasser de sa mémoire
les incontournables questions à Mme Harrer,
était-il déjà midi, l'heure pour lui de partir, le
bruit des gamelles dans la cuisine de M. Eszter,
et puis la longue file d'attente devant le cuisinier
du Komló, reléguer dans l'oubli la maison de l'avenue Wenckheim, la porte d'entrée, le corridor, ses
coups discrets à la porte du salon, dire adieu à
jamais à Bach, au piano, laisser l'obscurité ense-
velir la pénombre du salon. Ne plus jamais penser
à M. Hagelmayer, ne plus jamais montrer l'éclipse
du soleil à personne, ne plus se souvenir du comptoir, des chopes, des nuages de fumée de cigarette
au-dessus des clameurs, et ne plus jamais — à
l'heure de fermeture — prendre la direction du
château d'eau... Il dérivait au « son des bottes »,
et quand le bataillon harassé traversa le canal du
Körös et passa devant la grille de sa maison natale,
place Maróthy, ni la vision soudaine du visage

terrifié de sa mère ni le son de sa voix dans l'interphone ne le firent réagir, encore moins la bâtisse, et à la vue de son ancienne maison de trois pièces cachée derrière les arbres de la cour, il détourna la tête. Il n'avait aucune envie de la voir, ni elle ni les autres décors de sa vie, et tandis qu'il suivait à un mètre de distance son horrible mentor, il mit fin à ce bref survol du passé, il abandonna, car ici, place Maróthy, subitement, il eut le sentiment que, s'il poursuivait, il pourrait être surpris par une mélancolie sournoise, quelque dangereux, mystérieux chagrin qui, tout en refusant d'afficher son caractère pernicieux, lui suggérait que ce tour d'horizon, cet inventaire froid et indifférent, présentait malgré tout de gros risques. Et bien que — sans pour autant décider de tout condamner à l'« oubli » — il fît immédiatement face à ce dangereux et mystérieux chagrin, il se dit que tout ceci — l'éventualité d'un danger — était bien entendu une erreur grossière, la meilleure preuve étant luimême, lui qui « avait su renoncer totalement aux chimères », alors que personne ne l'en croyait capable, lui que la perte ne risquait plus de faire souffrir, car il avait assimilé l'effroyable leçon, et pouvait désormais « se considérer comme les autres ». Il aurait aimé (ne fût-ce cette mortelle fatigue) leur annoncer qu'ils n'avaient rien à redouter de sa part, puisque son « cœur » à lui aussi était « mort », il leur aurait dit qu'il n'y avait plus lieu de se moquer de lui, puisque maintenant il « avait les pieds sur terre, et il comprenait tout », il ne croyait plus que le monde fût, ou eût été, « un lieu enchanteur », invisible mais existant, il avait saisi que « la force suprême émanait des lois des hommes en armes », et même s'il éprouvait, il ne pouvait le nier, de l'épouvante à leur égard, il se sentait capable de s'adapter et leur était « reconnaissant de lui avoir permis de voir clair à travers eux ». Il quitta avec eux la place Maróthy, décida d'attendre patiemment de recouvrer ses forces pour pouvoir leur raconter comment il avait vécu dans la naïveté et l'illusion, il voyait, leur dirait-il, un gigantesque cosmos dont la terre n'était qu'un point minuscule, un cosmos dont le moteur suprême était la joie, une joie dont « les étoiles et les planètes étaient imprégnées depuis la nuit des temps », et lui, il trouvait cela très bien, et il était persuadé qu'il existait quelque noyau secret, non pas un sens, non, mais... une substance, plus légère que le souffle, dont le rayonnement bien qu'indémontrable était indéniable et ne pouvait être ignoré que par ceux qui n'y prêtaient pas attention. Il aurait aimé, si sa terrible fatigue et ses obsessions voulaient bien se dissiper, car il tenait à leur raconter cela aussi, leur dire que cette nuit, naturellement horrible pour lui, l'avait totalement dégrisé ; vous savez, ainsi aurait-il commencé, imaginez quelqu'un ayant vécu toute sa vie les yeux fermés et qui, le jour où il ouvre les yeux, ne voit aucune trace de ce joyeux univers, ni de ces millions de planètes et d'étoiles ; j'ai vu la porte de l'hôpital, et puis les maisons, les rangées d'arbres, et puis vous, autour de moi, et alors j'ai immédiatement su que tout ce qui existait réellement avait trouvé sa place en moi ; j'ai vu, entre les toits, l'horizon à peine distinguable, et non seulement ce mystérieux univers avait disparu, mais moi aussi, et les plus de trente années passées à ne songer qu'à lui, j'avais beau tourner la tête de tout côté, en dehors de ce que je voyais, il n'existait rien : tout avait repris sa véritable forme, comme « au cinéma, quand on rallume les lumières ». Voilà ce qu'il aurait dit, et puis aussi qu'il avait l'impression d'être tombé d'une « sphère géante » aux dimensions infinies, pour atterrir dans un enclos au milieu d'une plaine effroyablement aride, d'être passé d'une rêverie, maladivement ludique, au « réveil en plein désert », là où les choses ne véhiculaient que leur réalité matérielle, car aucun élément de ce désert ne pouvait se transcender, il avait enfin réalisé, aurait-il ajouté, que sur cette terre, il n'y avait de place pour rien en dehors de ce qu'elle portait sur son écorce, mais, en revanche, tout ce qui existait était doté d'un poids et d'une force gigantesque, et d'un sens qui découlait de lui-même, un sens qui ne se référait à rien. Il leur aurait demandé de le croire : lui aussi savait désormais qu'il n'existait « ni Dieu, ni enfer », puisqu'il était impossible d'invoquer quoi que ce soit hormis ce qui existait, que seul le mal trouvait une explication, non le bien, c'est pourquoi il n'y avait « ni bien ni mal », une tout autre loi, celle du plus fort, régentait le monde, et quand la loi du plus fort triomphait, rien ne pouvait s'y opposer. Même s'il offrait l'image d'un homme « prisonnier de ses émotions que l'on avait dépouillé de tout », il ne fallait surtout pas en tirer de conclusions hâtives, il ne s'agissait pas du tout de cela, leur aurait-il expliqué, puisque pour la première fois de sa vie il ne ressentait plus aucune émotion, il fallait simplement lui accorder encore un peu de temps — pas un délai ! un peu de temps seulement ! — pour permettre à son cerveau dérangé de fonctionner enfin normalement, car pour l'instant il ne faisait que palpiter, gronder, battre, il était encore incapable de remplir sa mission, et de résoudre certaines énigmes, telles que par exemple : maintenant que tout était solide comme du béton, pourquoi l'évident semblait-il si inextricable, pourquoi le définitif avait-il des contours si flous, en un mot, comment cette nuit, et tout ce qui s'était passé pouvaient-ils être à la fois si clairs et si obscurs ?... Mais arrivé à ce stade de la réflexion, ils avaient déjà depuis longtemps quitté la rue principale, ils étaient assis au milieu des machines à laver du magasin de M. Sajbók, le KERAVILL, comme ils l'appelaient autrefois, et puisque son mentor était — depuis quand au juste, il s'était tellement laissé absorber dans ses pensées qu'il n'en n'avait aucune idée — parti, et que son nouveau garde du corps, assis à ses côtés, arrivait aux dernières pages de son carnet, il en conclut qu'au moins une heure s'était écoulée, puis, après avoir décidé que « finalement, ça n'a pas d'importance », il reprit ce qu'il avait, le temps de sa rêverie, interrompu, à savoir : masser ses jambes endolories. Il ôta ses bottes, s'adossa contre la machine à laver, et resta assis sans bouger, comme résigné à vivre éternellement avec ces hommes dans cette pièce, et contempla longuement l'homme penché au-dessus de son carnet, après quoi il remit ses godillots et lutta de toutes ses forces pour ne pas, persuadé qu'il y avait là un danger mortel, succomber au sommeil dans un moment d'inadvertance. Non, s'encouragea-t-il, non, il n'allait pas s'endormir, et cette horrible fatigue allait se dissiper et ces palpitations dans sa tête allaient disparaître, et bientôt, il allait retrouver la parole, car il devait absolument leur parler, il devait leur dire que s'il avait écouté ceux qui l'entouraient, il n'en serait pas là aujourd'hui, avec sa tête palpitante, mais bien plus loin, plus sûr de lui, et pour cela, il lui aurait suffi de... d'écouter simplement les bons conseils qu'ils lui avaient prodigués. Il leur parlerait de sa mère qui, au-delà de ses éternelles remontrances, l'avait, *en guise d'avertissement* (mais en vain car cela n'avait servi à rien), banni à jamais et qui la veille au soir l'avait encore... menacé, au cas où il n'adopterait pas enfin une « vie normale », de le secouer jusqu'à ce qu'il entende raison ; de sa mère et puis, bien entendu, de Mme Eszter, dont stupidement il n'avait su tirer aucun enseignement, car elle n'était pas ce qu'il croyait mais un être qui, en balayant tout sur son passage, visait toujours plus haut : dure, maligne, cruelle, et pour la première fois il vit clairement et précisément ce que signifiaient le capitaine, la voix tonitruante, la valise, comprit qu'au lieu de s'effondrer, ce qu'il avait fait, il aurait dû prendre exemple sur elle quand, notamment, la veille, passage Honvéd — malgré son opposition et celle du président —, elle avait quasiment tracé la voie aux hommes de la place du marché. Mais il devait surtout évoquer M. Eszter qui avec une infinie patience lui avait expliqué pendant des années que ce qu'il voyait n'existait pas, et que ce qu'il pensait était un leurre, mais lui, avec sa cervelle de moineau, il ne l'avait pas cru, il s'imaginait que M. Eszter se trompait lourdement alors qu'il était, lui, victime de ses propres erreurs, il devait leur parler de lui, de cet homme exceptionnel qui voyait les choses avec plus de lucidité que quiconque, et que la tristesse, puisqu'il savait qu'il avait raison, avait malheureusement rendu malade. Combien de fois, assis dans le fauteuil du salon, avait-il entendu ces mots : « Celui qui croit que le monde est bon ou soutenu par la grâce de la beauté, mon cher ami, sombrera très vite dans les ténèbres », pas un seul jour ne s'était écoulé sans que M. Eszter lui confiât : « Regardez-moi ! Voilà ce qui arrive à tous ceux qui ne savent pas tirer les leçons de ce qui leur crève les yeux », mais lui, naturellement, il n'avait rien compris, il était resté aveugle et sourd aux avertissements, et maintenant, en repensant à toutes leurs années passées ensemble, une seule chose l'étonnait : comment M. Eszter avait-il fait pour supporter inlassablement ses monologues perpétuels sur la lumière, le ciel, et sur « la fascinante mécanique du cosmos ». Mais si, se dit Valuska, son vieil ami pouvait le voir en ce moment (ou un peu plus tard, quand il aurait retrouvé ses forces), il ne reconnaîtrait pas son disciple, à qui il avait consacré tant de temps, oui vraiment, il serait très surpris de constater que ses nombreux avertissements n'avaient finalement pas été inutiles, car désormais il pouvait le lui assurer : à partir de ce jour, il voyait les choses uniquement et strictement « sous l'angle de ce qu'il avait entendu dans le salon ». Quand M. Eszter pourrait-il constater de visu tout cela, il n'en avait aucune idée, de la maison de l'avenue Wenckheim, il ne restait plus rien, maintenant, il était des leurs (« C'est décidé… »), définitivement, c'était décidé, Valuska hocha la

tête, puis se frotta les yeux, cala ses jambes contre
la machine à laver face à lui, car il eut soudain
l'impression... que le plancher glacial... se dérobait sous lui. Il se souvint d'avoir vu un homme
s'approcher de son nouveau garde du corps, lui
prendre son carnet, le feuilleter et lui demander :
« C'est quoi ? » et le garde du corps de bougonner :
« Qui sait... ton testament... »... puis lentement,
ils avaient grimacé... l'autre avait jeté le carnet...
et les dernières paroles qu'il entendit furent : « ...
seul crissement » ?... « scintillant » ? « Eh, toi l'in-
tello ! Arrête de griffonner ! », et puis le plancher
glacial chavira, il se mit à glisser, rouler, avant de
tomber dans un impénétrable précipice ; sa chute
dura incroyablement longtemps, il tombait, tombait en gesticulant, impuissant, pour finalement,
quand il rouvrit les yeux, se retrouver sur la terre
ferme, sur le même plancher glacial. Il n'était plus
assis contre la machine à laver, mais étendu à côté
d'elle, tout recroquevillé, grelottant de froid,
comme un hérisson sur la défensive ; comprendre
que le plancher n'avait pas bougé, qu'il n'était pas
tombé mais qu'il s'était simplement endormi fut
moins difficile que de réaliser, au moment où il
réussit à se relever, qu'il n'y avait plus que lui dans
le magasin de M. Sajbók. Il se mit à courir à travers les rangées de machines, et dut très vite se
rendre à l'évidence : pas d'erreur, ils étaient tous
partis, ils l'avaient abandonné ici, il était vraiment
tout seul, il ne comprenait pas ce qui avait pu se
passer, et il demanda à voix haute dans le local
désert : « Et maintenant ? », puis il ralentit le pas,
s'obligea à marcher tranquillement et réussit au
bout de quelques minutes à se calmer. Il était des

leurs, plus rien ne pouvait y changer, le lien qui les unissait était indéfectible, quand bien même ils étaient partis, et en attendant qu'ils reviennent le chercher, il allait se reposer, décida-t-il, et en profiter pour se remémorer ou, plus exactement, essayer de ranger dans son esprit, tout ce qu'ils lui avaient enseigné. Il retourna donc vers « sa » machine à laver, se réinstalla en se calant contre elle, étira les jambes, et au moment même où il s'apprêtait à s'évader dans ses pensées, son regard fut attiré par un objet familier posé quelques mètres plus loin sur le sol, tout près de l'endroit où se trouvait précédemment son nouveau garde du corps. Il reconnut immédiatement le carnet et fut pris d'une vive excitation soudaine, car il était persuadé que son auteur ne l'avait pas oublié là parce qu'il s'agissait d'un écrit sans intérêt, mais qu'il l'avait délibérément laissé à son attention. Il se leva pour le ramasser, lissa de sa main les pages froissées, reprit sa place, posa le cahier sur ses genoux, examina l'écriture pointue et resserrée, fit le vide dans sa tête, et se plongea solennellement dans la lecture.

… à ce moment-là, tourner à droite ou à gauche ne nous importait plus, nous envahissions toutes les rues et les places, la seule direction qui guidait nos pas était ce qui surgissait encore et encore devant nous, la peur vide, la reddition chargée d'appel à la pitié, et il n'y avait aucun mot d'ordre, aucune stratégie, aucun risque, aucun danger, puisqu'il n'y avait plus rien à perdre, car tout était devenu intolérable, insoutenable ; les maisons étaient devenues insoutenables, les murs de clôture, les colonnes d'affichage, les poteaux électriques, les boutiques, la poste, l'odeur tiède s'échappant de la boulangerie industrielle, toute forme d'ordre et de règles, la moindre contrainte grossièrement mesquine étaient devenus intolérables, les efforts désespérés incessants pour tenter de renverser quelque chose d'inaccessible, d'universel, d'inaltérable, et insupportable était devenu le pilier inexplicable qui soutenait malgré tout l'humanité sur cette terre. Aucun cri n'aurait pu nous permettre de creuser une brèche dans le gigantesque silence qui s'était lentement abattu sur nous, c'est pourquoi nous avancions sans prononcer un mot, au seul crissement de nos bottes sur les pavés scintillants, dans un état de crispation extrême, incontrôlable, dans ces rues obscures, oppressantes, et on ne se voyait, on ne se regardait pas, ou bien juste comme on regarde ses pieds ou ses mains, car on ne formait plus qu'un seul corps, un seul regard, une seule pulsion : une impitoyable pulsion de destruction et de mort. Et rien ne pouvait nous arrêter : les lourdes briques s'élançaient en toute liberté contre les vitrines des magasins qui volaient en éclats, contre les carreaux aveuglément sales des maisons, les chats errants, comme paralysés par des projecteurs de voiture, se laissaient étrangler sans bouger, les jeunes pousses d'arbres, fragiles et endormies, se laissaient déraciner sans résister. Mais rien ne pouvait plus assouvir notre nouvelle rage inconsciente, désabusée, tragique, en vain le cherchions-nous, nous ne trouvions plus de véritable objet à notre écœurement et à notre désespoir, avec une rage effrénée nous nous sommes jetés sur tout ce qui s'offrait à nous : nous brisions les vitrines, nous écrasions tout ce qui bougeait, défoncions à coups de tringles et de barres de fer ce qui ne bougeait pas ; ensuite, après avoir piétiné des vestiges méconnaissables de sèche-cheveux, savons, pains, manteaux, chaussures orthopédiques, boîtes de conserve, livres, valises et jouets, nous avons renversé les voitures garées le long du trottoir, nous avons arraché les piteuses enseignes, nous avons investi et saccagé la Centrale téléphonique, car nous avions vu de la lumière brûler à l'intérieur, et nous ne sommes repartis avec la foule massée devant la porte que lorsque les deux jeunes employées, violées à mort, ont perdu connaissance, et comme deux serpillières usées, sans vie, les poings serrés, ont glissé de la table ensanglantée et sont tombées sur le sol de cette pièce où l'on ne voyait plus rien à cause des câbles arrachés enchevêtrés et des tables d'écoute renversées. Nous avons compris que plus rien n'était impossible, que toutes les expériences quotidiennes étaient inutiles, que rien ne dépendait de nous, nous étions les victimes d'un instant éphémère dans un espace insatiable, et depuis cet instant éphémère, il n'y avait aucun moyen de mesurer cette étendue, de la même façon que la force de la vitesse ne sait rien du grain de poussière qui s'envole, n'ayant aucune perception l'une de l'autre. Nous avons fracassé, broyé, saccagé tout ce que nous pouvions et puis nous sommes retournés au point de départ, sans jamais nous arrêter, sans jamais ralentir, le plaisir aveuglant de la destruction nous obligeant à toujours nous surpasser, et insatiablement, et toujours sans parler, nous avancions dans les décombres de sèche-cheveux, savons, pains, manteaux, chaussures orthopédiques, boîtes de conserve, livres, valises et jouets, comme pour apporter de nouvelles couches de matières aux détritus qui s'amassaient dans les rues et désormais recouvraient totalement la ville, nous nous sommes rués sur la bourbe mesquine et pitoyablement mensongère de la soumission et de la résignation, au service de l'indéfendable. Nous avons rejoint les rues qui menaient à la place de l'Église, autour de nous la nuit était impénétrable, en nous le déferlement de rage meurtrière, le soulagement maléfique, l'ivresse palpitante de la résistance n'étaient plus qu'un poids étouffant et un défi provocant. Il y avait un endroit où de nombreuses ruelles convergeaient vers l'avenue, c'est au bout d'une de ces ruelles que trois silhouettes aux contours effacés ont surgi de l'obscurité (il s'agissait, nous l'avons découvert, d'un homme, d'une femme et apparemment d'un enfant), en apercevant la sinistre troupe qui avançait dans leur direction, ils se sont figés de frayeur puis, en longeant le mur à reculons, ils ont essayé de se fondre discrètement dans l'épaisseur de la nuit ; mais il était trop tard, ils étaient perdus, et si jusqu'ici ils avaient réussi à se tapir dans les sombres recoins des rues, qui probablement conduisaient chez eux, maintenant il n'y avait plus d'échappatoire, leur sort était définitivement scellé, car là où sévissait notre impitoyable justice, il n'y avait pas de place pour eux, nous savions que nous devions éteindre le foyer déjà moribond du nid familial, toute « fuite » était inutile et sans issue, à quoi bon se cacher, à quoi bon espérer, puisque toute forme de joie, tous les rires espiègles, toute fausse communion humaine, toute paix de Noël étaient irréversiblement morts à jamais. Avec une vingtaine d'hommes, ceux des premiers rangs, nous nous sommes lancés à leur poursuite et quand, à hauteur du rectangle fermé de la place de l'Église, nous avons aperçu les fugitifs, nous nous sommes faufilés entre les amas de débris et les épaves de voitures, et nous avons avancé vers eux, ils étaient sur le point de s'échapper par une ruelle de l'autre côté de la place, on voyait, à la raideur de leur démarche, qu'ils sollicitaient l'intégralité de leur courage restant, ce courage qui se dissipait à toute vitesse, pour maintenir l'apparence de personnes confiantes rentrant tranquillement chez eux, et ne pas se mettre à courir éperdument. Nous pouvions les rattraper en l'espace de quelques minutes, mais il nous aurait fallu renoncer à un pouvoir magique, obscur et inédit pour nous, celui de la chasse à l'homme, si riche en suspens et en rebondissements ; comme le chasseur traquant longuement la biche et qui ne lâche sa pression que lorsque l'animal, à bout de force et résigné à son sort, se rend, au lieu de nous ruer immédiatement sur eux, nous leur avons laissé croire qu'ils pouvaient échapper au danger et sortir, comme d'un cauchemar, de notre champ visuel meurtrier. S'agissait-il d'une menace réelle, ou d'un simple malentendu ridicule, ils étaient naturellement incapables de trancher, et il leur a fallu plusieurs minutes pour comprendre : aucune erreur, aucun malentendu, ils faisaient bien l'objet d'une menace, une menace de nature totalement obscure à leurs yeux, indubitablement nous étions sur leurs traces, ils étaient la cible, eux et personne d'autre, de cette lugubre troupe silencieuse, puisque avant de défoncer les portes pour débusquer les citoyens tremblant derrière leurs murs épais, nous n'avons croisé personne sur notre chemin en dehors, pour leur malheur, de ces trois brebis égarées, qui puisse assouvir et intensifier à la fois notre douloureuse soif de vengeance punitive. L'enfant s'est cramponné à sa mère, la femme a pris son mari par le bras, l'homme, tout en se retournant de plus en plus souvent et de plus en plus nerveusement, a accéléré l'allure de leur fuite ; mais tout cela en vain, la distance ne se réduisait pas, et s'il nous arrivait parfois de ralentir le pas, c'était uniquement pour ensuite pouvoir les approcher davantage, car nous éprouvions un étrange plaisir sadique à les balancer tous les trois entre l'espoir soudain de délivrance et la cruelle déception. Ils ont tourné dans la première rue à droite, et à cet instant la femme qui se cramponnait nerveusement au bras de son mari ainsi que l'enfant qui se retournait parfois avec des yeux révulsés de terreur ont été obligés de se mettre à courir pour suivre la cadence de plus en plus rapide imposée par l'homme, qui lui, bien sûr, ne s'était toujours pas décidé à courir, sachant très bien que, s'il le faisait, il nous obligerait nous aussi à courir et perdrait alors tout espoir de sauver sa famille de cet assaut qui demeurait à leurs yeux impensable. Le plaisir sadique et amer de voir ces trois silhouettes impuissantes tituber devant nous sans se douter de ce qui les attendait surpassait l'ivresse magique du spectacle de la ville saccagée, c'était bien plus jouissif que de piétiner tout ce superflu, car dans cette retenue permanente, cette suave temporisation, ce retardement infernal, nous avons découvert une saveur âpre, mystérieuse, primitive, qui donnait à chacun de nos gestes une noblesse redoutable, une fierté inaltérable, celle de la horde barbare, que rien ni personne, quand bien même se disloquerait-elle dès le lendemain, ne pouvait stopper, des barbares qui ne laissaient qu'à eux-mêmes le choix de décider de leur propre mort, quand ils jugeraient bon d'arrêter, quand ils seraient saturés à jamais du ciel et de la terre, du malheur, de la tristesse, de la fierté, de la peur, et de ce fardeau sournois qui leur interdisait de fuir leur soif et d'accéder à la liberté. Nous avons entendu au loin une sourde clameur qui s'est aussitôt dissipée. À notre approche, les chats se faufilaient à travers les trous des clôtures pour rejoindre le silence sourd des cours. Le froid était glacial et la sécheresse de l'air nous brûlait la gorge. L'enfant s'est mis à tousser. À cet instant — contraints de s'éloigner du centre-ville, et donc, de leur foyer —, l'homme a certainement compris que leur situation était de plus en plus désespérée : parfois il s'attardait devant une porte visiblement familière, mais une seconde seulement, car il n'avait aucune peine à imaginer qu'avant que les occupants viennent ouvrir la porte, et qu'eux-mêmes puissent ainsi échapper à leurs poursuivants, ces derniers les auraient déjà rattrapés, d'autre part, une solution aussi simpliste et évidente ne résoudrait rien puisque, il devait se rendre à l'évidence : quoi qu'il ferait, quoi qu'il entreprendrait, ils étaient perdus. Mais tel le gibier traqué qui va jusqu'au bout du temps qui lui a été accordé, il n'a pas abdiqué : le père, soucieux de la protection des siens, élaborait sans relâche, avec un acharnement désespéré, de nouvelles stratégies, l'espoir renaissait, avant de s'éteindre aussitôt, et guidait ses pas hésitants, jusqu'au moment où il a compris en l'espace d'un éclair que chaque plan était condamné à l'échec, que chaque espoir était illusoire. Brusquement, ils ont tourné à droite dans une petite ruelle, mais nous connaissions déjà si bien la ville (et certains, parmi nous, étaient d'ici) que nous n'avons eu aucune peine à deviner leurs intentions ; à cinq ou six, nous avons contourné un bloc de maisons et le temps pour eux de rejoindre l'avenue, nous avions bloqué la rue qui menait au poste de police, si bien que, n'ayant plus d'autre choix, ils ont repris la direction de la gare, avec des regards de proies, de plus en plus terrifiés par ce détachement muet qui tenacement les suivait à la trace. L'homme a pris l'enfant dans ses bras puis, au croisement de rue suivant, il l'a d'un geste brusque remis à la femme en lui hurlant quelque chose ; mais la femme, qui avait disparu quelques instants dans une ruelle, est revenue très vite auprès de l'homme, visiblement incapable de s'enfuir seule avec l'enfant, préférant tout supporter plutôt qu'une séparation définitive ; le fait de se sentir poussés dans une certaine direction fatidique les désorientait totalement et s'ils n'ont pas cédé à la tentation de prendre la ruelle suivante pour dévier de cette direction hasardeuse et tenter de

revenir dans celle du centre-ville, c'est parce qu'ils
avaient encore l'espoir de rejoindre sains et saufs
la gare où ils pensaient enfin trouver refuge. Progressivement, la distance qui nous séparait se
réduisait, ils étaient de plus en plus exténués, et
nous, de plus en plus excités, nous commencions
déjà à distinguer malgré l'obscurité le dos voûté de
l'homme, les longues franges du châle de la femme
jeté en arrière, le sac à main qui se balançait le long
de son corps, la chapka de l'enfant qui nous fixait
bouche bée par-dessus l'épaule de son père, et tandis que les éclats de boue giclaient dans l'air glacé,
en se retournant épouvantés, ils pouvaient eux aussi
voir distinctement nos lourds et longs manteaux,
la masse des bottes crottées qui défilaient sur leurs
pas, les dépouilles de chats ornant certaines
épaules, et les barres de fer brandies dans certaines
mains. Quand ils ont rejoint la place désolée de la
gare, une dizaine de pas nous séparait d'eux, il ne
leur restait plus qu'à courir quelques derniers
mètres, ouvrir les lourds battants de la porte d'entrée, et parcourir à toute vitesse la salle muette et
déserte devant les guichets fermés, mais leur infime
et ultime espoir s'est très vite volatilisé, car il n'y
avait pas âme qui vive, sur chaque porte et fenêtre
était suspendu un cadenas, la salle d'attente réson-
nait de vide et si, en se précipitant sur le quai, ils
n'avaient aperçu une pâle lumière à l'intérieur du
local réservé au personnel, leur histoire, tout comme
la nôtre, se serait inévitablement arrêtée là. Cela
dit, même ainsi, elle n'a plus duré très longtemps :
quand nous avons entendu une fenêtre s'ouvrir en
grinçant sur le côté du bâtiment et avons aperçu
l'ombre fugitive de l'homme, s'apprêtant de toute
évidence à chercher de l'aide, alors qu'il traversait
les voies, et tentait, en se faufilant sous le tampon
d'un long convoi de marchandises, d'échapper à
notre attention, à trois nous nous sommes immé-

diatement lancés à sa poursuite, laissant les autres se débrouiller avec la serrure de la porte du bureau, et, une fois arrivés devant les maisons disséminées derrière la gare, nous nous sommes séparés pour le cerner de trois côtés. Le bruit de ses pas crissant sur la glace et sa respiration sifflante nous indiquaient avec précision sa position, et nous n'avons eu aucune difficulté à le débusquer en plein champ quand nous avons surgi de derrière les bâtiments profondément assoupis. À cet instant l'homme a compris que c'était fini : il a malgré tout continué sa course entre les sillons gelés à pierre fendre du champ et puis soudain, comme si un mur s'était élevé en travers du chemin, l'obligeant à faire demi-tour, le regard résigné, il s'est, en s'adossant au ciel nocturne, tourné vers nous...

Au fur et à mesure qu'il dévorait les pages, il retournait systématiquement le carnet à spirale si bien qu'arrivé au bout il se retrouva à nouveau à la première page, comme si ce fragment de récit, récit qui aurait outrageusement choqué celui qu'il était la veille, mais n'était plus aujourd'hui, malgré toute son horreur, qu'un message instructif, avait fait demi-tour pour revenir au tout début, un demi-tour, avant de recommencer, lui suggérant ainsi que ce qui n'avait pas fonctionné la première fois serait assimilé à la deuxième lecture : il devait avant tout vaincre sa répulsion devant le fait que toutes les phrases étaient écrites à la première personne du pluriel, ensuite, comme le poulain collé au flanc de sa mère, il devait s'adapter au rythme effréné de cette écriture qui galopait éperdument, et enfin, il devait le plus vite possible accéder à la signification profonde de l'enseignement qui lui était adressé pour ainsi décupler ses forces et lui permettre de sortir, s'il le fallait, et de partir dans la « guerre qui faisait rage », à la recherche de ses compagnons. Il relut le texte deux fois, dut ensuite suspendre sa lecture, car les lignes commençaient à se brouiller, et s'il n'était pas encore parvenu — totalement ! — à « vaincre sa répulsion et à s'endurcir », il avait parfaitement saisi l'essentiel des « enseignements » recélés dans le message. Il rangea le carnet dans sa poche, étira ses membres, puis, pour maîtriser les tremblements de son corps qui refusaient de s'arrêter, il se leva, se mit à marcher de long en large entre les machines, mais cela ne servit à rien, alors, il se dirigea vers la porte, l'ouvrit, leva les yeux au-dessus des toits, et contempla le néant. Le néant, le petit jour étouffé, dont la luminosité fondue, au lieu de l'envahir, aspirait le ciel vers l'est, il regardait le ciel, indifférent au fait que cela signifiait que le jour se levait, « c'est la guerre », se dit-il, et « pour pouvoir sortir de la nuit approchant de son terme il faut être impitoyable », la guerre, et il survola du regard l'ensemble des toitures, où tout se bousculait, une bousculade où il n'y avait aucune règle, la guerre, où chacun attaquait l'autre en permanence, où le seul et unique objectif était la victoire. Un combat où seul restait debout celui qui ne se posait aucune question, celui qui, résigné, se contentait d'accepter, comme lui, que le tout fût inexplicable, car le tout, la remarque du prince lui revint en mémoire, n'existait pas, maintenant, il avait l'impression de comprendre enfin combien M. Eszter avait raison, le chaos était bien l'état naturel du monde, aussi, puisqu'il en serait toujours ainsi, était-il impossible de prédire la moindre issue. Mais à quoi bon, se dit Valuska en remuant ses doigts de pied engourdis à l'intérieur de ses bottes, à quoi bon prédire et juger, les mots tels que « chaos » et « issue » étaient totalement superflus, puisqu'on ne pouvait rien leur opposer, le simple fait de nommer les choses les annihilait puisqu'elles « étaient simplement empilées les unes sur les autres » et, leur sens s'étant consumé dans leurs propres structures internes, toutes leurs relations étaient confuses et conflictuelles. Il se tenait à la porte, contemplait rêveusement l'aurore et vit « comment se superposait en lui tout ce qui existait » : tout en dessous, l'interphone, la baleine, les rideaux chez M. Eszter et la gamelle, le revolver, le cigare fumant, et puis la vieille femme dans l'incapacité de reculer, le goût de la palinka, la voix aiguë du prince ; juste au-dessus d'eux, son lit chez M. Harrer, puis le corridor de la maison de l'avenue Wenckheim avec la poignée en cuivre, et tout en haut de la pile, un manteau en drap, ce lever du jour, ces toitures et lui-même, avec le carnet dans sa poche, toutes ces choses étaient entassées dans un gigantesque pressoir, se broyaient, se lacéraient, s'entre-déchiraient, de façon aussi réelle qu'imprévisible. Guerre, combat, une froide succession d'affrontements où — Valuska regardait ce paysage compressé — chaque événement était maintenant évident, c'est pourquoi au lieu de s'en étonner, il trouva tout naturel de voir, au sommet du chaos pressuré de son être, un tank — escorté d'une douzaine de soldats — s'approcher. Cela faisait déjà plusieurs minutes qu'il entendait un ronflement de moteur et quand, à hauteur du kiosque à journaux (qu'il bouscula légèrement), le tank tourna dans la rue principale, il fit un bond en arrière, marcha à reculons entre les machines à laver puis, après une courte hésitation, se rua au bout de la pièce, poussa une porte qui voulut bien s'ouvrir et se retrouva dans l'arrière-cour du magasin. Quiconque aurait pu penser en le voyant qu'il s'était affolé en apercevant l'énorme tank, mais Valuska, lui, aurait affirmé que non, c'était juste qu'il... il ne se sentait pas encore prêt, et son geste s'expliquait simplement par un besoin de prendre une profonde inspiration ; il devait gagner du temps, cette pensée martelait son esprit comme le tank martelait les pavés de la rue principale, il devait « s'endurcir », car s'il y parvenait enfin, alors, qui pourrait l'empêcher de prendre part... lui aussi... à sa façon... au conflit permanent. Certains auraient pu, en le voyant escalader le portail puis se mettre à courir dans une petite ruelle, le comparer à l'homme du carnet, ils auraient pu penser, à son regard persécuté et à ses gestes harassés, qu'il avait tout d'un homme perdu, mais il leur aurait rétorqué que non, pas du tout, ce n'était qu'une simple apparence, il n'avait rien d'un homme perdu ! Et il n'était pas en train de fuir..., il voulait simplement éviter l'affrontement direct. Jusqu'à hier encore, quand il décrivait ses circuits permanents, il ignorait — il n'en voyait pas l'utilité — l'endroit précis où il se trouvait, mais maintenant, il était capable d'évaluer avec exactitude sa position et son orientation : il quitta une allée proche du boulevard, s'engagea dans une petite rue, et, sûr de sa décision, il opta définitivement pour ces dernières, les ruelles et les petites rues, évita de s'aventurer sur les grandes artères, voire de s'en approcher, et quand plus tard il dut malgré tout les traverser, il procéda comme les chats nocturnes tapis sous les lampadaires : d'abord, jeter un œil, tendre l'oreille, et ensuite, se faufiler de l'autre côté. Parfois, il se glissait furtivement, d'autres fois il courait, ralentissait brusquement, incertain, prêt à s'arrêter, et s'il savait où il se trouvait et ce qu'il devait faire au prochain carrefour, il ignorait en revanche « où il irait ensuite » ; il ne se dirigeait vers aucun lieu précis, sa progression suivait une direction mais n'avait aucune destination ultime, incongruité qu'il trouvait tout à fait normale. Et en toute sincérité, il trouvait que tout était parfaitement dans l'ordre des choses, c'est-à-dire, dans l'ordre naturel du chaos, un chaos auquel il devait lui aussi impérativement prendre part, plus tard, bientôt, très vite, quand l'occasion s'offrirait à lui de s'y préparer, de rassembler ses forces, de prendre une « profonde inspiration », le seul ennui étant que cette occasion était éternellement différée, car il devait sans cesse se faufiler, courir, ralentir, et ne connaissait aucun répit. S'il ne pensait pas un seul instant être persécuté ou traqué, en revanche, il dut l'admettre, la malchance, elle, le poursuivait bel et bien, c'était indiscutable, car, où qu'il se dirigeât, il tombait sur eux, il avait beau les contourner, il n'arrivait pas à s'en débarrasser, il finissait toujours par croiser leur route, comme dans un labyrinthe sans issue. Cela avait commencé dans le centre-ville quand par trois fois en l'espace d'une demi-heure, il avait failli les percuter, la première fois, rue Jókai, ensuite rue Árpád, et enfin, là où la rue des Quarante-Huitards débouchait sur la place Petőfi. À chaque fois il avait été sauvé par le hasard, soit par une porte cochère, soit, place Petőfi, par l'arrière-cour d'une boulangerie, ensuite par sa présence d'esprit quand, en les apercevant, il avait sauté juste à temps dans un abri de fortune, et bien entendu, par son sang-froid, qui lui avait permis de rester sans bouger alors que le tank et les soldats progressaient dans la rue. Il fit demi-tour jusqu'au passage Korvin, il le traversa, tourna à gauche, puis en se faufilant derrière le palais de justice (et prison), il décrivit un large détour et alors qu'il s'apprêtait à rejoindre les sécurisantes ruelles qui, à partir de la boucherie industrielle, quadrillaient la ville, il entendit à nouveau le bruit d'un moteur, ce son crissant, grinçant, râlant, si reconnaissable, et aperçut une troupe de soldats en haut de la rue Calvin, juste devant la pharmacie, et s'il ne fut pas découvert, au moment où, caché derrière une fontaine, il sortit la tête pour regarder autour de lui, ce fut là encore grâce au hasard, ou plus exactement, remarqua-t-il avec une certaine fierté, au meilleur fonctionnement de ses réflexes. Car il rentra immédiatement la tête et se tapit, respiration coupée, mais à ce moment-là, pour une raison quelconque, ils entrèrent dans la rue Calvin, il se mit alors à courir à toutes jambes en direction des ruelles ; il décida de rejoindre le quartier de Románváros où il pensait être un peu tranquille, un plan apparemment séduisant, sauf qu'à mi-chemin il fut une nouvelle fois à deux doigts de heurter le monstre de fer. À partir de là, il eut le sentiment que quoi qu'il entreprendrait, le tank, comme s'il pouvait lire dans ses pensées, le devancerait toujours, mais il refusa d'abdiquer sous la pression de cette pensée insidieuse, car cela revenait à admettre qu'il était traqué ; et lui, il n'était pas « l'homme du carnet », son sort n'était pas « définitivement scellé », il n'était pas — protesta-t-il en revoyant les lignes du carnet — une « biche » aux abois, et les soldats avec leur tank n'étaient pas des « chasseurs ». Par exemple, il était tout à fait capable de déterminer — il rebroussa chemin en longeant le cimetière de la Sainte-Trinité — s'il s'agissait d'une « véritable menace ou bien d'un ridicule malentendu », il n'avait aucune hésitation, et jamais il ne « s'était attardé » devant la « porte d'une maison familière », mais en tendant l'oreille dans le silence, à l'affût d'un éventuel bruit de moteur, il avançait, fatigué, certes, mais pas « terrorisé » et pas « résigné » et certainement pas comme un « gibier traqué », « seul et impuissant ». En revanche, force lui était d'admettre que la direction de « sa progression » n'était plus, depuis déjà un long moment, dictée par sa volonté, et qu'au lieu de s'en approcher il ne faisait que s'éloigner du lieu où il pourrait enfin trouver le temps de se reposer un peu, et, à quoi bon le nier, il trouvait un peu inquiétant le fait — finalement — dérisoire qu'il se dirigeait lui aussi vers la gare, mais toute comparaison, pensa-t-il, s'arrêtait là, et il décida, au cas où les phrases tournées contre lui continueraient de le tracasser, de simplement jeter le carnet, car il ne devait surtout pas commettre l'erreur de gaspiller inutilement le peu de forces qui lui restait. Il se trouvait maintenant à une centaine de mètres de la place de la gare, et son état s'était malheureusement dégradé, ses pieds étaient meurtris, l'obligeant, pour soulager cette douleur particulièrement intense, à boiter de la jambe gauche, il ressentait un point douloureux à la poitrine à chaque inspiration, sa tête s'était à nouveau mise à bourdonner de façon insupportable, ses yeux brûlaient, sa bouche était desséchée, et comme il l'avait (Dieu sait quand et où) perdue, il ne pouvait même plus s'agripper à sa sacoche de postier, aussi faillit-il s'évanouir en entendant une voix qu'il prit pour celle d'un fantôme, quand M. Harrer, depuis le porche d'une maison qu'il venait juste de quitter, le héla en chuchotant (en réalité, il s'agissait moins d'un chuchotement que d'un simple psitt), puis lui fit signe en s'agitant dans tous les sens, avant, tout en jetant un œil en direction de la gare, de le tirer violemment sous le porche, où pendant trente secondes les deux hommes restèrent tapis sans bouger et sans parler. « Mon garçon, je ne peux rien faire pour vous, vous ne m'avez pas vu, vous ne m'avez pas rencontré, si on vous arrête, vous direz que vous n'avez aucune nouvelle de moi depuis hier, non, ne dites pas un mot, faites-moi juste un signe de tête pour me dire que vous avez compris, parce que… », bredouilla Harrer à l'oreille de Valuska, lequel était toujours persuadé d'avoir affaire à un fantôme, même s'il se demandait pourquoi cette haleine fétide qui le frappait en plein visage lui semblait si familière. « Nous sommes parfaitement au courant de ce que vous avez fait, murmura le fantôme, et s'il n'y avait pas cette sainte femme, Mme Eszter, vous seriez dans de beaux draps, car votre nom figure sur leur liste et vous pouvez bénir cette sainte femme, car sans sa grandeur d'âme…, c'est à elle que vous devez tout, vous m'entendez ? Tout ! » Valuska sentait bien qu'il devait acquiescer, mais comme il ne comprenait rien, il secoua la tête. « Ils sont à vos trousses ! Ils vont vous pendre ! Ça, vous pouvez piger ? ! » s'impatienta Harrer sur qui on pouvait lire qu'il n'avait qu'un seul désir : s'éclipser au plus vite. « Écoutez-moi ! Mme Eszter m'a dit : partez à la recherche de ce malheureux, mais à ce moment-là, elle ignorait encore que vous étiez sur leur liste, ceci dit, on pouvait s'en douter, tout le monde vous a vu traîner avec eux toute la nuit, allez le chercher, qu'elle m'a dit, parce que si les soldats l'arrêtent, il n'aura pas le temps de faire ouf qu'ils le pendront haut et court ! Vous comprenez ce que je dis ? ! » Valuska hocha la tête sans conviction. « Bon. Alors, maintenant vous prenez vos cliques et vos claques et vous déguerpissez. Harrer lui indiqua une direction lointaine. Vous fuyez, vous décampez, vous disparaissez de la ville, tout de suite, et vous pouvez remercier Mme Eszter, prenez par là, à la gare, faites attention, longez les rails, l'endroit est sans surveillance. Compris ? ! » Valuska hocha de nouveau la tête. « Bon. Je l'espère. Pour rejoindre la voie ferrée, vous vous débrouillez tout seul, moi, ça me regarde pas, je suis pas là, vous, vous rejoignez la voie, puis vous longez les rails jusqu'au bout, pas question de flâner, pas de temps à perdre, suivre les rails, c'est clair ? Vous allez le plus loin possible, vous vous planquez quelque part, dans une grange, ce que vous voulez, et ensuite, c'est ce qu'a dit Mme Eszter, on avisera. — Monsieur Harrer ! murmura

Valuska. Inutile de vous inquiéter à mon sujet, je vais parfaitement bien maintenant... je veux dire, je sais tout... d'ailleurs, je pars tout de suite et j'attendrai le message... mais je voulais vous dire, je suis un peu fatigué, et j'aimerais bien me reposer un peu quelque part, parce que... — Quoi ?! Vous reposer ! Lambiner alors que la potence vous guette ! Écoutez voir ! Moi, je m'en fiche, vous faites comme bon vous semble, on ne s'est pas vus ; pas un mot sur notre rencontre... ! Vous avez pigé ? Faites un signe de tête ! Et allons-y ! » Et là-dessus le fantôme, comme si la dernière remarque s'adressait à lui-même, s'esquiva du porche, et quand Valuska réagit, il avait déjà disparu. Il refusa (« puisque c'est la guerre... ») de s'étonner du caractère spectral de l'apparition soudaine de M. Harrer et du fait que l'homme ne fût plus lui-même et ne ressemblât aucunement à celui d'avant, en revanche, la mise en garde susurrée à son oreille : « ils vont vous pendre » et l'angoisse soudaine de se retrouver tout seul l'oppressèrent tellement que lorsqu'il sortit du porche et prit la direction de la gare, il dut l'admettre : non seulement il n'arrivait plus à retrouver l'intensité de sa vigilance, mais il ne pouvait même plus assurer un minimum de concentration. Pris à nouveau de vertiges, il tangua pendant plusieurs mètres, jusqu'au moment où l'épouvantable sentence (« Ils vont vous pendre ! ») cessa de résonner dans sa tête, il s'arrêta, chassa l'image récurrente du tank débouchant sans cesse devant lui, et se concentra sur les rails, et — s'adressant, puisque M. Harrer était parti, à lui-même — dit simplement : « Tout va bien se passer. » Ça va aller, il poursuivit son chemin vers la place, M. Harrer a raison, c'est la meilleure solution, partir d'ici, pas définitivement, juste en attendant que les choses s'arrangent, s'en aller, suivre les rails, fuir les soldats. Il arriva sur la place apparemment déserte, se tapit le long d'un mur, et avec une prudence accrue, survola la place en examinant le moindre recoin, et au moment jugé opportun, il prit une longue inspiration et traversa la place en courant pour s'engouffrer immédiatement dans la première rue et, à hauteur de la maison du garde-barrière, rejoindre la voie ferrée. La traversée s'était passée sans encombre, il avait la certitude que personne ne l'avait vu, mais au moment où il s'apprêtait à reprendre sa course, un peu plus bas, presque au pied du mur de la maison, une voix fluette l'interpella. Sans aller jusqu'à paniquer, puisqu'il n'y avait rien de menaçant (« Monsieur... c'est nous... ») dans cette interpellation, il fut tellement surpris qu'instinctivement il bondit dans la direction opposée, vers la chaussée, trébucha sur l'arête du trottoir et faillit s'étendre de tout son long. Mais finalement il réussit, en moulinant des bras, à éviter la chute, puis il se retourna, les regarda ; au début, il ne les reconnut pas, et ensuite, il n'en crut pas ses yeux, alla même jusqu'à penser que, cette fois-ci, le cas était encore plus flagrant qu'avec M. Harrer : il s'agissait bel et bien de fantômes. Les deux enfants du capitaine de gendarmerie étaient là au pied du mur, ils portaient tous deux un pantalon plissé en accordéon au niveau des chevilles et la même veste d'uniforme qu'ils lui avaient montrée lors de sa mémorable visite, une visite qui lui semblait remonter à une éternité, et à nouveau ils l'observèrent sans rien dire, puis le cadet se mit à pleurer, sur quoi l'aîné, cherchant à dissimuler qu'il avait du mal à contenir ses larmes, leva rageusement la main sur lui. Ils portaient la même veste d'uniforme, il s'agissait bien des deux mêmes enfants, mais ils ne ressemblaient aucunement aux deux autres, ceux qu'il avait laissés la veille au soir dans l'appartement surchauffé, il s'avança vers eux, ne leur posa aucune question, leur dit simplement : « Rentrez... vous devez rentrer immédiatement chez vous... » Immédiatement, répéta Valuska, sur un ton signifiant qu'il n'avait pas le temps de leur fournir des explications, et il les prit par les épaules, les poussa doucement pour les faire partir mais ils résistèrent, refusèrent de bouger, comme s'ils ne comprenaient pas. Le petit reniflait et pleurnichait, l'aîné répondit d'une voix étranglée qu'ils ne bougeraient pas d'ici, que leur père les avait réveillés en pleine nuit, qu'il leur avait donné ces habits, qu'il avait tiré dans le plafond avec son revolver ; il leur avait donné l'ordre d'aller l'attendre devant la gare, il avait crié que c'étaient tous des espions ou des traîtres, qu'il y aurait des purges, et puis, il avait claqué la porte en disant qu'il devait défendre la maison jusqu'au bout. « Oui, mais nous, on crève de froid, la bouche de l'aîné se tordit, on a vu passer M. Harrer, mais il ne s'est pas occupé de nous, et mon frère, il n'arrête pas de trembler et de pleurnicher, je ne sais plus quoi faire avec lui, et on ne veut pas rentrer à la maison, emmenez-nous avec vous, jusqu'à ce que papa soit dessoûlé. » Valuska observa la place de la gare, puis il regarda de l'autre côté de la rue, ensuite il se mit à scruter le trottoir, juste devant lui. À environ dix centimètres de son pied, il remarqua un petit caillou marron autour duquel le béton était complètement râpé et qui semblait reposer dans le vide. Du bout de son godillot, il donna un coup, le caillou roula puis après quelques culbutes se renversa sur une arête, et si Valuska s'abstint de se pencher pour le ramasser, il ne put en détacher ses yeux. « Il est où ton sac ? » demanda le plus jeune, arrêtant un instant, avant de reprendre aussitôt, ses reniflements, mais Valuska ne répondit rien, regarda le caillou, puis leur dit doucement « Rentrez chez vous ! », puis en leur indiquant d'un léger mouvement de tête la direction, il leur fit signe de partir. Lui, il prit la direction opposée, il ne se sentait plus « vide » mais « triste », et avant de tourner à hauteur de la maison du garde-barrière, il s'arrêta et leur demanda de ne pas le suivre, ce qu'ils firent ; ils partirent le long des traverses, l'un reniflait, l'autre secouait le premier pour lui faire accélérer le pas, et le troisième, à quelque dix mètres devant eux, boitait de la jambe gauche, totalement silencieux.

Silencieux et confus, ils secouaient la tête en baissant les yeux, comme s'il y avait quelque chose de honteux — ou de répréhensible — à le connaître, et s'ils risquaient quelques mots à voix basse (« ... par là ?... non »), en réalité, ils se terraient dans un profond mutisme, il avait beau les harceler de questions — ils ne veulent pas que je sache, se dit-il devant la mercerie, ils n'osent pas m'avouer franchement la vérité, ils mentent, une colère impuissante l'envahit, lorsqu'ils prétendent ne pas même se douter de l'endroit où il se trouve, et c'était ça le plus pénible, le mutisme éloquent de ces regards fuyants où se lisaient ici un rejet enrobé de compassion, là un ressentiment non dissimulé, ou une accusation ouverte, des regards où l'on pouvait tout lire sauf ce qui le concernait. Il les interrogea tous, de porte en porte, passant d'un pas vacillant d'un côté à l'autre de l'avenue, mais en vain, ils ne lui révélèrent rien, comme s'ils s'étaient murés dans le silence ; il ne se résignait pas à tourner sur la droite ou sur la gauche, car ce mutisme le persuadait qu'il se trouvait au bon endroit, mais à mesure que le nombre de gens se risquant dans la rue croissait, il devenait de plus en plus évident qu'il n'obtiendrait aucun renseignement sur ce qui s'était passé. Tous les yeux étaient tournés vers la place du marché, et quand, devant le cinéma, il croisa une brigade de pompiers et essaya de leur parler, sans ménagement, au lieu de l'orienter, ils le bousculèrent, comme le firent ensuite les soldats, et à partir de là, il n'interrogea plus personne, persuadé que celui qu'il recherchait était bien là, mais d'horrible manière, il rabattit donc sur lui les pans de son manteau, avança entre une double rangée de badauds inquiets en alternant le pas de course au pas de marche, passa devant l'hôtel Komló, puis traversa le pont du Körös, alla aussi loin qu'il put. Il ne put gagner la place Kossuth, car son accès était barré par de nouvelles troupes de soldats encore plus hostiles qui, le dos tourné, épaule contre épaule, pointaient leurs mitraillettes en direction de la place, et quand il tenta de se frayer un chemin parmi eux, un soldat l'interpella aussitôt puis, voyant que cela ne servait à rien, se posta brusquement devant lui, arma son fusil, le mit en joue en hurlant violemment : « Eh, vous, le grand-père ! Arrière ! Y a rien à voir ici ! » Eszter, effrayé, recula d'un pas, puis tenta de lui expliquer de quoi il retournait mais l'homme — soupçonnant quelque menace derrière son insistance — pointa à nouveau son arme sur lui puis, sur un ton encore plus hostile s'il en est, lui répéta : « Arrière ! La place est bouclée ! Il est interdit de passer ! Dégagez ! » Le ton de la menace, trahissant un état d'alerte extrême, indiquait clairement qu'il n'avait aucune chance de pouvoir dire un mot et que s'il n'obtempérait pas, si, malgré l'injonction, il refusait de partir, le soldat appuierait sur la détente au moindre faux mouvement de sa part, aussi fut-il contraint de faire demi-tour en direction du pont du Körös, où là en revanche, juste devant le pont, il dut bifurquer à toute vitesse, de crainte cette fois-ci que le barrage d'hommes en armes, au lieu de le dissuader, ne le pare d'une volonté désespérée, celle qui ne voit dans un obstacle qu'un objet qu'il faut à tout prix, en renouvelant les essais si nécessaire, réussir à franchir. Il faut essayer par un autre endroit, se dit-il, par la Grand-Rue, et il se mit à courir aussi vite que ses jambes et ses poumons le lui permettaient, longer le canal, contourner la place, il haletait, sa tête bourdonnait, et ensuite, s'il n'y avait pas d'autre moyen, se ruer sur eux et briser le cordon de sécurité, car il devait impérativement atteindre la place, pour s'assurer de ses propres yeux que son ami ne s'y trouvait pas ou plus exactement qu'il s'y trouvait bien, et pour ne pas avoir à envisager le pire, la pire des éventualités, celle qu'il refusait d'imaginer. Il courait péniblement le long de la berge en se répétant inlassablement qu'il ne devait surtout pas perdre la tête, qu'il avait besoin de rigueur, qu'il ne devait pas céder à la peur qui oppressait son cœur, et pour cela, il lui fallait conserver la méthode qu'il avait jusqu'ici, instinctivement, employée : avancer sans regarder. En effet, depuis qu'il s'était précipité hors de chez lui, sans canne, sans chapeau, son manteau à peine enfilé, et s'était dirigé vers le centre-ville, s'il avait perçu à travers tous ses sens les traces du vandalisme, rien n'avait pu l'inciter à leur accorder un seul regard, il n'avait cure du paysage, en dehors de Valuska, il n'avait rien à faire ici, de plus, il redoutait terriblement de voir surgir au milieu des ruines d'objets quelque chose, un indice le concernant, qui, en lui laissant deviner ce qui lui était arrivé, l'anéantirait. Il craignait d'entrevoir une casquette à visière, quelque part au pied d'un mur, ou un morceau de tissu bleu marine sur le trottoir, un godillot sur la chaussée ou une sacoche que l'on aurait jetée, la boucle brisée révélant ses entrailles — comme les entrailles d'un chat écrasé —, quelques journaux tout froissés. Le reste ne l'intéressait pas, ou plus exactement : il était incapable d'enregistrer ce qui l'entourait, car le récit de Mme Harrer restait bloqué dans sa tête à un endroit précis, peu lui importait de savoir ce qu'ils avaient saccagé, qui avait saccagé quoi, prendre connaissance de ce qui — hormis ce qu'il ne savait (ou ne pressentait) déjà — s'était déroulé pendant cette nuit, car son attention, concentrée sur un seul point, était totalement saturée. Il reconnaissait, certes, que son désarroi n'était rien comparé à la stupeur amère de celui qui découvrait à cet instant la ville dans toute son étendue, il admettait que face à un si lourd désastre, la question qui l'obsédait, à savoir où se trouvait Valuska et que lui était-il arrivé, pouvait sembler insignifiante, mais lui, l'impardonnable inconscient qu'il était, cette question le minait à chaque mètre parcouru, et... l'emprisonnait dans cette course-poursuite le long du canal, et s'il y avait eu une brèche pour lui permettre de voir à l'extérieur de cette prison, il n'aurait pas eu la force de le faire. Et derrière cette question s'en cachait une autre, qu'il devait également assumer : et si Mme Harrer s'était trompée, et si son mari, dans la confusion générale, avait mal interprété les choses, et si cet émissaire de l'aube, sans le faire exprès, s'était finalement trompé sur le sort de son colocataire ; il devait envisager et dans un même temps rejeter ce fait : les allégations de Mme Harrer étaient quasiment inconcevables puisque se trouver parmi cette bande de vandales, contempler les méfaits de ces brutes, participer en tant que témoin à cette comédie barbare, et flâner maintenant quelque part, indemne, cela, se dit-il, tenait du miracle, ou bien était tout aussi improbable que l'inverse était insupportable, de plus, une autre pensée l'obsédait, en s'étant « réveillé trop tard », il n'avait pas pu protéger son ami, et l'avait peut-être perdu à jamais, auquel cas, lui, lui qui quelques heures plus tôt avait tout à gagner, aurait « tout perdu » d'un seul coup. Car à l'aube de cette nuit cruciale où s'était joué le dernier acte de sa « réclusion générale », il ne lui restait plus que Valuska, le récupérer était la dernière chose qui le raccrochait à la vie, mais pour y arriver, il devait impérativement garder la tête froide, et par exemple, pensat-il en quittant la berge du canal pour rejoindre la Grand-Rue, refouler ses « envies de tout casser », retrouver son sang-froid, et ne pas plus « foncer sur eux » que « briser le cordon de sécurité ». Non, il allait procéder autrement, il n'allait rien exiger mais se renseigner, il allait le décrire et ils allaient l'« identifier », ensuite, il demanderait à parler à leur supérieur ; il lui expliquerait qui était Valuska, lui dirait que toute sa vie attestait de son innocence, il n'avait rien à voir dans cette histoire, il s'était simplement fait embrigader et n'avait pas, quoi de plus compréhensible, trouvé le moyen de s'échapper ; ils devaient le considérer comme une victime, l'acquitter immédiatement, car dans son cas, toute forme d'accusation était soit un malentendu, soit de la diffamation, et ils devaient le lui remettre, à lui, Eszter, comme un « objet perdu » que personne d'autre ne viendrait réclamer. Maintenant qu'il détenait la bonne stratégie et les mots appropriés, l'éventualité de ne pas trouver son ami ici lui sembla inconcevable, aussi, quelle ne fut pas sa stupeur quand, après avoir rejoint le double cordon qui fermait l'accès à la place Kossuth et donné un signalement détaillé de Valuska à l'un des soldats, celui-ci secoua vigoureusement la tête : « Négatif ! Celui que vous cherchez ne se trouve pas parmi eux. Tous ces vauriens portent des toques en fourrure... un manteau de postier ?... Une casquette à visière ?... Non... Puis, tout en lui faisant signe avec sa mitraillette de quitter les lieux : Aucune chance que votre type soit ici. — Si vous me permettez une dernière question, fit Eszter en montrant d'un signe de la main qu'il partirait aussitôt après. Est-ce le seul endroit où ils ont été rassemblés, ou bien... y en a-t-il ailleurs... ? — Tous ces porcs sont ici. Les autres, je parie qu'ils se sont enfuis, ou alors, on les a abattus. Ils sont morts. — Morts ? » Eszter fut pris de vertige, et sans plus se soucier des ordres qui lui intimaient de s'éloigner, il longea le mur en titubant derrière la rangée de soldats, mais la muraille humaine était haute, et dense, et malgré ses efforts, il ne pouvait rien distinguer, il devait trouver un endroit d'où, pour que le mot cesse de marteler sa tête, il pourrait avoir une vue d'ensemble, aussi tourna-t-il à l'angle de la place, s'arrêta devant la porte d'entrée saccagée de la pharmacie puis, ayant remarqué — toujours comme un somnambule — le socle en pierre d'une statue qui avait été déboulonnée, quelques mètres plus loin, il se dirigea vers lui. Le socle se trouvait à hauteur de son abdomen, grimper dessus, compte tenu de son âge et de son état de faiblesse, n'était pas chose facile, mais comme aucune autre possibilité ne s'offrait à lui et qu'il voulait sans délai s'assurer par lui-même qu'il s'agissait de toute évidence d'une erreur (« Il est forcément là, il ne peut pas être ailleurs ! »), et démentir l'affirmation du soldat, il se cramponna au socle, réussit, après plusieurs tentatives infructueuses, à placer son genou droit, marqua une pause, s'élança en prenant appui sur l'autre jambe et en s'agrippant sur le rebord opposé, puis, après avoir à deux reprises glissé, il réussit finalement à se hisser laborieusement sur le socle. Ses étourdissements persistaient, et, suite à l'effort consenti pour cette étrange escalade, un voile opaque lui obstruait la vue de la place, le simple espoir de tenir debout semblait donc assez compromis, mais lentement l'image s'éclaircit... la double rangée de soldats alignés en demi-cercle apparut... puis, à gauche, entre la rue János Karácsony et la chapelle calcinée, quelques jeeps et quatre ou cinq camions bâchés... enfin, à l'intérieur du cercle, une foule d'hommes immobiles et silencieux, serrés les uns contre les autres, les mains croisées derrière la nuque. Naturellement, pour n'importe qui d'autre il eût été impossible à cette distance de discerner une silhouette particulière dans cette masse compacte de toques en fourrure et de chapeaux de paysans, mais pour Eszter, cela ne faisait aucun doute, s'il se trouvait là, ses yeux ne le tromperaient pas, il se sentait capable de retrouver une aiguille dans une meule de foin, à condition que Valuska fût cette aiguille, seulement... il eut beau observer attentivement, à l'instant même où il se mit à passer la meule au peigne fin, il eut le sentiment que l'« objet perdu » ne s'y trouvait pas, et si la réponse du soldat lui avait précédemment donné le vertige, maintenant, le dernier mot prononcé le cloua quasiment au sol, il avait beau savoir que c'était parfaitement inutile, il ne pouvait détacher ses yeux de la foule. Il voulait bouger, il voulait redescendre, et dans un même temps il redoutait de le faire, car partir et assumer ce fardeau insupportable était pire que rester et continuer de scruter cette foule totalement dénuée d'intérêt à ses yeux ; rester, partir, pendant plusieurs minutes il balança entre ces deux options, dès qu'il bougeait, aussitôt une voix lui murmurait : « Non ! », dès qu'il s'y conformait, alors, la voix lui criait : « Il faut partir ! », et il ne s'aperçut qu'il avait finalement tranché qu'en se surprenant lui-même tout à coup... en train d'avancer, à une vingtaine de mètres de son socle d'observation. Il prit une direction, au hasard, celle-là ou une autre, peu importait, il était de toute façon persuadé qu'elle le mènerait à Valuska ; il aurait pu — pensait-il — continuer à marcher comme précédemment, en regardant devant ses pieds, mais à quoi bon, il releva la tête, il finirait bien par découvrir que cette façon de marcher en aveugle ne le sauverait plus ; il devait se préparer à la vérité, cet éternel renvoi à plus tard était plus nocif qu'une certitude et surtout, s'avoua-t-il, complètement absurde, mais toutes ces bonnes résolutions furent balayées d'un trait quand en se frayant un passage entre les jeeps et les camions, à l'angle de la place, il jeta un œil, juste en passant, dans la rue János Karácsony et aperçut un attroupement. En haut de la rue, juste devant les débris de la porte d'entrée du tailleur Wallner, un nombre incroyable de manteaux, vestes et pantalons recouvraient le trottoir et la chaussée, quelques maisons plus loin, une quarantaine de personnes, certainement sorties des maisons voisines, étaient attroupées, visiblement autour de quelque chose, de quoi s'agissait-il, il ne pouvait le voir, quoi qu'il en soit, il s'arrêta net, révoqua sur-le-champ son intention d'aborder avec sang-froid tout ce qu'il affronterait et, comme si son dispositif de freinage venait soudainement de lâcher, il enjamba comme il put tous les obstacles, c'est-à-dire les monceaux de vestes, manteaux et pantalons, et se mit à courir à perdre haleine dans leur direction, étonné et indigné de voir, n'ayant pas conscience que personne n'entendait la voix qui hurlait en lui, que les gens ne s'écartaient pas pour lui céder le passage. De plus, juste avant d'atteindre et de pouvoir briser ce cordon de fortune, un homme petit et corpulent, portant une sacoche de médecin, sortit de la foule pour le stopper, l'entraîna en le tirant par le bras, de l'autre côté de la rue, en lui signifiant d'un signe qu'il avait à lui parler. Il s'agissait de Provaznyik, le médecin, dont l'irruption — même si la brusquerie de la manœuvre le prit au dépourvu — ne surprit aucunement Eszter, non seulement parce qu'il habitait le quartier, mais surtout parce qu'elle confirmait de façon manifeste son horrible pressentiment et cadrait parfaitement avec son scénario, un scénario où la présence d'un médecin ne nécessitait aucune explication, car quelle pouvait être sa mission sinon parcourir les rues escorté de soldats et séparer les blessés des victimes que Mme Harrer avait évoquées. « Vous savez…, Provaznyik hocha la tête quand, estimant que la distance qui les séparait du groupe était suffisante, il s'arrêta enfin et, sans lâcher le bras d'Eszter, se posta face à lui, … je vous déconseille d'aller voir… Ce genre de spectacle n'est pas pour vous, croyez-moi… », lui dit-il en tant qu'expert en la matière parfaitement objectif et sachant que les profanes réagissaient avec hystérie face à ce genre de spectacle même si, il ne comprenait pas pourquoi mais son expérience le lui avait appris, les avertissements les mieux intentionnés obtenaient toujours des effets radicalement opposés. Et tel fut le cas, car cette mise en garde n'ébranla nullement Eszter qui, par la même occasion, perdit le peu de sang-froid qui lui restait et tenta de se délivrer de la poigne du médecin pour se ruer vers l'attroupement et se frayer un chemin, par la force, si nécessaire, mais Provaznyik n'était pas homme à lâcher prise facilement, et Eszter, après plusieurs molles tentatives, abandonna le combat, baissa la tête et demanda simplement : « Qu'est-ce qui lui est arrivé ? — Je ne peux encore rien affirmer avec certitude, répondit d'une voix grave le médecin après une brève hésitation, mais il s'agit très certainement d'une strangulation, c'est du moins ce qu'indiquent les traces. La victime, il lâcha son patient apparemment calmé et écarta les bras en signe d'indignation, a dû crier, et ses assassins l'ont réduite au silence de cette façon. » Eszter n'entendit pas ces derniers mots car il était déjà reparti rejoindre l'attroupement, quant à Provaznik, satisfait de voir qu'Eszter semblait radouci, il ne chercha pas à le retenir, eut un signe de résignation et lui emboîta le pas, car, sans être radouci, Eszter n'était plus dans le même état, n'était plus pressé, et quand il rejoignit la foule, il ne bouscula personne, se contenta d'effleurer quelques épaules pour se frayer un passage. Ils reculèrent, se poussèrent sans dire un mot, et un couloir s'ouvrit au milieu du cercle qui se referma derrière lui et le médecin qui le suivait, l'enfermant dans un piège sans issue possible : il fut obligé de regarder le sol et le corps étendu sur le dos, les bras en croix, bouche ouverte, les yeux exorbités, la tête renversée en arrière au-dessus du caniveau, et il dut affronter le regard épouvanté fixé sur lui, ce regard qui ne pouvait plus dire qui avait fait cela, qui ne pouvait plus parler, tout comme son propre visage figé en pierre ne pouvait révéler ce qui le bouleversait le plus : voir ce que signifiait « perdre la vie », et de façon si odieuse, ou bien — même si, à cet instant particulier, ce visage lui était plus que familier ! — découvrir que ce n'était pas la personne qu'il recherchait. Le cadavre ne portait pas de manteau, mais une simple robe en flanelle et un gilet vert foncé tout chiffonné, et comme il était impossible de savoir depuis quand il gisait là, soit le corps allait très vite geler, soit il l'était déjà, un constat qui relevait des compétences de

Provaznyik, lequel, en contournant Eszter, reprit l'examen qu'il avait interrompu, la question essentielle se résumant, semblait-il, à déterminer si le corps était transportable. La foule — qui s'interrogeait en chuchotant : le bras, la main, ou le cou n'allait-il pas se briser en étant manipulé — se resserra autour du cadavre pour suivre attentivement chaque geste du médecin, l'espace en fut d'autant réduit, si bien que les deux soldats, postés près de la victime, qui étaient en train de recueillir le témoignage d'une femme totalement effondrée, interrompirent leur interrogatoire pour demander vigoureusement aux badauds de reculer, sinon « l'ordre de dispersion serait donné », mais au moment où les gens se plièrent de mauvaise grâce à leurs injonctions, eux-mêmes, cessant de noter les réponses étouffées en sanglots du témoin dont le visage était enfoui dans un mouchoir, se mirent également à suivre des yeux le docteur Provaznyik qui essayait de bouger avec précaution la mâchoire du cadavre, puis ses jambes. Eszter n'avait rien remarqué, tant il luttait pour trouver un moyen de détourner son regard de cet atroce visage, et il ne réussit à se délivrer de cette pétrifiante image de la mort que lorsque le médecin s'interposa un instant entre lui et le corps ; à partir de là, plus rien n'exista pour lui en dehors de Provaznyik, et il riva définitivement ses yeux sur lui pour éviter de se fourvoyer à nouveau, ne fût-ce que d'un simple coup d'œil, dans cette vision ; car il était persuadé que ce légiste de fortune ne l'avait pas mal compris mais qu'il l'avait induit en erreur, il contourna le corps en même temps que le médecin, et quand celui-ci s'agenouilla pour poursuivre son examen, il s'arrêta derrière lui et lui cria : « Valuska, dites-moi, docteur, Valuska, vous l'avez trouvé ? » En entendant prononcer ce nom, tous les chuchotements cessèrent d'un seul coup, la femme lança un regard affolé vers les soldats ; lesquels se regardèrent, d'un air entendu, et tandis que le médecin, sans lever les yeux, lui faisait signe que non (avant de lui susurrer : « Mais d'après ce que je sais, mieux vaut éviter le sujet... »), l'un des soldats sortit un morceau de papier, de son doigt parcourut les lignes de haut en bas, s'arrêta à un endroit, le montra à son collègue, qui observa Eszter et d'une voix de stentor lui demanda : « János Valuska ? — Oui, Eszter se tourna vers eux, c'est lui, c'est bien de lui qu'il s'agit », sur quoi les deux soldats le prièrent de leur dire en détail tout ce qu'il savait sur « l'individu en question », et persuadé que contrairement à Provaznyik ils détenaient la réponse, il leur adressa sa question (« Dites-moi, est-il en vie ? »), et se lança dans des explications confuses qui se voulaient un plaidoyer de défense, qu'il dut malheureusement écourter. Ils lui firent signe d'arrêter, l'informèrent que d'une part c'étaient eux qui posaient les questions, d'autre part, ils n'avaient que faire d'un « ange, d'un manteau de postier, ou d'un livreur de repas », et s'il avait l'intention de distraire l'attention des représentants de l'ordre avec ce genre de discours, il était mal parti, eux, ce qui les intéressait, c'était de savoir où il résidait, mais Eszter, ayant mal interprété le sens de la phrase, leur répondit qu'ils n'avaient pas à s'inquiéter, il ne pouvait être plus en sécurité que chez lui, mais quand les deux, à bout de patience, échangèrent un regard agacé, force lui fut de constater qu'ils n'avaient guère l'air convaincus. Ils ne devaient pas s'imaginer, déclara-t-il, que son point du vue divergeait du leur, il pensait lui aussi que toute décision prise dans l'intérêt général nécessitait la plus grande circonspection, ils pouvaient compter sur sa coopération, mais ils devaient également comprendre qu'il devait enfin savoir toute la vérité au sujet de Valuska, et puisqu'il constatait que sur ce sujet, ce sujet capital à ses yeux, ces Messieurs ne s'exprimaient nullement, alors que tel était leur devoir, ils ne devaient pas s'étonner d'apprendre que tant qu'il n'aurait pas obtenu de réponse claire, il ne répondrait plus à aucune de leurs questions. Les soldats ne firent aucun commentaire, échangèrent un regard, après quoi l'un fit un signe de tête et dit : « Très bien, moi je reste », puis son confrère prit Eszter par le bras et avec un simple : « Allez, mon vieux, on y va ! », le poussa en avant et le guida à travers la foule qui en s'écartant aussitôt les contempla d'un air stupéfié. Eszter, croyant que ce brusque revirement de situation signifiait qu'ils cédaient devant ses exigences et acceptaient son ultimatum, ne protesta pas, la brutalité de la méthode et se voir traité comme un prisonnier lui important peu, et ils parcoururent une trentaine de mètres ainsi, l'un devant l'autre, puis le soldat lui hurla : « Tournez à gauche ! », l'obligeant à quitter la rue János Karácsony pour prendre la direction du canal, et s'il ne savait ni où ni quand finirait ce périple, il obéissait aux ordres avec le sentiment que là où on le conduirait « tout s'éclaircirait ». Il avait décidé de s'en accommoder tout au long du chemin, pourtant, quand ils gagnèrent la rive du canal, il ne put s'empêcher de reposer sa question (« Dites-moi seulement s'il est encore en vie... ! »), mais son escorteur le rembarra violemment et il comprit qu'il valait mieux s'abstenir, sans un mot, il prit donc la direction indiquée puis, obéissant à une nouvelle instruction, il traversa le pont de fer au-dessus du canal et, en voyant qu'ils s'engageaient aussitôt dans une courte ruelle, il en déduisit que la destination — au moins provisoirement — ne pouvait être que la Grand-Rue. Pour ensuite se rendre où, il n'avait aucun moyen de le deviner puisque dans de telles circonstances extraordinaires n'importe quel bâtiment public pouvait faire office de prison ou de morgue, de plus, ces vaines spéculations eurent pour résultat de réveiller en lui une image horrible et douloureuse, sauf que le décor avait changé et qu'il ne l'entrevoyait plus « au pied de quelque mur », ni parmi des « vestiges d'objets », mais dans une morgue improvisée. Comme il l'avait pressenti, ils s'engagèrent dans la Grand-Rue, et il décida de stopper là les devinettes et de consacrer toute son énergie à remettre de l'ordre dans ses pensées et à chasser cette image cauchemardesque : il fallait séparer les faits des impressions, les extraire de ce qui n'était que de sombres prémonitions, peser le poids de chaque mot, de chaque regard, au cas où quelque chose, un détail insignifiant, lui aurait échappé, et Eszter entreprit de recenser tous les éléments susceptibles de contredire ses mauvais pressentiments, chercha dans les déclarations de Mme Harrer, de Provaznyik et des soldats, tout ce qui pouvait suggérer que Valuska était seulement prisonnier, attendant quelque part sa libération, sans se douter de rien effrayé mais indemne. Mais son espoir de récupérer son ami sain et sauf, hormis le récit de Mme Harrer, ne reposait sur rien, et force lui fut rapidement de reconnaître que ces détails et déclarations le maintenaient au mieux dans le doute absolu, au pire — il revit le corps allongé sur le trottoir — balayaient ni plus ni moins toute forme d'espoir ; quand ils contournèrent le château d'eau et prirent la rue de l'Hôtel-de-Ville, il regretta de s'être engagé dans cette périlleuse entreprise de « remise en ordre », car, malgré tous ses efforts pour l'éviter, il ne cessait de se heurter à l'image de ce corps, qui revêtait une signification capitale à ses yeux. Il devait absolument identifier ce corps, c'est-à-dire, affronter enfin son identité, car si là-bas, rue János Karácsony — malgré son soulagement honteux —, la vision pure de la mort l'avait bouleversé, maintenant — orientant ses pensées dans une direction peu rassurante —, c'était l'identité de la victime qui le terrassait ; le terrassait et l'épouvantait puisque cette agression meurtrière — tel était maintenant son sentiment — n'avait pas vraiment raté sa cible, et lui offrait un avant-goût de ce qu'il devait se préparer à découvrir quand enfin ils arriveraient à destination. L'impitoyable coup qui avait touché la femme était passé tout près de Valuska, et s'il n'arrivait pas à trouver d'explication à ce sentiment, il pressentait que le sort de l'un préfigurait celui de l'autre ; il ne put ignorer plus longtemps que la tête renversée au-dessus du caniveau était celle de Mme Pflaum, et plus rien ne pouvait l'empêcher de projeter l'image de son fils dans la continuité de ce corps figé, si sauvagement exécuté. Il se demanda, sans trouver la moindre explication, ce que pouvait bien faire cette femme ici en pleine nuit, surtout elle, Mme Pflaum, qui contrairement à lui était au courant de ce qui se passait et qui, par ailleurs — même s'il ne la connaissait pas intimement, il en était certain —, comme la majorité des femmes de la ville, ne sortait jamais de chez elle une fois la nuit tombée, et puis en imaginant qu'ils aient fait irruption chez elle, pourquoi l'auraient-ils traînée jusqu'ici, c'était étrange mais le plus mystérieux était de comprendre pourquoi le lien de dépendance entre la mère et son fils lui semblait à ce point évident. Rien, bien entendu, ne justifiait cette évidence, mais il ne voyait pas l'utilité de devoir justifier quoi que ce soit, son instinct le lui disait, et il ne pouvait rien contre cet instinct, il eut beau par la suite faire semblant du contraire : ses efforts pour libérer son esprit de l'incertitude qui le hantait avaient abouti de façon renversante à un succès total, puisque imaginer toutes les éventualités l'avait conduit à éliminer toutes les éventualités. Il ne croyait plus à quelque issue favorable, et pendant les derniers mètres restants, il ne se faisait plus aucune illusion, mais au lieu de réagir de façon hystérique, il se résigna totalement à tout ce qui pouvait arriver, et quand le soldat lui ordonna : « À droite ! », c'est un homme docile et brisé qui franchit la porte de l'hôtel de ville ; posté au pied d'un escalier, un soldat en arme vint les rejoindre, ils le firent monter à l'étage où là, au milieu d'un attroupement de soldats et de citadins, il dut patienter devant une porte ; son escorteur entra, ressortit très vite, et le conduisit dans une immense salle où on le fit asseoir au milieu de quatre autres personnes. Eszter, pendant que son gardien, une fois sa mission terminée, sortait en saluant, s'installa docilement sur le siège indiqué, tête baissée, sans pouvoir regarder autour de lui, car il fut pris du même malaise que la veille, peut-être à cause du contraste entre la chaleur de la pièce et le froid glacial de l'extérieur, ou bien était-ce son organisme qui, épuisé par cette marche et maintenant qu'il était assis, venait enfin — de cette façon — de protester. Il lui fallut plusieurs minutes pour recouvrer ses forces mais il lui suffit d'un seul regard pour comprendre : ils ne l'avaient pas conduit au bon endroit, ce n'était pas ce qu'il attendait, toutes ses spéculations et hypothèses, tous ses espoirs et désillusions s'avéraient inutiles ou tout du moins précipités, car il ne s'agissait ni de prison ni de morgue, et il n'allait pas obtenir de réponses mais subir de nouvelles questions, alors que toute forme de discours n'avait plus aucun sens, pas plus que de se trouver ici puisque, Eszter fit le tour de la pièce des yeux, Valuska n'était pas là : ni mort, ni vivant. En face de lui, les gigantesques fenêtres donnant sur la rue étaient obstruées par de lourds rideaux et l'espace demi-obscur semblait, à peu près à hauteur de l'entrée, partagé en deux parties égales par une ligne de démarcation invisible : au centre de la moitié où il était assis avec les quatre hommes se trouvait un homme portant une toque de fourrure et de lourdes chaussures montantes avec un visage marqué par de violentes traces de coups, un mètre plus loin, un jeune soldat (un gradé, d'après ce que ses connaissances en la matière l'incitaient à penser) se tenait les mains croisées dans le dos, et derrière eux, dans l'angle, il découvrit tout simplement sa propre femme, laquelle, visiblement peu intéressée par ce qui se passait de ce côté, observait d'un regard crispé l'autre partie de la pièce, plongée, elle, dans l'obscurité, où l'on ne pouvait distinguer (là d'où il se trouvait) qu'un siège en bois à haut dossier, très ouvragé, qui selon ses souvenirs supportait la charge honorifique du président du Conseil depuis toujours. À sa gauche, son voisin immédiat était un homme obèse d'une corpulence quasi surnaturelle qui respirait bruyamment, et — comme pour mieux aggraver ses difficultés respiratoires — aspirait de temps à autre une bouffée d'un cigare très parfumé et, pris d'une quinte de toux, cherchait désespérément un cendrier pour finalement répandre ses cendres sur le tapis ; les trois hommes qui se trouvaient à sa droite s'agitaient nerveusement sur leur siège et quand Eszter, les ayant reconnus, les salua à voix basse, ils lui répondirent d'un simple hochement de tête froid et distant puis — comme pour oublier que la veille, devant le Club des notables de la fabrique de bonneterie, ils avaient eu bien du mal à le quitter — détournèrent la tête pour observer tour à tour Mme Eszter, l'officier, et la pénombre à l'autre extrémité de la pièce, en se chamaillant à voix basse pour savoir qui commencerait le premier lorsque, dixit M. Volent, « ils auraient rabaissé l'arrogance de cet infâme et insolent criminel » et que « M. le Sous-Lieutenant » leur donnerait enfin la parole.

Décrypter le sens de cette phrase n'était guère difficile car si, persuadé que le sort de Valuska était déjà réglé, il ne prêtait guère d'intérêt aux événements qui se déroulaient ici, il observa lui aussi l'homme au visage tuméfié et la silhouette du gradé au centre de leur moitié de salle, visiblement agacé, et dès le premier coup d'œil, il put déceler la cause de l'exaspération perceptible des trois hommes : l'« arrogance » de l'homme à la veste molletonnée, et le fait que l'interrogatoire (car de toute évidence il s'agissait bien de cela) qui, à en juger par l'aplomb de cette « arrogance » évoquait plutôt un duel, semblait être parti, pour le plus grand malheur des personnes présentes, pour durer un certain temps. Le « sous-lieutenant », contraint de marquer une courte pause lors de l'arrivée d'Eszter, resta ensuite un long moment, le temps pour Eszter de revenir de son malaise et de fixer son attention sur eux, silencieux, le visage crispé, il se pencha vers l'homme et plongea ses yeux vibrant de menaces dans les siens, comme si dans son impuissance il comptait sur ce long et pénétrant regard d'acier non seulement pour le faire abdiquer mais pour anéantir totalement ce coriace adversaire. Mais celui-ci, parfaitement impassible, le regarda en affichant que rien ne pouvait l'impressionner, et soutint le regard de l'officier avec une expression de désinvolture mêlée d'ironie, et quand le sous-lieutenant, lassé, pivota rageusement sur ses talons, l'homme répondit par un simple sourire furtif, se moquant éperdument de ce que le soldat, avec ses médailles qui rutilaient sur sa poitrine et son regard « d'acier » chargé de lueurs assassines, ce soldat qui supportait de moins en moins le combat, allait faire, à savoir : allait-il s'en charger personnellement ou bien le remettre à nouveau (puisque, à en juger par les traces de coups sur son visage, se dit Eszter, il l'avait déjà fait) entre les mains de ceux qui jusqu'ici et malgré les coups n'avaient pas réussi à le mater — c'est-à-dire le convaincre de parler —, à « briser », la voix de M. Volent s'immisça dans les pensées d'Eszter, « la résistance de ce malfaiteur endurci ». L'officier recula d'un pas puis explosa et hurla au prisonnier : « Tu vas cracher le morceau, oui ou non ? ! », et l'homme de lui répliquer aussitôt : « Je te l'ai déjà dit. Si vous me laissez dans une pièce vide pendant cinq minutes avec un revolver, je parle... », et de hausser les épaules, signifiant « avec lui, pas de marchandage » ; ce fut tout, mais ce fut suffisant pour permettre à Eszter de deviner ce qui s'était passé avant son arrivée et de comprendre que l'enjeu de ce duel consistait à faire parler l'homme à la veste molletonnée, l'obliger à révéler ce que tous, même ses voisins — malgré leur terrible envie d'intervenir —, attendaient avec curiosité et nervosité. Ils voulaient apprendre de cet homme, probablement sélectionné par les soldats parmi les « porcs » de la place du marché, quelque chose sur les événements de la nuit passée, ils voulaient des détails, souhaitaient connaître, comme le sous-lieutenant — après avoir donné une réponse affirmative à la requête précédemment formulée (« Si tu veux crever tout seul, qu'à cela ne tienne ! ») — le précisa, les « faits, les circonstances, les détails précis » pour, une fois en possession de ces données, être en mesure de fournir une explication plausible et solide à même de rassurer aussi bien les civils que les militaires ; Eszter, en revanche, ne voulait rien savoir, car selon lui, les « faits, circonstances et détails » ne pouvaient dans le meilleur, c'est-à-dire le pire, des cas, que tourner autour de Valuska, et non le conduire à lui, c'est pourquoi il se serait volontiers bouché les oreilles quand — maintenant que les deux parties s'étaient mises d'accord sur les conditions — démarra un échange basé sur des questions aussi tendues que les réponses étaient froides et insolentes, un dialogue dont la volubilité, après le long silence qui avait précédé, sembla jaillir comme un torrent.

— Nom ?

— Qu'est-ce que ça peut te faire ?

— Donnez-moi votre nom !

— Fous-moi la paix avec mon nom.

— Domicile ?

— Tu veux pas que je te donne le nom de ma mère en plus ?

— Répondez à mes questions !

— Bon, ça suffit, espèce de bouffon.

— Ce n'est pas moi que vous offensez, mais les autorités.

— Va te faire foutre avec tes autorités.

— Nous avions convenu que vous parleriez. Mais si ça se passe ainsi, au lieu de vous donner un revolver, je vais vous faire couper la langue. Je ne plaisante pas. Et tenez-vous droit ! Dans quel but êtes-vous venu dans cette ville ?

— Pour m'amuser. J'adore les attractions foraines. J'ai toujours aimé ça.

— Qui est le prince ?

— Je ne connais aucun prince. Je ne connais personne.

— Arrêtez de mentir !

— Pourquoi ?

— Parce que c'est inutile. J'ai déjà eu affaire à des gens de votre espèce.

— Très bien. Alors on ferait mieux d'en finir. Le revolver, c'est celui que tu portes à ta ceinture ?

— Non. C'est le prince qui vous a ordonné de vous tirer une balle dans la tête si l'émeute était matée ?

— Le prince ne nous a pas donné d'ordre.

— Mais ?

— Mais quoi ? Ça ne te regarde pas.

— Répondez !

— Pour quoi faire ? Tu peux pas comprendre.

— Je tiens à vous avertir qu'il est inutile d'essayer, vous n'arriverez pas à me faire sortir de mes gonds. Quand et où avez-vous fait la connaissance de ces forains ?

— Tu peux te le mettre où je pense, ton avertissement.

— Quand avez-vous vu le prince pour la première fois ?

— Je l'ai aperçu une seule fois, seulement son visage. Il est toujours emmitouflé sous une pelisse quand il sort de la remorque.

— Pourquoi est-il emmitouflé ?

— Parce qu'il a froid.

— Vous prétendez avoir aperçu son visage. Décrivez-le !

— Le décrire ! Non seulement t'es con mais en plus t'es rasant.

— Où se trouve son troisième œil ? Derrière ? Sur le front ?

— T'as qu'à l'amener ici. Si tu as assez de courage, je te montrerai.

— Pourquoi devrais-je avoir peur de lui ? Il va me métamorphoser en crapaud ?

— T'es déjà un crapaud, pas besoin de métamorphose.

— Finalement, je vais peut-être changer d'avis et te faire exploser la cervelle.

— Vas-y, bouffon.

— Patience. Quelle heure était-il hier quand votre prince est sorti de la remorque ?

— Quelle heure. Je te l'ai déjà dit, tu comprends rien.

— Avez-vous entendu personnellement ce qu'il a dit ?

— Il n'y a que ceux qui étaient à côté de lui qui l'ont entendu.

— Alors, comment savez-vous ce qu'il a dit ?

— Le factotum, lui il le comprend. C'est lui qui transmet.

— Et qu'a-t-il transmis, par exemple hier ?

— Que les crapauds dans ton genre ne servaient à rien.

— Il vous a ordonné de tout saccager, n'est-ce pas ?

— Le prince n'a jamais donné aucun ordre.

— Il vous a dit : « Rebâtissez tout sur les ruines ! » N'est-ce pas ?

— T'es bien au courant, bouffon.

— Qu'est-ce que cela veut dire, expliquez-moi, que veut dire tout rebâtir sur les ruines !

— T'expliquer ? À toi ? Peine perdue.

— Très bien. Quelle est votre profession ? À ce que je vois, vous n'avez pas l'air d'un va-nu-pieds.

— Ah oui ? Et toi, tu crois que tu as l'air mieux ? Avec toutes tes babioles en plastique sur la poitrine. Moi, j'oserais jamais sortir avec ça.

— Je t'ai demandé ta profession.

— Je piochais la terre pour ceux de votre espèce.

— Mais vous n'êtes pas un paysan.

— Non, mais toi, oui.

— Vous avez l'air plutôt cultivé.

— Tu fais fausse route. Tu n'es qu'un minable de bas étage.

— Avez-vous envie que je vous abatte comme un vulgaire chien pouilleux ?

— Quelle perspicacité !

— Et pourquoi ?

— Parce que je n'ai plus envie de piocher la terre pour vous.

— Que voulez-vous dire au juste ?

— Je veux dire que, toi aussi, tu pioches la terre. Comme un bouseux. Tu bêches, tu bêches, et en plus tu aimes ça. Pas moi.

— Cette allusion est à prendre au sens figuré, n'est-ce pas ?

— Je croyais que c'était moi l'homme cultivé. Au sens figuré... Je sens que je vais me trouver mal. Tu me donnes envie de vomir.

— Répondez : quand votre prince est retourné dans la remorque, vous avez tous quitté la place immédiatement. Qui vous a donné les instructions ? Décrivez-le ! Qui vous a ordonné de vous disperser en petits groupes au bureau de poste ?

— Quelle imagination !

— Donnez-moi le nom de celui qui était aux commandes !

— Nous n'avons qu'un seul chef. Et vous n'êtes pas près de l'attraper.

— Comment savez-vous qu'il s'est échappé ? Vous a-t-il parlé ? Vous a-t-il dit où il allait ?

— Vous ne l'aurez *jamais*.

— Votre prince serait-il un diable échappé de l'enfer ?

— C'est un peu plus compliqué que ça. Il est fait de chair et de sang, mais d'une forme spéciale de chair et de sang.

— Puisque ça vous est égal, expliquez-moi : comment fait-il pour vous fasciner à ce point ? Et ce prince existe-t-il vraiment, oui ou non ? Pourquoi avez-vous mis cette ville à sac ? Qu'êtes-vous venus faire ici ? Détruire la ville ? De vos mains ? Que cherchiez-vous ? Je cherche à comprendre.

— Je suis incapable de répondre à autant de questions à la fois.

— Alors, répondez à celle-là : avez-vous pris part aux meurtres ?

— Oui. Mais pas assez à mon goût.

— Pardon ?

— Je répète : pas assez.

— Un enfant a été tué à la station de chemin de fer, et là, ce n'est pas l'officier qui parle à un prévenu, mais je vous demande d'homme à homme : il n'y a donc rien de sacré pour vous ! ?

— D'homme à homme, je peux te l'avouer : non, rien. Tu vas me le donner quand ce revolver ?

— Je crois que je ferais mieux de te tordre le cou.

— Je n'ai rien à voir avec cet enfant. Mais vas-y, tords-moi le cou.

— Et ces plus de cent personnes sur la place, elles sont toutes comme vous ?

— Comment savoir ?

— Vous m'écœurez.

— Tu vois, finalement, tu es sorti de tes gonds. Pourquoi ton visage est-il si crispé ? Où est passé ton sang-froid de militaire ?

— Mettez-vous au garde-à-vous !

— Ah oui, et comment ! ? J'ai le nez qui pisse le sang et les mains menottées dans le dos.

— L'interrogatoire est terminé ! Nous allons vous transférer devant un tribunal militaire ! Dirigez-vous vers la porte !

— Tu m'avais promis un revolver.

— La porte !!!

— Un gentil soldat comme toi, c'est pas beau de mentir comme ça ! Un tribunal militaire, elle est bien bonne, celle-là ! On ne t'a pas prévenu que plus rien ne fonctionnait ? Un tribunal militaire !

— Je vous ai dit : la porte !!!

— Ton visage est écarlate. T'es vraiment qu'un blaireau. Mais bon, je m'en fous. Allez, salut, blaireau.

Les deux soldats postés à l'entrée, quand il arriva à leur hauteur, le saisirent par le bras, l'évacuèrent de la salle puis fermèrent la porte derrière eux. On entendit le bruit de leurs pas se dirigeant vers l'escalier puis ce fut le silence total, le sous-lieutenant rajusta sa veste, les autres l'observèrent en se demandant s'il allait retrouver son sang-froid après cet accès de colère. Qui attendait quoi au juste, ce n'était pas clair, mais toutes les personnes présentes — à une exception près — espéraient du sous-lieutenant une remarque personnelle, une parole capable de les fédérer face au comportement abject de l'homme à la veste molletonnée et de leur permettre d'exprimer à leur tour leur indignation. À une exception près, car l'interrogatoire avait eu sur Eszter un tout autre effet, et ce que le prisonnier aux mains menottées dans le dos lui avait révélé au cours de cet échange de questions et de réponses, au lieu de l'indigner, l'avait plongé dans un état d'hébétude encore plus profond qu'auparavant en le persuadant définitivement que si Valuska s'était fourvoyé avec des hommes de son espèce, et visiblement tout indiquait que tel était le cas, il n'avait aucune chance d'avoir survécu. Non seulement il ne souhaitait pas s'« exprimer », mais il n'en avait plus la force, c'est pourquoi il ne prit aucune part aux messes basses offusquées que l'officier — qui avait finalement retrouvé son sang-froid — permit aux hommes assis le long du mur de prononcer, à défaut d'explosion d'indignation « fédératrice », et faute de « remarque personnelle », car il n'avait que faire des « quel scélérat ! » et des « il mérite une balle dans la tête ! », et quand son voisin immédiat, M. Volent, lui murmura, dans l'espoir d'un assentiment de sa part : « Ce genre d'ignoble individu mérite un châtiment pire que la mort, vous ne pensez pas ? » il répondit à cette amorce de dialogue amical par un simple signe de tête indifférent, et resta impassible, coincé dans ce chœur de messes basses, et sans même s'apercevoir qu'autour de lui tout le monde s'était subitement tu, il continua de regarder dans le vide avec un air profondément accablé. Une porte s'ouvrit, quelqu'un s'approcha de lui en silence, mais il ne leva pas la tête, il ne remarqua pas que le sous-lieutenant leur faisait signe de venir au centre de la pièce et quand il finit par lever les yeux, il s'étonna à peine de voir son voisin, l'homme obèse, occuper la place que tenait précédemment le prisonnier et de découvrir, plus loin, dans le coin de la pièce, Harrer, en pleine discussion animée avec Mme Eszter ; mais Eszter ne montra aucune surprise, ce brusque changement de distribution n'altéra en rien son indifférence générale à l'égard de ce qui se passait ici, il n'accorda aucun intérêt à Harrer qui — tandis que sa femme s'avançait vers le sous-lieutenant, visiblement pour lui communiquer une information que celui-ci venait de lui transmettre —, après lui avoir lancé des œillades et adressé plusieurs gestes de la main signifiant « tout va bien », tentait désespérément de l'informer de quelque chose. Que lui voulait-il au juste, que signifiaient ces œillades et ces signaux rassurants lancés de façon de plus en plus ostentatoire depuis le coin de la pièce, il n'en avait aucune idée, mais ils le laissèrent de marbre et il finit, au grand désespoir de Harrer, par détourner les yeux. Il regarda l'officier, qui écoutait attentivement Mme Eszter en hochant la tête, et ne saisit l'objet de leur conversation que lorsque le sous-lieutenant la remercia d'un regard familier pour les informations qu'elle venait de lui transmettre à voix basse puis, interrompant l'audition du nouveau témoin à peine commencée, pivota sur ses talons, se rendit d'un pas assuré dans l'autre partie de la salle, s'arrêta devant le siège du président et en se mettant au garde-à-vous déclara : « Mon Colonel, l'homme que nous avions dépêché est de retour. Selon ses informations, le capitaine de gendarmerie se trouve encore dans son appartement, mais l'emprise de l'alcool l'empêche de se présenter. » Un « Que dites-vous ? » furieux, comme si le détenteur de la voix venait d'être subitement tiré d'une profonde méditation, résonna. « Complètement soûl, mon Colonel. Le gendarme que nous cherchons est ivre mort et impossible à remettre sur pied. » Eszter avait beau écarquiller les yeux, là où il se trouvait, il ne distinguait rien dans cette partie de la pièce plongée dans l'obscurité, mais sachant que le haut dossier devait fatalement masquer la présence d'un homme, il parvint finalement à voir une main s'abaisser lentement sur l'accoudoir droit de ce siège géant finement ouvragé. « Quel patelin ! reprit la voix. L'un est bourré comme une huître, l'autre est planqué chez lui et chie tellement dans son froc qu'il n'ose pas se déplacer jusqu'ici, même avec une escorte… Que pensez-vous de ces chiens galeux ? ! — Nous devons prendre à leur égard les dispositions nécessaires, mon Colonel ! — Je ne vous le fais pas dire ! Passez-leur les menottes et amenez-moi ici ces deux porcs immédiatement ! — Très bien, mon Colonel ! », le sous-lieutenant claqua les talons, donna ses instructions aux deux soldats en faction devant la porte, puis demanda : « Je poursuis les interrogatoires ? » Au ton de la réponse (« Faites, mon petit Géza, faites… »), où l'intimité se mêlait d'un soupçon de détresse, Eszter déduisit que l'occupant invisible du siège présidentiel, tout en se pliant aux contraintes de la procédure, tenait à faire sentir combien il lui était pénible de devoir charger son sous-lieutenant d'une mission aussi indigne de son rang. Avait-il tort ou raison, ses hypothèses instantanées pour expliquer les vraies raisons de l'incognito volontaire du colonel étaient-elles justes, il en aurait la confirmation bien plus tard, pour l'instant Eszter — qui après un long moment d'abattement commençait à reprendre ses esprits —, en sollicitant toute son attention pour scruter l'environnement de cette présence mystérieuse, parvint simplement à découvrir que le siège était placé au beau milieu de la partie vide de la pièce, exprimant clairement la volonté de son occupant de rester en retrait et de ne pas intervenir dans le cours des interrogatoires ou autre commandement d'opération militaire, et faisait face à un tableau, qui ornait le mur latéral, plus exactement, recouvrait totalement la tapisserie verte, une toile aux dimensions gigantesques illustrant le passé glorieux de la ville. Rien de plus, ce fut la seule chose — de vagues hypothèses — qu'Eszter fut en mesure d'enregistrer dans un premier temps, quant aux autres questions concernant cet insolite chef des armées libératrices, par exemple, cette absence volontaire de lumière (« Pour raison de sécurité ?... »), car, s'ils avaient fermé les rideaux, pourquoi n'avaient-ils pas allumé les deux plafonniers ? en d'autres termes, que faisait le colonel dans ce quartier général improvisé, le dos tourné aux personnes présentes, face à cette fresque historique, Eszter ne fut pas en mesure de fournir la réponse, pour la simple raison qu'à cet instant précis, Harrer, s'étant esquivé du coin de la pièce, venait de s'installer à côté de lui sur la chaise restée vide ; Eszter, maintenant que le sous-lieutenant était de retour, se concentra sur l'interrogatoire de son ancien voisin de chaise, qui venait de reprendre, et ne quitta pas des yeux les deux hommes pendant que Harrer, en se raclant la gorge, tentait de lui expliquer qu'il avait des choses importantes à lui dire, des informations qu'il avait en vain tenté de lui communiquer par ses œillades et ses signes de la main. « Tout va bien pour qui vous savez » — lui chuchota, profitant du fait que l'attention générale était fixée sur la scène qui se déroulait au centre de la pièce, Harrer en regardant fixement le sous-lieutenant. « Mais pas un mot, Monsieur le Directeur ! Vous n'êtes au courant de rien ! Si on vous interroge, vous direz que vous ne l'avez pas vu depuis hier ! Compris ? — Non !, Eszter se tourna vers lui : De quoi parlez-vous ? — Ne me regardez pas ! fit Harrer qui, visiblement agacé de devoir une nouvelle fois le nommer, répéta en insistant sur les derniers termes : Qui vous savez ! Je l'ai trouvé à la station de chemin de fer, je lui ai indiqué par où s'enfuir, il est à des kilomètres, la seule chose que vous avez à faire, si on vous interroge, c'est de tout nier en bloc ! et, s'étant aperçu que M. Volent et ses voisins semblaient avoir remarqué ses messes basses, il se contenta de rajouter : Tout ! » Eszter regardait devant lui avec une expression incrédule (« Qu'est-ce que je dois nier..., qui est ce... qui vous savez ? ») puis, brusquement, une bouffée de chaleur l'envahit, il se frappa la tête et, faisant fi des recommandations de Harrer, étouffa un cri et se mit à dire d'une voix suffisamment forte pour que tous les yeux se tournent vers lui : « Il est en vie ? ! » Devant le regard foudroyant du sous-lieutenant, Harrer eut un sourire gêné et, en signe d'excuse, écarta les bras, un geste pour se disculper et exprimer qu'il n'était pas responsable des agissements de son voisin de chaise, mais ce sourire crispé ne fit qu'exaspérer davantage le sous-lieutenant, aussi Harrer, comme on pouvait redouter que « Monsieur le Directeur » n'en reste pas là, trouva préférable de se lever sur-le-champ et, pour ne pas perturber l'interrogatoire avec le bruit de ses pas, il longea le mur sur la pointe des pieds et retourna à sa place près de la femme qui observait son mari sans ciller. Eszter voulut lui emboîter le pas mais, dès qu'il se leva, le sous-lieutenant le rabroua vivement (« Silence ! »), il fut donc obligé de se rasseoir, puis finalement, en repensant à ce qu'il venait d'entendre, il se dit qu'il était inutile de harceler Harrer avec d'autres questions, puisque celui-ci ne pourrait que répéter les informations qu'il venait de lui transmettre à mots couverts. Inutile de l'entendre à nouveau, il avait tout compris, le « qui vous savez », la « station de chemin de fer », le « à des kilomètres », la peur d'une éventuelle déception le poussa cependant à garder son calme et à ne pas se réjouir trop vite de la nouvelle ; il devait simplement savourer les mots entendus avec la plus grande prudence et vérifier le plus méticuleusement possible la crédibilité de l'information, mais, brusquement, la nouvelle, brisant toutes les barrières de son scepticisme, balaya ses craintes et lui fit renoncer à toute idée de contrôler les dires de Harrer. Car ces propos lui rappelèrent le récit de Mme Harrer et, à cet instant, il sut que tout ce qu'il venait d'entendre était parfaitement vrai, cette nouvelle information confirmait en tout point celle du matin, laquelle

en retour attestait la première, de façon irréfutable : il imagina Harrer se dirigeant vers la gare,
discutant avec Valuska, puis il vit son ami, hors
de la ville, et il ressentit aussitôt un soulagement
indescriptible, comme si on venait de libérer ses
épaules d'un fardeau écrasant, un fardeau qu'il
portait depuis qu'il avait quitté sa maison de l'avenue Wenckheim. Un grand soulagement mais également une forme inconnue d'excitation, car, en y
réfléchissant, il se dit que ce quartier général
improvisé où le hasard, ou, plus exactement, le
malentendu l'avait conduit, était l'endroit idéal
pour éclaircir l'affaire et lever les accusations, si
par erreur il était accusé, portées contre son ami.
Il n'y avait plus en lui la moindre trace de désarroi
impuissant, il commençait même à brûler trop
rapidement les étapes, mais, alors qu'il s'apprêtait
déjà à songer aux détails de l'installation de
Valuska chez lui, il se rappela à l'ordre et s'obligea
à revenir aux événements de la salle du conseil et
à reprendre le cours de l'audition qui se tenait au
centre car, pensa-t-il, le meilleur moyen d'obtenir
une vision claire des événements était d'analyser
et de recouper les différents témoignages. Il se
concentra donc rigoureusement sur l'interrogatoire et au bout de quelques phrases découvrit que
le nouveau témoin, son ex- et corpulent voisin de
chaise, n'était autre que le directeur du cirque,
lequel, avec une courtoisie singulière, qui lui faisait penser aux seigneurs des Balkans du Moyen
Âge, corrigeait, poliment mais constamment, le
sous-lieutenant chaque fois que celui-ci, en évoquant le « permis de travail » qu'il tenait à la main,
persistait à employer, et ce, malgré toutes ses cor-

rections, l'expression simple de « chef de troupe », tout du moins les rares fois où il parvint à l'interrompre ou à insérer une question dans le flot ininterrompu qui jaillissait de la bouche du témoin. Malgré toutes ses tentatives et bien qu'il réussît de temps à autre à glisser un « veuillez répondre aux questions », l'officier, visiblement épuisé, avait bien du mal à placer un mot, quant à tenter d'endiguer le flot, c'était peine perdue, car le directeur, qui ponctuait chaque remarque de l'officier par un « mais bien entendu » en s'inclinant, ne se déconcentra pas un seul instant, poursuivant son laïus à l'endroit précis où il l'avait abandonné, et après chaque rappel à l'ordre, reprenait le fil de son raisonnement, lequel raisonnement consistait pour l'instant à dire et redire, en élevant la voix pour s'adresser à l'autre partie de la salle, qu'il devait « aider Messieurs les Officiers présents à mieux comprendre les grands principes de l'art, et plus particulièrement de l'art du cirque ». Il voulait parler du respect de l'art et de la liberté des artistes, un principe séculaire (dans notre cas !) fondamental, après quoi il fit un large mouvement de la main avec son cigare éteint pour expliquer que l'insolite, le choquant, le « jamais vu » allaient immanquablement de pair avec le grand art, au même titre que l'« incompréhension » et les réactions « imprévisibles » du public face à la nouveauté révolutionnaire, car l'originalité d'un spectacle, il fit un signe de tête au sous-lieutenant qui tentait de l'interrompre, se heurtait à l'immaturité du public, ce qui ne devait aucunement obliger, comme certains témoins semblaient l'exiger, le créateur, lequel enrichissait le monde par ses innovations, à faire des concessions au profit de cette immaturité, pour la simple raison — le directeur invoqua ses longues années d'expérience —, et s'il y avait une chose qu'il pouvait affirmer avec certitude c'était bien cela, que malgré son ignorance, le public appréciait ce qui le dépassait, autrement dit, ce qu'il traitait au début de façon si « capricieuse », il le plébiscitait tout autant. Il avait le sentiment de se trouver parmi des hommes à qui il pouvait parler à cœur ouvert, c'est pourquoi, et pour répondre au plus près aux questions du sous-lieutenant, il se devait, d'une simple phrase, de faire une digression : si douloureux que ce fût, il lui fallait avouer que dans ce combat entre l'art libérateur et l'immaturité du public, l'espoir d'une issue favorable — sans vouloir être pessimiste — était très restreint car, « comme si le Tout-Puissant lui avait pulvérisé une couche de laque fixative », le public semblait figé dans cette ignorance et, par conséquent, tout artiste s'appuyant sur la force motrice d'un spectacle original connaissait un sort très amer. Un sort amer, répéta le directeur de sa voix de stentor, et si le sous-lieutenant, il désigna respectueusement l'officier avec son cigare, lui demandait s'il jugeait les efforts, modestes mais tenaces, de ses merveilleux collègues et de lui-même, dans de telles circonstances, héroïques ou ridicules, il préférerait, et ces Messieurs comprendraient certainement pourquoi, ne pas s'exprimer, quoi qu'il en soit, il était persuadé qu'à la lumière de ses éclaircissements et après cette digression, il n'avait guère besoin d'expliquer pourquoi il devait, brièvement mais fermement, clamer l'innocence de sa troupe dans les événements regrettables de la nuit passée — suite aux accusations des habitants de ville, accusations démontrant leur étroitesse d'esprit —, et au bout de quelques mots, ces Messieurs lui intimeraient certainement de se taire, car il était inutile de perdre son temps précieux pour prouver l'évidence. Il commencerait par signaler, il alluma le mégot de son cigare, que sa prestation était une attraction foraine, rien de plus, si bien que le premier volet de l'accusation, prétendant que l'attraction n'était qu'une couverture, était purement mensonger, par ailleurs, en tant que père spirituel et directeur responsable de cette communauté d'artistes, il n'avait jamais eu d'autre ambition que de présenter à une audience croissante de curieux « une créature extraordinaire », puisque — si on lui permettait cette plaisanterie douteuse — cela lui suffisait largement. Et si cette partie de l'accusation manquait cruellement de fondement, c'était encore plus flagrant pour l'autre partie qui — d'après ce qu'il avait cru comprendre au début des auditions d'après les propos irréfléchis de certains citadins hystériques — accusait l'un des membres de sa troupe, connu sous son nom d'artiste comme le « Prince », il souffla la fumée de son cigare au visage du sous-lieutenant, d'être l'investigateur des actes de vandalisme, ce qui était non seulement une absurdité mais, qu'il lui soit permis de le dire, tout simplement ridicule, puisque cela équivalait à accuser celui qui redoutait le plus ce genre d'incidents — en raison de l'identification faite par le public entre lui et son personnage, une confusion qui faisait d'ailleurs l'objet de discussions au sein même de la troupe — et qui, dès qu'il reconnut que les craintes du directeur étaient fondées et que le public confondait son personnage avec la réalité, et devenait ainsi influençable, fut si terrifié qu'en dépit de tout bon sens il prit la fuite en compagnie de son collègue dès les premiers actes de violence, non pour se dérober, mais pour fuir des événements qui, selon lui, étaient tournés contre lui. Après cela, le directeur cacha sa main derrière son dos, obligé une nouvelle fois de faire tomber la cendre sur le plancher, les honorables personnes en charge de cet interrogatoire ne pouvaient que conclure que le débat était clos, les charges contre les forains, c'était clair comme le jour, étaient totalement infondées, les artistes que tout ceci avait perturbés devaient essayer de retrouver leur sérénité avant de reprendre leurs activités artistiques et laisser le soin aux personnes qualifiées, devant lesquelles il s'inclinait et auxquelles naturellement il obéirait, d'analyser les événements et de déterminer les responsabilités, ceci étant dit, il se sentait tellement affecté par ce qui s'était passé que sa conscience l'obligeait à faire, en guise de conclusion, des révélations capitales à ses yeux, dans le but d'apporter sa contribution au succès de l'enquête. Il s'agissait des vingt à trente vauriens sans scrupules dont faisait partie l'homme qu'ils avaient eu le loisir, pour leur plus grande stupeur, d'observer de près, une trentaine de voleurs de poules dépravés, rien de plus, qui depuis la première étape de leur tournée dans le sud du pays, village après village, s'étaient immiscés dans les rangs des spectateurs et avaient fait planer un danger sur chacune des représentations. Ils avaient exploité l'imagination et la crédulité du public fidèle accompagnant le cirque, des gens influençables jusqu'ici raisonnables et qui la nuit précédente avaient perdu l'esprit, en propageant la rumeur que « mon excellent collègue ne jouait pas un rôle mais était véritablement un prince », une sorte de « Prince des ténèbres », et le directeur de faire une moue de dépit, qui en sa qualité de justicier parcourait la terre et recrutait des hommes pour faire exécuter sa justice, lui !, il leva les bras au ciel en signe d'indignation, un artiste doté certes de talents exceptionnels mais, il abaissa lentement les bras et l'indignation se mua en compassion, « frappé par un très lourd handicap physique », un invalide totalement dépendant des autres pour les actes de la vie courante. Cela suffisait pour témoigner, il regarda sévèrement le sous-lieutenant, du cynisme et de la dépravation de ces individus pour qui, comme nous l'avons entendu tout à l'heure, « rien n'est sacré », mais lui, le directeur, heureusement, en était conscient depuis le début de leur tournée, c'est pourquoi il n'avait jamais manqué, à chaque ville étape, de réclamer un service d'ordre pour assurer le bon déroulement de ses spectacles. Il l'avait obtenu partout, et, bien entendu, avait entrepris la même démarche dans cette ville : il s'était immédiatement rendu au poste de gendarmerie, mais quand un certain capitaine lui avait remis un certificat officiel garantissant la sécurité des artistes — et de l'art, permettez-lui d'ajouter ! —, il était loin de se douter que l'homme qui se trouvait en face de lui était incapable d'honorer sa mission. Il était profondément affligé et abasourdi, car à cause d'une simple poignée de malfrats, sa troupe était démantelée, ses collègues, pris de panique, avaient pris la fuite et il n'avait encore aucune idée des préjudices matériels et surtout moraux qu'il devrait déplorer. Il était tout à fait conscient, déclara-t-il, que le moment était malvenu pour demander réparation pour les préjudices personnels, mais en attendant, car il ne doutait pas que ce moment arriverait très vite, il souhaitait rester dans la ville, dans la mesure où il en recevait l'autorisation, et espérait, en guise de conclusion, que ces Messieurs les Officiers, dans leur quête de vérité, seraient sans pitié, sur quoi il prenait congé avec l'espoir — tout en remettant le fameux certificat délivré par le capitaine, qui sait, cela pouvait leur être utile — d'avoir pu, dans la mesure de ses modestes possibilités, aider cette honorable commission d'enquête à éclaircir les faits et à désigner les véritables coupables. Son discours achevé, le directeur sortit de la poche intérieure de sa gigantesque pelisse un morceau de papier, et tendit le « permis de travail » au sous-lieutenant qui, épuisé, resta les bras ballants, après quoi, en éloignant son cigare à nouveau éteint, il fit un signe de tête en direction de l'autre partie de la salle, salua l'assemblée, se retourna à hauteur de la porte pour ajouter « je réside à l'hôtel Komló », et quitta auditionneurs et auditionnés, une assemblée muette qui offrait l'image d'une armée défaite. Car l'irrésistible avalanche de mots du directeur semblait les avoir non pas convaincus mais plutôt assujettis, et tous sans exception, depuis Harrer jusqu'à M. Volent et ses acolytes, comme s'ils avaient été ensevelis sous le poids de cette coulée

géante de déclarations, argumentations, révélations et commentaires, semblaient attendre que
quelqu'un vienne les secourir, c'est pourquoi, en
toute logique, il leur fallut un certain temps pour
sortir de leur léthargie ; cela fait, le sous-lieutenant,
blessé dans son amour-propre, s'élança à la poursuite de l'orateur qui avait eu l'audace de partir
de son propre chef, s'arrêta à mi-chemin, jeta un
œil sur le document qu'il tenait nerveusement,
Mme Eszter et Harrer se regardèrent, M. Volent
et ses comparses, pétrifiés en statues symbolisant
la réprobation, écartèrent les bras avec une mine
abasourdie et subitement prirent la parole en
même temps. Eszter, en revanche, ne prit aucune
part à l'indignation, indignation générale mais qui
concernait surtout les témoins, sans porter le
moindre jugement, il se contentait de s'informer,
d'analyser, accordant autant d'intérêt au discours
lui-même qu'aux réactions des personnes présentes, mais surtout, il voulait observer, puisqu'il
avait intérêt à ajuster la formulation de sa requête
en fonction de l'humeur de la commission d'enquête, le comportement (après les déclarations du
directeur de la troupe et les protestations qui
s'ensuivirent) de celui qui bien qu'invisible avait
le pouvoir décisionnel dans l'affaire de Valuska. Ce
qui ne fut guère facile car quand le sous-lieutenant,
dans son désarroi, se tourna à nouveau vers son
supérieur et lui demanda en claquant les talons :
« Dois-je le faire revenir, mon Colonel ? », celui-ci
répondit d'un simple geste las de la main, qui pouvait révéler soit une totale indifférence soit une
totale résignation, pour, après une longue pause,
d'une voix indubitablement amère, dire : « Dites-

moi, mon petit Géza, avez-vous déjà observé ce tableau de près ? », et l'autre, se retranchant, pour masquer sa confusion, derrière le ton franc et direct du soldat, de lui répondre : « Non, mon Colonel, non. — Eh bien, regardez attentivement l'ordre de bataille en haut à droite. Artillerie, cavalerie, infanterie. Il ne s'agit pas, sa voix explosa soudainement, d'une course-poursuite contre des pillards encanaillés mais d'art militaire ! — Absolument, mon Colonel ! — Regardez ces hussards ici, au centre, et puis là, vous les voyez ? ce régiment de dragons, scindé en deux unités, est en train de les encercler ! Observez le général en haut de la colline, et ses soldats sur le champ, et vous saurez quelle est la différence entre tuer le cochon et faire la guerre ! — Parfaitement, mon Colonel. J'accélère les interrogatoires. — Ne le prenez pas pour vous, sous-lieutenant ! Mais je n'en peux plus de ce cloaque infâme, je ne supporte plus d'écouter tout ce charabia, toutes ces conneries, toutes ces putains d'inepties ! Il en reste combien ? — Ce sera rapide, mon Colonel ! — Dépêchez-vous, mon petit Géza, dépêchez-vous ! » fit-il d'une voix mélancolique. On ne distinguait toujours qu'une main, mais cette fois-ci, Eszter n'avait plus aucun doute sur ce qu'il faisait : obligé, en sa qualité d'officier supérieur, d'écouter jusqu'au bout les interrogatoires, il se consolait, protégé par la pénombre, en contemplant la noblesse de la fresque historique ; il est nerveux, conclut Eszter, et il ressent sa présence ici comme une humiliation, aussi ferait-il mieux, se dit Eszter, de formuler sa requête de façon concise, deux ou trois phrases, et l'affaire serait réglée. S'il n'en fut rien, si toutes ses précautions pour gagner la sympathie des autorités ne servirent à rien, la faute en incomba aux trois notables qui, s'étant avancés au centre à la demande du sous-lieutenant, ruinèrent tous ses plans au moment même où ils ouvrirent la bouche. Dès leur première déclaration, à savoir qu'ils « souhaitaient apporter de l'eau au moulin » de ces Messieurs, le visage de l'officier se crispa et il jeta un regard inquiet en direction du siège présidentiel ; ensuite, quand ils annoncèrent qu'ils refusaient catégoriquement de voir « leur ville endeuillée outrageusement offensée » par un individu qui, lui, était précisément responsable de tout, un tic nerveux agita ses lèvres. Il allait sans dire que les forains et la racaille ne faisaient qu'un et toute l'eau de la terre n'aurait pas suffi pour blanchir ! (hurla Mádai) cette lugubre troupe et ses nervis, il était inutile et pernicieux d'essayer de faire croire à l'innocence des « montreurs de baleine », on ne pouvait pas berner aussi facilement des têtes grisonnantes comme les leurs, ils avaient une certaine expérience et, avec eux, ce genre de truc ne marchait pas. Mensonge !, hurlèrent-ils pour couvrir la voix du sous-lieutenant qui craignant le pire les priait de s'en tenir aux faits, affirmer, clamèrent-ils en se coupant mutuellement la parole, que cette terrible catastrophe était le fait de quelques éléments incontrôlables était un mensonge, puisqu'ils savaient pertinemment qui avait dirigé cet assaut diabolique au nom du Jugement dernier. Oser, ils prirent un ton énigmatique, prétendre que le « sorcier démoniaque » n'avait joué aucun rôle était une plaisanterie, et ils ne remarquèrent pas que l'occupant du siège présidentiel, en entendant le mot sorcier, avait surgi hors de sa pénombre et se dirigeait vers eux menaçant, en fait, poursuivirent-ils, tout le monde savait très bien que la ville impuissante n'avait pas été attaquée par vingt à trente vandales, mais par un escadron du diable en personne, et que depuis plusieurs mois un certain nombre de signes le laissaient présager. Ils pouvaient les énumérer, à commencer par « les châteaux d'eau qui vacillaient, les horloges d'église qui se remettaient en marche, les arbres qui s'écroulaient sur la voie publique », mais pour ce qui fut de clamer qu'ils « étaient prêts à soutenir le combat contre les forces du diable » et à « offrir leur modeste contribution aux forces régulières », le temps leur fit malheureusement défaut car le commandant desdites forces régulières ici présentes venait d'arriver à leur hauteur et d'une voix suffisamment forte pour être entendue de tous, M. Mádai inclus, il hurla : « Maintenant ça suffit, espèces de vieux débiles ! Vous croyez, il piqua du nez vers M. Nadabán qui recula d'effroi, que je vais supporter vos inepties encore longtemps ? Vous vous prenez pour qui pour jouer ainsi avec mes nerfs ? ! Depuis ce matin à l'aube, je n'entends que ça, des inepties proférées par des débiles mentaux, et vous croyez peut-être que vous allez vous en sortir comme ça ? Avant-hier, à Telekgerendás, j'ai fait mettre à l'asile tous les débiles ! Vous croyez peut-être que je vais faire une exception avec vous ? ! Inutile de vous faire d'illusions, je vais mettre derrière les barreaux tous ces péquenauds crasseux, tous ces débiles puants qui se prennent pour le nombril du monde, qui se prennent pour le bon Dieu en personne ! Une calamité ! Bah voyons ! Le Jugement dernier ! Bordel de merde ! C'est vous la calamité ! C'est vous le Jugement dernier ! Vous planez à dix mille lieues, et vous pouvez aller crever, vous et tous les somnambules de votre espèce ! Je parie, il secoua M. Nadabán par l'épaule, que vous ne pigez pas un traître mot de ce que je dis !!! Car vous, vous ne parlez pas, vous *chuchotez,* vous vous *récriez,* vous, dans la rue, vous ne marchez pas, vous *vous hâtez fébrilement,* vous n'entrez pas quelque part mais vous *franchissez le seuil,* au lieu d'avoir froid vous *tremblez,* au lieu d'avoir chaud *vous ruisselez de sueur* ! Ça fait des heures que je n'ai pas entendu un mot normal, vous ne savez que gémir, vous chiez dans vos frocs et vous invoquez le Jugement dernier, tout ça parce qu'un casseur brise une vitre, parce que vos cerveaux sont brumeux, et quand on vous met le nez dans la merde, tout ce que vous savez faire c'est regarder, sentir, puis déclarer : "Sorcellerie !" La vraie sorcellerie, espèce de vieux débris dégénérés, ce serait de vous réveiller un jour et de vous apercevoir que vous n'êtes pas sur la lune mais en Hongrie, qu'en haut c'est le nord, en bas, le sud, que le premier jour de la semaine est lundi, le premier mois de l'année, janvier ! Vous n'avez aucune notion de quoi que ce soit, vous n'êtes même pas capables de faire la différence entre un lance-mortier et une carabine, mais vous n'arrêtez pas d'évoquer le "cataclysme", la fin du monde, ou je ne sais quelle connerie, et, moi, je n'ai rien d'autre à faire que de cavaler de ville en ville, de Csongrád à Vésztő, avec deux régiments de soldats de métier, tout ça pour vous protéger de quelques casseurs !!!

Regardez-moi celui-là, il désigna au sous-lieutenant M. Volent avant de se pencher tout près du visage de sa victime, on est en quelle année ? Qui est le Premier ministre ? Hein ? Le Danube est-il navigable ? Vous voyez, il se retourna vers le sous-lieutenant, il n'en a pas la moindre idée ! Et ils sont tous comme ça, cette ville de merde, cette pourriture de pays grouillent de spécimens dans leur genre ! Mon petit Géza, sa voix se voila d'amertume, faites conduire la remorque des forains à la gare, transmettez le dossier au tribunal militaire, laissez quatre ou cinq détachements de soldats sur la place et débarrassez-moi de ces mauviettes, parce que je veux qu'on… en finisse !!! » Les trois notables semblaient avoir été frappés par la foudre, ils n'arrivaient plus à parler, ni à respirer, et quand le colonel s'éloigna d'eux, ils furent incapables de bouger un seul muscle ; dans ces circonstances, il était facile de deviner que sans l'aide d'un tiers, ils ne seraient pas en mesure de bien analyser la situation, c'est pourquoi le sous-lieutenant leur désigna fermement la porte, après quoi, brusquement, tout devint clair et ils s'éclipsèrent à toute vitesse, signalant ainsi qu'ils n'avaient plus besoin d'aide extérieure et pourraient se débrouiller tout seuls pour rentrer chez eux. Contrairement à Eszter qui, les perspectives favorables concernant son affaire ayant été ébranlées par l'explosion soudaine du colonel, ne savait que faire, rester assis ou se lever, c'est-à-dire, attendre ou bien s'en aller. Son objectif, trouver la meilleure formule pour disculper Valuska, n'avait pas changé, mais après ce qui venait de se passer, une déclaration brève et concise ne lui semblait plus

d'actualité, aussi resta-t-il assis, prêt à partir, et
regarda le plantureux colonel écarlate tirer rageusement sur sa moustache militaire, puis battre en
retraite, suivi à la trace par le sous-lieutenant exté-
nué, vers le coin où se trouvait Mme Eszter. L'uniforme qui couvrait sa gigantesque stature était
impeccablement repassé, lisse, et cette absence de
plis semblait caractériser toute sa personne, en
dehors comme en dedans ; la démarche assurée,
le maintien rigide, la façon de parler, grossière
mais directe, tout concourait à produire cette
image, l'image idéale du soldat, telle que la conce-
vait le colonel, un colonel qui semblait très satisfait
du résultat, c'est du moins ce que sa voix révélait
indéniablement, cette voix crépitante, cassante,
modelée pour donner des ordres, avec laquelle il
s'adressa à Mme Eszter en se tournant vers elle :
« Expliquez-moi, Madame, comment une femme
aussi brillante que vous a pu supporter cet endroit
pendant toutes ces années ? » La question n'attendait aucune réponse, mais le visage de Mme Eszter, qui leva ses yeux méditatifs vers le plafond,
montrait qu'elle aurait aimé dire malgré tout
quelque chose, quelque chose qu'elle n'eut malheureusement pas l'opportunité d'exprimer car à
cet instant, le colonel, s'étant aperçu, en jetant un
simple coup d'œil vers le mur opposé, qu'un
témoin avait eu l'audace de rester, s'assombrit et
invectiva le sous-lieutenant : « Je vous avais
demandé de les faire tous disparaître !!! — J'aimerais faire une déclaration à propos de János
Valuska, Eszter se leva indécis et, voyant le colonel lui tourner le dos et croiser les bras sur sa
poitrine, il se contenta d'ajouter à voix basse,

réduisant sa plaidoirie à une simple phrase : Il est totalement innocent. — Que sait-on sur lui ? demanda d'une voix agacée l'officier. Il en était ? — Selon les déclarations unanimes des témoins, oui, répondit le sous-lieutenant, il est encore en fuite. — Alors, c'est la cour martiale ! » rétorqua le colonel, mais au moment où il s'apprêtait à reprendre, considérant l'affaire comme réglée, sa conversation, Mme Eszter intervint : « Me permettrez-vous, Colonel, une toute petite remarque ? — Sachez, Madame, et il inclina la tête, que vous êtes la seule dont j'apprécie la voix. En dehors de la mienne, bien entendu ! », et il commença par esquisser un furtif sourire de contentement puis se joignit bruyamment aux éclats de rire qui secouèrent les personnes présentes, lesquelles manifestaient ainsi leur admiration devant cet homme qui non seulement maîtrisait la situation avec sang-froid, mais — rendez-vous compte — était doté d'un brillant esprit. « La personne en question, dit Mme Eszter, une fois l'hilarité retombée, ne doit pas être prise en compte. — Que voulez-vous dire, Madame ? — Je veux dire qu'il s'agit d'un malade mental. — Dans ce cas, le colonel haussa les épaules, je le ferai enfermer à l'asile. Ça en fera au moins un que je pourrai faire enfermer, et par un sourire contenu sous la moustache il avertit l'assemblée qu'une nouvelle plaisanterie hilarante allait fuser, à défaut de faire interner toute cette ville… » Les rires libérateurs éclatèrent, Eszter en les observant, plus particulièrement sa femme, laquelle ne daigna lui accorder aucun regard, comprit que l'affaire était jouée, il n'avait plus rien à attendre, espérer ramener cette joyeuse

assemblée à une évaluation des faits plus pondé-
rée était inutile, il valait mieux ne rien dire et rentrer chez lui. « Valuska est en vie, c'est tout ce qui
compte… », et il quitta en silence la salle, traversa
le groupe de soldats et de civils massés devant la
porte, et accompagné par l'écho de plus en plus
lointain des rires du colonel et de Mme Eszter, il
descendit l'escalier, traversa le hall de l'hôtel de
ville et quand il se retrouva dans la rue, machinalement, comme un aveugle se fiant à son instinct,
il tourna à gauche en direction de la rue Árpád, si
profondément perdu dans ses pensées qu'il n'entendit pas — en passant près d'eux tête baissée —
les quelques citoyens groupés devant l'entrée, tout
du moins ceux qui réussirent à maîtriser leur stupeur devant l'état d'effondrement de cet homme
d'exception qui faisait la fierté de la ville, lui
adresser un salut empli de compassion : « Bonjour, Monsieur le Directeur… »
          C'est tout ce qui compte,
se dit Eszter et comme il avait gardé son manteau
dans la salle du Conseil, au milieu de la rue Árpád,
il se mit à trembler de froid.
          C'est tout ce qui compte,
répéta-t-il inlassablement, jusque devant la maison
de l'avenue Wenckheim où, grâce à son instinct, il
était arrivé. Il ouvrit et ferma derrière lui le portail,
sortit la clé de la poche de son manteau, mais en
actionnant la poignée il s'aperçut que Mme Harrer, très certainement par précaution, de peur que
son employeur ne se retrouvât dehors, avait laissé
la porte ouverte ; il rangea la clé, entra, traversa
le couloir entre les rangées d'étagères, et sans ôter
son manteau, le temps de se réchauffer un peu,

il s'assit sur le lit du salon. Ensuite, il se leva, retourna dans le couloir, resta un moment devant l'une des étagères, pencha la tête pour examiner les titres des livres ; puis il se rendit dans la cuisine, poussa un verre posé sur l'évier, de peur de le casser par un faux mouvement. Il décida alors de retirer son manteau, prit une brosse à habit, le brossa méticuleusement puis il retourna dans le salon, ouvrit l'armoire, le posa sur un cintre et le rangea à sa place. Il contrôla le poêle, il y avait encore de la braise, il rajouta quelques bûches, peut-être prendraient-elles, inutile de retourner dans la cuisine, il n'avait pas faim, il mangerait quelque chose de froid un peu plus tard, ce serait aussi bien, se dit-il. Il aurait aimé savoir l'heure qu'il était mais il n'avait pas remonté sa montre, celle-ci indiquait huit heures quinze, cela lui était déjà arrivé, et comme à son habitude il s'apprêta à consulter l'horloge du temple évangélique mais, à cause des planches, il était impossible d'ouvrir la fenêtre. Il alla chercher sa hache, démonta les planches, ouvrit grands les battants et se pencha à l'extérieur ; il consulta l'horloge, remit sa montre à l'heure, la remonta. À cet instant, son regard se posa sur le Steinway, et il se dit que rien ne le détendrait mieux qu'un petit « morceau de Jean-Sébastien », non pas comme il l'avait joué pendant ces dernières années, mais comme « Jean-Sébastien l'avait conçu à son époque ». Le piano était désaccordé, il fallait donc replacer « toutes les harmonies Werckmeister », aussi ouvrit-il le couvercle du piano, après quoi il alla chercher la clé d'accord, puis il sortit du placard son fréquencemètre, démonta le pupitre pour avoir accès aux clés, posa les instruments sur ses genoux et se mit au travail. Il eut la bonne surprise de constater que réaccorder dans ce sens était beaucoup plus facile qu'accorder le piano, ce qu'il avait fait des années plus tôt, selon les principes d'Aristoxène, mais il lui fallut tout de même environ trois heures pour remettre chaque note en place. Il était si absorbé dans son travail qu'il n'entendit que d'une oreille le vacarme soudain : des portes claquèrent, on traînait quelque chose sur le carrelage, il crut même entendre la voix de Mme Eszter : « Posez ça ici ! Posez ça au fond, je m'en occuperai plus tard ! » Mais il n'y prêta aucune attention, ils pouvaient hurler et faire claquer les portes « tant qu'ils voulaient » ; il fit une rapide gamme pour contrôler la pureté réconfortante de l'instrument, ouvrit la partition à la bonne page, et plaqua les premiers accords du Prélude en mi majeur.

SERMO SUPER
SEPULCHRUM

Déconstruction

Les griottes au rhum étaient les meilleures. Les autres étaient très bien, mais quand elle avait dû sélectionner — maintenant qu'elle avait enfin un peu de temps à consacrer aux détails mineurs, après exactement deux semaines d'intense travail d'organisation et en attendant les événements majeurs à suivre dans l'après-midi, et que Harrer et elle venaient de se partager à titre de « défraiement » les « denrées périssables », transférées hier de l'appartement de Mme Pflaum dans la cave de l'hôtel de ville —, parmi les bocaux de conserves entreposés provisoirement à son attention dans l'armoire du secrétariat avec les jambons et le lard, le plus approprié pour son petit déjeuner, elle avait fait ce choix sans hésiter, non pas que la qualité des prunes et des poires n'égalât point celle des griottes, non, elle l'égalait, mais dès qu'elle avait trempé ses lèvres dans la fine préparation de cette « pauvre Mme Pflaum », les fruits macérés dans le rhum, avec leur « arrière-goût légèrement acide », en lui rappelant une visite qui lui semblait remonter à des temps immémoriaux, avaient immédiatement empli sa bouche des saveurs de la victoire, du triomphe, qu'elle avait jusqu'ici à peine eu le temps d'apprécier et qu'elle pouvait enfin aujourd'hui savourer, puisqu'une longue matinée l'attendait où elle n'aurait, elle s'installa plus confortablement derrière son immense bureau, rien d'autre à faire que pencher la tête sur le bocal avec une petite cuiller, pour ne perdre aucune goutte de jus, piocher et dévorer les griottes une à une, et s'adonner totalement à la jouissance du pouvoir conquis en se remémorant les étapes cruciales de son parcours. Parler, en évoquant les onze jours passés, de « véritable conquête du pouvoir » n'avait selon elle rien d'exagéré, puisqu'ils avaient propulsé « qui de droit » de sa chambre louée au mois passage Honvéd, et de ses fonctions au Comité des Femmes, un poste, certes, honorable, mais d'importance négligeable, directement au siège de Secrétaire générale de la commune, non, cela n'avait rien d'exagéré, elle croqua dans une nouvelle griotte et cracha le noyau dans la corbeille à papier placée à ses pieds, puisque cette promotion n'était que « la preuve matérielle de la lucidité des autorités », lesquelles, avec une détermination implacable, avaient remis le sort de la ville entre les mains de la personne qui s'en était révélée le plus digne, l'incitant à agir au mieux (autrement dit : à sa guise)... pour l'intérêt présent et futur de la commune, et c'est ainsi qu'elle, Mme Eszter, qui deux semaines plus tôt avait été, de façon scandaleuse, reléguée à l'arrière-plan, était devenue le maître absolu de la situation (« ... et avait, ajouta Mme Eszter avec un sourire furtif, récolté tous les lauriers... »). Naturellement, « les alouettes ne lui étaient pas tombées toutes rôties dans le bec », elle avait pris tous les risques pour en arriver là, cela étant, sa carrière, elle ne pouvait pas le nier, avait connu une « ascension fulgurante », et en y repensant, la rapidité vertigineuse de son succès était vraiment sans précédent ; il avait suffi de quatorze jours pour voir toute la ville « se traîner à ses pieds », quatorze jours, ou plutôt une nuit, voire quelques heures, pour leur démontrer « qui était qui et où se trouvait la force ». Quelques heures, songea Mme Eszter, c'est le temps qu'elle avait mis, en cette soirée cruciale, ou, plus précisément, en ce début d'après-midi, pour saisir, en se fiant à son sixième sens, qu'il ne fallait pas s'opposer aux événements mais au contraire leur « donner libre cours », car intuitivement elle avait compris tous les avantages qu'elle pouvait tirer des « trois cents sinistres malfrats » de la place du marché, à condition, bien entendu, qu'il ne s'agisse pas d'« une armée de mauviettes prêtes à détaler à toute vitesse au moment du passage à l'acte ». Mais, elle s'adossa au siège, ils n'avaient pas eu froid aux yeux, quant à elle, elle avait su garder la tête froide, avait envisagé tous les scénarios possibles, et c'est avec une redoutable assurance qu'elle « était intervenue au moment opportun », après quoi la « situation » avait évolué dans un sens si favorable et avec une telle précision qu'à plusieurs reprises, surtout dans la seconde partie de la nuit, elle avait eu davantage l'impression d'orchestrer et de diriger les événements que d'en tirer simplement partie. Si elle avait manifestement défendu ses propres intérêts, on ne pouvait, se dit-elle en se penchant en avant pour engouffrer une nouvelle griotte, l'accuser d'arrogance ou de gloriole, mais maintenant, au cours de cette solitaire dégustation de griottes, on pouvait « lui accorder le droit » de qualifier sa gestion des événements, dans leur ensemble mais aussi dans les petits détails, ces détails sans lesquels même les plus grands projets étaient voués à un échec cuisant, de tout simplement géniale. Certes, reconnut-elle, il ne fallait pas être doté d'une intelligence supérieure pour mener par le bout du nez les quelques membres du comité de crise instauré par elle-même en cet après-midi mémorable, en particulier le président, paralysé par la peur, pas plus qu'il ne lui avait fallu d'efforts pour, à la tombée de la nuit, quand le capitaine reprenait dangereusement ses esprits et s'apprêtait à « appeler des renforts », le confier discrètement, à l'insu des autres — en prétextant le raccompagner —, à sa logeuse, laquelle réussit grâce à son indescriptible piquette à maintenir ce « sac à vin invétéré » dans ses doux rêves jusqu'au petit matin ; « aucune difficulté », Mme Eszter fit une moue dédaigneuse, pour transformer Harrer en serviteur docile, ni pour faire taire ce « débile de Valuska » et l'éloigner au plus vite, car avec son « cerveau dérangé » il était capable de flairer quelque chose et risquait de perturber ce qui marchait si bien, non : rouler dans la farine cette distinguée assemblée ne nécessitait aucune « intelligence particulière », en revanche, la planification des choses, et la Secrétaire générale frappa la table avec sa petite cuiller, OUI ! tout programmer pour que l'ensemble des rouages fonctionnent à merveille, « improviser une stratégie et la mettre à exécution », pour pouvoir le moment venu *balayer* les éventuels obstacles et préparer le terrain à ses « alliés », tombés à pic, et ainsi *consolider* la renommée qui l'avait élevée au rang de chef incontestable de la résistance, eh bien, le moins que l'on puisse dire, elle lissa en arrière une mèche de cheveu qui lui pendait sur le visage, c'est qu'il s'agissait d'une performance « hors du commun ». D'accord, fit-elle pour rejeter une remarque émise par elle-même, inutile de lui expliquer que tous les petits détails n'auraient servi à rien si elle avait raté la phase essentielle, celle dont dépendait « le succès ou l'échec de ses plans d'avenir », il était clair comme le jour qu'au-delà de la synchronisation des détails, la réussite reposait sur le réglage *majeur*, à savoir : saisir, repérer, SENTIR le bon moment pour dépêcher Harrer auprès des deux gendarmes postés depuis des heures derrière la laiterie industrielle, et qui ne se doutaient nullement des raisons de cet atermoiement, et leur donner l'ordre au « nom du Capitaine » de partir avec la jeep vers le chef-lieu du département demander des renforts, et « immédiatement ! ». Si les « forces de libération » étaient arrivées trop tôt, il n'y aurait eu à déplorer que des « voies de fait mineures », quelques vitres brisées, une ou deux devantures de magasin saccagées, et le lendemain, comme si de rien n'était, tout rentrait dans l'ordre, et s'ils étaient arrivés trop tard, l'intensité du conflit aurait pu la balayer elle aussi, et alors, ses plans, son travail minutieux, sa synchronisation n'auraient servi à rien ; oui, se dit Mme Eszter en se remémorant « l'atmosphère électrique de ces heures héroïques », il fallait trouver le juste milieu entre ces deux extrêmes, et elle, elle embrassa d'un regard triomphal son bureau, et grâce au travail méritoire de Harrer en tant que coursier et informateur, elle avait su le trouver, après quoi il ne lui restait plus qu'à laisser le président « livide, qui n'avait qu'un souhait : retrouver son foyer », ébruiter la nouvelle de l'arrivée de l'armée, puis préparer son discours en attendant le retour des deux gendarmes porteurs d'un message conviant l'héroïne locale à se rendre à son hôtel de ville. Et, finalement — c'était ça le plus extraordinaire —, en se présentant devant le colonel elle n'avait eu aucun besoin de déformer la réalité, cela dit, elle aurait eu bien du mal à le faire, puisque dès la première minute de leur rencontre les battements de son cœur l'avaient avisée que le commandant en chef du régiment non seulement était le libérateur de la ville mais serait bientôt le sien. En attendant, tout s'était passé comme sur des roulettes, et après avoir, dans son préambule, repoussé le titre honorifique qui lui était attribué (en déclarant qu'elle n'avait rien d'une héroïne, elle avait fait ce que n'importe quelle faible femme aurait accompli dans de telles circonstances, face à tant de lâcheté, d'impuissance et de laxisme), il ne lui restait plus qu'à présenter tranquillement les événements dans l'ordre et à exposer par quelques phrases concises la « vraie vérité », c'est-à-dire que les « forces de l'ordre avaient failli à leur devoir », rien de plus, que « le chef de ces forces avait déserté son poste », sans quoi jamais la foule, manipulée par quelques éléments, ne se serait livrée à de tels méfaits. Elle devait bien reconnaître, le nier aurait été un mensonge, ajouta-t-elle après avoir terminé son compte rendu détaillé des faits, que l'absence d'ordre illustrait malheureusement l'état de la ville, et les raisons qui avaient rendu possible un tel vandalisme étaient à chercher dans le « laxisme généralisé ». M. le Colonel, et en cette matinée « radieuse à tout point de vue » Mme Eszter avait désigné la porte de la salle du Conseil, serait très surpris s'il avait la patience d'écouter jusqu'au bout les témoignages des citoyens massés derrière cette porte, car il aurait un aperçu de la pitoyable communauté de mauviettes à laquelle elle avait été confrontée pendant des décennies, elle qui, au nom des nobles valeurs que sont « l'ordre et l'efficacité », avait tenté de ramener *au sens des réalités*, le mot la fit à nouveau frissonner, tous ces citoyens « englués jusqu'au cou dans la mélasse des chimères ». Les ramener au respect de la force, des faits, du RÉALISME, ce qui signifiait tout simplement « balayer » tous les marchands d'illusions, les mystificateurs, les partisans de l'immobilisme, tous ces lâches qui se dérobaient aux « exigences quotidiennes de la vraie vie » et, pour mieux ignorer que la vie était un combat avec des vainqueurs et des vaincus, se prélassaient dans les vapeurs fumeuses de leurs chimères bâties sur leurs fausses certitudes et étouffaient sous leurs mous édredons tout « souffle d'air nouveau ». Des bedaines velues en guise de muscles, des bourrelets rabougris en guise de corps sveltes, des yeux bigleux mesquins et égoïstes en guise de regards clairs, bref : des illusions dorées en guise de réalité. Sans vouloir être méchante, un trou irrespirable, s'était-elle amèrement écriée, c'est ainsi qu'elle qualifierait le lieu où elle devait vivre, mais bien sûr, quand la tête est pourrie…, les membres de cette commission d'enquête n'avaient qu'à regarder l'état des rues pour voir où l'incompétence des dirigeants avait conduit cette ville et pour en tirer les conclusions nécessaires… Mais à cet instant, et elle rougit à l'évocation de ce souvenir, elle ne prêtait plus guère attention à ce qu'elle disait, car elle venait de tomber sous le charme du colonel, le colonel qui — avant que l'« héroïne locale » ne perdît tous ses moyens — la remercia d'un signe de tête pour ses déclarations et la convia avec « un regard lourd de signification » à assister elle aussi aux interrogatoires ; elle était tombée sous son charme — une bouffée de chaleur l'envahit — et ce signe de tête l'avait totalement pétrifiée, car son « cœur », en se mettant à palpiter sauvagement, venait de lui signaler que si pendant cinquante-deux ans personne n'avait jamais réussi à « le mettre en marche », quelqu'un venait de le faire ! quelqu'un qui l'avait immédiatement subjuguée, quelqu'un avec qui un « dialogue silencieux » s'était noué dès la première seconde, quelqu'un qui pouvait (qui avait pu, rectifia-t-elle en rougissant) transformer en réalité ce dont elle n'avait jamais osé rêver ! Un « tel sentiment existait donc vraiment », il ne s'agissait donc pas de niaiserie romanesque, les « coup de foudre », les « pour toujours », les « aveuglément », être paralysé et se demander, le cœur broyé, si l'autre ressentait la même chose, tout ça était donc vrai ? ! Car depuis le tout début des auditions et pendant des heures, elle était restée paralysée dans la salle du Conseil, et bien qu'elle suivît avec attention l'évolution, de plus en plus favorable, des interrogatoires, l'« essentiel » de son être était subjugué par le commandant en chef replié à l'arrière-plan. Sa stature ? Sa démarche ? Son apparence ? Elle aurait eu du mal à le décrire, mais en attendant que « leur sort fût enfin scellé » elle n'avait cessé d'espérer, en alternant les « Il pense à moi ! » et les « Il ne m'a même pas remarquée ! », qu'il se lèverait, viendrait vers elle pour, d'un signe secret, lui déclarer sa flamme. Son corps n'était plus qu'un brasier, elle passait successivement de l'euphorie à la détresse, mais rien ne transparaissait sur son visage, et quand, à propos de l'affaire de Valuska et grâce à sa présence d'esprit, ils parvinrent à se débarrasser, avec une facilité inespérée, d'Eszter, lequel s'était malencontreusement retrouvé là et par chance n'avait pas décliné son identité, puis de Harrer et du sous-lieutenant qu'ils congédièrent, après un regard complice, sous prétexte de missions à accomplir, et enfin se retrouvèrent seul à seul, eh bien, à cet instant encore, elle avait réussi, un sourire de bonheur s'esquissa au coin de ses lèvres, à maîtriser, à défaut de ses sentiments qu'aucune force au monde ne pouvait plus endiguer, les muscles de son visage. Elle prit une griotte, la porta à sa bouche et la suça sans la croquer tout en revoyant la scène qui s'était alors déroulée dans la salle du Conseil désertée et n'avait duré qu'une quinzaine de minutes : le colonel s'était excusé pour s'être emporté, sur quoi elle lui avait répondu qu'il était tout à fait normal qu'un homme comme lui perdît son sang-froid face à de telles mauviettes, ensuite il fut question de l'état général du pays, d'où s'ensuivit un bref dialogue ponctué d'impétueux « d'un

côté » confirmés par de vibrants « de l'autre »,
après quoi résonna un « ces petites boucles
d'oreilles vous vont à ravir ». Ils parlèrent encore
de l'avenir de la ville, s'accordèrent pour affirmer
qu'« une poigne de fer voilà ce dont cette ville a
besoin », quant aux détails concrets, il valait peut-
être mieux en discuter dès aujourd'hui dans un
cadre plus tranquille, avait suggéré le colonel en
la regardant intensément dans les yeux, proposition qu'elle — après une minute d'hésitation —
avait acceptée, et puisqu'elle avait toujours mis sa
vie privée solitaire au service du bien public, elle
avait pensé qu'une tasse de thé avec quelques biscuits dans ses appartements au 36 de l'avenue
Béla Wenckheim offrait le cadre idéal... Les jeux
étaient faits à l'avance, Mme Eszter hocha la tête
et, de sa langue, elle écrasa lentement la griotte
contre son palais, puisque rien ne pouvait expliquer cette attraction mutuelle, cette passion immédiate, et maintenant, elle pouvait le dire : le
caractère explosif de leur rencontre, car au-delà
de tous les plaisirs, c'était aujourd'hui encore l'ins-
tantanéité de leur attirance réciproque et de leur
complicité, l'incroyable rapidité de leur fusion qui
lui semblait le plus merveilleux, le fait que « tout »
s'était joué non seulement pour elle, mais — cela
se révéla très vite — pour tous les deux, dès le
premier regard : dans ces conditions, pourquoi
aurait-il fallu plus de quinze minutes pour, les
mots du colonel résonnaient encore dans sa tête,
« jeter les ponts » entre eux ? Elle n'avait pas
hésité, ne s'était posé aucune question et, en attendant la soirée, elle avait réglé les affaires urgentes
d'« intérêt général », elle avait tenu des discours

devant les porches des maisons pour calmer les esprits, annonçant le « début de la reconstruction » dès le lendemain, ensuite, avec le concours de Harrer, elle avait loué les services de quelques traîne-savates (elle n'allait tout de même pas s'abaisser à porter ses malles elle-même) pour transférer ses affaires déjà emballées dans la maison de l'avenue Wenckheim, et après avoir assigné à Eszter, qui, totalement dépassé par les événements, ne montra aucune résistance, la chambre de bonne attenante à la cuisine, elle avait fait sortir ses vieux meubles décatis, y avait installé les siens (lit, table, chaise) et avait investi le salon. Elle avait enfilé sa plus jolie robe, sa robe de velours noir avec une longue fermeture éclair dans le dos, avait préparé l'eau du thé, disposé les biscuits sur un plateau en aluminium orné d'une serviette en papier, et coiffé ses cheveux en arrière. Ce fut tout, et ce fut suffisant, car entre le colonel, qui arriva à huit heures pétantes, et elle, qui ne pouvait plus réfréner ses sentiments, ce fut la rencontre de deux passions, deux passions pour qui le monde extérieur n'existait plus, deux âmes qui scellèrent leur union éternelle par « l'union de leur corps ». Elle avait dû attendre cinquante-deux ans, mais elle n'avait pas attendu pour rien, car en cette nuit merveilleuse, un homme, un vrai, lui avait appris que « le corps sans le cœur ne valait rien », et cette inoubliable étreinte n'avait pas uniquement comblé ses sens jusqu'à l'évanouissement, mais l'avait éveillée à — elle n'avait pas eu honte de prononcer le mot au petit matin — l'*amour*. Jamais elle n'aurait cru connaître les « mille ficelles de cette douce embuscade », imaginé que tant de merveilles existaient, que les « houles du cœur » pouvaient être aussi grisantes, mais, elle n'avait pas peur de l'avouer : les clés qui avaient ouvert les tiroirs secrets de son âme, et elle ferma les yeux en rougissant, seul le colonel les détenait. Le colonel, qu'elle avait pu alors « tout naturellement » appeler Péter et sur les bras musclés duquel elle avait à huit reprises pu se reposer, huit fois, elle referma le bocal de griottes, tout en élaborant l'avenir de la ville et en abordant la situation générale du pays. Que doit-on penser d'un pays, s'étaient-ils exclamé en chœur — finalement en recomptant, ce n'était pas huit, mais sept fois —, où il faut déplacer un tribunal militaire, un officier supérieur doté des pleins pouvoirs et une *unité de combat* entière, tout cela pour venir au secours des forces de l'ordre locales ! Un pays où les soldats étaient utilisés comme des pompiers et brinquebalés de droite à gauche pour éteindre les brasiers allumés par des casseurs qui bien entendu s'enhardissaient ! « Croyez-moi, ma chère Tünde, et sa voix s'était faite amère, j'ai tellement honte que je n'ose même pas lever les yeux sur le pauvre blindé que vous avez vu sur la Grand-Place ! Je le traîne avec moi, comme ce vieux fumeur de cigare traîne sa baleine, je le montre pour faire peur aux gens ; du plus loin que je me souvienne, en dehors de quelques exercices d'entraînement, je n'ai jamais tiré avec, et pourtant je ne me suis pas engagé dans un cirque mais dans l'armée, et il est tout à fait normal que j'aie envie de tirer un coup ! — Eh bien, faites ! Péter... ! » avait-elle répondu avec malice, sept fois consécutives, car pour elle, l'instant présent, la douceur indéfinissable du sentiment amoureux, était encore plus magique que leur entente et les perspectives d'avenir, et puis, à l'aube, ce furent les adieux devant la jeep qui l'attendait devant la maison, et les mots qui voulaient tout dire : « Tünde ! » : « Péter ! », et les serments inoubliables, lancés depuis la vitre de la jeep qui s'enfonçait lentement dans le crépuscule du matin, le « Je ferai signe dès que possible ! ». Ceux qui la connaissaient, ne fût-ce qu'un peu, elle se leva de son bureau, savaient qu'elle ne manquait pas de tempérament, mais l'énergie qu'elle déploya après cette nuit cruciale la surprit elle-même, car en l'espace de quatorze jours non seulement elle réussit à « balayer l'ancien pour établir le neuf », mais, profitant de ces ondes dynamisantes, elle parvint à gagner la reconnaissance et le soutien des habitants ; ces habitants qui semblaient avoir enfin compris qu'il valait mieux « brûler de la fièvre de l'action plutôt qu'enfiler ses pantoufles et enfouir sa tête sous l'oreiller », et qui, depuis qu'elle avait gagné leur confiance, ne la regardaient plus de haut, les bras croisés dans le dos, elle se dirigea vers une fenêtre, mais « baissaient les yeux devant elle ! ». Elle avait acquis une telle position, elle contempla la rue, que tout ce qu'elle entreprenait réussissait, tout passait par elle, et la « prise de pouvoir total » avait finalement été un jeu d'enfant, puisqu'elle n'avait eu qu'à se baisser pour récolter les fruits de son travail. Elle avait consacré une bonne partie de la première semaine à « resserrer les mailles du filet », c'est-à-dire à s'assurer que le sort des témoins importants des événements et, plus généralement, l'analyse des actes de vandalisme et les conclusions émises allaient dans le sens de ses plans, ou, plus exactement, dans le sens du mémorable discours qu'elle avait tenu dans la salle du Conseil, et elle avait presque été ébahie de constater que tout s'était déroulé de façon idyllique et que tous les jugements, qu'ils fussent humains ou divins, prononcés contre les protagonistes, confortaient ses propos. Le cirque avait parfaitement rempli sa mission, et si le soi-disant prince et son homme de main n'avaient pas encore été arrêtés, le directeur (« Le vieux fumeur de cigare ! » comme l'appelait son Péter) avait été chassé du pays, la baleine avait disparu, leurs « complices du moment » remplissaient les prisons, et pour calmer les quelques vagues suscitées par les événements, on avait habilement propagé la rumeur que les membres de la troupe travaillaient pour le compte de services secrets étrangers. Le capitaine de gendarmerie, en attendant sa mutation dans le comté de Vas, avait été placé — pour recouvrer sa santé chancelante — en cure de désintoxication dans un sanatorium à l'autre bout du pays, et, ce, pour une période de trois mois, ses deux fils avaient été casés dans un orphelinat, les pouvoirs du président du Conseil — qui avait conservé son titre honorifique — avaient été transmis à la Secrétaire générale fraîchement nommée. Valuska, qui n'était pas allé très loin en cette matinée « fatale » pour lui à plus d'un titre (le jour même il était allé demander son chemin à un policier), avait été interné « à vie » dans le quartier d'isolement de l'asile psychiatrique de la ville, quant à Harrer (pour en finir avec la liste), il avait été embauché à l'hôtel de ville en tant que secrétaire administratif et enfin, pour couronner le tout, la ville avait reçu une « aide au développement » très conséquente. Puis était venue la deuxième semaine, elle fit craquer ses doigts, et la campagne COUR BALAYÉE, MAISON RANGÉE avait pu démarrer « pour de vrai », car cinq jours après les « terribles actes de vandalisme », les magasins avaient rouvert leurs portes, les rayons commençaient à être approvisionnés et la population, comme un seul homme, avait fait — et le continuait encore aujourd'hui — ce qu'elle avait à faire ; avec, pour l'essentiel, certes, les vieux appareils, mais animés d'un esprit nouveau, les services publics avaient repris, l'enseignement avait redémarré, les lignes téléphoniques étaient rétablies ; on trouvait à nouveau de l'essence et les automobiles — de façon sporadique, certes — circulaient, le trafic ferroviaire fonctionnait bon an mal an, le soir, les rues étaient inondées de lumière, le chauffage était assuré grâce à une quantité massive de bois et de charbon, bref : la transfusion sanguine semblait avoir réussi, la ville respirait à nouveau, et, elle fit un lent mouvement circulaire de la tête pour se détendre, elle se trouvait à la tête de tout. Pour ce qui fut d'évoquer la suite, elle fut prise de court, car à cet instant, quelqu'un, mettant fin à sa tranquille méditation, frappa à la porte, elle retourna donc vers son bureau, dissimula le bocal de griottes, s'installa, se racla la gorge et croisa les jambes. À son résonnant « Entrez ! », Harrer apparut ; il ferma la porte derrière lui, fit un pas en avant, un pas en arrière, s'arrêta, les bras croisés sur sa poitrine, et comme à son habitude, il fit circuler ses yeux de vautour afin de mesurer s'il

é quelque chose d'important dans l'in-
entre le moment où il avait frappé et celui
etait entré. Il avait du nouveau, annonça-t-il,
ans « l'affaire » que Madame lui avait confiée
lundi matin, il avait enfin déniché un homme qui,
selon lui, pouvait être recruté comme simple
agent, il répondait aux deux conditions requises
puisque d'une part il était d'ici, d'autre part il avait
démontré « ses talents », Harrer cligna de l'œil,
« le jour que vous savez », il l'avait ramené tout
droit du café Le Nil, et comme il lui avait promis que tout ce qu'il dirait resterait entre nous, le
« type » était d'accord pour passer « les tests »,
c'est pourquoi il suggérait, vu qu'il restait du
temps avant l'enterrement, de lui faire passer l'audition tout de suite. Ça peut se faire, lui rétorqua
la Secrétaire générale, mais « pas ici ! » puis, après
un instant de réflexion, elle passa un savon à Harrer pour son manque de prudence, et puis, que
fabriquait-il au Nil alors que son rôle était de
l'assister du matin jusqu'au soir, après quoi, pour
couper court à ses explications, elle lui ordonna
de se présenter une demi-heure plus tard, pas une
minute plus tôt, pas une minute plus tard, en
compagnie du « type en question » dans sa maison
avenue Béla Wenckheim. Harrer ne pipa mot, il
fit un simple signe de tête, indiquant qu'il avait
compris, puis un deuxième, en réponse à son
ultime requête : « Et la voiture de fonction devra
être devant la porte de la maison à midi et
quart ! » ; il se faufila dans l'embrasure de la porte,
quant à Mme Eszter, elle remarqua, la mine
contrariée, qu'elle devait malheureusement s'y
résigner : « avec ce genre de poste, on n'a jamais

une minute de repos ». Mais si Harrer, ce bras droit merveilleusement zélé, à qui elle tenait malgré tout la bride serrée (pour l'empêcher de s'emballer...), avait effectivement mis un terme à la douce quiétude de la matinée, elle n'eut pas à renoncer pour autant à la « jouissance du pouvoir », dont la journée s'annonçait porteuse : vêtue de son simple manteau en cuir, quand elle franchit la porte de l'hôtel de ville, si ce n'est par centaines, c'est par « dizaines » qu'ils se tournèrent aussitôt vers elle, et quand elle arriva à hauteur de la rue Árpád, c'est une véritable « haie d'honneur », formée par les citoyens gentiment affairés devant leurs maisons, qui l'acclama. Grands-pères, grands-mères, chefs de famille, femmes, grands et petits, gros et maigres, tous piochaient, pelletaient, transportaient des brouettes de détritus gelés à des endroits désignés à cet effet avec un « entrain » qui sautait aux yeux. Dès qu'elle passait devant un groupe, les pioches et les pelles s'arrêtaient soudain un instant, le temps d'un « Bonjour » ou d'un joyeux « On prend l'air ? », après quoi, comme — c'était un secret de Polichinelle — elle présidait également le jury d'évaluation du mouvement, le travail reprenait de plus belle. À plusieurs reprises, elle entendit un lointain « voici notre nouvelle Secrétaire générale » et, pourquoi en avoir honte, au milieu de la rue Árpád, son cœur se mit à battre la chamade, elle poursuivit malgré tout son chemin sans ralentir, se contentant de quelques signes ici et là, mais quand, dans une avalanche d'ovations, elle arriva au dernier tronçon de son itinéraire, ses légendaires traits « austères » — tant de soucis et de responsabilités pesaient sur ses épaules — se détendirent. Durant quatorze jours, elle n'avait cessé de répéter qu'il fallait « tirer un trait » sur le passé, et que le meilleur moyen d'avancer était de considérer « ce qui devrait être » et ce que « nous voulons » ; elle l'avait « martelé » des centaines de fois, et face à ce témoignage encourageant de confiance, elle se dit, en bifurquant vers le boulevard, qu'il fallait aussi tirer un trait sur « qui j'étais pour vous et qui vous étiez pour moi »… Sans leader, les masses n'étaient bonnes à rien, sans leur confiance, elle ouvrit la porte d'entrée de sa maison, un leader était paralysé, puis : « cette matière première humaine n'est pas si mauvaise que ça finalement », avant d'ajouter aussitôt que leur « leader n'était pas ordinaire non plus ». On s'en sortira, les gars, fit la Secrétaire générale en repensant avec satisfaction aux gens de la rue Árpád, et plus tard, si tout se passe bien, « on pourra lâcher un peu de lest » puisque finalement, elle ne voulait rien de plus, ses pas résonnèrent sur le carrelage du corridor, elle *possédait* déjà tout ce qu'elle voulait… Elle avait récupéré tout ce qu'on lui avait pris et avait conquis ce qu'elle espérait, le pouvoir, le pouvoir suprême reposait entre ses mains, et, « comble » du bonheur, pourrait-on dire, elle pénétra émue dans le salon, il lui était quasiment tombé dans les bras. Car si ses pensées s'égaraient ici et là — de façon logique et naturelle, comme il est de coutume —, et tel fut le cas pendant deux semaines, elles revenaient toujours à lui, lui qu'elle attendait jour et nuit, mais qui malheureusement n'avait pas encore « fait signe ». Parfois la nuit, elle se réveillait au bruit de la jeep, d'autres fois, et de plus en plus souvent, surtout ici, dans le salon, elle... elle se retournait brusquement, car elle avait l'impression que quelqu'un — lui ! — se trouvait derrière son dos, enfin, elle ne voulait pas dire pour autant qu'elle fût inquiète, non, mais « loin de lui, chaque heure était vide... », ce qui était tout à fait normal pour « un cœur amoureux ». Elle l'attendait matin, midi et soir, elle l'imaginait, revoyait toujours la même scène, il se tenait debout bien droit sur le tank fumant, portait lentement une paire de jumelles à ses yeux et « scrutait l'horizon lointain »... Cette scène héroïque venait justement de surgir en son esprit, mais elle s'évanouit aussitôt comme de la fumée au moment où elle entendit quelqu'un « venir encore fouiner dans le corridor », quelqu'un sur qui elle avait tiré un « trait définitif » mais qui depuis neuf jours, depuis que le cas de Valuska avait été réglé, chaque jour, à onze heures du matin et vers huit heures du soir lui signalait sa présence. En réalité, seuls le bruit de la chasse d'eau, l'écho lointain du piano transféré dans la chambre de bonne et les quelques informations glanées ici ou là indiquaient qu'Eszter était encore en vie, car en dehors de cela, c'était comme s'il n'était pas là et comme si son taudis ne faisait plus partie intégrante de la maison. Au cours des deux semaines passées, elle ne l'avait aperçu qu'une ou deux fois, en dehors bien entendu du jour de la « reconquête des lieux », et comme les inspections de sa chambre de bonne, effectuées chaque après-midi — au vu des partitions et des œuvres complètes de Jane Austen empilées près de son lit —, amenaient toujours à la même conclusion, à savoir : quand il est à la maison, il passe son temps à lire (« cette chienlit ») ou à jouer du piano (« des romantiques ! »), elles avaient été suspendues la veille. Non seulement il ne représentait aucun danger mais elle se « fichait éperdument » de le savoir vivant ou mort, et si parfois, comme à cet instant, il lui arrivait de songer à lui, c'était toujours pour se poser la même question : « C'est donc de *ça* qu'elle avait triomphé... ? ! » De ce misérable, de ce crétin, de cette « épave » qui, par attachement à un idiot du village, était devenu l'ombre de lui-même ! Car c'était bien ce qu'il était devenu, pensa Mme Eszter en entendant ses pas traînants dans le couloir, l'ombre étiolée de ce qu'il était autrefois, un vieillard pitoyable, une poule mouillée, un « poltron décrépit et larmoyant » qui, au lieu d'oublier jusqu'au souvenir de Valuska, s'était « empêtré » dans une soudaine crise de sentiments « paternels », et avait perdu toute la notoriété et le respect dont il jouissait — de façon par ailleurs totalement incompréhensible — pour devenir « la risée de tous ». Depuis l'instant où la plus sage des décisions avait été prise pour résoudre le problème de Valuska, deux fois par jour (à onze heures du matin, quand il partait, et vers huit heures du soir, quand il rentrait), au lieu de se cacher, il avait l'audace de déambuler à travers la ville au vu de tout le monde pour se rendre à la Maison Jaune où il passait tout son temps auprès de Valuska, devenu complètement muet, et qui, paraît-il, était à peine capable d'ouvrir les yeux, dans son pyjama à rayures, et selon ses informations, Eszter lui disait quelques mots à peine, et restait la plupart du temps muet lui aussi, comme un fou ! D'après tous les symptômes, l'« incarnation vivante de sa plus pitoyable victoire », Mme Eszter soupira en entendant « enfin » la porte de sa chambre se refermer, ne reprendrait jamais ses esprits, ils allaient certainement continuer jusqu'à la fin des temps à faire sisitte en silence main dans la main, pour le plus grand amusement de la ville, cette ville qui, elle, entrait dans une nouvelle ère ; eh oui, c'était ainsi, elle se leva pour préparer le salon en vue de l'« entretien », mais cela ne l'inquiétait aucunement puisque ici, « au sommet », cette petite erreur de jeunesse ne pouvait plus lui nuire, et dès qu'elle « aurait une minute » à elle elle réglerait la procédure du divorce désormais d'actualité, en attendant elle pouvait bien supporter cette « procession funéraire le long du couloir » deux fois par jour... Elle poussa la chaise et la table contre la fenêtre afin que le « postulant » ne puisse s'« accrocher » à rien dans cet espace quasiment vide, et quand une bonne minute plus tard (« Vous êtes en retard ! » et Mme Eszter de froncer rageusement les sourcils) Harrer fit entrer le « candidat » et le plaça au centre de la pièce, celui-ci qui était entré en roulant les mécaniques, au bout de quelques secondes et conformément à ses plans, faisait déjà moins le malin. Il est fort comme un bœuf, constata la Secrétaire générale en le détaillant depuis son bureau alors que le « pilier du Nil », empestant l'alcool, sous la pression des questions préliminaires menaçantes assénées par Harrer et intimidé par cette « station debout au centre » ne donnait plus le moindre signe d'assurance ; la maîtresse de la situation prit alors la parole et « en guise d'avertissement préliminaire » l'informa : Ici, on ne joue pas au chat et à la souris, on n'a pas de temps à perdre avec des piliers de bistrot, et il devait retenir une bonne fois pour toutes ce qu'elle allait dire car elle ne se répéterait pas deux fois. « Que les choses soient claires, fit-elle avec un regard glacial, le but de cet entretien est de déterminer si nous vous livrons directement au tribunal ou bien si vous pouvez, à vous de nous en convaincre, nous être utile à quelque chose, le meilleur moyen de nous le prouver étant de nous faire un compte rendu précis et détaillé des événements d'une "certaine" nuit. C'est ce qui fera la décision, la Secrétaire générale pointa son index, la précision et les détails et puis bien sûr votre motivation, et nous permettra de juger si vous êtes capable de devenir un membre utile de la société, dans le cas contraire, vous serez déféré devant un juge, puis emprisonné, comme c'est l'usage en de pareilles circonstances, à perpétuité, bien entendu. » Il ne voulait pas, le témoin effrayé passait d'un pied à l'autre, aller en prison, le Vautour, il désigna Harrer, lui avait promis que s'il « crachait le morceau », son affaire serait arrangée. Il n'était pas venu ici pour se rendre, il « n'était pas né de la dernière pluie », et il était inutile de le menacer, il était venu de son plein gré pour tout raconter, il « était au parfum », il se gratta le menton, ils avaient besoin de flics et lui, comme il s'ennuyait au Nil, il s'était présenté. Ils verraient ce qu'ils pourraient faire, déclara Mme Eszter sur un ton ferme et digne, mais auparavant, ils voulaient s'assurer qu'il n'avait pas commis certains délits passibles de peines que Dieu lui-même serait incapable d'absoudre, une fois qu'il aurait donné tous les détails, sans exception, elle, la Secrétaire générale, verrait ce qu'elle pourrait faire pour lui.

D'accord (l'homme se racla la gorge), eh ben, je dois dire que ça bardait sec, et l'atmosphère était plutôt électrique. Mais nous, au début, on était pas de la fête, c'est seulement quand on a appris au Nil qu'y avait de la bagarre en ville que j'ai passé le mot aux autres, à Gyömrő et à Feri Holger, allez les gars, le devoir nous appelle, on va aller remettre un peu d'ordre... Faut vous dire... (Madame, souffla Harrer)... Madame, qu'ici, tout le monde nous appelle les nettoyeurs, je vous raconte pas d'histoire, parce que, disons..., nous trois, euh... quand on se fait trop chier, on va remettre un peu d'ordre, on nous craint comme la peste, je vous assure, et dès qu'on lève nos yeux de nos ballons de rouge, c'est le silence total. Seulement voilà, ce qui se passait là-bas, c'était une autre histoire, et quand on est arrivés sur place, dans la grand rue, en haut du boulevard, j'ai dit à Gyömrő, on y va, mon pote, ces mecs-là, ils plaisantent pas, ils nous laisseront rien, et alors, bah, c'est vrai qu'on s'y est mis nous aussi. Mais là, ça a été la grosse surprise parce que, nous, on s'apprêtait à gentiment aligner les coups mais on s'est aperçus que c'était pas le même film, eux, c'était des civils qu'ils chahutaient, alors j'ai dit à Feri Holger : pause café, du coup il a laissé tomber les deux clients dont il s'occupait, il s'est ramené, le Gyömrő aussi, et on s'est demandé ce qu'il fallait faire. Y avait un monde incroyable, ils arrivaient de la place du marché, on aurait dit les Russes, et alors, j'ai dit, les mecs, c'est la révolution, le torchon brûle... Mais le Gyömrő, il a dit comme ça que d'après ses souvenirs, dans ces cas-là, les magasins étaient ouverts, pour les pauvres, on n'avait qu'à aller jeter un œil, y avait une petite superette pas loin, remplie de trucs à boire pas dégueulasses, on avait qu'à aller vérifier, le torchon pouvait brûler... Et elle était bien ouverte, mais je vous jure, Madame, c'est pas nous qu'avons fait sauter la serrure, la porte était en mille morceaux et nous, on est juste entrés, on voulait au moins sauver une bouteille ou deux, mais les mecs qu'étaient passés avant nous, ils avaient tellement bien fait leur boulot qu'il restait pas l'ombre d'une seule bouteille. Ça nous a un peu énervés, parce que bon, c'était pas juste quoi, la grande liberté avait éclaté, c'est ce qu'on croyait, et nous, on devait se contenter de regarder, le gosier à sec, mais je vous jure sur la tête de ma mère (il porta la main à son cœur), qu'on voulait juste siroter un verre ou deux, et puis rentrer à la maison, parce que, moi, je dis pas que j'aime pas la bagarre, cogner un peu par ci par là, mais on avait rien à voir avec ce qui se passait et, moi, j'aime l'ordre, c'est d'ailleurs pour ça que je pourrais faire un bon flic, ta gueule Vautour (lança-t-il à Harrer qui marmonnait), t'es pas tout blanc toi non plus... Bref, on est allés voir ce qui se passait, au Chez Nous, rien, au bistrot près du pont de la Grand-Rue, là, tout avait volé en éclats, mais on s'est dit que c'était pas la peine de rêver et qu'on ferait mieux de viser moins gros. On voulait aller au machin, au... comment ça s'appelle déjà... au Goulach, mais à ce moment-là, Feri Holger il s'est souvenu qu'à gauche, en haut du Papsor, y avait un truc genre salon de thé, bon, là, je vous l'avoue, c'est nous qu'avons fracturé la porte. On a rien fait de mal, on est juste allés dans la réserve, y avait plein de liqueurs étrangères, on a regardé les étiquettes, ça avait pas l'air dégueulasse. D'accord (il fit un signe de tête à Mme Eszter), j'en viens aux faits, le problème, c'est qu'on a pas l'habitude de ces trucs étrangers, nous, et, comment dire, ça nous a rendus tout bizarres, d'ailleurs, je me suis dit que

plus jamais je ne toucherais à ces cochonneries.
Parce qu'un peu plus tard y a un groupe de mecs
qui a déboulé, avec des matraques en fer, ils se sont
mis à tout casser, j'ai demandé à un type de me
filer un de leurs machins, bref, je le reconnais, on
y a vite pris goût nous aussi. Mais surtout n'allez
pas croire, Madame, je vous assure, que j'ai l'habitude de tout casser, c'est leur putain de cochonne-
rie qui m'avait tourné la tête et puis, si je me
souviens bien, y a pas eu trop de dégâts, il me
semble qu'il y a juste eu un miroir et puis deux trois
verres sur le comptoir, y a pas de quoi fouetter un
chat..., je t'ai dit de la boucler, Vautour, pour le
miroir, et le reste, si c'est un drame pour le proprio,
je paierai, qu'il vienne pas râler. Je sais pas ce qu'ils
avaient foutu dans ce machin, dans cette, excusez-
moi l'expression, putain de liqueur, mais ça m'a fait
un tel effet que j'ai carrément eu un trou pendant
plusieurs heures, et puis je me suis retrouvé d'un
seul coup assis sur le trottoir devant l'hôtel Komló,
en train de me les geler. J'ai regardé autour de moi,
le cinéma brûlait, y avait des flammes hautes comme
ça (il s'accompagna d'un geste), et je me suis dit,
putain, ça rigole pas. Comment j'étais arrivé là et
où étaient passés le Gyömrő et Feri Holger, je serais
incapable de le dire, même si on me torturait, j'ai
fait un petit tour (le candidat rougit sous l'effet de
la colère), mais j'ai pas remarqué le foutoir qu'ils
avaient mis. Faut dire que j'étais plutôt en sale état,
j'avais l'estomac qui me brûlait, et puis devant mes
yeux y avait ce putain de cinéma, et pour être franc,
dans ma petite tête, je me suis même demandé si
c'était pas moi qui avais foutu le feu, parce que je
me souvenais de rien, je regardais le feu et je me
demandais : c'est moi ? c'est pas moi ? je savais pas
quoi faire. Et je pouvais pas partir sans savoir,
maintenant, je sais, mais à ce moment-là, j'arrivais
pas à me décider, et je me suis dit, ce coup-là, le

torchon brûle pour de vrai... Je suis allé à Németváros, dans les ruelles, tout ça, pour éviter de croiser ceux que j'avais pas envie de croiser, je me suis reposé un peu à l'entrée du cimetière, je me suis adossé à la grille (il fit le mouvement) et d'un seul coup, j'ai entendu une voix derrière mon dos ! Bordel de merde, pardonnez-moi l'expression, mais j'ai cru qu'ils allaient m'embarquer moi aussi, je suis pas une poule mouillée, Madame peut le constater par elle-même, mais ça m'a foutu une sacrée trouille d'entendre comme ça quelqu'un derrière mon dos, dans ce silence. Et bien sûr, c'était un des mecs qui avaient foutu le bordel ; il savait déjà qu'il fallait se débiner, il voulait qu'on échange nos manteaux, toi tu prends le mien et moi le tien, qu'il m'a dit, histoire de les embrouiller, alors moi, j'ai dit O.K. Mais en fait, il me disait trop rien ce mec, alors je lui ai dit : j'ai pas envie qu'il m'arrive des bricoles à cause de ton manteau, et t'imagine tout de même pas que c'est moi qui vais trinquer pour tes conneries ! En plus, c'était un truc affreux, un manteau en drap gris, style pas cher, vous voyez, et puis, qui sait ce qu'il avait fabriqué avec, alors je lui ai dit que finalement j'étais pas d'accord pour échanger avec lui, il avait qu'à trouver un autre pigeon, inutile d'insister. J'ai rien vu venir, il a été tellement rapide l'enfoiré, et avec son baratin, il m'avait eu, je croyais que c'était un pote. Il m'a filé un coup de couteau sous l'épaule (il déboutonna sa chemise et montra l'endroit), y a pas à chier, Madame la Secrétaire, c'était le cœur qu'il visait. Et puis le salaud, il s'est fait la malle, et quand je suis revenu à moi, ma blessure me faisait horriblement mal, et j'étais transi de froid. C'était pas étonnant, vu que mon manteau avait disparu avec mes papiers, mon fric, et la clé du portail de l'immeuble, et à côté de moi, par terre, y avait son manteau pourri, qu'est-ce que je pouvais faire d'autre, je l'ai enfilé, et puis, direction le cimetière. Parce que j'étais sûr que le type, il avait fait des siennes, et je voulais pas me faire prendre à cause du manteau, mais en même temps, si je l'avais pas mis, je serais mort de froid, il me restait plus qu'à me planquer dans le cimetière. J'osais pas rentrer chez moi, à cause du cinéma, cette histoire continuait de me turlupiner, et je pouvais pas quitter la ville, avec ma blessure, vous comprenez, j'avais mal, ça saignait un peu, enfin bref, je suis resté là. J'ai trouvé, Dieu me pardonne, une crypte qu'était ouverte, je suis allé chercher du petit bois au bout du cimetière, j'ai allumé un feu tant bien que mal, j'ai compressé mon tricot contre la blessure, et puis j'ai attendu que la nuit tombe… J'aurais pu mourir d'une hémorragie, Madame la Secrétaire, mais je suis plutôt costaud, j'ai réussi à tenir le coup jusqu'au soir, et là, enfin, j'ai pu rentrer chez moi, j'ai été obligé de faire sortir la vieille parce que j'avais plus la clé de la porte de l'immeuble, et puis plus de fric, plus de papiers, bref, j'ai tout de suite foutu ce manteau pourri dans le poêle, j'ai attendu qu'il soit réduit en cendres pour fermer la porte du poêle. Et puis après, je suis allé vite chez le toubib, y en a un dans le quartier, pansements, médicaments, trois jours au lit, voilà… voilà, Madame la Secrétaire, vous savez tout, j'ai rien oublié, c'est tout ce que j'ai fait, et même avant, à part deux trois bagarres… Je sais pas si malgré ça je peux quand même entrer dans la police mais aujourd'hui, quand le Vautour s'est pointé et qu'il a dit comme ça qu'on pouvait éventuellement se présenter, si on disait toute la vérité, alors je me suis dit… que j'allais me présenter… parce que je pense pouvoir être utile, mais bon… je sais pas ce que vous en pensez, avec ces petites bêtises, enfin…

… enfin, Mme Eszter hocha la tête et resta un long moment pensive, se contentant de quelques

hum hum, avant de dire : bien sûr, bien sûr...,
après quoi elle avança les lèvres, réitéra ses hum
hum, puis, en martelant la table d'un rythme
endiablé, dévisagea à plusieurs reprises le candidat qui semblait sur le point de défaillir, pour
finalement, avec une phrase bien ciblée, destinée
à elle-même (j'aimerais voir la personne qui pourrait étouffer l'affaire), lui asséner « le coup de
grâce ». Le problème, déclara-t-elle en fixant som-
brement — par-dessus la tête du candidat — Harrer, était bien plus sérieux qu'elle, elle qui, « en
fait », recherchait un homme irréprochable, ne
l'avait cru, car on pouvait trouver de nombreux
substantifs pour qualifier le candidat, tels que
flemmard, bagarreur, voleur, profanateur de sépul-
ture, mais « homme irréprochable », elle lança un
sourire à Harrer, n'était pas vraiment l'expression
la mieux appropriée. Pour sa part, elle ne doutait
aucunement de la sincérité du candidat, oui mais
voilà, elle poussa un soupir en continuant de fixer
Harrer, cela faisait « un peu léger », et elle ne
savait pas si elle pouvait, en toute conscience,
prendre la responsabilité de cette affaire, au cas
où elle envisagerait de le faire, ce serait après
avoir consulté les « experts en la matière » et, une
chose était sûre, dans le meilleur des cas, le maximum qu'elle pourrait lui proposer serait une
« période d'essai ». Période d'essai..., l'aspirant au
poste de simple flic déglutit et lança un regard
interrogateur à Harrer, où se lisait : c'est quoi ce
truc ?, autrement dit : que signifiait l'expression,
mais ce dernier n'eut pas le loisir de se lancer dans
des explications car à cet instant, la Secrétaire
générale consulta sa montre et fit savoir d'un

signe de la main droite à son bras droit qu'il devait « vider les lieux », puisqu'ils allaient bientôt devoir partir. Harrer poussa vers la sortie le candidat confus et affolé (on entendit dans le couloir la voix de Harrer : « T'as pas compris qu'elle t'a embauché, et puis arrête de me bousculer comme ça, connard ! »), Mme Eszter, quant à elle, se leva, et alla, conformément à sa nouvelle habitude, se poster devant la fenêtre, bras croisés sous sa poitrine, pour « regarder un peu dehors » ; ce n'était qu'un premier pas, bien sûr, pensa-t-elle, mais « avec ce genre d'abrutis, nous sommes sur la bonne voie pour atteindre nos objectifs », anticipation et organisation, tels étaient les deux mots clés du succès, dans le cas présent, par exemple, avant la nomination du nouveau capitaine de gendarmerie, elle fit signe au chauffeur qui patientait sur le trottoir de venir, il fallait recruter des forces de l'ordre endurcies, composées en grande partie d'individus éternellement redevables à la Secrétaire générale. C'était ça, le truc, elle enfila son manteau en cuir et ferma un à un les boutons-pression, précaution, réflexion et surtout, garder sa lucidité : ne pas « se laisser séduire par de petites illusions mais bâtir sur du solide ». Quoi d'autre, elle vérifia à nouveau le contenu de son sac pour s'assurer que le discours s'y trouvait bien, c'était ça le plus important, ne pas sombrer dans les illusions, généralement dévastatrices, du genre « le monde est guidé par Dieu, ou par la morale, ou par le bien » ; mensonge et poudre aux yeux, elle sortit du salon, « avec elle, ça ne prenait pas », « beauté ! », « solidarité », bah voyons ! le « bien se trouve en chacun de nous ! », et entre chaque mot prononcé, elle gonfla les joues, pour elle, le monde, dirait-elle, pour s'exprimer avec poésie, n'était qu'un « vivier de petits intérêts mesquins », elle franchit la porte, rien d'autre. Un vivier, elle prit place à l'arrière de la Volga noire, gouverné par le vent, en l'occurrence par elle-même, elle attendit que Harrer monte dans la première voiture, puis, s'adressant au chauffeur : « En route ! », ensuite, elle se cala confortablement sur la banquette en skaï marron clair et regarda défiler les maisons. Elle regarda les maisons et les quelques rares — visiblement toutes les personnes valides s'étaient rendues au cimetière — citoyens appliqués, encore dans la rue, et comme à chaque fois qu'elle se trouvait dans la voiture, dans ce « poste de commande mobile », grisée par l'« irrésistible magie de la vitesse », elle réalisa — comme un propriétaire faisant le tour de ses domaines — que tout lui appartenait ; tout, pour l'essentiel, et bientôt, dans son intégralité, car elle avait un plan pour y arriver, elle sourit en regardant par la vitre de la Volga, « c'est ça, travaillez, remplissez vos brouettes, on va bientôt s'attaquer... à l'intérieur ». Même Harrer n'était pas au courant que la campagne COUR BALAYÉE n'était que le premier acte avant le « dénouement », la seconde manche, le mouvement MAISON RANGÉE, la voiture quitta la rue Saint-Étienne pour prendre la direction du cimetière, interviendrait ensuite, plus tard, quand les rues et les jardins seraient nettoyés, quand les trottoirs « rutileraient de propreté », alors, le jury du grand concours visiterait tous les appartements, et attribuerait un grand nombre de prix, bien plus honorifiques et plus substantiels que ceux de COUR

BALAYÉE, pour récompenser « les modes de vie les plus simples et les plus fonctionnels ». Bon, mais ne brûlons pas les étapes, se dit Mme Eszter, il faut d'abord se concentrer sur ce qui nous attend dans l'immédiat, par exemple, le cimetière, elle passa en revue depuis la vitre de la Volga la foule immense massée devant la chambre funéraire, rien ne devait venir ternir la solennité de cette importante cérémonie, tout devait « glisser comme une lettre à la poste », car c'était pour elle la première occasion de proclamer « fermement » et courageusement à la foule assoiffée de changement la « concordance parfaite » de leurs aspirations. C'est maintenant que nous allons tester leur confiance, lança-t-elle à Harrer en descendant de la voiture, et, de son habituel pas assuré, elle avança à travers la foule, qui s'écarta aussitôt pour lui frayer un passage, vers la chambre funéraire, se plaça à la tête du cercueil, vérifia le bon fonctionnement du micro, puis, en jetant un grave regard circulaire, constata avec satisfaction : son bras droit, à qui elle avait confié l'organisation des funérailles, avait été une fois de plus à la hauteur. Selon ses instructions, données trois jours plus tôt, le service funèbre devait être marqué par l'esprit des temps nouveaux, autrement dit, la présence de l'Église était parfaitement inutile et il fallait libérer l'événement du poids de toutes les « conventions sirupeuses » ; il faut se débarrasser de toutes ces vieilleries poussiéreuses, avait-elle expliqué à Harrer, et transformer la cérémonie en événement social, et de fait, elle fit un signe de tête approbatif à l'organisateur de la cérémonie pétrifié de trac, le cercueil, fait de planches en bois non rabotées, reposait sur une simple table de boucher bien nettoyée, dans une petite boîte rouge ouverte était disposée une médaille du mérite, compte tenu de l'importance de la défunte — posée à l'envers, bien entendu, pour cacher l'inscription « pour ses mérites sportifs » —, décernée à titre « posthume », en lieu et place des habituels cierges, se trouvaient, l'effet était un peu surprenant mais très réussi, deux anciens apprentis de Harrer qui, faute de mieux et dans la précipitation, avaient revêtu des uniformes de hussards et tenaient chacun un gigantesque glaive en plastique, empruntés à la boutique de farces et attrapes de la ville, le tout pour signaler clairement à l'assistance présente que ce jour marquait la perte d'un être d'un héroïsme exemplaire. Elle regarda le cercueil où reposait le corps de Mme Pflaum et en attendant que l'assistance se taise et comprenne que ça « allait commencer », le souvenir d'une certaine visite tardive, remontant à la nuit des temps, lui revint en mémoire. Qui aurait pu prédire alors que deux semaines plus tard, cette « petite dinde encore bien roulée pour son âge » serait inhumée, grâce à ses soins, en héroïne, qui aurait pu imaginer, le soir où elle quitta — en furie — cette bonbonnière doucereuse, que seize jours plus tard, elle se tiendrait près de son cercueil, sans plus aucune colère, puisque, en évoquant maintenant la silhouette de Mme Pflaum, avec ses pantoufles, elle ne ressentait plus aucune animosité, éprouvait même, à quoi bon le nier, un peu de pitié. Ceci dit, Mme Eszter fixait, pensive, la chambre funéraire, elle l'avait un peu cherché, d'après sa voisine, elle n'avait pas supporté la honte, et elle était partie chercher son fils après minuit, elle voulait le ramener par la peau du dos, et, pour son malheur, elle avait croisé devant le magasin de Wallner un pillard qui était en train de se choisir un costume, et qui, selon les témoignages des habitants de la rue Janós Karácsony, tapis derrière leurs fenêtres, avait pris cinq minutes de son temps précieux pour s'« amuser avec elle » de la façon la plus abjecte possible, avant de la réduire au silence pour toujours. Une tragédie humaine, conclut-elle en prenant une mine attristée, pour ne pas dire un sale coup, un dénouement dramatique à la fin d'une vie « douillette », qu'elle ne méritait vraiment pas, mais bon, au moins, se dit Mme Eszter pour conclure, en guise de consolation, elle part en héroïne, elle ouvrit son sac, sortit la copie de son discours et, constatant que tous les yeux étaient tournés vers elle, prit une profonde inspiration avant d'attaquer la première phrase. Mais à cet instant — en raison, on l'apprendra plus tard, d'une erreur de synchronisation — quatre nouveaux hussards surgirent derrière son dos et, avant même qu'elle puisse intervenir, glissèrent deux glaives sous le cercueil, le soulevèrent et, conformément aux instructions qu'ils avaient reçues, s'ébrouèrent prestement en direction de la foule endeuillée, laquelle, désormais habituée à des pratiques peu ordinaires, se plia à cette dernière fantaisie sans se poser de questions. Elle lança un regard foudroyant à Harrer qui, écarlate, fixait ses pieds enracinés dans le sol, mais il n'y avait plus rien à faire, et, puisqu'il en était ainsi, elle s'élança à la poursuite des quatre hussards qui, heureux et reconnaissants d'avoir été sélectionnés pour leur « force physique », avançaient joyeusement à travers la foule un peu affolée, à une vitesse étonnante, comme s'ils portaient une plume, vers la fosse fraîchement préparée. L'oratrice, ainsi que toute l'assistance, furent obligés, pour ne pas se faire distancer, de presser le pas, tout en feignant, compte tenu du caractère solennel de l'événement, de ne pas courir ; le vrai problème, cependant, venait du cercueil lui-même, car les quatre hussards étaient tellement à l'aise qu'ils n'entendirent aucun des sifflements, murmures, et autres chuintements qui tentaient désespérément de les prévenir que le cercueil, du haut de ses deux glaives, sautillait et brinquebalait d'une manière aussi joyeuse que périlleuse. À bout de souffle, mais avec toute la gravité requise, ils arrivèrent enfin devant la tombe et « il va de soi » qu'à la vue du cercueil demeuré intact, tous soupirèrent de soulagement et, finalement, le caractère insolite de ce « dernier voyage » escorté de chuchotements avait comme tissé un lien de fraternité entre ces gens s'apprêtant à faire leurs derniers adieux, et tous, comme un seul homme, se tournèrent vers Mme Eszter, qui se mit enfin à lire les deux feuillets de son discours qui voletaient au vent.

Nous tous qui sommes rassemblés ici savons que la vie s'achève avec la mort. Certains d'entre vous peuvent se dire qu'il n'y a là rien de nouveau mais, pour reprendre les mots du poète, il n'y a rien de nouveau sous le soleil. La mort est notre destinée, le point final, aucun nouveau-né ne peut espérer y échapper. Nous le savons tous, et pourtant aujourd'hui,

434

moins que la tristesse nous éprouvons une forme de détermination et de grandeur morale, car la personne que nous portons en terre, mes chers concitoyens, n'était pas n'importe qui. Je ne suis pas une adepte des grands mots, c'est pourquoi je dirai simplement que celle à qui toute la ville est venue faire ses adieux était quelqu'un. Tous, grands et petits, vieux et jeunes, si nous sommes tous assemblés autour de cette tombe, c'est parce que nous souhaitions accompagner ce quelqu'un jusqu'à sa dernière demeure. Quelqu'un que nous aimions, quelqu'un qui a accompli son devoir, quelqu'un dont le quotidien était fait de modestie, et dont nous célébrons ici la mort. Dont nous célébrons le courage, car cet être simple, mes chers concitoyens, a été la seule personne, et nous devrions tous, vous et moi, en rougir de honte, à affronter ceux que personne n'a osé affronter. Peut-on parler d'héroïsme ? Oui, dans le cas de Mme Pflaum, j'assume volontiers l'emploi de ce grand mot. C'est pour sauver son fils qu'elle est sortie en cette nuit si éprouvante, pour son fils, mais aussi pour moi, pour toi, pour elle aussi, pour nous tous, pour nous montrer que le courage et la combativité, même en ces temps de laxisme général, n'étaient pas morts. Elle nous a montré comment il fallait vivre, elle nous a montré ce que signifiait être digne en toute circonstance, elle nous a montré, à nous et aux générations futures, ce que signifiait avoir du cœur au ventre. Aujourd'hui, nous faisons nos adieux à une mère, la mère d'un fils indigne, à une veuve, une épouse fidèle ayant pleuré deux maris, mais aussi à une femme simple, qui aimait le beau, une femme qui a sacrifié sa vie pour que la nôtre soit meilleure. Je l'imagine, en cette nuit

435

atroce, se disant à elle-même, je ne peux tout de même pas rester sans rien faire, je l'imagine en train d'enfiler son manteau et de partir affronter des forces largement supérieures. Elle était, mes chers concitoyens, consciente de tous les risques, elle savait qu'à la seule force de ses faibles bras elle allait devoir affronter des brigands sans vergogne, elle savait tout, mais les dangers ne l'ont pas fait reculer, elle y est allée, car elle n'était pas de ceux qui baissent les bras. Si la force du nombre a triomphé, et si elle a échoué, j'affirme cependant qu'elle a triomphé et que ses assassins ont échoué, car à elle toute seule, elle a osé les braver, ridiculisant ainsi ses perfides assaillants. Elle les a humiliés, vous voulez savoir comment ? En résistant, en refusant de se rendre sans combattre, elle, toute seule, elle a livré combat, et c'est pourquoi j'affirme qu'elle a triomphé. Tu peux maintenant rejoindre, Madame Pflaum, ta tombe, et le repos éternel si mérité, tes efforts, ton esprit, ton souvenir, ton héroïsme exemplaire resteront en nous, Tu nous appartiens, seul ton corps appartient à la mort. Nous te rendons à la terre qui t'a vue naître, ton corps redeviendra poussière mais nous ne pleurons pas, car nous conserverons à jamais ton âme, et seule ton enveloppe corporelle sera livrée aux agents de la destruction.

Les agents de la destruction, maintenant libérés de leurs entraves, avaient attendu dans un état de demi-sommeil que les conditions nécessaires soient réunies pour pouvoir reprendre l'offensive, ce combat interrompu aussitôt après avoir été commencé, cet assaut impitoyable à l'issue certaine, où, dans le silence définitif de la mort, ils pourraient réduire en morceaux ce qui avait été vivant et formait un ensemble unique non reproductible. Les conditions défavorables, sévissant depuis de nombreuses semaines, à savoir, les basses températures extérieures, ou, plus précisément, les basses températures *externes*, et, par conséquent, l'état de congélation de l'organisme en partance avaient réduit à l'impuissance les assaillants et maintenu dans le même état de veille la forteresse condamnée à la démolition, où il ne se passait rien, où régnait une totale et parfaite continuité, un musée figé de cire, un arrêt bloqué où le temps était exceptionnellement vide, une existence sans durée. Et puis se produisit un lent, très lent réveil, le corps se délivra de l'emprise du gel, et l'assaut, conformément à l'ordre prononcé, put reprendre, avec une intensité croissante. Le processus irréversible de métabolisme se poursuivit dans les protéines des muscles, les enzymes adénosine-triphosphatase s'attaquèrent à la base énergétique centrale, l'ATP, et l'énergie, ainsi libérée par le clivage des liaisons, dans cette forteresse indéfendable, conduisit à la transformation de l'actomyosine liée à l'ATP, entraînant la contraction des muscles. Mais l'adénosine-triphosphate, de plus en plus décomposée et affaiblie, ne pouvait plus être compensée par d'autres sources d'oxydation ou de glycolyse, si bien qu'en l'absence totale de resynthèse, le stock déclina progressivement pour finalement, avec le soutien simultané de l'acide lactique accumulé, permettre à la contraction musculaire de se transformer en rigidité cadavérique. Soumis aux lois de la pesanteur, le sang, refoulé dans les points les plus profonds du système veineux, représentant la cible principale de l'offensive — au moins jusqu'à la victoire finale —, plus exactement la fibrine du sang fut attaquée sur deux fronts. La thrombine activée amputa de deux peptides chaque fibrinogène, lesquels, au cours de la première étape du processus, avant même la trêve, circulaient à l'état liquide, et les molécules de fibrine se formant partout combinèrent leurs forces pour créer un coagulat composé d'entrelacs hautement résistants. Mais ceci ne dura guère car, conséquence de l'origine anoxique de la mort, le plasminogène activé en plasmine brisa la chaîne de fibrines et la décomposa en polypeptides, si bien que le combat — en venant renforcer l'action de l'adrénaline, hautement fibrinolytique et massivement présente —, grâce au rétablissement de la fluidité du sang, se solda par le succès rapide et spectaculaire des forces engagées contre l'hémostase. Contre le coagulat, la bataille s'annonçait plus difficile et surtout aurait pris beaucoup plus de temps, mais le maintien de la fluidité sanguine facilita quelque peu la tâche et permit d'accéder à l'étape suivante : la destruction des globules rouges. Avec l'arrêt logique de la capacité de rétention de liquide des tissus, la matière intercellulaire s'accumula dans des structures poreuses situées autour du système veineux, si bien que la membrane des cellules sanguines devint perméable, permettant la lixiviation de l'hémoglobine. L'hémoglobine sortit de sa structure érythrocytaire et se mélangea à ce liquide irrésistible en colorant les tissus qu'elle traversa, permettant aux forces de destruction de remporter une nouvelle victoire décisive. À l'arrière-plan de cette offensive générale coordonnée, simultanément à l'attaque portée contre les muscles et le sang, les ennemis internes du royaume, autrefois admirable mais désormais sans défense, de l'organisme se révoltèrent à l'instant même du décès et en anéantissant tous les obstacles qui se trouvaient sur leur passage, ces « révolutionnaires de palais » se mutinèrent contre l'ordre établi, jadis si merveilleusement bien rodé, des hydrates de carbone, graisses, s'acharnant particulièrement contre les protéines. Les troupes étaient composées de ferments tissulaires, l'action quant à elle portait le nom d'autodigestion post mortem, mais il va de soi que derrière cette désignation scientifique se cachait une horrible réalité, car il eût été plus juste de parler ici de « rébellion du personnel domestique ». De *perfides* domestiques, qu'il fallait déjà auparavant, lorsque la vie battait son plein dans la citadelle, brider par un vaste système d'inhibiteurs, car si leur rôle se limitait à décomposer et à préparer les éléments nutritifs entreposés dans les greniers de l'empire, il fallait une surveillance stricte et permanente pour les canaliser et les empêcher d'attaquer le régime qu'ils étaient censés servir. À titre d'exemple, les enzymes protéolytiques, ou protéases, avaient comme tâche initiale de catalyser l'hydrolyse des protéines nutritives en coupant les liaisons peptidiques, et seule la présence puissante de la mucine pouvait les retenir de décomposer, conjointement aux sucs gastriques, les protéines cellulaires. La situation était à peu près identique pour les hydrates de carbone et graisses, où d'une part la NADP et la coenzyme A, d'autre part la lipase et la déshydrogénase agissant sur les acides gras devaient avoir recours à un bataillon disciplinaire d'inhibiteurs pour déjouer l'attaque groupée des enzymes chargés de la décomposition. Désormais, bien sûr, il n'y avait plus aucun frein, plus aucune résistance, et dès l'établissement de conditions thermiques favorables, la « Révolution de palais » put commencer ou, plutôt, reprendre dans les terrains les plus appropriés : le sang décomposé en acide hématine à l'intérieur des veines de la membrane séreuse stomacale désagrégea en de nombreux endroits la structure de la paroi stomacale, permettant au bataillon composé principalement d'acides chlorhydriques et de pepsines de lancer l'offensive contre les tissus des organes du péritoine. Suite à l'action de l'armée des serviteurs enzymatiques, le glycogène hépatique fut décomposé en éléments, puis survint l'autolyse du pancréas, le terme d'autolyse révélant avec une clarté impitoyable la vérité qu'il cachait, à savoir que chaque être vivant porte en lui-même, au sens strict du terme, sa propre destruction. Si la plus grande partie du travail s'effectuait lentement, indiscutablement en raison du manque d'oxygène de l'environnement, la putréfaction progressait irrésistiblement, sous l'action des composés organiques azotés et grâce, en premier lieu, au travail de fermentation, mené par des micro-organismes chargés de la décomposition des protéines, micro-organismes qui en joignant leurs forces aux avant-gardes commencèrent leur travail dans les intestins, lieu où ils se trouvaient en grande quantité, avant d'étendre progressivement leurs pouvoirs à toute la forteresse. Outre quelques microbes anaérobies, les batteries étaient principalement constituées d'agents de putréfaction aérobies, mais dresser l'inventaire exhaustif de l'ensemble des forces en présence serait impossible puisque à côté des bactéries telles que Proteus vulgaris, Subtilis mesentericus, Pyocyaneus, Sarcina flava et Streptococcus pyogenes, un nombre incalculable de micro-organismes prirent part aux batailles décisives dont la première fut livrée le long du système veineux de l'épiderme, pour s'étendre ensuite à la paroi stomacale, à l'aine, aux intercostaux puis aux cavités sous-clavières où l'hydrogène sulfuré, généré pendant la putréfaction, associé à l'hémoglobine du sang, produisit la verdohémoglobine, et associé d'autre part au fer contenu dans les dérivés des colorants du sang, produisit du sulfure de fer, pour ensuite poursuivre son chemin dans les muscles et les organes internes. À nouveau grâce aux lois de la pesanteur, les fluides corporels mêlés de colorants sanguins continuèrent à s'infiltrer dans les tissus en constante décomposition et cette lente migration des matériaux de construction se poursuivit jusqu'à atteindre l'épiderme où débuta : leur immersion dans les profondeurs. Cet événement, accompli conjointement à l'hétérolyse, était associé au nom de Clostridium perfringens, un micro-organisme anaérobie qui dès le début des opérations s'était rapidement multiplié dans les intestins, une bactérie très agissante qui, outre son lieu d'origine, se répandit dans l'estomac et les artères avant d'envahir l'ensemble de l'organisme, formant des bulles de gaz dans les cavités du cœur, sous la plèvre, et participant activement à la formation de cloques sur la peau, une peau qui se dénuda totalement. L'empire des protéines, autrefois invincible, qui sous une apparente complexité était animé d'une logique simple et transparente, était alors totalement désagrégé : tout d'abord des albumoses peptonées se formèrent, ainsi que des composés amidés, des substances aromatiques azotées et non azotées et enfin des acides gras organiques : formiques, acétiques, butyriques, valériques, palmitiques et stéariques ainsi que des produits finaux inorganiques tels que l'hydrogène, l'azote et l'eau. À l'aide de nitrobactéries présentes dans le sol, l'ammoniac s'oxyda en acide nitrique, lequel acide nitrique, transformé en sels, retourna par la voie de radicules végétales dans le monde dont il était issu. L'un des résidus des hydrates de carbone décomposés, le dioxyde de carbone, s'échappa, afin de participer — ne fût-ce qu'en théorie — au moins une fois à la photosynthèse. Il fut recueilli, via quelques filaments, au sein d'un organisme supérieur, qui partagea subtilement le tout entre vie organique et non organique, et lorsque après une longue résistance le tissu conjonctif, le cartilage et finalement les os abandonnèrent leur combat inutile, il ne restait plus rien de l'ancienne forteresse, bien qu'aucun atome ne manquât. Tout était là — bien qu'il n'y eût plus de comptable pour dresser l'inventaire de ses éléments — mais le royaume originel et réellement non reproductible avait disparu à jamais, il avait été broyé par la force infinie d'un chaos qui recelait les cristaux de l'ordre, brisé par la circulation irréductible et indifférente qui gouvernait l'univers. L'empire s'était décomposé en carbone, hydrogène, azote et soufre, ses fins tissus avaient été lacérés, il s'était désagrégé, consumé par un jugement infiniment lointain, comme l'est ce livre maintenant, ici, par le dernier mot.

Composition Nord Compo.
Impression 🦁 Grafica Veneta
à Trebaseleghe, le 20 mai 2016
Dépôt légal : mai 2016

ISBN : 978-2-07-079265-8./Imprimé en Italie

300686

DU MÊME AUTEUR

Aux Éditions Gallimard

TANGO DE SATAN, 2000.
LA MÉLANCOLIE DE LA RÉSISTANCE, 2006 (Folio n° 6152).

Aux Éditions Cambourakis

AU NORD PAR UNE MONTAGNE, AU SUD PAR UN LAC,
   À L'OUEST PAR LES CHEMINS, À L'EST PAR UN
   COURS D'EAU, 2010.
LA VENUE D'ISAÏE, 2013.
GUERRE & GUERRE, 2013.

Aux Éditions Vagabonde

THÉSÉE UNIVERSEL, 2011.
SOUS LE COUP DE LA GRÂCE : NOUVELLES DE LA
   MORT, 2015.